Edited by
MATAYOSHI Eiki,
YAMAZATO Katsunori,
OSHIRO Sadatoshi,
And
SAKIHAMA Shin

沖縄を求めて 沖縄を生きる

大城立裕追悼論集

OSHIRO Tatsuhiro

又吉栄喜
＋
山里勝己
＋
大城貞俊
＋
崎浜 慎
編

インパクト出版会

目次

発刊にあたって

大城貞俊

　大城立裕ほどに沖縄を愛した人は、多くはいないだろう。沖縄を愛するとは、沖縄に寄り添い、沖縄を生きることだ。沖縄の過去・現在・未来を考え、沖縄の自立を自らの自立と重ね、希望を持ち続けることだ。大城立裕の人生は見事なまでに沖縄を生ききったと言っていい。沖縄で生まれた一人の人間として、また沖縄で表現活動を続けてきた作家としても、その活動は決して沖縄を離れることはなかった。

　大城立裕は一九六七年に小説「カクテル・パーティー」で沖縄初の芥川賞を受賞した。以来七十年余、沖縄の地にとどまり、九十五歳で亡くなるまで、多くの作品を発表し、沖縄を代表する作家として私たちを鼓舞してきた。それだけに多くの人々に愛され敬意を表された作家でもあった。

　大城立裕の活躍は幅広かった。小説作品に留まらず、組踊や沖縄芝居、戯曲、琉歌、エッセイなどの作品も多くあり、戦後沖縄の厳しい状況に対峙し、その提言と作品で多くの人々を魅了してきたのだ。

大城立裕の訃報は二〇二〇年十月二十七日、多くの人々へ衝撃を与えた。この衝撃は、やがて大城立裕の作品と沖縄を考えること、さらに自らの人生と沖縄を考えることにも繋がった。この希望を見いだし、大城立裕が残したもの、愛したものがなんであったのか。この遺産を検証し共有することが大城立裕の足跡や提示した課題に答えることになるのではないか。このような思いから、激励をされ懇意にしてもらった私や又吉栄喜（芥川賞作家）、山里勝己（前名桜大学学長）、そして崎浜慎（作家）の四人が共同代表として「大城立裕追悼記念シンポジウム」と、「大城立裕追悼論集」の発行を企画した。

シンポジウムは二部構成にした。第一部では「大城立裕の文学と遺産」と題して基調報告を行う。登壇者は、又吉栄喜、山里勝己、村上陽子（沖縄国際大学）の三人とした。第二部は、「パネルディスカッション」として、パネリストに小嶋洋輔（名桜大学）、呉屋美奈子（恩納村文化情報センター）、崎浜慎（作家）、知念ウシ（むぬかちゃー）の四人を迎えることにした。コーディネーターは私が務め、全体の総合司会は美里博子（沖縄可否の会・高校教諭）へ依頼した。

『大城立裕追悼論集』は三部構成にした。第Ⅰ部はシンポジウムを収載し、第Ⅱ部はエッセイ、第Ⅲ部は作品論や作家論とした。執筆者については県内外や国外の大城立裕文学研究者や関係者に依頼した。依頼したすべての人々が快諾してくれた。特に、韓国、中国、米国の沖縄文学研究者諸氏の論稿を収載できたことは本書の大きな特徴になった。なお、出版の依頼を東京在のインパクト出版会が快諾してくれた。さらにシンポジウムには沖縄大学地域研究所や沖縄大学文芸部が協力してくれた。本書はこのようにして多くの人々の善意に支えられてできあがったものである。改めて感謝の意を表したい。

大城立裕は、戦前上海の東亜同文書院で学び、敗戦によって夢や生きる拠点を喪失したという。その後、廃墟と化した故郷沖縄で、自らの自立と、沖縄の自立を終生模索した作家であった。その意味では、本書は希望を示唆する書でもある。

シンポジウムの出演者や、収載された執筆者が照射した大城立裕の数々の作品や営為を通して、混迷した沖縄を透視する眼を獲得し、新たな沖縄を発見することができれば、これほどに嬉しいことはない。少なくとも大城立裕という表現者のラジカルな営為を考え、沖縄の今を考える一つの指標や契機になると思われる。

なお、巻末には呉屋美奈子作成による詳細な大城立裕年譜を掲載した。本書が幾多の大城立裕像を浮かび上がらせ、大城立裕文学研究の発展に寄与するものになることを願っている。

（刊行・編集委員会事務局）

第Ⅰ部

「大城立裕追悼記念シンポジウム」から

――大城立裕の文学と遺産

※　総合司会の進行の言葉や実行委員会の挨拶などは割愛した。

第1章　基調報告

「辺野古遠望」と「銀のオートバイ」

又吉栄喜

①作家を論じるというのは一度も体験がなく、大変戸惑った。どうしたらいいのか、頭を悩ましているうちにふと大城氏の小説と別の人の小説を対比してみたら私の中の文学観（大城文学観）なりが見えてこないだろうかと思った。

②トルストイはシェイクスピアを批判し、ドストエフスキーはチエィホフをけなしたという話もあるが、小説の価値は多種多様だと思われる。少し大げさに言えば作家の数だけ小説の価値（個性）がある。

数十年前に読んだ「銀のオートバイ」（一九七七年第五回琉球新報短編小説賞）（中原晋。本名は山里勝己）

と数か月前に読んだ「辺野古遠望」(二〇一八年作、大城立裕)が同時に思い浮かんだ。

二人とも学者だし、分厚い暗雲の下にある沖縄という世界を扱っている。光だけだとまぶしいし、影だけだと暗くなる。大城と中原の文学を並立させると陰ひなたが現れるのでは？　と考えた。「銀のオートバイ」はスタート、「辺野古遠望」はゴールという対称性がある。「銀のオートバイ」は処女作(二十代)、「辺野古遠望」は天寿をまじかに控えた、いわば人生総括の書(九十代)、と対称になっている。「書き始め」と「書き収め」ともいえる。

頭をクリアにするために「銀のオートバイ」を読み返そうとしたが、コロナ禍の中、図書館に行くのを躊躇した。数十年前に読んだ記憶を懸命に呼び起さざるを得なくなった。私の頭には「銀のオートバイ」は人物が残っている。「辺野古遠望」はストーリーが残っている。

大城は書くものに迫っている。中原は迫ってくるものを書いている。このような余韻(記憶)がある。大城の人脈の多さには驚いた。芸術芸能の専門家、学者と深い交流がある。このような人脈が含有するものに創作欲や素材を発見したのではないだろうか。

③数十年前に読んだきりの「銀のオートバイ」は筋も大方忘れている。忘れた反面(いささか勝手な)想像が醸し出される。数か月前に読んだ「辺野古遠望」の筋はくっきりと頭に入っている。

数十年前に読んだものが頭に残っているというのは(もっともイメージや断片だが)奇跡ともいえる。(或いは文学のみに存する力ともいえる)。学術論文などはマーカーを手に暗記もできるが、文学に暗記は不要だともいえる。文学は読んでいるときの衝撃と読んだ後の余韻が勝負ではないだろうか。

④「辺野古遠望」はスケールの大きい流れが登場人物を通し、具体的に描かれている。「銀のオートバイ」は日常の人間（男女）の息遣いが濃密に描かれている。

大小説家を主人公に据えた「辺野古遠望」は台詞や思考が今の状況や、昔の様相などを鮮明に浮かび上がらせる。「銀のオートバイ」の台詞は日常的な個人の声に終始している。大きな沖縄の問題を力説せず、いわば小さい存在を凝視した小説と言える。ただ少年や「あの人（と呼ばれる女性）」が大きな問題や大きな存在を特に読後に読者に啓示する。大物の声（辺野古遠望）と小市民の声（銀のオートバイ）の相違ともいえる。

「辺野古遠望」はディテールにこだわらずに大きなテーマを書いている。「銀のオートバイ」はディテールに執着し、（よくよく考えると）やはり大きなテーマを書いている。「辺野古遠望」のテーマは社会や時代や状況だが、「銀のオートバイ」のテーマはこの世に必然か偶然に生まれた人間の業ともいえる。

散文詩のような感性の「銀のオートバイ」は短編でしか書けないが、客観的空間と時間を通し、思想を叙述する大城文学は長編を必要とする。

⑤「銀のオートバイ」は筋はおぼろげだが、人物が思い浮かぶ。「辺野古遠望」は人物はおぼろげだが、筋がくっきりと思い浮かぶ。極言すると、テーマを「銀のオートバイ」は人物に仮託し、「辺野古遠望」は筋に仮託していると言える。

二作とも内的告白の手法も取り入れているが、「辺野古遠望」の内省や省察は文字通り辺野古に終始し、「銀のオートバイ」はあの人に終始している。「辺野古遠望」は権力を許さない、「銀のオートバイ」はあの人が忘れられないという風なトーンを帯びている。

⑥「辺野古遠望」はタイトルからすぐ辺野古の話だとわかる。辺野古以外の何物でもないが、「銀のオートバイ」は銀とは何ぞや？　なぜ銀なのか黒ではいけないのかと読者は考えさせられる。「銀のオートバイ」とは疾走する、暴走する占領米軍の象徴だろうか。銀はドルか？　激突し、命を落としたのは（あの人でもあるが）沖縄の人々か？

⑦作家は（本人は気づかなくても）必ず自分の根っこにあるものが作品に影を落とす。いくら綿密に取材をしても根っこのものと結びつかないとエネルギーにならないと思われるし、読者が読んでもどこか他人事の話に感じてしまう。

よく大城本人は「三部作」と言っている。南米（公務）出張後の南米を舞台にした五作品もあるが、前近代の「沖縄の命運」三部作、ノロを扱った「神から人への三部作」、「戦争と文化三部作」がある。これらは大城の人生の根っこにある。

特に大城はノロの家系の出自が根っこにあり、ノロや琉球王国の小説に色濃く反映されている。史学科出身のせいか私も史劇に関心があり、時々大城文学をシェイクスピアと比べたりしている。ちなみにシェイクスピアは空間も狭く、時間は短く、「政治思想」は全くなく、どのようにしたら王を殺し、妃を奪い、権力を握れるか、など欲望や憎悪や愛などの追及に終始している。

⑧「銀のオートバイ」は、もやがかかり、輪郭がかすんでいる。「辺野古遠望」は青天の下にあり、輪郭がくっきりしている。

「銀のオートバイ」は目に見えないものを見ている。「辺野古遠望」は目に見えるものを見ている。「辺野古遠望」の登場人物の甥は土木工事をしているから辺野古埋め立てと直接性があるが、「銀のオートバイ」のあの人はなぜオートバイに乗ったのか、直接性は（一見）ないように思える。

大城は読者を迷わせたりせず最初からどこまでも道案内をしてくれる。読者は負担がかからず作中に没頭できる。「銀のオートバイ」は詩のようなもの、象徴的なものが多分にあり、読者はおのずから没入する。イメージが詩のように膨らむから自分の人生と重なり、他人事ではなくなる。私たち読者に迫るものは「銀のオートバイ」が主観的なもの、「辺野古遠望」が客観的なものとも言える。

「辺野古遠望」は「現実」が並列に置かれている。兄、甥、翁長知事、小説家のM君に手が加えられず身近な存在になっている。登場人物の像がゆがまずに立っている。「銀のオートバイ」はあの人と語り手の少年が夢のように浮かび上がり、「現実」から飛翔している。「辺野古遠望」は読者の目の前に「銀のオートバイ」は読者の頭の中に現れると言っていいだろうか。

⑨中原は膨らますタイプ、大城は削るタイプともいえるし、「銀のオートバイ」は縦に普遍していく、「辺野古遠望」は横に普遍していくともいえる。また「銀のオートバイ」は感情に、「辺野古遠望」は知性に訴えているともいえる。抒情と叙事ともいえる。「銀のオートバイ」は詩に接近し、「辺野古遠望」はノンフィクションに接近しているともいえる。

⑩私たちが訊かなかったからでもあろうが、大城は私たち後輩に小説の作り方は話さなかった。もしかすると書き方という「型」が自由奔放な発想や表現をやせ細らせてしまうと考えていたのだろう

か？

具体的な書き方の示唆はなかったが、文化論はしばしば話した。水戸黄門は琉球では通用しないという話をよくした。琉球の人に葵のご紋を見せても何ねこれは、とキョトンとするという話は何度か聞いた。
⑪私は台湾の文学シンポに大城と参加したし、一緒に沖縄の文学賞の選考もした。シンポでも選考会でも大城は自作に引き寄せ、大いに語った。自作をよく解説した。「銀のオートバイ」の作者は全く自作の解説をしなかった（していない）ように覚えている。
大城は自分の作品を援用し、沖縄問題は文化問題という信念のもと、小説は言うに及ばず評論、講演、文化活動等に信じられないくらいバイタリティーを発揮している。
⑫中原は寡作、大城は多作ともいえる。多方面からの注文が足かせになり、いわば外部に多作を強いられたとも考えられる。
⑬いきおい大城文学は筋やセリフが小説の大本を築くようになる。もしかするとこの本体は戯曲から出発したというのも因になっているのだろうか。中原はもしかすると詩から出発したとも考えられる。
⑭少し話をずらし、私の作品に少し触れます。昔、亡くなった中里友豪が、沖縄人の加害性を、「ジョージが射殺した猪（一九七七年作）はアメリカ兵の魂が、カクテル・パーティーは主人公のセリフが表現している」と分析した。いつだったか、新聞に「ジョージが射殺した猪」の評が載った。「カクテルパーティーとオキナワの少年という先行作品（影響？）がある」と述べていたが、私は「ジョージが射殺し

た猪」を書いたころ、両作ともまだ読んでいなかった。いわば自己流の暗中模索の最中だった。

当時読んでいなかったのは、よかったのか悪かったのかよくわからないが、ある意味では「型」にはまらずに済んだのかもしれないとも思う。別のある人が「オキナワの少年は沖縄を脱出し、希望を得るが、沖縄に閉じ込められたジョージは破滅する」とも言っていた。

⑮主人公の台詞――単なる台詞ではなく、作者の態度と言うか、作品の質というか――だが、「銀のオートバイ」は無口、「辺野古遠望」は多弁といえる。大城は三部作とつけるのが得意でもあり、また実際に書いた。中原の「銀のオートバイ」は完結している。これ以上広げたり深めたりできないともいえる。

⑯「銀のオートバイ」には微妙な色気がある。「辺野古遠望」（以外の作品にも）には色気やセックスがほとんどないといえる。「辺野古遠望」は政治を糾弾しているからか、人間を許している。大城文学に悪、醜さ、憎しみ、残酷、非道などが出てこないのは生来の人柄が影響しているとも考えられる。古希やカジマヤーを過ぎても人間の業とか人間性に必ず潜んでいる（人間を描く小説には必ず顔を出すはずの）悪とかを書いていないように思える。

善良な性格のせいだと思うが、大城は沖縄や琉球を地獄に描こうとしない特質がある。嘆き、抗いながらも希望を抱いている。根は楽天的だと言える。琉球の文化、歴史、神話などに内包される価値を見出し、本人の（普遍すれば沖縄人たちの）自信につなげているとも思える。

大城のまじめな性格と（本人も気づかないようだが）楽天性が人間の愚や悲愴、残虐などと無縁になり、読者にあとくされのない、ある種の心地よさを与えている。

私も古希を過ぎた今は、例えば芥川の「羅生門」などはページを伏せたくなる。生きるために若い女の髪の毛を抜く老婆、老婆の着物を強奪する男。このような小説から（若いころは気にかけなかったが、今は）遠ざかっている。

私も血気盛んなころは、読者に優しく届けるより「たたきつけるように書いたほうがいい、読者を苦しめるような主人公を造形したほうがいい」と言ったりしたが、古希を過ぎた今は、優しく届けたいと思うようになっている。
⑳（辺野古遠望ではないが）「カクテル・パーティー」と「銀のオートバイ」の最後の数ページを比べてみよう。
「カクテル・パーティー」の最も悲壮な最後の頁でも悲しみより怒りに筆が伸びている。「銀のオートバイ」はあの人の悲しみが否応なく漂っている。

大城作品に失恋はあっただろうか。「銀のオートバイ」の主人公（というより語り手）の少年は、たぶん少年自身も知らないかもしれないが、（淡い恋心を抱いた）あの人に失恋している。少年の繊細な視点の動きが描くあの人の事故死（もしかすると自殺）は少年の心情に重なる。

少年はようやく銀のオートバイを手に入れた、と同時にいとおしいあの人（はオートバイに乗り、事故を起こし）を失った。

「老人と海」（ヘミングウェイ）にも重なる。やっと釣った巨大カジキを鮫に食われる。老人は何もかも失うが、（少なくとも読者は）大きなものを得る。「銀のオートバイ」の少年も人間の生老病死を秘めたあの人を失い、何か人生の大きなものを得たのではないだろうか。

㉑「辺野古遠望」の老小説家は辺野古は自分の死後どうなるんだろうかと思いながら天命の尽きるのを待つ。「銀のオートバイ」のあの人は一瞬のうちに死んでしまう。夭逝したからか生前のペーソスに満ちたあの人が深い余韻を残す。「辺野古遠望」は天寿を全うするというある種のゆとりが一種の楽天性を読者に与える。

英米文学研究者の視点から
——大城文学に関する二つのコメント

山里勝己

みなさん、こんにちは。山里です。本日は、大城立裕とその作品について、二点ほどお話しをしたいと考えています。

私は英米文学を研究している者ですが、一九七五年に琉大英文科で教え始めたときに、恩師の米須興文先生に誘われて、初めて大城立裕先生にお会いしました。米須先生は、大城先生が野嵩高校で国語教師として勤務していたときの教え子で、お二人は師弟関係にありました。米須先生は沖縄初の芥川賞作家を「大城先生」とお呼びになられる。そこで、私も「大城先生」とお呼びするようになりました。一九七五年からずっと「大城先生」です。ですから、本日は、大城先生と言ったり、大城立裕と言ったりするかと思いますが、こういう背景がありますので、ご了解をお願いいたします。

こういう関係でしたから、ときどきお願いして大学でのシンポジウムのパネリストやご講演をお願いしました。ただ、首里時代の琉大、千原に移転したばかりの琉大は芥川賞作家にお支払いする謝礼にふさわしい予算がありませんでした。そのことを率直にお話ししてお願いすると、「なぁ、いったーやしむさ」とおっしゃってくださいました。そのかわりといってはなんですが、私もできることはお手伝いをさせていただきました。その一つが、「戯曲　カクテル・パーティー」の英訳です。

1

このことに関することが一つ目のコメントになります。

一九九五年に、スミソニアン博物館が原爆展を企画し、エノラゲイ号を展示しようとしたら、退役軍人たちの猛反対に遭って大きな論争に発展しました。企画が縮小され、館長は辞任に追い込まれました。退役軍人たちの怒りの根拠の一つは、「真珠湾の恨みをどうするのだ?」というものです。報道に接して、大城先生は、「戯曲　カクテル・パーティー」を書かずにはおれない衝動にかられ、上演の見込みはないが、とにかく戯曲版を書き上げたそうです。「ちょっと読んでみてください」と私に原稿が送られてきましたので、いつかアメリカで発表する機会があるかもしれないと思い、勝手に英訳いたしました。

スミソニアンのエノラゲイ展示企画は、一九四五年以降のパックス・アメリカーナの世界を支えた原爆思想を批判的に捉え直そうとするものでもありました。広島市も協力しています。しかし、退役軍人会から猛烈な反発を受けて「事実上の中止」に追い込まれました。原爆投下の正当性は、現代アメリカの岩盤思想、揺るぎない政治的・軍事的神話の一つです。実際、つい最近も、米軍のAFNラジオのトーク番組を聴いていますと、保守的なホストは「パール・ハーバーがあったから原爆投下は当然のことであった」と発言していました。

「戯曲　カクテル・パーティー」は、時代を原爆展騒動があった一九九五年のワシントンD.C.に設定し、小説版の一九六三年のレイプのエピソードと原爆投下を絡ませて物語が展開します。もうしわけありませんが、今日はプロットを要約する時間がありません。岩波現代文庫『カクテル・パーティー』に両方が入っていますので、そちらをお読みになってください。

戯曲版は、すでに英訳してあったものを、ハワイ大学英文科教授のフランク・スチュアートさんと私の共編で、ハワイ大学から二〇一一年に出版された沖縄文学アンソロジー *Living Spirit: Literature and Resurgence in Okinawa*（『息づく魂——文学と沖縄の再生』）に入れました。また、作品に感銘を受けたスチュアートさんが、これはぜひハワイで上演したいということになりました。二〇一一年のアンソロジー出版後にハワイ大学学長主催の年間企画の一つとして、作者の大城先生をハワイ大学が招聘し、戯曲版を朗読劇として上演することになり、私も鞄持ちでホノルルに行きました。「戯曲　カクテル・パーティー」は、初出も初上演も英語で、ハワイでという、稀に見る経歴をもった作品です。

スチュアートさんは、詩人・小説家で、ハワイの文壇ではよく知られた方で、環太平洋地域の文学についてもたいへん詳しい方です。そのスチュアートさんが、「カクテル・パーティー」についてこのように書いています。

「小説と戯曲版が共通して有する力の一つは、両作品ともローカルの問題を扱いながら、場所と状況を超越することができるということである。大城の主題は単純に沖縄やアメリカ合衆国を扱っているのではない。小説と戯曲版は両方とも、和解、歴史の記憶、個人と国家の罪、そして全ての国と個人に関連する文化的価値をテーマとしているのである」。

スチュアートさんは、「原子爆弾を二度も投下したのだから、爆発させたのだから、このことについて私たちはきちんと納得できるところまで議論しないといけない」とも発言しています。これがアメリカの良心であろうかと思います。軍事や政治が作り出した神話に批判的に対応し、人間として新たな対話と関係性を求めようとする動きです。

「戯曲　カクテル・パーティー」は、二〇一一年十月に、マノア・リーダーズ・アンサンブル・シアターという朗読劇団によって、ハワイ・オキナワ・センターとハワイ大学音楽科のオーヴィス・ホールで上演されました。大城立裕は、舞台で挨拶をし、観客からの質問やコメントに答えました。私は通訳を担当し、スチュアートさんも舞台で質問に答えました。

ハワイ・オキナワ・センターとハワイ大学の両方ともパール・ハーバーからは目と鼻の先です。そこで、現代アメリカの中核的神話の一つに真っ向から挑戦するような作品をぶつけたわけです。大城先生は次のようなメッセージを公演パンフレットに入れました――「この作品が上演されて、アメリカの観客に観てもらうことに、嬉しさと怖さを覚えます。この怖さの思いは、加害、被害をこえての絶対倫理と永久平和への、作者の切実な願いと不安に基づいています。アメリカの観客が虚心に見てくださることを、期待します。」

ハワイでの公演を観ながら、「カクテル・パーティー」は、戦後沖縄文学が生み出した深い普遍的な思想を有する作品であることを確信しました。戯曲版の意義は、いろいろあるでしょうが、私は、その一つは戦後沖縄の文学がアメリカの観客にインパクトを与える力を獲得したことにあると考えています。つまり、「戯曲　カクテル・パーティー」は、アメリカの原爆神話に果敢に挑戦し、その神話を揺さぶるような論理を、沖縄の文学あるいは思想として提示したと言えるのではないかと考えています。作品では、主人公はアメリカの政治の中枢である首都を訪問し、そこでアメリカ人と議論をします。そして、その作品の上演は、パールハーバーに近い場所で行われたということ、戦争の発端として深く記憶され、のちの原爆投下の正当化に使われた戦場に近い場所であったということも、深い意味を持っていると感じています。こういう場所で上演が実現することは、戦後沖縄文学、「戯曲　カクテル・パーティー」の普遍性を示唆していると思います。

公演は好評でした。これを書いたことに感謝したい、作者は勇気がある、広島や長崎について再度考えてみたい、などなど、いろいろなコメントが出ました。地位協定に関する質問も出ました。本日は、くわしく触れる時間がありませんが、戯曲版とハワイでの公演については、当時ハワイ大学英文科の博士課程で学んでいた長堂まどかさん（現琉球大学准教授）が書いた劇評（『琉球新報』二〇一一年十一月十二日）と、文教大学教授の本浜秀彦さんが岩波現代文庫『カクテル・パーティー』に書いた「解説」がたいへんすぐれていると思います。どうぞ、このふたつを参考にされてください。

二つの「カクテル・パーティー」について、アメリカ文学研究者として言えることは、この作品から透けて見える琉球人または沖縄人のアメリカとの長い歴史的な関係です。つまり、浦賀に向かうペリー提督を指揮官とするアメリカ艦隊が那覇に立ち寄った一八五三年から現在に至る関係です。

ペリーはまさに「ヤンキー」そのもので、ご承知のようにきわめて傲慢、強引な砲艦外交をやりました。このようなペリーの琉球への対応を見ていて、ペリーの首席通訳官であったサミュエル・ウェルズ・ウィリアムズ（Samuel Wells Williams）は、ペリーから距離を置くようになります。アメリカ側の傲岸な振舞いに対して、これに対応した琉球王国の通事牧志朝忠は嘆願し抗議することしかできません。ペリーの強引さと牧志の粘り強い交渉を観察していたウィリアムズは、一八五三年五月三十日の日記に次のように書いています。

それはいわば弱さと正義、力と不正義との闘い（the struggle between weakness and right and power and wrong）であった。これまでこのような高圧的な侵略を行った者はいなかった。私はこのような行動の一端を担う者であることを恥じ入るばかりであった。そしてただ拒否することしかできない哀れで無力な島人たちに同情したのである。（『ペリー日本遠征随行記』）

ウィリアムズはのちにイエール大学初代の中国語・中国文学教授になった人物です。

「弱さと正義、力と不正義との闘い」とは、換言すれば、「軍事と倫理」の問題に収斂します。「くり返し抗議するしかない」状況は、一八五三年から今日に至るまで、琉球人・沖縄人の主要な抵抗の手段となっていますが、現在それは〈弱さと正義、力と不正義〉という二項対立を越えたものに変容してきていると思います。一八五三年以降、植民地支配、地上戦、そして外国による軍事統治で鍛えられて、新しい沖縄人が誕生してきているのではないでしょうか。小説「カクテル・パーティー」の主人公の後半での変化は、まさに沖縄人の意識が変わったことを示唆するものではないかと思います。

ペリーは一八五三年に琉球に到着しますが、翌一八五四年にペリーの部下が琉球の女性に暴行をはたらきます。よく知られたボード事件です。また、琉球に到着する前にペリーはアメリカ海軍長官に手紙を書き、琉球の島々の主要な港湾を占拠することを進言します。そして、「米国がこの島を占領することは、じつはここに住んでいるネイティヴたちのためにもいいことであり、我々が占領することで、彼らの生活は良くなるだろう。ただし、占領するということは彼らの生活の改善にはつながるだろうが、文明に付随する有害なことに彼らを晒すことにもなるだろう」とペリーは書いています。自らは文明人であり、太平洋島嶼の「ネイティヴ」たちは文明化されてないという意識が明瞭にあらわれています。

小説「カクテル・パーティー」はこのような意識を批判した作品でもあったと思います。そして、そのような意識やまなざしは、じつは日本人と沖縄人がアジアの他者に対して向けたものでもあるということを、大城は「カクテル・パーティー」で描いたわけです。

ペリーの琉球占領という夢は、一九四五年に実現します。ほぼ一〇〇年後です。いわば、「ペリー一〇〇年の夢」が実現するわけです。そしてそれがいまも継続しているということになります。

小説「カクテル・パーティー」の中のレイプは、「ペルリ来航一一〇年祭」の年に起こります。「琉球人に繁栄があり／琉球人とアメリカ人とが／つねに友人たらん事を祈る」という米軍将校クラブの前の横断幕の文字の「ひとつひとつを丹念に読んだ上で」、主人公は警察署へ向かって歩いていきます。横断幕の言葉は、強引に首里城に入城した後、摂政邸でペリーが乾杯の際に述べた言葉を引用したものです。

私には、琉球王国通事で中国語を話し英語を理解した牧志朝忠と名前のない主人公がこの場面で重なって見えます。大城先生は、「いつか牧志朝忠を書いてみたいと思ったが、年齢を考えてやめた」と私におっしゃったことがありました。小説「カクテル・パーティー」の主人公も中国語が堪能で、そのこともあってカクテルパーティに招待されます。牧志朝忠、「カクテル・パーティー」の主人公、（戯曲版では上原という名前になります）、そして大城立裕が重なって見えます。大城先生ご自身も中国に留学されたので中国語は堪能でありましたし、戦後は一時米軍で翻訳の仕事をされています。

琉球・沖縄の歴史を深いパースペクティヴで見た場合、小説版も戯曲版も「カクテル・パーティー」の沖縄人の主人公の人物像は、『ペリー遠征記』に登場する琉球人牧志朝忠が二十世紀になってどのように変容したか、どのようにアメリカに対応するようになったかということを暗示しているようにも感じられます。小説「カクテル・パーティー」の沖縄人の主人公はそこまで意識しているようには見えませんが、作者の大城立裕は当然このようなことまで意識していたはずです。戯曲版では、アメリカの首都ワシントンD.C.を訪れた沖縄人が、そこでアメリカ人と戦後アメリカの沖縄統治や原爆投下について議論をするというところまで作品が深化され、沖縄人の姿が大きく変容しています。

※

「戯曲　カクテル・パーティー」に関連して、急いで申し上げておきたいことがあります。それは、映画版「カクテル・パーティー」のことです。小説「カクテル・パーティー」は、アメリカ人に映画化を思いつかせるような力をもった作品であります。アメリカ人の映画監督レジー・ライフさんは、おそらくスティーヴ・ラブソンさんが翻訳した小説版を読んだのだろうと思いますが、大城先生に映画化の提案をしてきました。

そこで映画化のための脚本は、まだ出版されていない私の英訳を基にして、大城、ライフ、山里の三人でまとめました。私たち三人が原作者となっています。しかし、長い間連絡がないままに完成した映画は、原作から大きくそれて、スリラーのような映画になってしまいました。大城先生は、おやさしい方ですので、この映画の那覇での封切りで舞台挨拶をされました。しかし、「映画だけを見た人に原作についての誤解をされるのが悔しいことです」と私へのメールに書いてこられました。大城先生は、それ以上はこの映画にお付き合いすることはしていません。私は送られてきたDVDで映画を見ていましたので、監督にメールで率直なコメントを送り、劇場には一度も行きませんでした。新聞に感想を求められたときは、映画と原作は異なった作品であるとだけ申し上げました。

2

二つ目のコメントは言葉に関することです。沖縄方言といいますか、琉球語というべきか、これが大城作品でどう使われているか、そこからどのようなことが読み取れるのかということについて、すこしコメントいたします。

去年『琉球新報』の追悼エッセイの中でも書いたことですが、大城は「沖縄への引揚船のなかで「私の頭を満たした喜びがあった。『これからは大っぴらに方言をしゃべることができる！』」と書いています。一九四七年に上海から熊本を経て沖縄に帰ってきたときのことです。『光源を求めて（戦後五十年と私）』で書いておられる。

ナチにドイツから追われ、一九三三年にフランスやアメリカに亡命し、一九四九年にドイツにはじめて帰国したユダヤ人の哲学者、あるいは政治哲学者のハンナ・アーレントが、そのときに街の中で生のドイツ語を聞いて言葉に言い表せない喜びを経験した、とあるインタビューで発言しています。大城の喜びとどこかで繋がっていると思います。母語を自由に話すことができる喜び、ファシズムや軍国主義や併合によって言葉を奪われ、その使用を抑圧された状態からの解放の瞬間を語っているわけです。

大城は、一九五三年には『琉大文學』にエッセイを寄稿し、このように書いています――「私はこの頃、沖縄にいる存在意識にとらわれて居る。（中略）歴史を読み、古典を読み、新聞を読み、人を聞き、方言を日本語に訳して表現し――これから創造されねばならぬ仕事が多い……」（『光源を求めて（戦後五〇年と私）』一六〇頁）。

方言とは琉球語のことです。琉球語をどうするか、この言葉でなにを、どのように表現するかということを、戦後の早い時期から深く考えておられたことがうかがわれます。

※

そこで、大城が琉球語でなにを、どう表現したかということになります。

大城は、二十世紀半ばに、作家としては標準日本語で書くことから出発しますが、二十一世紀になると新作組踊を二十篇（二十二篇でしたか）書き上げます。その晩年は、小説も書き続けましたが、サンパチロクの韻律で琉球／沖縄をうたう詩人としての大城像が強く残ります。これは母語による創造性をいかんなく発揮した仕事であったと感じています。

ハンナ・アーレントは、ナチズムの後のドイツの戦後になにが残ったかと問われて、母語が残ったと発言しました。大城立裕は、「組踊の創作をしようと志したのは、伝統継承のためには創作が必要であり、琉球語のネイティヴ・スピーカーとしておそらく最後の世代ではないか、という責任感のようなものに突き動かされたからであった」と書いています（「あとがき」『花の幻――琉球組踊十番』三三五頁）。そして、これに続けて、「時あたかもしかし、琉球語の衰えゆく時代のさなかにあるということは、まことに皮肉なことで、この十番が無益な抗いに終わらないことを願っている」とも書いています。新作組踊は、母語を残そう、琉球語を残そうという意志が強く反映されたものになっています。アーレントのドイツ語は残りましたが、大城の琉球語は未来に残ることができるでしょうか。

大城先生の言われる「琉球語のネイティヴ・スピーカーとしておそらく最後の世代」ということについては、異論があるかもしれません。一九四九年生まれの私の世代も自分たちは琉球語のネイティヴ・スピーカーだと思っていますし、もうすこし若い世代、おそらく六十代あたりまではそう思っているかもしれません。しかし、大城先生の世代やその前の世代は、「日常の述懐をただちにサンパチロクにのせる技能をもっていた」人たちでした（「私の中の琉球芸能」『花の幻――琉球組踊十番』三二五頁）。

同じネイティヴ・スピーカーだと言っても、大城先生の世代と私たちの世代の間には大きな違いがあります。たとえば、大城先生とこのようなやりとりをしたことがあります。

大城先生と琉歌の話をしていて、私が「うゆばらんとぅみばうむいますかがみかじやちょんうちゅちうがみぶしゃぬ」とか、「うむゆらばさとぅめしまとぅめてぃいもりしまやなかぐしくはなぬいしゃどう」ととなえると、「てーげーないるむんな」という顔で聞いています。私が「どうだ」という顔をしていますと、反撃が始まります。大城立裕は、「ところで、君はなんでこれができるのか」とちょっと失礼なことを率直に聞いてきます。「いや、私はこれでも、一九七〇年に沖映館で半年間幕引きをやっていて、そのときにかかっていたのが『泊阿嘉』、これがロングランになって、一時は最後のツラネまで全部覚えていました」と話しますと、なにもおっしゃらないで、ふーんという顔をされる。しかし、そのあとで、「ところで、君は、こんなして指を折らないとサンパチロクは確認できないのか」とお聞きになるので、それはそうですと言うと、大城先生はすこし得意気な顔で、「わんねー、サンパチロクや（頭を指して）ここで作ってから書くようにしている」とおっしゃいます。こう言われてみると、自分は外国文学だからしょうがないかと思っていたのですが、念のために波照間永吉先生に聞いたら、「いや、自分も指を折ってサンパチロクを数える」とおっしゃる。そうだよね、正常な人はそうだよね、とすこしうれしくなりました。しかし、こういう琉球語のネイティヴ・スピーカーだからこそ、二十篇もの新作組踊を集中して書けたのではないかと考えます。指を折ってシラブルを数えていてはとてもできません。

ついでにと言ってはなんですが、大城新作組踊のテキストの仮名遣いは、大城先生に依頼されて波照間先生が校訂されています。それだけ、テキストとしても厳密なものを追求したわけです。

また、琉球語の継承という点で言えば、半田一郎先生が作家の佐藤優さんの琉球語の先生でしたが、その半田先生が、大城立裕の新作組踊は「現代琉球語の最頂点と言えます。大城先生の『花の幻』を読み解くことができるようになれば、琉球語で評論文を含む書く表現ができるようになります。（中略）琉球語が将来に生き残るとすれば、そのときは大城立裕先生が組踊で用いた書き言葉が基本になります」と語っていたと佐藤さんが紹介しています（「解説」『真北風が吹けば』三五七頁）。

半田先生は東京外国語大学教授で、英語学が専門でした。外語大は六十二歳が定年でしたが、六十五歳が定年の琉大に来られて三年間教えました。退職激励会では見事な首里言葉で挨拶されました。天才的な語学力をもった方でしたので、その半田先生が大城立裕の組踊についてそうおっしゃっておられたのなら、そのとおりだろうと思っています。そして波照間先生が仮名遣いを校訂されたテキストはいつまでも信頼できるものではないかとも考えています。

さて、あまり、時間がありませんが、大城先生の新作組踊の韻律について、すこし思うことがありますので、お話申し上げたいと思います。

大城立裕は、琉歌とその韻律について、このように述べています——。

「民族が本来身につけていた韻律と言葉を、十五世紀ごろに中国から導入された三弦楽器に載せる形で、琉歌を生み出し、それを基調にして十八世紀に組踊を生んだ」（「私の中の琉球芸能——伝統と創造のはざまで」『花の幻―琉球組踊十番』三二九頁）。

つまり、大城先生は、サンパチロクは「民族が本来身につけていた韻律と言葉」をもとにして生まれてきたと考えておられるのです。

佐藤優さんは、『琉球組踊　続十番　真北風が吹けば』の「解説」で、「民族には、その心をもっとも正確に表現することができる形態がある。日本人の場合、五七五七七で作られる和歌の形態だ。沖縄人の場合、それは八八八六（サンパチロク）で表現される琉歌だ」（K&Kプレス、二〇一一年、三五一頁）と指摘しています。

このような大城先生と佐藤さんの言葉を、私なりに英米文学研究の立場から言い直してみたいと思います。

散文（たとえば小説）と韻文（詩）の基本的な違いは、あるリズムの型を持って書かれているかどうかにあります。

ある型のリズムを韻律と言い、英語ではmeter（ミーター、メーター）と言います。日本語では俳句や短歌の五七五、五七五七七、琉球語では八八八六、いわゆるサンパチロクやその他のバリエーションです。

英語では、シェイクスピアがその劇を書くのに使った iambic pentameter という韻律が基本的なものです。これは日本語では、弱強五歩格と言います。要するに、英語の単語の強勢がかかるところとそうでない弱いアクセントの部分を組み合わせて韻律を作ります。

わかりやすい例で言えば、ハムレットの「生きるべきか死ぬべきかそれが問題だ」という有名なセリフがありますが、あれは "To be or not to be. . . ." と始まります。もうお気づきだと思いますが、この部分は To be/or not/to be に分けられます。これが弱強の組み合わせで、この組み合わせが一行に五つ（つまり十音節、十シラブル）あるかたちを iambic pentameter と呼んでいるわけです。

シェイクスピアが書いた劇は全部で三十七だというのが定説ですが、すべてこの韻律で書かれています。ですからあれは詩で書かれた劇、詩劇と呼ばれているわけです。

・英語の詩にはもちろんいろいろな韻律がありますが、もっとも標準的で、安定していてかつ重厚、そしてよく使われるのがこの韻律 iambic pentameter です。現代詩でも使われます。
・フランス近・現代詩の標準的な韻律は、アレクサンドランと言います。これは一行に十二音節あります。英語のアイアンビック・ペンタミターは一行に十音節あります。
・中国には、五言絶句、七言絶句があります。
・日本語では安定感、重厚さで言えば、短歌の三十一音節です。
・琉歌は三十音節です。

・短歌と琉歌は一音節だけの違いです。
・英語とフランス語の標準的な韻律である iambic pentameter と alexandrine は二音節の違いです。

日本詩歌の韻律研究で知られる川本皓嗣は、日本では、明治以来、五五調や八六調の実験があったが、「誰もが安心して頼れる韻律と言えば、けっきょくは七五調になります」と述べています（「七五調のリズム論」、川本皓嗣／小林康夫編『文学の方法』東京大学出版会、一九九六年、一一四頁）。

そうすると、この言い方に従うと、琉球語では「誰もが安心して頼れる韻律と言えば、けっきょくは八六調、あるいはサンパチロクになります」と言えるのではないか。

細かいことを話してきましたが、要するに、私は、仮説として、「独立言語は独自の詩の韻律を有する」ということが言えるのではないかと考え、それを琉球語と日本語についてもあてはめることができないかどうか提案してみたいのです。

例えば、新作組踊「海の天境」で、大城は一ページの上段に八音と六音を主体としたセリフを書き、その下に七音や五音を基調とした標準日本語訳を付しています。一九五三年に『琉大文學』に書いた「方言を訳して」ということを実践しているような気がします。

他の作品でも、ページの下に置いてある現代日本語訳は、五、または七のリズムに大きく傾斜しているように見えます。

この点で言えば、大城立裕は、自らの作品を翻訳する詩人であったと言ってもいいのではないかと思ったりします。

古代の茫漠たる人間の営みと、その人たちが話していた言語の中から、しだいにその言語にしっくりと合う、聞いていてもっとも安定しておちつきのある韻律の形が固まってきたというのが自然な流れであると言われています（川本 一一二）。ある言語固有の韻律は、その言語のもつさまざまな特質を基礎として生成されたと想像するのが最も自然であり、無理がないような気がします。

琉球語が独立言語なのか、日本語の方言なのかという議論がありますが、琉球語と日本語との間に、「独立言語は独自の詩の韻律を有する」という仮説が成り立つかどうか、仮説あるいは問題提起としておきたいと思います。私は、これは、大城立裕が新作組踊を書きながら、ひそかにテキストに忍び込ませた問題提起ではないかとも感じています。大城立裕研究者、あるいは琉球語研究者にご教示をお願いしたいと考えております。

以上、大急ぎになりましたが、基調講演といたします。ご清聴、ありがとうございました。

「カクテル・パーティー」との出会い

村上陽子

ただいまご紹介にあずかりました、村上です。開会時に、大城貞俊さんから、「本日は大城立裕さんにゆかりのみなさんにお集まりいただいた」というお言葉がありましたが、私としては身が縮むような思いがいたします。本日、「大城立裕の文学と遺産」というタイトルが掲げられておりますが、私は大城立裕という作家の作品を勝手に研究してきただけです。つまり、この遺産を正統に受け渡されたということではなく、大城立裕さんのあずかりしらぬところで勝手にぶんどってきたような立場です。ご本人との面識があるわけではありませんので、みなさまに大城立裕さんをめぐる素敵なエピソードをお話することもできません。

ただ、私よりあとの世代は、大城さんが遺された作品や言葉を通してしか「大城立裕」という存在に出会うことができなくなります。そして、沖縄文学や芸能はもちろんのこと、戦後沖縄の思想や歴史、文化全般に関心を持つときに、おそらく誰もが「大城立裕」という大きな存在に突き当たることになるはずです。ですから、私はご本人に出会うことのないまま、書かれた作品や言葉を通して「大城立裕」という存在について考えた世代の走りとしての体験や考えを、少しお話させていただきたいと思っています。

このような経緯ですので、ちょっと自分自身のことからお話をはじめることをお許しください。私は広島県三原市という、瀬戸内海に面した小さな町の出身です。私が高校時代を送った一九九〇年代末は、芸能界で安室奈美恵やDA PUMP、SPEED、Coccoなどが活躍していた時期でした。また、一九九五年に起こった暴行事件は全国的に大きく報じられましたので、私も衝撃を受け、沖縄が歌と芸能、文化の島であると同時に、痛みを生き続けている場所なのだということも強い印象として持っていました。沖縄という場所に全国的な関心が集まっていた状況に加え、同級生に沖縄にルーツを持つ友人がいたことや、高校の社会科の教員をしていた父が沖縄関係の本をたくさん持っていて私に読ませたがったことなど、個人的な要因も重なって、私は沖縄の歴史や文化に関心を持つようになり、琉球大学に進学することに決めました。

私が大学に進学したのは二〇〇〇年四月です。ご記憶の方も多いかと思いますが、二〇〇〇年という年は、沖縄サミットが行われた年でした。また、NHKの朝の連続テレビ小説で「ちゅらさん」が放映され、沖縄ブームが最高潮に達した時期でもありました。そのためか、私が所属していた学科には琉球・沖縄の言語、文学、歴史に強い関心を持つ学生が集まっていました。そういった先輩たち、友人たちとともに学べたことは、私にとって本当に大きな財産になっています。

大学の講義を受けるうちに、私は特に沖縄の文学をおもしろく感じるようになりました。たとえば久志芙沙子「滅びゆく琉球女の手記」とか、知念正真「人類館」などには沖縄の近代史が織り込まれていると同時に文学としてのおもしろさが宿っていて、大変心を引かれました。もっと読んでみたいと思って、先生や、沖縄出身の学生におすすめを聞いたところ、異口同音に大城立裕の「カクテル・パーティー」（『新沖縄文学』第四号、一九六七年二月）がいいと言われて、図書館に出かけていきました。

当時はまだ、「カクテル・パーティー」という小説はやや手に取りづらい状況にありました。琉球大学の図書館にあったのは、芥川賞受賞後に刊行された単行本でした。古くて、もう表紙も取れそうになっていて、補修がされているような状態の本を借りて読み始めますと、これがまたとてもおもしろかった。表題作の「カクテル・パーティー」はもちろんですが、「二世」や「ショーリーの脱出」も心に残りました。

それまでの私は、自分が県外出身であるということもあって、沖縄とヤマトの問題に目を向けがちでした。しかし、大城立裕の小説集ではまずアメリカという〈他者〉と沖縄の関係に目が向けられていました。さらにその中に、ヤマトや中国との差異も呼び込まれてくる。特に、「カクテル・パーティー」の中では中国に対する沖縄の加害者的側面が浮き彫りにされていて、圧倒される思いで読み終えました。こういう文学を深く研究してみたいと思った私は、ぜひこの本を購入しようと思って、宜野湾の榕樹書林という古本屋さんに出かけていきました。そうしたらそこのご店主が、私に何を探しているのか聞いてくださったんです。「『カクテル・パーティー』がほしいんです」と言ったら、その初版本はいまはとても高いんだと教えてくださいました。で、『沖縄文学全集』が出ているから、「亀甲墓」と「カクテル・パーティー」が入っている第七巻を買うといいというアドバイスをしていただきました。『沖縄文学全集』の第七巻は三八〇〇円で、学生の私にとっては高額な本だったのですが、ほとんどお財布の中身をはたくようにして買って帰りました。この本への投資はまったく無駄にならず、いまでも私の書架で存在感を放っています。当時は「カクテル・パーティー」を手元に置きたいという思いだけでしたが、「カクテル・パーティー」への執着が、他の沖縄文学の作品との出会いにつながったわけです。

さて、それからしばらくして、二〇〇二年に勉誠出版から『大城立裕全集』が出ました。こちらも学生が個人で買える値段ではありませんでしたが、図書館に行けば大城立裕の小説をまとめて読むことができるようになりました。同時に、大城立裕の小説のテーマが多彩であること、評論やエッセイも多数執筆していることなどをあらためて知りました。全集刊行によって、大城立裕の仕事を俯瞰できる環境が整いました。そして、二〇〇三年には、やはり勉誠出版から岡本恵徳・高橋敏夫を編者とする『沖縄文学選——日本文学のエッジからの問い』が刊行されることになります。こちらは二六〇〇円と格安で、沖縄文学の代表的な作品——もちろん大城立裕の「カクテル・パーティー」も含まれています——を手に取ることができるようになりました。現在では、『カクテル・パーティー』は岩波現代文庫からも刊行されています。手に取りやすいかたちで書籍が流通していることは、その作品が新たな読者に出会い、次の世代に受け継がれていくための大変重要な条件なので、このことを本当にうれしく思っています。

さて、私自身もこういった全集や書籍の刊行の流れに支えられ、「カクテル・パーティー」をテーマに卒業論文を書き上げることができました。ご存知の方も多いと思うのですが、この作品の流れをもう一度たどっておきたいと思います。

「カクテル・パーティー」は、前章は主人公の「私」の一人称、後章は語り手によって主人公が「お前」と名指される二人称で展開される独特の形式を持つ作品です。

まず、前章では主に基地の内部が描かれます。役所に勤める沖縄人の「私」、日本人新聞記者の小川、大陸から香港へ亡命する際に家族を失った中国人弁護士の孫、米軍人のミラーの四人は中国語研究グループを結成しています。基地内のミラー邸でのパーティーに招かれた中国語研究グループのメンバーは、ミラーの友人たちと歓談し、沖縄文化論や復帰問題について語り合います。その際、出席者の一人であるモーガンの幼い息子が行方不明になったという知らせがあり、主人公は孫とともに基地の中を歩いてモーガンの息子を探します。やがて沖縄人のメイドが無断でモーガンの息子を連れ帰ったのだということが判明し、歓談が再開されます。

ところどころに不穏な気配はあるものの、最後にはなごやかな雰囲気でまとまる前章とは打って変わって、後章では雰囲気が一変します。帰宅した主人公は、自分の娘が顔見知りの米兵ロバート・ハリスにレイプされ、ハリスを崖から突き落として怪我を負わせたことを知らされます。主人公はハリスを証人として裁判に召喚しようと試み、ミラーに助力を乞うのですが、すげなく拒まれて孫を頼ります。孫は「私」や小川とともにハリスと面会するのですが、ハリスは証人喚問を拒否します。そして孫は、病院を出てから、日本軍占領下で生活していたとき、自分の妻が日本兵に犯されたのだと主人公と小川に語ります。ここで主人公と小川は、自分たちが中国においては加害者であった事実を突きつけられることになります。このようにして裁判の困難さに直面し、自らの加害性を自覚した主人公は、娘自身の反対もあっていったん告訴をあきらめます。しかしあらためてミラーに招かれたパーティーの場で、モーガンが沖縄人のメイドを誘拐の罪で告訴したことを知った主人公は憤りにかられ、親善の欺瞞を告発し、告訴に踏み切ることを決意します。

以上が「カクテル・パーティー」のおおまかな内容です。この作品の重要な背景となっている米琉親善は、米軍の占領政策の一環として積極的に推進されてきたものでした。さきほど山里先生のお話でも取り上げられていましたが、後章の終わり近く、パーティーから一週間ほど前に行われた「ペルリ来航百十年祭記念行事」の横断幕がひるがえるという描写があります。ペリーが那覇港に来航した一八五三年五月二十六日を記念して、五月二十六日が「米琉親善日」とされたのは一九五〇年のことです。この描写によって、「カクテル・パーティー」は一八五三年から一一〇年後、すなわち一九六三年六月のはじめという時間を設定していると特定することができます。それは、時の高等弁務官ポール・W・キャラウェイの下でアメリカの恩恵や親善がことさらに強調された時代でもありました。

そのような時代を背景にして、親善によっては覆い隠すことのできない占領下沖縄の痛みを描いた作品が「カクテル・パーティー」だったと言うことができますし、実際にそのような評価を受けてこの作品は沖縄初の芥川賞受賞作となりました。

私は、卒業論文を書き始めた最初の頃は、「カクテル・パーティー」の主人公のスタンスを肯定的に捉えていました。しかし、研究を進めるにつれて、大きな疑問を抱くようになりました。それは、この主人公の娘、つまり性暴力の被害当事者である高校生の娘は、なぜこの作品のなかでほとんど台詞を与えられないのだろうかという疑問です。

もちろん、性暴力の被害を受けた直後に、当事者が自分の身に起こったことを言葉にするというのは難しいことだと思います。また、この作品では娘が暴行されたという事実を受けて、そのお父さん――つまり主人公――が自分のコネクションを最大限に活用してがんばっていくわけです。主人公が裁判に訴えようとする、その行為を完全に否定することはもちろんできません。けれども、占領体制の欺瞞を告発するために、娘のケアや裁判に訴えてほしくないという意志がないがしろにされた側面があるのではないか。そこには、沖縄の女性たちの傷を沖縄の男性たちが搾取し、自分自身は傷を免れたまま、被害者の皮をまとって立ち上がってしまうというような、沖縄内部で生じる声の略奪という問題があるのではないか。そのようなことを考えました。それは、「カクテル・パーティー」が優れた作品であればこそ立ち上がってきた問いであると思っています。

また、実は娘が挑む裁判の陰に隠れてなかなか言及されないのですが、この作品のなかではあと二つ、別の裁判が起こっています。一つは、行為のあとで娘に怪我をさせられた米兵・ロバート・ハリスが娘を訴える裁判、もう一つはモーガン家のメイドが誘拐罪で訴えられる裁判です。沖縄の人間が米兵を訴える裁判と、米兵が沖縄の人間を訴える裁判。それぞれが一体どういう法廷で、どういう法の下に裁かれるのかが非常に複雑です。その複雑さは、沖縄の警察署で主人公が次のようなことを知らされる場面によくあらわれています。

それによると、まず、娘が犯されたという事件と、娘が男に傷害をあたえたという事件とは、別個の事件として取りあつかわれる――これは、よく考えればそうかもしれない、とお前の納得しやすいことであった。第二に、男の裁判は軍で行ない、娘の裁判は琉球政府の裁判所で行う。〈中略〉

その一、軍の裁判は英語でおこなわれる。のみならず、強姦事件というものは、この上もなく立証の困難な事件であって、勝ち目がない。ふつう、告訴しないように勧告しており、すでに告訴したものでも、事実取り下げた例が多い。

その二、琉球政府の裁判所は軍要員にたいして証人喚問の権限をもたない。被告人が正当防衛を主張したところで、ロバート・ハリスを証人として喚問しない限り、その立証は不可能であろう。

（『大城立裕全集』第九巻、勉誠出版、二〇〇二年、一〇五頁）

私は今、大学で沖縄文学と日本近代文学を教えていますので、「カクテル・パーティー」を講義で取り扱って学生と議論をすることもあります。学生たちは、沖縄に複数の法や裁判所がある状態にとても戸惑います。しかし、「カクテル・パーティー」を論じる上で法の問題を避けて通ることはできません。このわけのわからない状態に直面し、琉球政府の布令集などをめくり、理解や整理に苦しみながら、占領状態というのは矛盾や理不尽がまかりとおる状態なのだと突きつけられるのは、学生にとってとても大切な体験だと思います。また、それはおそらく、いまの沖縄が置かれている状態に対する疑問を育てることにもつながっていくことでしょう。

これは、「カクテル・パーティー」がたやすく読者を逃してはくれない小説であることを示す一例です。米兵による沖縄の少女の暴行事件をきっかけに沖縄の占領状態の矛盾が露呈され、その矛盾に目をつぶろうとする人々を沖縄の人間である主人公を糾弾するというのは、この小説の非常に表面的なストーリーにすぎません。そのストーリーの裏側には、被害と加害がどう絡み合っているのか、そこにジェンダー的な力学がどう作用しているのか、それぞれの被害と加害をいかなるかたちで受け止めるのか、そこにどのような法があるのかなど、多様な問題がひしめいています。未解決のままに示されるこれらの問題は、そのまま読者が受け止めるべき課題となります。

せっかくの機会なので、ほかの作品についても少しお話をさせていただきたいと思います。大城立裕は、「カクテル・パーティー」で注目を集める以前に、「亀甲墓――実験方言をもつある風土記」(『新沖縄文学』第二号、一九六六年七月)という作品を発表しました。

これは、祖父、祖母(後妻)、孫息子、孫娘の一家に、すでに結婚して一子をもうけたものの、夫が戦死してしまって新しい恋人を作った娘の一家が合流して、沖縄戦の戦火を避けて、先祖が眠る亀甲墓に身を潜めるという物語です。大変印象的なのは、すべてを破壊する沖縄戦のさなかにあって、この家族が沖縄の伝統や風習に強いこだわりを持ちつづけることです。

そして、これは大城立裕自身が大変気に入っていた作品でもあります。「カクテル・パーティー」は、沖縄の日本復帰が現実味を増し、政治的焦点としての沖縄問題が注目を集めていた一九六〇年代後半に高い評価を受けたわけですが、「亀甲墓」は発表当時、あまり反響がなかったようです。これについて、大城は「『カクテル・パーティー』より『亀甲墓』のほうが文学としての価値がたかいと、私自身もかねてから考えていたし、現地の大方の読者のあいだでもそのようである。本土では思いもよらぬことであるらしい」(「沖縄で日本人になること——こころの自伝風に」、『大城立裕全集』第十二巻、三三四頁)と述べています。沖縄と日本のあいだに横たわる深い溝、すなわち沖縄への無知と無関心ゆえに作品が理解されないという思いがここでは吐露されています。

沖縄の「土俗」を書くことに大城は大変関心を持っていて、「カクテル・パーティー」で評価されたけれども、自分が書きたいのはむしろこちらなんだ、基地とか戦争を書くときにも必ず「土俗」を入れていく、それが自分の特徴なんだということを折に触れて発言してきました。

そういう沖縄の「土俗」への執着は、大城立裕文学の可能性やテーマを非常に大きく広げたように思います。たとえば大城立裕文学を、世界文学の一つとして読もうとするときに、何か他の文化や風習と結び合うことができるような可能性が我々に残されたようにも思います。「亀甲墓」では沖縄のことばを文学に取り入れるという重要な試みも注目されますが、それと同時に、先祖との共生/共死観が描かれたことなどは、沖縄の家族意識・共同体意識について考える上でも意義のあることだったと思います。

また、私は「カクテル・パーティー」から女性の声が消されているということに学生時代に非常に憤ったわけですけれども、「亀甲墓」では、むしろ女性の声が積極的に描かれています。夫の浮気や子どもができないという問題に悩まされ、離婚も経験するけれど、別の人の後妻におさまったことでなんとか骨を納める場所を確保できたと安堵している、この一家の祖母の語りには、戦前の沖縄を生きる女性の辛さがよくあらわれています。また、夫亡き後に恋人を作った娘の感情や性的欲望に言及している箇所もあります。

ですから、大城立裕が女性の生き方や、女性たちが背負っているものに無関心な作家であったとは言えません。特に、沖縄の文化を体現するような高齢の女性たちを書くのは極めて巧みです。しかし、すでに「カクテル・パーティー」について申し上げた通り、性暴力の痛みに対しては少し理論的に処理しすぎるところがあることも否めません。そのような理屈っぽさと、文化に根ざした豊かな語りが同居しているのは、大城立裕文学のひとつの特徴であるように思います。

大城が描こうとして向き合った「沖縄」なるものはやはりとても複雑で、その複雑さにどう向き合うかが問われたのだという気もいたします。あるときは理論的に、あるときは文化的に、「沖縄」なるものに向き合ってきた作家が大城立裕であり、そこに「沖縄」を基盤とする多彩なテーマが立ち上がってきたのではないでしょうか。汲めども尽きぬ「沖縄」に対峙するとき、対アメリカとの関係、対日本との関係に言及せざるを得ない。さらに中国大陸や南洋や南米など、いわゆる「沖縄」を超えた場所での出来事にまで想像力の翼を広げていくような超越性が大城立裕にはありました。複雑な「沖縄」を複雑なままに捉え、豊かに展開していこうとする思考が七十年を超える長い執筆歴につながっているのではないでしょうか。

この後、パネリストのみなさまが様々な角度から大城立裕の特色をお話になられると思います。作家という在り方は大城立裕という存在の極めて重要な一面ですが、それでも一面でしかありません。公務員として、言論人として、組踊の作家として、文学賞の選考委員として——。大城立裕という存在は、戦後の沖縄文化の様々なところで欠くことができない存在で在り続けました。私たちには今後、大城立裕の言葉を精緻に読み解く作業、そしてその先に何を築くかという考察が必要だと思います。そのような作業を踏まえて、これからの沖縄の文学・言葉・思想を考えていくことができればと思っています。

本日はどうもありがとうございました。

第2章　パネルディスカッション

大城貞俊：それでは第二部を始めていきます。時間が限られていますので前半と後半に分けて進めていきます。前半は四名のパネリストにそれぞれ自由に五分程度で発言いただきます。大城立裕さんとの関わり、大城文学に見られる特質、あるいは人柄などについて自由にご発言いただきます。後半はその発言を受けながら意見交流の時間ということにしたいと思います。

小嶋洋輔：ただいまご紹介にあずかりました、名桜大学の小嶋洋輔です。

私は第二次世界大戦後の日本文学を研究しています。沖縄に参りましてからは、「沖縄文学」と日本近現代文学との関係について考えているのですが、当然ながらなかなか答えが出ないでいます。ただ今回、大城立裕という存在について調査する機会をいただきまして、この大きな存在を「取っかかり」にすることで、何か見えてくるものがあるのではないか、と考えるようになりました。大城立裕という存在を中心に、さまざまな「場」が生まれてきたことは、これまでの講演でも話されてきたことかと思います。その「場」では、さまざまな言説空間が生まれ、さまざまなパワーバランスが生じてきました。そういう「場」のひとつひとつを解きほぐす研究が必要になってくると感じています。それが「戦後沖縄」、「復帰後の沖縄」を見る上で重要なピースになってゆくのではないでしょうか。

今回は、選考委員としての大城立裕という「場」について紹介したいと思っています。大城立裕は、現在「沖縄文学三賞」といわれる文学賞の設立から関わり、選考委員を長く務めてきました。このことは大城立裕が「沖縄文学」の「規範」的存在であり、若手作家にとっては「壁」として存在していたことを端的に示すものだと考えています。現在、沖縄の文学を代表する又吉栄喜氏、目取真俊氏、崎山多美氏なども新人として、大城立裕に選考されてきたわけです。それと同時に選考委員としては、「沖縄文学」を代表するかたちで「ヤマトゥ」の代表的な作家である島尾敏雄や安岡章太郎、日野啓三、河野多惠子、三枝和子などと選考委員を行ってきています。そこで選評から、大城立裕がその「場」で何を話したかを見てゆくことは、逆に「沖縄文学」とは何かということを探ることにつながるのではないかと思うのです。

今回見るのは「沖縄文学三賞」のうち「新沖縄文学賞」になります。まず、「新沖縄文学賞」設立にあわせて行われた選考委員による鼎談があります。島尾、牧港篤三と行っています。そこでの大城の発言を見てゆくと二つの問題=「規準」が最初に提示されていることがわかります。そしてそれが、後々まで大城の選考の際の「規準」になってゆくことになります。

一点は「言葉の問題」です。そしてもう一点は「沖縄の特殊性の問題」です。これは特殊な沖縄を作家である私がどう描くかという問題になります。

まず「言葉の問題」ですが、第三回選評（『新沖縄文学』三七号　一九七七）で「方言会話をナマのままで書くことは、標準語会話以上に厳密な方言意識をもたなければならない」と書いています。これは東峰夫氏の「オキナワの少年」が芥川賞を受賞した時期で、おそらく新人作家が方言を小説に取り入れることを流行のように行っていた時期です。その流行に対してこのように厳しい選評を残しているわけです。

次に第二五回選評（『沖縄文芸年鑑一九九九』）では「沖縄の特殊性の問題」について述べています。「沖縄」を小説にする場合、よく「沖縄戦」や「基地」の問題があげられます。ただここで大城は「沖縄の霊感世界」を「沖縄の特殊性の問題」としていて、それを安易に描くと「説明に堕してしまう」といいます。これは又吉栄喜氏、目取真俊氏の芥川賞受賞が背景にあると思うのですが、こうした「沖縄の特殊性」の時代による変遷に、大城はしっかり目配りしているのですね。同様に「本土から沖縄を（あるいは沖縄から本土を）見てのカルチャーショック」も「沖縄の特殊性の問題」としています。これは沖縄サミットに向かう空気感が生んだ問題だと思います。大城は、テーマだけを先に決めて書いても読者はついてこないということをいっています。

「沖縄の特殊性の問題」で大城が手放しで褒めているのは、第一五回受賞作、徳田友子「新城マツの天使」です。その選評（『新沖縄文学』八二号　一九八九）で大城は、「沖縄のアンマー（というよりオバー）の生きざまを通じて、変わった沖縄と変わらない沖縄が、渾然とよく融けあったかたちで書かれている。

（中略）／全編に流れているのは明るい悲しみである。これは、たとえば深沢七郎にもあるものだが、かれが悲しみを主体にしているのにたいして、これは明るさを主体にしている。これは沖縄だと思う」と述べている。これは「新沖縄文学賞」の選評のなかで最高のものといってよいほどの賛辞だと思います。この「明るさを主体にした悲しみ」というものが深沢七郎と対比させて書かれているというのが、沖縄の特殊性を書く際のポイントになるわけです。

時間がなくなってきましたので、これは後で時間があれば述べたいですが、「言葉の問題」で言うと、第二五回受賞作金城真悠「千年蒼茫」の選評（『沖縄文藝年鑑二〇〇二』）を一読していただければ理解できるように、人間がしっかり描かれ、その人間がそれに見合った言葉をしゃべっている、そして読者がその言葉を理解できることが大城立裕にとって問題としてあったようです。

いくつか選評を紹介しました。こうした調査から新たな「大城立裕研究」が打ち出せればと思っています。

呉屋美奈子：呉屋美奈子です。よろしくお願いいたします。大城先生とお呼びしていたので、ここでも大城先生とお呼びしたいと思います。

私と大城先生の出会いは、大学院生のころでした。学部生のころは日本文学を専攻していたのですが、大学院の指導教官の黒古一夫先生から、「君は沖縄の人なんだから、沖縄にはすばらしい文学があるんだから、沖縄文学の研究をするべきだ」といわれて、大城立裕先生を研究することになりました。今日は会場の皆様に年譜もお配りしていますが、これもだいぶ削ってこの分量になりました。書誌作成を行って、調べられるかぎり年譜を作成して大城先生に手紙を書きました。すぐ筑波のアパートの方に電話がかかってきました。ただの学生だった私にとても親切にしていただきまして、タイミング良くか悪くか大城先生の書斎の資料をすべて公文書館に寄託したばかりでしたが、そのすべての資料を個別閲覧させてもらいました。大城先生の自宅にも毎日のように押しかけて行きまして、奥さまと大城先生がお出迎えしてくださって、書斎を自由に調べていいよと言ってくださって、調べました。このことがきっかけで、黒古先生から、書誌ができたのだから全集を作ることができますよ、すばらしい文学なのでこの作品たちを残していかないといけない。大城立裕全集をつくりましょうということを言われて、全集をつくることになりました。

大城先生の作品を読むことは、私自身が沖縄と向き合うことにもなりましたし、戦後沖縄文学の成り立ちからその変遷を見ることにもなりました。ちなみに「大城立裕文庫」は今、沖縄県立図書館の方へ行っていますけれども、あらゆる分野に研究熱心でありました大城先生の文学や沖縄との向き合いが見て取れる貴重な資料が収められていることを指摘しておきます。

大城先生は小説家の枠にとどまらず、戯曲家であって、詩人・哲学者・歴史家でもあって、戦後沖縄においてこれほどまでに知的でマルチな活動をした人はいないだろうと思えるような多彩で偉大な先生でした。二〇〇二年までの活動については全集にまとめてきたのですが、それ以降の活動について紹介したいと思います。

大城先生の文学の挑戦については、初期の演劇から始まって、芥川賞受賞以降は長編小説で沖縄のさまざまな問題や歴史を深く描く小説家となっていきます。二〇〇二年以降に注目したいのは、組踊の創作と私小説への挑戦、自伝的琉歌作品集です。大城先生は、生涯挑戦者であったと考えています。表現の場所を小説・エッセイ・評論・戯曲・組踊・詩作・琉歌とたくさんもっていて、初期のころは劇作家と思ったよ、と大江健三郎さんに言われているくらい、いろいろな表現の方法を持っています。

エッセイや評論で取り上げた沖縄を小説に扱う際には、「文学」として物語性を持たせています。長編小説では歴史検証を重厚に行っていきますが、短編ではそれを背景として、沖縄の人の内面とか、風土の独特な習俗の襞というか細かいところを書いていくのを特徴としています。

大城先生はもともと戯曲から始まって複雑な人々の内面を多角的に書くことが得意でした。人の内面に焦点を当てたり、喜劇要素を加えたりして、戯曲や組踊にする際にはより親しみやすい表現をなさっていました。新作組踊では五番から十番で古代から現代までの沖縄の歴史的な瞬間を切り取っていますし、十番から二十番では風土記シリーズとか愛のシリーズというふうにしてこれまでの言説に新しい解釈を加えた組踊を書いています。

また琉歌では自伝的琉歌と言って、三十音の中で自分の人生や思いを書き留めた琉歌集を書いています。これは画期的だと思います。最終的に私小説に戻ります。大城先生の有名な言葉で、「私は私小説を書きません　沖縄を書くことが私の私小説」と語っていますが、実は大城先生の出発点は私小説です。そして戯曲も自分と向き合って書き、大城先生は自分で「私戯曲」という言葉を使っています。

それで奥さまの病気をきっかけにして、また晩年に私小説を書くことにのめりこんでいきました。

大城先生はまた、「文学は人間探求」と言い、沖縄やウチナーンチュと向き合ってきました。最後、大城先生が自分と対峙して自分のことを掘り下げて、書いていけたことが本当に幸せなことだったと私は思います。大城先生が多彩なる表現者として、また文学として生き続けていますので、私たちが少しでも大城先生の文学研究を通して残していけたらいいと思いますし、今の若い人によけい響く作品がたくさんあると思います。それらをつないでいくのが私たちの役割だと思います。


知念ウシ：知念ウシーんでぃしやーいびーん。見ー知っちょーちうたびみしぇーびり。私は大城文学の研究者ではないのですが、呼んでいただき、大変恐縮しております。大城先生の追悼ということで、私に話せることを今日、お話させていただきたいと思います。

大城先生とは二〇〇五年に沖縄タイムスの新春座談会で初めてご一緒しました。詩人の川満信一さん、沖縄大学学長新崎盛暉さん（故人）、そして大城先生との座談で、私が司会をさせていただきました。また、二〇一〇年に私が『ウシがゆく』（沖縄タイムス社）という本を出版したとき、その出版パーティーに来ていただいて、「この顔でヤマト食らうか、知念ウシ」と挨拶してくださいました。ちょっと童顔なのでからわれたのかなと。それから二〇一二年には琉球新報正月号の新春対談でお話させていただきました。

私はエッセイや評論が好きなので、大城先生が新聞にお書きになったものはほとんど読んでいたのですが、正直に言うと、大城先生も含めて〝沖縄文学〟というものには近づけませんでした。というのは、私は小学校入学した頃に沖縄の「日本復帰」がありました。つらくて直視するのは難しいものでした。それで、子供ながらに当時の社会のすごく重い雰囲気を覚えています。沖縄の現実というのは私にとって、つらくて直視するのは難しいものでした。それが長く続き、では、忘れてしまえるか、逃げられるか、というとそうでもなく。それでポストコロニアリズムの理論や文学を読みながら、同時に、ウトゥルサムンヌミーブサムンというか、ちょっと違いますかね、スーミーするみたいに沖縄を見て、考えてきました。そして今回このお話があってから、やっぱりちゃんと読まないといけないなと決心して、大城先生の本を手に取りました。そうすると、コロニアリズム批判の理論や文学に居場所を探しながら自分なりに考えてきたことが、すでに書かれているということを発見しました。たとえば、一九七一年に発行された『同化と異化のはざまで』。これを読みながら付箋を貼っていったら、いっぱいになってしまって、どれが大切なのかわからない、もう一回付箋の上に付箋を貼らないといけないっていう感じになりました（笑）。一九七一年にもうこんなことを書いていたのか、という驚きがありました。

それはヤマトゥから嫌なことを言われたり、アメリカから変なことをされるのに対する大城先生の返しなのですが、今現在もまだ同じことが言われるし、同じことがされるんだなって。来年で「日本復帰」五十年になりますが（本当にそれが来るのかどうかわかりませんが）、それなのにまだ同じ状態です。いや、もっとひどくなっていると思いますけど。

今回このような場と出会いをいただいたこともきっかけですが、自分なりに沖縄文学と向き合い、読む準備ができたということなのかなと思っています。

第二次世界大戦のときの台湾や朝鮮の人の体験を語った本を読むと、戦争中から、もうこの戦争は日本帝国負けるなと思い、とにかくそれまで我慢しよう、日本が負けたら自分たちは解放されるから、と待っていたようです。八月十五日、天皇のラジオ放送で、「やったー解放だ！」ということになっていくわけです。では、琉球ではどうだったのだろうか。絶対琉球でも、醒めて見ていて、こんな戦争勝てるわけないよと思っていた人はたくさんいたでしょう。でもその声がこれまであまり出てこないのは、そういう鋭い人はスパイとして殺されたのか、「日本復帰」の動きの中で声が出せなかったのか、戦場から引き続きアメリカに占領されたため、解放を味わうこともなかったからか。しかし、大城先生が戦後、中国から日本熊本に引き揚げてきた頃、電車の中で沖縄の人が大きな声で沖縄の言葉でしゃべり解放感に満ちているのを見た、という回想があります。それをいろいろなところでお書きなんですね。この本（『同化と異化のはざまで』）にも出てきますし、二〇〇五年の座談会のときもおっしゃっていました。先ほど、呉屋さんが紹介した自伝琉歌集にもそういう歌がありました。私はこれはとても重要な歴史の証言だと思います。戦争が終わって、自分たちの言葉、琉球諸語が話せるんだという解放感があったということ。そして二〇〇五年の座談会では、「あの解放感にもっと浸ってこれからの沖縄を考えるべきだったんじゃないか」というふうにおっしゃっていました。「日本復帰」直前に書かれたこの『同化と異化のはざまで』で、「独立できるんだったら独立した方がいいというのが多数だろう」ということが何度も書かれていました。ただ、「日本への親近感というのは否定できないし、同化というものがあるから、やはり日本と切ることができない」ということもおっしゃっています。

二〇一二年の対談で私は先生に「ワッターは日本だと思いますか」と聞いたんです。そしたら大城先生は「半々ですね」とおっしゃいました。「中国と比べたら日本に近いから」と。それで私が「近いと言ったら、もっと南の方が近くないですか」と聞いたら、「いや、南の方は知らない」と。ちょっと逃げたかなあと思いました（笑）。

大城先生は「日本文化への同質感や沖縄の日本同化はどうしようもない」とお書きなんですけど、じゃあ、この日本文化との近さで日本同化へ動き出すシステムということを先生はどんなふうに分析したのか。同化は自然に起こることではなくて、やはり大きな力が働いているので、その大きな力による琉球の日本同化が統治にどんなふうに利用されたのか。そういうことを大城先生はどのように分析し、対峙したのか、を知りたいです。この本にはそれが書かれていないようでしたので。

崎浜慎：みなさん、こんにちは、崎浜慎です。知念ウシさんが大城さんの『同化と異化のはざまで』を紹介していましたが、私も二週間ほど前に初めて読みまして、そこに大城さんが書いてあることが、今沖縄で起こっていることとまったく同じであるなと思って、ここ何十年沖縄の状況は何も変わっていないというショックを受けました。ただ、大城さんの日本や沖縄に対する向き合い方、姿勢に共感し励まされる本でした。

大城さんの言語に対する姿勢についてお話をしたいと思います。大城さんは言葉の使用に対して「厳密」であり「厳格」でした。それは自分の作品だけではなくて、他の作家についてもそうだったと思います。一九九九年の「沖縄タイムス」のインタビューで最近の沖縄の作家について問われ、「本土の沖縄に対するエキゾチシズムにこびる傾向、ファッションがある。例えば文章に沖縄方言を安易に多用し、しかも間違って使う。私は方言でしか表現できない場合しか使わない。まず日本語で堂々と書くべきだ。」とかなり厳しく評しています。私自身もある作品で、「夢のような」という言葉を使い、安易な言葉遣いじゃないですかねと指摘され、本当にその通りだと納得したことがあります。そういうふうに他の人の作品についても新聞紙上などで厳しく書かれています。なぜそんなに厳しかったのか。もちろん小説家ですので言葉の使用に関して厳格であるのは当然だと思います。さらに大城さんは後進の者に対して教育的な意図があったのかなという気もします。とても親切な方ですので、丁寧に教えてくれるんです。この使い方は間違っているよと。

でも、それだけなのかと考えると、人の作品を批判するのはエネルギーが要ります。なかなかやりたくないことです。それにも関わらず、かなり厳しく批判していた。これはなぜなのかということを考えたときに、もしかすると大城さんが生きていた空間、育った環境というのが安定した言語の使用を許さない、非常に厳しい環境だったのではないかと私は考えています。

大城さんの育った時代背景を見ていくと、幼年期から少年期にかけては、日本語と自らの言葉（シマクトゥバ）の間で揺れ動く、「バイリンガル」的な時期にあたります。さらに、大城さんが学生時代を送った上海は租界（外国人居留地）であり、東亜同文書院は中国語を主として使用していた大学です。そこで他者と交流するためには、何よりも他言語や母国語（日本語）の使用による複雑な操作が必要だったにちがいありません。そうした環境を生きてきた大城さんであるならば、沖縄の作家たちに対する苦言を呈しているように見える発言（「私は方言でしか表現できない場合しか使わない」「まず日本語で堂々と書くべきだ」）にも、説教的な意味合いがあるというより、自身の言語に対する向き合い方の宣言と考えた方が自然ではないでしょうか。

「カクテル・パーティー」を例に挙げると、一番印象に残ったのは、多言語の使用です。その小説の中で何が話されているのか。もちろん日本語で書かれてはいるんですけれども、そこで話される言語が、中国語・英語・日本語、あるいはシマクトゥバ。四つの言葉が国際交流の場として頻繁に交わされます。こんなにたくさんの言語が話されている小説は沖縄文学にはないのではないかという気がします。大城さんは言葉に対してすごく敏感だったのだと思います。そこには幼年期からの言語経験が根底にあるのかもしれません。シマクトゥバを日本語へ「翻訳」していくというのが大城さんの初期の小説のテーマだったのかなと思います。

大城貞俊：四人の提言は非常に本質的な提言で、大城立裕さんの実像に迫る内容だったと思います。私の方から共通のテーマを三点にしぼって、パネリストの皆さんに投げかけたいと思います。一つは大城立裕さんにとっての「場」について。二つ目は、大城さんは多様なジャンルへの挑戦者であり、また、シマクトゥバでの表現世界に関心を持っていたということから「言葉」について。三つ目は、大城さんを通して見える沖縄、ウチナーンチュ、沖縄のアイデンティティなどについて論議をしたいと思います。まず一点目ですが、小嶋さんは選考委員としての「場」ということをおっしゃいましたが、大城さんにとっては文学という場、あるいは沖縄という場、あるいは沖縄で表現することについて、どういうふうに考えていたのか、それを少し深めてお話ください。また、崎浜さんには書き手の視点から、大城立裕さんの作品に対する言葉の使い方、また全体の印象などをお話しいただければ有り難いです。

小嶋：「沖縄」という「場」まで拡大すると、私には現状手にあまるというところはあります。ただ、少なくとも選考委員という位置から考えると、大城立裕が日本語文学という表現ジャンルのなかに方言、「ウチナーグチ」をどのように入れていくのかについて、かなり問題視していたことがわかります。先にも触れましたが七〇年代に「オキナワの少年」が登場して以降、小説に方言が安易に用いられるという一種の流行はあったのかと思います。しかし大城はこれではだめなんだという。技法として方言を用いると逆に小説の中でその表現が浮くというのですね。そしてそれはその人間がその言葉を語っていないからだというわけです。「沖縄文学」にとって、やはり「壁」として大城の存在があったといえるでしょう。

これは少し話が変わりますが、小説家としてどのように「ヤマトゥ」の編集者と対峙したかということを考えるのも、「沖縄」という「場」を考えるのに重要かもしれません。今年の六月に金城睦氏が大城の「カクテル・パーティー」草稿研究の発表をされていました。こうした草稿や手書きの原稿がさらに出てくると、さらに面白いことになると考えています。それはおそらく大城には「沖縄の作家」として、「ヤマトゥ」のメディアの編集者と対峙していた部分が多分にあると推察できるからです。六六年、六七年の段階からです。草稿をどのように修正していったのか。編集者の手が入った原稿というのはあまり残っていませんが、編集者との応答みたいなものが見えてくると、大城立裕対「ヤマトゥメディア」という図式が見えてくるのではないでしょうか。また、これは新たな草稿の発見がなくともできるかと思いますが、日本のメディアに書いたものと、沖縄のメディアに書いたもので、その小説、評論を内容によって分類してみても、何か見えてくると思います。

大城立裕という存在は「沖縄」を背負うようなところがある。それを求められているところも、それを自ら演じているところもあったと思うのです。こうした観点も新たな研究には必要かなと思っています。

崎浜：大城さんは膨大な作品を書かれていますが、初期の作品を見ていくとシマクトゥバをどう日本語に置き換えていくかということに苦労がうかがえるようなものが多いです。生涯を通してそれが大城さんのテーマだったのかなと思います。最晩年の「普天間よ」「レールの向こう」「あなた」は名作であり、作品の持つ透明感が際立っていますが、それは何だろうと考えると、日本語が流暢というか、引っかかりなく読める点があるのかなと。「美しい日本語」だと言ってもいいと思います。ただ、初期の大城さんのごつごつした感じの文章、シマクトゥバを直訳したような不自然な日本語が好きだった私からすると、晩年の作品の持つ透明感というのは果たして良いことだったのかという疑問はあります。

大城：二つ目のテーマは、多様なジャンルの表現者であった大城さんについて、また大城さんはシマクトゥバについてどう考えていたのか、その点について呉屋さん、知念さんに補足してもらいたいと思います。

呉屋：大城先生は長編・短編、それから戯曲、エッセイというふうに明確な意図があって書き分けていたと私は思っています。エッセイなどでは沖縄問題を扱うのですが、それを小説にしていく作業では、ただの主張にならないように多声性というのか、いろいろな人の声を使って、多角的な視点で沖縄をわかってもらえるように工夫していました。短編ではより沖縄は背景になっていて、人々を描くというのが特徴でした。大城先生は多分戯曲が一番好きだった思いますが、戯曲になっていくと、さらに言葉でいろいろと遊んでいるところがあったりして、そういうところが大城先生の使い分けだったのかなと思います。エッセイなどでは沖縄の代表的な識者として、何かあったときには東京から必ず大城先生に電話があって意見を聞かれました。首里城の火災のときも夜中から電話があったということを聞いています。そういう問い合わせに沖縄の代表として丁寧に答えています。

大城先生は政治的な問題から距離を取っているとよく言われていますが、エッセイでは政治的な問題をずっと書いています。そういう対談にもずっと出ていらっしゃいました。小説に書くときには距離を取っているという使い分け、歴史・文化の担い手として晩年では藤原書店の月刊誌に連載をされていました。そのテーマは沖縄文化で、小さな記事ではありましたが、沖縄を伝えるということを精力的に行っていました。あらゆるジャンルを使って、大城先生は沖縄を伝える担い手になっていたんじゃないかと思います。

知念：大城先生がシマクトゥバをどう考えていたかというのは大きなテーマで、私にはちゃんとはわからないんですけれども、私の個人的なエピソードをご紹介します。

それは、二〇〇五年の座談会で新聞には載らなかった話です。私が「今、ウチナーグチ、琉球語を勉強しています」と言ったら大城先生が「え、何で？」と驚いたように呆れたように（?）おっしゃったんです。「え、何でって、ウヤファーフジの言葉を自分もしゃべりたいというのは当たり前じゃないですか」と答えたら、「そうね？　へー」とちょっと冷たく言われたんですよ。それでもうシーンとなってしまって。そのとき私は「何で私は（沖縄の言語や文化にこだわる先輩方の代表のような）〝大城立裕〟にこんなこと言われないといけないわけ?!」とショックを受けました。傷つきました（笑）。

でもその後、先にお話したようなご縁ができて、二〇一二年の対談の帰り道に「まるけーてー、あしびーがくーよー」と言っていただきました。それで、本当に時々遊びに、ユンタクしに行くようになりました。あるときに私が琉球語でスピーチをする機会があり、自分なりに下書きをして、大城先生に一語一語見てもらったことがあります。私が読み上げていき、「うんうん、ここはこうした方がいい」と教えていただきました。そのとき、「はい、じゃあ、ここで『さってぃむ、さってぃむ』と入れよう」と言われ、私は、それに重厚で芝居的な響きを感じてしまって、「いやーちょっと、私にこれを言えっていうのは…」と(笑)。その頃の私にはまだ口にできない、「劇作家の台詞」と感じてしまって、迷いました。それで、実際のスピーチでは、大城先生には内緒で省略してしまいました(笑)。でも最近、他のシージャカタが「さってぃむ、さってぃむ」とおっしゃっているのを何回か聞いて、そのニュアンスがわかってきたので、私も使えるようになりました。なので、グソーの大城先生に「私も言えるようになりましたよ」と報告したいです。他には新聞紙上で琉球語のコラムを連載していたときのことです。いつもは沖縄語普及協議会の国吉朝政先生に原稿をチェックしていただくのですが、その回は時間がなくて、私の原稿そのままを掲載したんですね。そしたらすぐに大城先生からEメールが送られてきました。添付ファイルを開けると「ギャー」と叫ぶぐらい真っ赤に添削されていました。「ちゃんと勉強してくださいよ」と書いてありました。でも、お会いした時、大城先生に向かって私が勉強中の変な下手な琉球語でどんなにシバカンチラカンチラさせながら話しても、バカにして笑ったりせず、逐一直したりもせず、テンポや発音がおかしいから話しにくいと言ったりもせず、逆に過剰に褒めたりもせず、つまり、平然と普通に会話してくださいました。これは私にとって稀なことでした。その意味は後にじわじわと感じるようになりました。そして、あるとき私が「あんしぇー、また、ゆしりやびーさ、うー」と言ってお暇しようと立ち上がったときに、「組踊の脚本も書いてあるから、それも読んでね」とおっしゃいました。今思うと、それが私がいただいた最後の言葉かもしれません。

これらの体験などから推測すると、もしかしたら、大城先生は、当初は、自分より大分下の世代は、日本同化如何ともし難く、沖縄の言葉も文化も失い、関心もないだろうとあきらめていたのかもしれません。その後認識が少しずつ変わり、「取り戻したいと思っている人にはできる限りの応援をしよう」と応援してくださったんだなあと、有り難く思っています。

大城立裕というと「芥川賞作家」というのがどうしてもついてまわり、日本語文学が有名ですが、実は琉球語文学の文学者としてもとても大きな存在で、ご本人としてはこちらの方をもっと評価してほしいという思いもあったのかなと思います。

大城：大城立裕さんを通して見える沖縄、あるいはウチナーンチュ、ウチナーンチュのアイデンティティなどについて四名のパネリストにご発言いただきたいと思います。時間も差し迫っていますので、これをまとめの発言にしたいと思います。会場の皆さんへのメッセージなども含めて、よろしくお願いします。

崎浜：『同化と異化のはざまで』を読んで共感したという話を先ほどしましたが、どういう点に共感したかと言うと、大城さんは決してウチナーンチュ万歳ということでもないですし、かと言って我々は日本人だというところにも行かなかったんですね。いつも同化と異化のはざまでさまよっている感じで、それは一見すると優柔不断に見られかねないのですが、実はそうではないと思います。必ずどちらかを選ぶことはないと思いますし、むしろどれかを選んだ瞬間に可能性が閉ざされていく。だからいつまでも可能性を開いていくという意味で常に迷う、戸惑うという姿勢を私は大城さんから学んだのかなと思います。

知念：「大城立裕が沖縄で初めて芥川賞を取って『文学不毛の地』に扉を開いた。そしてその後も芥川賞作家が出て、困難な社会状況と向き合って文学活動を行うことで、いまや『日本文学豊穣の地』となった」という評価の変遷があると思うのですが、これが「サクセスストーリー」みたいに言われるのは気をつけないといけないのではないでしょうか。そもそも「文学不毛の地」と言われること自体が不当なことです。「かつては他府県に劣等感を抱いていた時代から、独自の文化に誇りを持ち自らに自信を持つようになってきた」という語りも要注意なのではないでしょうか。

琉球国時代にももちろん豊かな歌、文学がありました。人間は劣等感を持って生まれてはきません。劣等感とは押し付けられたものです。自分たちの言葉が奪われ日本語を押し付けられて、それによって、日本人が評価するような文学がうまく書けないから「文学不毛の地」とされるのは不当です。そもそも琉球国が征服されその主権が簒奪されたという暴力から始まっています。琉球国が続きそこで市民革命を起こし共和国になっていた場合もありえます。「琉球語で散文はできない」という言われ方もあり、大城先生は戯曲や組踊で琉球文学を試したのではないでしょうか。仮に琉球国が存続していたら大城立裕ほどの才能はどうしたでしょうか。琉球語による近代小説を発明したのではないかと思います。こういう可能性へのイメージを持っていたいです。

呉屋：知念さんの言葉を受けてお話したいと思います。安岡章太郎との対談で、沖縄が文学不毛の地と言われていることに驚いている安岡さんの記述がありました。文学不毛の地と言っているのは沖縄の人自身が言っているのであって、先ほどの発表で紹介されたように「滅びゆく琉球女の手記」など大城先生以前にも優れた文学はあったと思っています。それで何が言いたいのかというと、読み手が育っていなかったのではないかと私は考えています。今はだいぶ読み手が育っていて、若い人たちはフラットな目で文学を読むことができます。そういうことに期待したいなと思うのと、大城先生はいつも後進に期待をしていました。教えることを嫌がらなくて、そしてちゃんと見本を見せてくれました。組踊にも新作ができないんだったら自分が書くというように思いつくかぎりの手法を通して示してくれたと思っています。古典にこだわらなくてもいいんだよと大城先生は教えてくれました。私たち読み手が育って、大城先生の文学を受け継いでいくことが大事だと思っています。

小嶋：今回の資料で大城の選評の言葉を引用しています。その大城自身の言葉を読み上げることで質問への答えとしたいと思います。沖縄の若い書き手たちに対して、島尾敏雄と議論を交わすなかで出てきた言葉です。ここで大城は「沖縄の現象的な特殊性にこだわってしまって、その奥底にある人間というものまで〝根〟が及ばなければ、これまでのようにふりまわされてチヤランポランになってしまう」と述べています。つまり沖縄的なものの重みということをまず考えて、小説にそれを描くことが一般の流行だけれども、そうではなく、人間を書こうとしたらそこに自ずから沖縄の人間が出てくるというのが正しい手続きではないか、と述べている。この姿勢が大城の日本語文学観、小説観そのものではないでしょうか。

先に少しだけ紹介した「千年蒼茫」への選評、「言葉の問題」に関するものですが、これもその姿勢から出ていると思います。ウチナーヤマトグチ的な表現であっても、それを使用する空間を生きている人間が使っていればそれはリアルであり、今の沖縄をあらわしているのだという評です。大城は「小説のなかでのウチナーグチ表現が沖縄文学の宿題だが、ここにもひとつの貴重な実験が出された」とも述べている。大城が引用する「千年蒼茫」の場面には、いわゆるウチナーグチというのは出てきていない。私が見ても理解できるウチナーヤマトグチです。しかしこのセリフこそが、この小説で描いた空間で生きている人間が話すべき言葉だという。こうしたところを大城立裕は選考委員としてだけでなく、自身の創作活動も含め大事にしていたと思います。

大城：本日は貴重なお話を有り難うございました。会場の皆さんには大きなお土産になったのではないかと思います。それではこれでパネルディスカッションを終了致します。皆様、有り難うございました。

大城立裕追悼記念シンポジウム

テーマ：大城立裕の文学と遺産

開催日時：二〇二一年十月二十四日、午後二時～四時三十分

場所：沖縄県立博物館・美術館講堂

第Ⅱ部

エッセイ——沖縄を求めて

上海で得た問いから

大城貞俊

1

大城立裕さんが亡くなられたのは二〇二〇年十月二十七日。享年九十五。一九六七年第五十七回芥川賞受賞のニュースと同じように県民に衝撃を与えた。無念の思いと悔しさの感情の交じったもので、芥川賞受賞時の歓喜の衝撃とは異なるものだった。

地元の新聞社の一つ琉球新報社は大城立裕さんの死を次のように報じた。〔注1〕

沖縄初の芥川賞作家で長年、沖縄文学をけん引し、沖縄とは何かを問い続けた大城立裕氏が27

日午前11時10分、老衰のため北中城村内の病院で死去した。95歳。中城村出身。大城氏は3月に体調を崩し、入退院を繰り返していた。小説、戯曲、評論、エッセーまでさまざまな分野で琉球・沖縄の通史を独自の歴史観で書き続け、沖縄の戦後史を体現した。

今年5月に出版され、米統治下の沖縄で高校教師をした経験を基にした自伝的小説「焼け跡の高校教師」（集英社文庫）が最後の出版物となった。

大城氏は1925年生まれ。県立二中を卒業後、中国・上海にあった東亜同文書院大学に入学した。敗戦で大学が閉鎖され同大学を中退し沖縄に帰る。

戦後は米施政下の琉球政府職員、日本復帰後は県職員を務めた。青春の挫折と沖縄の運命とをつなげる思想的な動機で文学に関わり、職員の傍ら執筆を続けた。日本復帰前の67年、米兵による暴行事件を通して、米琉親善の欺瞞を暴いた「カクテル・パーティー」で芥川賞を受賞した。68年には沖縄問題の根源に迫った「小説　琉球処分」を出版した。復帰後は県立博物館長も務めた。

戯曲「世替りや世替りや」で紀伊國屋演劇賞特別賞。93年には戦時中の沖縄の刑務所を取り上げた小説「日の果てから」で平林たい子賞。90年に紫綬褒章、96年に勲四等旭日小綬章、98年に琉球新報賞、2000年に県功労賞を受賞した。創作意欲は衰えず、15年「レールの向こう」で川端康成文学賞。19年に井上靖記念文化賞を受賞した。

近年は沖縄の基地問題に関し、積極的に発言した。2005年、米軍普天間飛行場移設に伴う名護市辺野古への新基地建設問題について、本紙のインタビューに答え、「第二の琉球処分だ」とし、

「県民に与えられたテーマは辺野古に基地を造らせないこと」と述べた。11年には同問題をテーマにした短編集『普天間よ』を刊行。伝統芸能の継承発展にも取り組み、組踊の新作も執筆した。

（以下略）

大城立裕さんの逝去に私もまた無念の思いを禁じ得ない衝撃を受けた者の一人だ。立裕さんと同じように、沖縄で生まれ、沖縄で生き、沖縄で表現活動を続ける者として多くの薫陶と激励を受けていたからだ。

私は大城立裕さんが逝去した年の春に、入院している病院を韓国の沖縄文学研究者孫知延さん（慶《キョン》熙《ヒ》大学教授）と一緒に見舞ったことがある。

立裕さんは病衣を着て車椅子に座り笑顔を浮かべて歓迎してくれた。そして私たちを窓際に案内してカーテンを開き、「ここから慶良間が見えるよ」と示してくれた。さらに、「書きたいものがある。首里城のことを書きたい」と衰えぬ創作意欲を、笑みを浮かべて語っておられた。無念さは、立裕さんにこそ最も大きく押し寄せていたかもしれない。

2

私にとって大城立裕さんとの出会いは「具志川市文学賞」が機縁になった。一九九一年二月に当時の具志川市（現うるま市）が、日本政府の推進する「ふるさと創生事業」を活用して全国公募した懸賞小説に私が応募したからだ。選考委員には吉村昭さん、井上ひさしさん、そして大城立裕さんの三者が務めており、様々な幸運が重なって私の作品「椎の川」が受賞作の一つに選ばれた。

以後、私は大城立裕さんから折に触れて激励され、何度も勇気づけられた。私もまた不遜を顧みず、その恩に報いるべく努力もした。あるときは私の発表した作品へのコメントを電話でもらい、あるときはメールで作品の細部についての感想をもらった。新刊本を贈呈すると、いつも律儀な対応を続けてくれた。ときには身に余る共感をも頂き、書き続ける意欲を喚起された。また立裕さんの作品の地元新聞社への書評を依頼されることもあり恐縮して引き受けた。

一時期、「Lの会」という文学仲間の交流会が年に2回ほどの割合で開催されたが、この時間も刺激的だった。メンバーは大城立裕さんのほかに、又吉栄喜さん、仲程昌徳さん、山里勝己さん、幸喜良秀さん、そして私であった。食事をして遠慮のない雑談をするだけであったが末席に座っていた私には贅沢で刺激的な時間だった。「Lの会」の名付け親は立裕さんだ。世話係は最も若い私が担ったが、「Lとは文学や言語の意を示す英語の頭文字だよ」と、そっとつぶやいてくれた照れくさそうな笑みも目に浮かぶ。

立裕さんの博学ぶりや記憶の正確さにはいつも驚かされた。自らの作品だけでなく、自らの作品への評言もよく覚えておられた。それだけに生みだした作品の一つ一つに愛着があったのだろう。作品と同じように日々の暮らしの細部へも目配りをする人柄だった。

数年前、立裕さんが若き日々を過ごした中国上海の東亜同文書院跡を訪ねる機会があった。今では上海交通大学になっている。広大な敷地に往時を偲ばせる古い建物も幾つかあった。その報告をすると、立裕さんはキャンパスの地図を広げ見ているかのように記憶を甦らせ語ってくれた。図書館の場所や建物の様子まで寸分違わずに語ってくれたことには驚いた。プラタナスの大木や銀杏並木まで心に描いているかのようであった。

作品の修正稿や、何度も推敲し朱字の入った古い原稿をも見せてくれた。またアイルランドを旅した際の司馬遼太郎からの直筆の私信まで見せてくれた。どれもこれも、私たち若い世代の表現者を激励し鼓舞する意図があったものと思われる。

翻って考えるに、大城立裕さんは県内の文学三賞（新沖縄文学賞、琉球新報短編小説賞、九州芸術祭文学賞）の選考委員を長く務められたが、この作業を引き受けたのもこのような意図があったものと思われる。難儀を厭わずに三十年余も三賞の選考委員を務め後輩を激励し期待を寄せてくれたのだ。

それだけではない。国立療養所「沖縄愛楽園」の文芸誌『愛楽』に投稿される小説やエッセイの原稿にも長く丁寧な選評と所感を述べておられることを発見したときには、強い驚きと共に立裕さんの優しさと律儀な人柄に改めて衝撃を覚えたものである。

3

大城立裕さんの表現者としての活躍は多岐に渡っている。小説だけでなく、戯曲、組踊、琉歌、エッセイなどの各ジャンルで発表された作品も高い評価を受けている。特に戯曲や組踊にはウチナーンチュ（沖縄人）として生きる矜持と愛着を持って取り組まれていたように思われる。この分野での作品も数多くあり、戯曲『世替りや世替りや』（一九九七年）は第二十二回紀伊國屋演劇賞特別賞を受賞した。組踊集には『真北風《まにし》が吹けば——琉球組踊続十番』（二〇一一年）などの作品集がある。

小説作品では、芥川賞受賞作品「カクテル・パーティー」の他に、その前年に発表された「亀甲墓」も評価が高い。第二十一回平林たいこ賞を受賞した「日の果てから」（一九九三年）、第四十一回川端康成文学賞を受賞した「レールの向こう」（二〇一五年）なども印象深い。私には特に『朝、上海に立ちつくす——小説東亜同文書院』（一九八三年）や『ノロエステ鉄道』（一九八九年）、『小説　琉球処分』（一九七二年）などが感慨深く、沖縄で生きる作家の強い使命感さえ感じられた。

『朝、上海に立ちつくす——小説東亜同文書院』は、作者の分身と思われる沖縄県出身の主人公知名雅行が東亜同文書院に入学する一九四三年の四月から、一九四五年の敗戦によって書院が消滅し、上海で通訳の仕事を得た後、上海を離れる一九四六年四月までの三年余の歳月を時間軸にして展開される作品だ。

当時、東亜同文書院で学んでいた学生は全国から選りすぐられた若者たちである。日本と中国の架け橋になるのだと高い理想を持って入学する。当然、知名雅行も沖縄県から派遣された県費留学生の一人である。留学生には朝鮮半島や台湾からの若者もいる。作品はこれらの若者たちの交流や見解を通して、戦争に突入していく日本国家の理想と矛盾を解き明かしていく。

また現地上海に住む中国人家族との交流を通して、戦争、民族、平和、国家などについて、大きな問いが投げかけられる。日本国家に侵略され植民地となっている朝鮮半島や台湾からやって来た留学生も含めて、入り乱れた民族や人間模様が織りなされていく中で個々の戦争に対する見解などを披瀝しながら幾重もの重いテーマが提出されるのである。

作者大城立裕の関心は、血なまぐさい戦場での戦死者を描くことではなく、国家や民族の自立、あるいは平和な国際社会の創出や日本国家や中国社会の行方に関心があったかのように思われる。大戦に遭遇する過渡期の時代の中で、手探りするかのように国家や個としての自立を問うているように思われるのだ。

本書は一九八三年に講談社から出版され、一九八八年には文庫本も刊行される。沖縄は一九七二年に復帰したとはいえ県民の多くが望んだ基地のない平和の島としての復帰ではなかった。復帰前にも復帰後にも沖縄に寄り添い沖縄を描いてきた作家大城立裕の関心が、沖縄の行く末を案じ、国家や民族や自己の自立に向かっていたことは容易に想像できる。沖縄に生き、沖縄を求め続けてきた作家大城立裕の沖縄への関心こそが、本作品に提示される多くの問いを生みだしたように思われる。

作品集『ノロエステ鉄道』は南米を舞台にした五つの作品が収載されている。「ノロエステ鉄道」(ブラジル)、「南米ざくら」(ボリビア)、「はるかな地上絵」(ペルー)、「ジュキアの霧」(ブラジル)、「バドリーノに花束を」(アルゼンチン)で、いずれも一九八〇年代に『文學界』に発表された作品だ。

南米を舞台にしたこれらの作品に強く惹かれるのは、移民県と呼ばれる沖縄の人々の苦難の歴史が刻まれているからだ。立裕さんの作品は、沖縄の人々に寄り添った作品であるということが読後の共通の感慨だが、この感慨に至る顕著な例がこれらの作品群であることが一つ目の理由だ。

二つ目の理由は、グローバル社会の到来の中でいち早く海外を舞台にした特異な作品群であるからだ。立裕さんが描いたこれらの作品には、八十年代の作品とはいえ、人々のアイデンティティーや国家をボーダーレスにする視点など、今日にも多くの示唆を与える人間像や世界観がある。そして三つ目の理由は、五作品とも同じく南米を舞台にした作品であるにもかかわらず、その方法やアプローチの仕方は多彩である。ここに立裕さんの作家としての力量が豊かに展開されているように思われるからである。

大城立裕さんは自立を標榜した作家である。戦後国家を喪失した沖縄で生きる自らの存在拠点を確立することは、沖縄への関心や文化への関心に繋がり、両者を縒《よ》り合わせたアイデンティティーの模索に繋がっていく。この関心の一つが、『ノロエステ鉄道』を生みだしたように思えるのだ。

大城立裕さんは、エッセイ集『内なる沖縄――その心と文化』の中で、「沖縄の国際性」と章立てて、沖縄の人々には「海外信仰」があるとして次のように述べている。〔注2〕

ニライカナイは父祖の地であり、島の幸はそこからもたらされると信仰した、と私は考える。（中略）さらに私は、それが父祖の地のみならず、とにかく海をへだてた国であれば、そこから幸はもたらされるという、いわば「海外信仰」ともいうべきものと重なったのではないか。（二五九頁）

大城立裕さんは、この言説に次いで「オモロ」を紹介し、貿易を奨励した琉球国王を礼賛した具体的な作品を例示する。さらに、一四五八年琉球国王尚泰久が首里城正殿の大鐘に記文させたという「万国津梁《ばんこくしんりょう》」の精神を示す碑文を紹介する。

また、戦後のアメリカ世は「美ら瘡《ちゅかさ》」であったとして、功罪両面があったとして独特の文化論を説き、「沖縄の国際性」に注目している。

これらのことから、「ノロエステ鉄道」などの作品は、沖縄の文化やウチナーンチュのアイデンティティーの問題を射程に入れた作品に位置づけられるように思われるのだ。異国の地で沖縄や沖縄文化に覚醒することは、他国の文化と対比的に眺められるがゆえに一層鮮明になる。困苦の中で自立を求める移民の姿は、困難な状況の中で沖縄の自立を求めて呻吟する沖縄の人々の姿と重ね見ることができるはずだ。この視点は、個の自立と沖縄の自立に繋がる重層的な視点である。それは「カクテル・パーティー」にも現れた視点であり、「朝、上海に立ちつくす」にも現れた視点でもあるのだ。

『小説　琉球処分』は、立裕さんの代表作の一つであろう。作品の舞台はまさに「琉球処分」前後である。琉球王国が解体され沖縄県となる「琉球処分」は、一八七九（明治十二）年のことであるが、明治維新によって始まる日本国の樹立から、清国と関係の深い琉球王国をどう日本の傘下に組み込むか。それを模索する明治政府側と、琉球王国の滅亡を防ぎ清国との長い交流を簡単には断ち切れないとする琉球王国側、そして一六〇九年に薩摩の侵略を受けて傀儡政権となっていた苦悩などを背景に、様々な人間模様を描きながら、琉球処分、その日までを緊張感のある文体で緊張感のある物語として展開したのが本作品である。

作品の巧妙な仕掛けは、三司官や尚泰王を取り巻く苦悩を、彼ら自身の言葉だけでなく子や孫の若い世代の眼を通して描いたところにあるだろう。首里王府の重鎮である与那原良傑の子である良朝、亀川盛武の孫である盛棟らの視点から父や祖父の苦悩や、彼ら若い世代が生きる琉球の未来が語られるのだ。そこに作品の魅力の一つはあるように思われる。

そしてもう一つは、やはり対立の構図を援用しながら時代を巧妙に描いたことだろう。対立や課題の提示は大城立裕文学の特質の一つでもあるが、松田道之と三司官の対立は、明治政府と琉球王国の対立でもある。また三司官同士の対立や彼らを取り巻く頑固党と開化党の対立、さらに三司官の世代と若い子や孫の世代との対立、また亀川盛武に対峙する学識豊かな津波古親方や大湾親方らの対立が詳細に描かれる。さらに彼ら自身の内部の対立や葛藤が描かれるのだ。この中で、今日までを照射する重い課題が具体的に提示される。歴史のダイナミックな流れだけでなく、人間の愛憎のドラマとしても作品は展開される。それゆえに作品は長編であるが飽きることがない。特に福州に渡り頑固党を呼び戻すとして妻子を残して琉球を後にして彼の地で逝去する亀川盛棟の末路は、感慨深く記憶に残るエピソードの一つである。

作品の巻末に記された作者の「あとがき」によると、本作品の執筆は一九五八年で、作者が三十三歳のころだという。琉球新報編集局長池宮城秀意氏の勧めで新報紙上に連載小説として発表したものだという。琉大図書館にあるという池宮城氏から示唆された松田道之の著書『琉球処分』や関係資料を丁寧に読み、書き写して作品を執筆する。新聞連載は首里城明け渡し前夜までで、途中、中断したが、芥川賞受賞作品「カクテル・パーティー」よりも八年も前のことだ。受賞後に講談社から単行本にする計画のために書き足したというが恐るべき努力と才能である。

蛇足ながら、本作品での会話は三司官同士も含めてすべてヤマトグチで展開されるが、作者の用意周到な伏線は、まったく違和感を感じさせない。このことも特記すべきことの一つだろう。

4

大城立裕さんの生みだした作品世界を敢えて総括的に述べれば、沖縄への視点を有して沖縄に寄り添った多様なジャンルの作品群と言えるだろう。具体的には沖縄の伝統文化や社会に根ざした信仰の世界から今日の基地問題までを包括する作品世界だ。近作ではさらに長年連れ添った伴侶を亡くした感慨を記した私小説作品にまで到る。ユタ（巫女）、戦争、歴史、恋愛、評伝、基地、海外移民等々、時間軸や空間軸を広げているだけでなく、テーマも方法も深化し多種多様である。

例えば、ユタの世界を描いた作品には『後生からの声』（一九九二年）、戦争を描いた作品には『日の果てから』（一九九三年）、『かがやける荒野』（一九九五年）、『対馬丸』（二〇〇五年）など、また歴史小説には『小説　琉球処分』（一九六八年）、恋愛小説には『水の盛装』（二〇〇〇年）、伝記評伝には『風の御主前――小説・岩崎卓爾伝』（一九七四年）、基地問題には『カクテル・パーティー』（一九六七年）や『普天間よ』（二〇一一年）などがある。さらに私小説の分野にも方法やテーマを広げた『レールの向こう』（二〇一五年）や『あなた』（二〇一八年）などの作品がある。七十年余も沖縄を書き続け、九十歳を過ぎても創作意欲は衰えなかったのだ。

　ここでは、刊行された単行本や主な作品のみを例示したが、『大城立裕全集』全13巻（二〇〇二年）に収載された作品をも対象にすると膨大な作品群になる。これらのいずれの作品にも沖縄に対する慈愛の目と溢れるほどの関心と見識が披瀝されているのだ。

　さらに、直接沖縄を舞台にしたこのような作品以外にも、立裕さんには海外を舞台にした作品『ノロエステ鉄道』や『朝、上海に立ちつくす――小説東亜同文書院』だけでなく、『さらば福州琉球館』（一九九四年）などもあるのだ。

　これらの多様な作品世界で描かれるのは、立裕さんのみならず、私たちの内と外にある沖縄である。そして登場人物に託した人間としての自立を模索する苦悩と葛藤である。ここに読者の共感もあったのだ。顕示された問いや自立の模索はウチナーンチュ（沖縄人）共通の課題でもあったのだ。

　大城立裕さんを失って一年、大きな指標を失った感慨は尽きない。しかし、大城立裕さんの遺産を愛《め》で嘆息するだけではなく、この巨人の足跡を再度確認する必要もあるだろう。それが私たちの課題だ。幸いにして大城立裕全集の刊行もある。これからが新たな視点を当てられて、大城立裕作品の価値がさらに検証されていくはずだ。

私には大城立裕さんのことを思い浮かべると、二〇一九年十二月九日に「東亜同文書院」跡を訪ねた記憶が甦る。往時を偲ばせるレンガ造りの古い建物も残っていた。プラタナスの大木がキャンパスの街路にそびえ立っており、紅葉した木々も多く、銀杏の鮮やかな黄色葉も目についた。樹木の多いキャンパスは月曜日であったが、上海市民が自由に出入りして憩いの場所にもなっていた。公園のような広い敷地では太極拳をしている数人の老人たちを見かけた。また、柔らかい陽光を浴びながら乳母車を押している若い母親や、鉄棒をしている子どもたちや学生たちの姿も目に入った。

大城立裕さんは、小説「朝、上海に立ちつくす」の中で東亜同文書院について、次のように記している。

院子（ユアンズ）は広い芝生だ。テニスコート二つぐらい、サッカーだって出来そうな広さだ。芝生は手入れが行き届いている。東に図書館、北に文治堂（講堂）と専門部の教室と寮、西に体育館と事務局、南に予科寮と、どれも赤煉瓦の見栄えのする建物だ。その建物たちに支えられるように、さらにプラタナスの並木に囲まれて、院子は美しい。もと中国の交通大学の学舎である。本来の同文書院の学舎が昭和十二年に戦火で焼けたので、近隣にあった交通大学が重慶へ移ったあとを、書院が臨時校舎として使ってきた。わずか六年来のことである。（三十七頁［注3］）

上海の東亜同文書院で戦争に遭遇し、青春の挫折と夢の行方を喪失した大城立裕さん。しかし、私たちには大城立裕さんの作品を通して、上海で得た問いから発見される自立の思想、新しい沖縄と文学の可能性を示唆した数多くの営為に共振し、勇気づけられるように思われるのだ。


［注1］『琉球新報』二〇二〇年十月二十八日。

［注2］大城立裕エッセイ集『内なる沖縄——その心と文化』一九七二年五月二十日。読売新聞社。

［注3］頁は『朝、上海に立ちつくす——小説東亜同文書院』一九八八年六月十日、中央公論社発行の文庫本の頁である。

歴史家、大城立裕

高良倉吉

一九七三年四月、憧れの沖縄県沖縄史料編集所（沖縄県教育庁に属する機関）に就職した時、所長の大城立裕は『沖縄県史』文化編の編集担当者として忙しそうにしていた。新入りの私の最初の仕事は、大城所長を補助することだった。

『沖縄県史』は、アメリカ統治時代の一九六六年から刊行事業がスタートし、資料編や各論編、通史編、そして辞典を含む全二四巻を出す計画になっており、各論編の最後を飾るのが二冊の文化編だった。多様かつ多相な近代沖縄の文化状況を体系的に提示しようというものであり、初の試みだった。その企画や編集の中心に大城所長がいた。

彼は、『沖縄県史』第五巻・各論編４・文化１（一九七五年）の冒頭に、長文の「総説——文化史概観」を自ら執筆し、文化という視点から近代沖縄像を概観している。

第一章・序論―沖縄文化史の考えかた、第二章・近世までの文化史、第三章・「沖縄県民」の性格形成、第四章・外来影響の矛盾と主体性の模索、第五章・矛盾解決への苦悶と挫折、第六章・要約と補足、という構成である。

また、職場の『沖縄史料編集所紀要』第2号（一九七七年）に、大城は「『琉英国語』について」と題する史料紹介を掲載している。王国末期に活動した異色の人材、牧志朝忠（一八一八～一八六二年）に関する興味深い記録で、東京大学史料編纂所に保蔵されたままであった。

『琉英国語』を書き残したのは、薩摩藩の唐通事、園田実徳だった。彼は藩主の島津斉彬の命を受け、牧志朝忠のもとで英語を学ぶために派遣された四名の藩士の一人だった。

園田は、牧志の教授内容を詳しく書き記した。それが『琉英国語』である。

中国語（官話）の文章の傍らに、音韻のメモが記されている。それを唱えると、英語に聞こえる、という工夫がなされている。初歩的な語彙から始まり、複雑な交渉の例文までを含んでいる。中国語と英語の両方を解さないと読めない史料であり、大城立裕にはうってつけの記録だった。人知れず沈黙していた『琉英国語』は、大城の手を借りてデビューしたことになる。

その史料は、牧志朝忠の英語力がいかに高いものであったかを、力強く語っている。

歴史家としての一面を持つ、大城立裕について注記した。

「世紀替わり」の頃の大城立裕

本浜秀彦

1

このエッセイのタイトルにある「世紀替わり」は、大城立裕さんの戯曲「世《ゆ》替《がわ》りや世替りや」のキーワードにもなっている「世替わり」をもじっている（以下、同戯曲を指す以外は、「替」の送り仮名に「わ」を入れた）。

沖縄の歴史を語る際に使われる「世替わり」は、一八七九年、琉球藩が廃止され、沖縄県が設置されたいわゆる「琉球処分」や、戦後沖縄で二十七年間続いた米軍統治（「アメリカ世《ゆ》」）、そして一九七二年の「本土復帰」（沖縄の施政権の日本への返還）後の「ヤマト世」など、政治システムが変わり、沖縄の社会や、人々の生活が大きく変わるその転換のことを指す。「『琉球方言』に翻訳上演されるべき台本」

という副題が付けられている大城さんの「世替りや世替りや」も、「琉球処分」断行中の琉球が舞台である。

しかし、本エッセイで造語としてこしらえた「世紀替わり」は、文字通り「世紀」の変わり目、ここでは二〇〇〇年から二〇〇一年、つまり二十世紀から二十一世紀にかけての「世紀替わり」のことを言っている。この文章のねらいは、その時期に着目して、大城さんと沖縄の文学、文化をめぐる状況について考えることにある。

2

なぜわたしが「世紀替わり」に焦点をあてるのか。

ひとつには、「世紀」をまたぐその前後は、現在から振り返れば、沖縄をめぐる「表象」や「物語」がせめぎ合った重要な時期だったと考えるからだ。

それは、ミレニアムイヤーの二〇〇〇年に開催された「九州・沖縄サミット」に関連する政治、および政治イベントとまったく無関係ではない。いやむしろその政治的なインパクトが、沖縄の文化を積極的に変容せしめ、まるでそこでくらったボディブローがじわじわと効いて次第に足腰が弱わりふらついているダウン寸前のボクサーのようになっているのが、いまの沖縄の文化、そして文学の状況のように思えてならない。

とは言え、何しろ「世紀替わり」は二十年以上も前のことだ。細かなところはずいぶん忘れている向きもあるだろう。そういうときは同時代を切り取った文章を読むに限る。

同年の年末に出された文芸誌『沖縄文芸年鑑二〇〇〇』（〇八年をもって終刊）の編集後記で、いまは亡き名編集者の上間常道さんが、次のように沖縄のミレニアムイヤーを振り返っている。

「サミット」［筆者注1］「イニシアティブ」［注2］「世界遺産」［注3］――今年の沖縄の流行語ベスト・スリーはこれでしょう。まず、サミット。コトの始まりから終わりまで、まるで二十五年前の沖縄海洋博を彷彿させる在り様でした。（中略）。宴に浮かれ、宴に疲れ、あとに残ったのは、ただの……。巨大な米軍基地に包囲されたまま、一過性の国民的なイベントでしか自らを鼓舞することができない社会・経済・文化的風土を放置したまま、国際社会でイニシアティブが発揮できるとはとても思えません。こうした社会に対する内的な批判、自立への強靭な意思、「国家」についての深い理解が、今、求められているのではないでしょうか。でないと、世界遺産として登録されたグスクという空間でさえ、いつの間にか絡め取られて、地元の人々からは遠ざけられ、別の意味を付与されてしまうに違いありません。自戒しましょう。でなければ自爆です。

［注1］「サミット」二〇〇〇年七月二十一日――二十三日、沖縄で開催されたG8（日、米、仏、露、加、英、独、伊、EC）首脳会合．。会合は名護市・万国津梁館、二十二日夕の晩餐会は首里城で開かれた。首脳会議に先立ち、八日には

福岡でG8の蔵相会議が、十二日——十三日には宮崎で外相会議が開かれた。またサミットのため来沖したビル・クリントン米大統領が、二十一日の会合前に、糸満市・平和の礎で演説を行った。

［注2］「イニシアティブ」 二〇〇〇年、高良倉吉（歴史学）、大城常夫、真栄城守定（経済学）の琉球大学三教授（当時）が提唱した、アジア太平洋地域における沖縄の将来像。日本の国家戦略に乗り、基地を容認するという内容が大きな論争を呼んだ。

［注3］「世界遺産」 二〇〇〇年十二月、「琉球王国のグスクおよび関連遺産群」が世界遺産に登録された。登録されたのは、5つのグスク（城）（今帰仁城、座喜味城跡、勝連城、中城城跡、首里城）と、4つの関連遺産（園比屋武御嶽石門、玉陵、識名園、斎場御嶽）。

上間さんの文章を読んでわたしもおよそ二十年前の様子を思い起こした。沖縄の新聞の文化面を広げたときの、「沖縄イニシアティブ」論争で埋め尽くされたような感じも蘇った。

上間さんが当時懸念された、沖縄が、政治的な大きな力に絡め取られる状況——残念ながら、それはすでに現実のものとなってしまっているのではないか。いやもしかすると、そうなっていることにさえ気づかない事態なのかもしれないとも思う。

では、「世紀替わり」の頃の沖縄の文学はどうだったかと振り返ると、おそらく日本の文学全体の中においても、ある種の大きな達成と輝きを見せた時期だった。

一九九六年に又吉栄喜さんが「豚の報い」で芥川賞を受賞、翌年は目取真俊さんが「水滴」でそれに続いた勢いは、ほかの作家たちに大きな刺激を与え、沖縄の文学シーンは活況を呈した。長堂英吉さん、崎山多美さんらも意欲的に作品を世に送り出し、〇二年には、長く沈黙していた「オキナワの少年」の東峰夫さんが「ガードマン哀歌」で作品を発表したのも、沖縄の文学に吹いた時代の風と無関係ではないだろう。

純文学だけではない。エンタメ系でも池上永一さんが「レキオス」などを発表。また仲里効さんが編集長を務めた雑誌『EDGE』は、鋭く質の高い批評や文芸評論で「知」を刺激し、さまざまな問題を提起した。

しかし、そうした状況であったにもかかわらず、その後の沖縄の文学は、やがて低調な流れになっていく（もっとも目取真さんなどは、早くから沖縄文学の状況について警鐘を鳴らしていたが）。

そうした転換を間接的に促し、沖縄の「物語」に大きな影響を与えた――「物語」を崩したと言いたいが――作品は、小説ではなく、NHKの連続テレビドラマ「ちゅらさん」だとわたしは考えている。「ちゅらさん」は、二〇〇一年四月から九月まで全百五十六回放送され、平均視聴率は二十二・二パーセント、NHKが〇三年に行った「もう一度見たいあの番組リクエスト・連続ドラマ部門」で一位になるなど、人気のある作品だ。母親が沖縄出身という岡田恵和が脚本を手掛けたこのドラマは、沖縄・小浜島生まれのヒロインの、少女期から結婚・子育てに至る年齢までの成長の物語である。

ただ、ここで急いで書き足すと、こうした「ちゅらさん」の物語に、同時代の沖縄の作家たちが影響を受けたのではない。沖縄の「表象」や「物語」を受容する読者（ここに編集者も含めよう）、視聴者などの受け手側に、「ちゅらさん」が描いた沖縄のイメージが植えつけられた影響が大きかったことを言いたいのだ。

何しろ半年間も、日本中の（粗く計算しても）二千万人以上の視聴者が放送日にこの番組を見たことになる（しかも、その後、パート2～4や、特別編・総集編などもつくられている）。数字だけ見ると、百万部のベストセラー小説が与える影響力の比ではないのだ。沖縄の「物語」は、こうして送り手ではなく、受け手という「外濠」から埋められていったのではないだろうか。

「ちゅらさん」以後、沖縄戦や米軍基地を捨象した「癒しの島」の沖縄イメージは拡散、増幅し、「ちゅらさん」系の「物語」が急増した。そのことを正確なデータで示す術をわたしは知らないが（もちろん映画「ホテル・ハイビスカス」、「チェケラッチョ!!」などの作品名を挙げることはできる）、そうした仮説を立てて考えなければ、沖縄への移住者が二〇〇〇年代に急増したことの説明はできないだろう。「ちゅらさん」が沖縄表象に与えた影響は「物語」だけにとどまらない。沖縄の「ことば」も書き換えられた。そのことについては、わたしはおよそ十年前に登場人物たちの台詞まわしに注目し、論考を書いた（「『沖縄人』表象と役割語」金水敏編『役割語研究の展開』二〇一一年）。かいつまんで言えば、語尾に「さ（あ）」をつける（例えば「ちゅらさん」のヒロインの父親や「おばぁ」のような）沖縄人を造形し、あたかも人の好い、人とは争わない、能天気な「ハッピーオキナワン」像を、確信犯的につくりだしたのが同ドラマだったという分析を行ったのである。そうした「ハッピーオキナワン」キャラは、以後のさまざまな「物語」に広がり、コピーされ、その人物像がフィクションの野に解き放たれていったとわたしは捉えている。

最近はそれに加え、「格差」による「貧困」のイメージが付け加えられ、二重写しされて、沖縄と沖縄に住む人々が表象される傾向も見られる。

しかしその一方で、四十七都道府県の「地域ブランド調査」で、沖縄が、北海道、京都、東京、大阪と並んでベスト5の常連という位置を例年保っているというのは、いったいどういうことなのだろうか。「ちゅらさん」を契機に増幅された沖縄イメージは、基地や「貧困」といった現実を、覆い隠すほどの力が依然あるということなのか。それとも楽観的なイメージと悲観的なイメージが、交わることなく、奇妙で絶妙なバランスをとりつつ、並走しているのだろうか。

ここで言える確かなことは、「世紀替わり」頃、ひとつの達成を示した沖縄の文学は、やがてその「外濠」からまず徐々に埋められ、今ではすっかり内なる「物語」の力が弱められてしまっているということだ。

3

わたしが「世紀替わり」の時期に関心を持つもうひとつの理由は、きわめて個人的なことと絡んでいる。わたしにとって大城立裕さんとのメールや手紙でのやりとりがその時期いちばん集中していたからだ。二〇世紀最後にわたしが受けたメールは、大城さんからのメールだったし、二十一世紀の最初に届いたメールも大城さんからのメールだった。

なぜ大城さんとのコミュニケーションがその時期に集中していたかというと、『沖縄文芸年鑑二〇〇〇』掲載の「沖縄というモチーフ、『オキナワ文学』のテクスト」という題の評論で、大城さんの芥川賞受賞作「カクテル・パーティー」論を書き上げる際に質問や確認をしたり、〝ハーフ〟の女性のユタを主人公にした「迷路」（九一年）の英訳の許諾を得るなどのやりとりがあったりしたからだ。

「沖縄というモチーフ――」で、わたしは「カクテル・パーティー」に引用されている郭沫若の短編小説「波」の内容の間違いを指摘した。それは、「カクテル・パーティー」では、「中日戦争のさなかに敵の――つまり日本の飛行機の爆音を聞いた母親が、泣きわめくわが子の首を扼殺する」場面があると紹介されているが、実際の「波」は異なり、「日本の偵察機が中国の民間船に近づいた際に、船中にいた乱暴な男が、若夫婦から泣き止まない赤ん坊を奪い取り、海に放り投げるという内容」だという点である。同評論を発表する前に、わたしはその違いを大城さんに問うと、大城さんは引用の際に勘違いがあったことを認めた。そうしたやりとりを含めた、今考えるととても貴重な「往復書簡」が続いた時期だったのである。

大城さんにしてみると、当時米大学院に籍を置き、大城さんの作品を始めとした沖縄文学を研究している「変わり者」を多少面白く思ったのかもしれない（大城さんは、わたしだけではなく、おそらく多くの仲間や後輩たちに、そのように丁寧に接してくれた方だったのだ）。

さて、急いで本筋に戻り、大城さんが「世紀替わり」の頃、作家としていったいどのような活動をしていたのかを見てみよう。

おそらく「公」的には、〇二年に刊行された『大城立裕全集』に収録された呉屋美奈子さんの作成による「年譜」に拠って検討するのが順当な手続きだ。それを引用してみたい。

二〇〇〇（平成一二）年　七五歳
四月、所蔵資料数千点を沖縄公文書館に寄託。
八月、朝日新聞社より書下ろし長編小説『水の盛装』を刊行。
一一月、台湾・沖縄文学シンポジウムに参加（台北）。
『新潮』一一月号別冊「歴史小説特集」に「探訪人、何処へ」。

二〇〇一（平成一三）年　七六歳
二月五日、県教育庁より国立組踊劇場（仮称）公園事業等検討委員会委員を委嘱される。

八月、琉球新報社より『琉球楽劇集　真珠道』を刊行。

『群像』九月号に「クルスと風水井」。

九月、「月夜の人生」を沖縄市民会館にて上演。

一〇月二九日、県教育庁より国立組踊劇場（仮称）正式名称選定委員を委嘱される。

この年、九州芸術祭文学賞選考委員を辞任。

七十代の半ばになった大城さんの小説の執筆のペースは、それまでと比べさすがにやや落ちている。しかし、それでも書下ろし長編小説『水の盛装』を発表し、「探訪人、何処へ」、「クルスと風水井」といった短編を書いた。また呉屋さんがまとめた「著作目録」をみると、『沖縄タイムス』や『琉球新報』などにも多くのエッセイを寄せている。その中には、サミットで訪沖した米クリントン大統領の「平和の礎」での演説にあった、「命ど宝」の表現についての〝異議申し立て〟も含まれる（『琉球新報』二〇〇〇年七月二十五日付）。多作な大城さんの面目躍如といったところだろう。

この時期、注目すべきは、組踊にかかる著作であり、仕事である。中でも〇一年に刊行した『琉球楽劇集 真珠道』は、遅くとも一九九九年から取り掛かっていたと推測され、その年の年譜の記載は、「創作組踊『真珠道』の執筆」とだけある。それだけ組踊の新作を書き上げることに注力していたのだろう。また、国立組踊劇場の開館にむけた作業の一環として、県からの委嘱を受けた仕事でも、大城さんは忙しくされていた様子がうかがえる。

沖縄国際海洋博覧会（一九七五―七六年）で「沖縄館」の企画に加わったときもそうだったが、沖縄初の芥川賞作家の大城さんは、大きなイベントがあると公の仕事の声が掛かる。沖縄を代表する文化人としてそうした役回りを担わされたのだろう。そしてそのことを意気に感じて責任を果たそうとする性分だったに違いない。だから「世紀替わり」の時期にも、国立組踊劇場に関わる大仕事を引き受けたのだろう（もちろん組踊に対する深い知識が買われ、白羽の矢が立ったのは間違いない）。

ところで二〇〇〇年に発表した長編小説『水の盛装』は、宮古・池間島を舞台にした恋愛小説で、八重干瀬などの島の自然、風俗からトライアスロンなどの行事まで盛り込んで描いた書き下ろし作品だったが評判はイマイチだった。崎山多美さんは次のように手厳しく評した。

サミット以後、巨大権力の企みのままにより堅固に閉じられつつある沖縄この現状況の中で、島の女性が何のトラブルを起こすこともなく東京の男性と結婚を果たし、男の善意（愛）にその生死を委ねるという物語がアイロニーもこめられず描かれてしまうことに、深いため息を漏らす……。
（『沖縄文芸年鑑二〇〇〇』）。

また一九九七年に出たエッセイ集『光源を求めて』は、そのやや弛緩的な戦後五十年の振り返りに、新川明さんや目取真俊さんから厳しい批判を受けていた。

「世紀替わり」の頃、すでに沖縄文学の「大家」となっていた大城さんは、おそらくそうであるがゆえ、かつての論争相手と再び「対峙」したり、活躍の場を広げ、評価が高まってきた後輩作家たちからの「突き上げ」にあったりしていた時期でもあった。

自らに対する批判を正面から堂々と受けて立ったのか、それとも内心は穏やかではなかったのか。「年譜」ではそうしたことは分からない。けれども、その時期の心のうちを探る手掛かりとなる資料の一部をわたしは持っているのではないかという気がしている。前述した「世紀替わり」の頃に集中的に大城さんからもらった手紙やメール類である。

いつかそれが貴重な資料になる時がくるという直感めいたものが当時のわたしにはあったのだろう、大城さんからいただだいた手紙は保管し、送られてきた・送ったメールはできる限りプリントアウトして保存し、大城さんとの「往復書簡」のファイルをこしらえた。

おそらく大城さんのことだから、編集者、ほかの作家、記者、研究者たちとも様々な交流があったと考えられるから、同様な資料はさまざまなところに所在しているに違いない。わたしの資料もそれらの一部にしか過ぎない。

ただ、今の時点ではそうした資料がすべてまだつまびらかになることや、直接引用されることはない。できるのは、発表された文章をもとにするか、問題ない範囲で大城さんのおおまかな動きを記すことだけに限られる。

4

わたしが二十世紀最後の日、つまり二〇〇〇年十二月三十一日の十九時十一分に大城さんからいただいたメールには、戯曲版の「カクテル・パーティー」の原稿を送るとあった。前年には書き上げていて、（地元の新聞には）「内緒」にしているのだという。その戯曲は後年の一一年、岩波書店から出版された（岩波現代文庫版）『カクテル・パーティー』に収録され、世に出ることになるのだが、その出版の十年以上前にすでに原稿を用意されていたのである。

その後、同戯曲は山里勝己さんにより英訳され、ハワイで朗読劇としても上演されたが、「世紀替わり」の頃の大城さんは、ある役者にその原稿を送って、日本国内での上演の可能性について打診をしていた。その返事がこないと大城さんはメールで嘆いていたが、そのような「仕掛け」を大城さんは試みていたのである。

そのメールに先立って、同日の昼ごろには、同年十一月に台湾・台北で開かれた沖縄文学シンポジウムでの講演をもとにし、琉球新報で四回にわたって掲載された文章が、一部手直しされた「メール原稿」として届いた（「土着の表現――沖縄文学、二十世紀をくぐって」・掲載紙は未見）。

そのように二十世紀の大晦日に一日二通もいただいて恐縮していたところ、世紀が替わって間もない深夜のタイミングに、わたしに届いた今世紀最初のメールとなる、お便りをいただいたのである。

ただ、そのとき間違いなくプリントアウトしたはずのそのメールは、「往復書簡」ファイルになぜか綴られておらず、ここでは記憶に頼ることになるが、メールの内容は、ある文学研究者に、大城さんは歴史家になったら、すごい学者になったかもしれないと言われたなど、愚痴とぼやきで綴られたメールだったのはよく覚えている。なぜなら、新聞記者の職を辞し、三十を過ぎて米国大学大学院に留学、「世紀替わり」の頃は、帰国して大学の非常勤講師などを掛けもちながら、博士論文を執筆していたわたしにとって、沖縄文学の「大御所」の迷い？・弱音？・が書かれたメールは、ある種の驚きと感動だったからだ。

世紀をまたいだばかりの一月は、とくにメールを受けており、複数のメールが届いたのも何日かあった。

主なものは次のような内容だった。

・沖縄国際大学で開かれた大野隆之さんの講演「現代沖縄文学の現状」に足を運んだときの感想（十五日）

・米研究者スティーブ・ラブソン、マイケル・モラスキー両氏が編集した沖縄文学の英文アンソロジー『南の素顔』（*Southern Exposure*）についての所見（十六日）

・琉球新報短編小説賞を受賞した、てふてふPさんの「戦い・闘う・蝿」について、同じ選考委員の日野啓三さんや辻原登さんの同作品評も紹介しつつ、大城さん自らの率直な感想（同）

その年の後半になると、黒古一夫さんが中心になって編集が進められていた『大城立裕全集』についてのメールも交じり出し、初期に書いた「馬車物語」の切り抜きが見つからないままになっているので、どこかにそれを探せそうなアテはないだろうかという問い合わせも受けた（十一月二十七日）。

この時期の後輩作家たちからの「突き上げ」に対する大城さんの「応答」は、『新潮』（〇一年五月）に掲載された「沖縄文学・同化と異化」に集約されるかもしれない。同エッセイは、沖縄の近代小説の嚆矢とされる山城正忠「九年母」（一九一一年）からはじまる、沖縄の小説家たちの沖縄語（ウチナーグチ）との格闘について書かれている。その内容は後輩の作家たちにかなり手厳しい。

大城さんには、小説における「沖縄語の乱用を徒労だと考える」ため、「よほどの拘りをもつ場合のほかは沖縄語は避ける」と考えをもって小説を書いているという自負がある。だから東峰夫さんの芥川賞受賞作「オキナワの少年」で試みられた沖縄語の使い方ですら否定的である。まずは文体意識がないこと、そして単語に充て字を使って沖縄語のルビを振ることを戒める（例として、「友達」のことを「同志」と書いて「ドゥシ」と表記することなど）。さらには、比喩が日本語に同化されていると嘆く（その例としては、沖縄のガジュマルの木の気根を、寒い地域で見られる「つららのように」と喩えるような矛盾を挙げる）。

ヤマトの編集者や批評家が、沖縄語で書かれた会話文などを持ち上げる傾向があるのは、「文学言語のブラックホールを目指しているとしか思えない」と辛辣だ。また沖縄文学の担い手には、小説で安易に沖縄語を連発するのは、むしろヤマトに同化する志向を見せているのであって、沖縄語を「異形の玩具」のように書くのはお止めなさい、と諭す。

東さん以外は具体的な名前は同エッセイには出ていないが、明らかに沖縄の「後続の作家」たちへの（というよりその作品への）厳しい批判がある。しかし、むしろそこに、七十代半ばの作家の、自分の後に続く作家たちへの激しく、むき出しのライバル意識をわたしは見て取るのである。

5

大城文学のひとつの集大成を見た『大城立裕全集』（全十三巻）が勉誠出版から刊行されたのは二〇〇二年六月のことである。

同年七月に那覇市内のホテルで開かれたその出版祝賀会は忘れられない。と言うのも、祝賀会のはじまる直前、わたしが企画・編集した『沖縄文学選――日本文学のエッジからの問い』（二〇〇三年・新装版二〇一五年）の収録作品、解説者の選定などの話し合いのため、編者をお願いした岡本恵徳さん（故人）をはじめ、すでに解説の快諾をいただいていた浦田義和さん、大城貞俊さん、松下博文さんにも集まっていただき、意見なども頂戴し、企画内容の最終決定をしたのがそのときだったからである。

また、「ご縁」というのは不思議なもので、その日の二次会で流れた那覇市・安里の居酒屋「うりずん」の二階で、『全集』を企画した黒古さん、編集委員のひとりに名前を連ねた作家・立松和平さん、勉誠出版の池嶋洋次社長らが顔を揃えた席にわたしも加わったことがきっかけとなり、『沖縄文学選』の出版を同社が引き受けてくれる運びにつながった。

勉誠出版からは、〇四年には、『大城立裕文学アルバム』が刊行され、『全集』、『沖縄文学選』（大城作品は「カクテル・パーティー」を収録し、わたしが作品解説を書いた）とあわせて、大城文学と沖縄文学を知る・研究する、ひとつのかたまりがこの時期にできたのである。

『全集』を出した大城さんは、ますます沖縄文学の「大家」の様相を呈した。大城さんが関わられた国立組踊劇場構想は、「国立劇場おきなわ」という名称で実現し、二〇〇四年一月に開館。〇三年に沖縄県公文書館に委託した大城さんの資料は、〇七年に県立図書館に寄贈され、一〇年には「大城立裕文庫」が開設された。

一方、沖縄文学にも新しい動きが出た。文芸誌『すばる』は、「復帰」三十五年の企画として「沖縄の心熱」特集を組んだ（二〇〇七年二月号）。同号は、大城さんのいない沖縄文学の風景――ここでは、戦後の沖縄文学を切り拓いた大城さんにことさら焦点を当てないという意味で――をあえて示した（もっとも「カクテル・パーティー」の紹介はされている）。大城さんが「世代交代」の波に押し出された印象もあり、続く世代や女性の文学関係者の台頭が顕著な特集だった。そういう流れもあってか、その後、大城さんの素晴らしさが改めて発揮されるのを、わたしは正直予想できなかった。

わたしのもとには大城さんから律儀にご著作が時折届けられた。『普天間よ』（二〇一一年）、『レールの向こう』（一五年）『あなた』（一八年）などである。私小説という新境地を切り拓かれた『レールの向こう』では川端康成文学賞を受賞された。

大城さんがそのような小説を書かれている間に、沖縄をめぐる文学の地図は大きく変わりはじめた。わたしの研究や文芸評論を振り返ると、「沖縄」表象批評という系譜がそのひとつの柱になっている。沖縄が舞台になったり、沖縄人が描かれたりする作品は、桐野夏生「メタボラ」（二〇〇七年）、林真理子「下流の宴」（一〇年）あたりまではしっかりフォローしていた自負はあるのだが、その後は、真面目に追うのを放棄した。あまりにも作品の点数が多くなり過ぎて、追いきれなくなったというのが理由のひとつ。もうひとつは、「沖縄」表象がまったく変わらない現状に無力感を感じたからである。

さらに最近の新たな傾向として、沖縄の作家ではない作家が書いた、沖縄を舞台にしたり、沖縄人を描いたりする作品が大きな文学賞を受賞していることが挙げられる。

芥川賞では高山羽根子「首里の馬」（二〇年）、沖縄をイメージにした作品も含めると李琴峰「彼岸花が咲く島」(二一年)もある。真藤順丈「宝島」(一八年)は、山田風太郎賞に続き直木賞を受賞した。直木賞と山本周五郎賞をダブル受賞した佐藤究「テスカトリポカ」(二一年)には、ペルー人の父と日本人の母を持つ、那覇市で育った重要なキャラクターが登場する。

選考委員も編集者も、そして出版事情も「世紀替わり」のころとは変化してきたというのもあるかもしれないが、その傾向はさらに続いていて、二一年夏以降にも、伊東潤「琉球警察」、深沢潮「翡翠色の海へうたう」なども刊行された。さらに二三年は畑澤聖悟・作、栗山民也・演出の「hana――1970、コザが燃えた日」などの舞台も上演された。

そうした沖縄の「外」からの、圧倒的な沖縄表象に、わたしはときに立ち眩みに似た感じさえ覚える。そのような時、気持ちを奮い立たせてくれるのは、前述した「沖縄の心熱」特集の『すばる』に又吉栄喜さんが寄せたエッセイ「遊び場と自作」である。

又吉さんにとって、創作の原点は少年期の「遊び場」なのだという。浦添グスク(城)とその周辺の丘にある、慰霊碑、ガマ(避難壕)、英祖王、尚寧の墳墓、闘牛場、牧港、カーミジ(亀岩)、牧港補給基地キャンプ・キンザー、公民館、路地……。そうした「遊び場以外から小説のリアリティーを出すのは難しい」と考える。だから、「雪国を舞台にした小説は書けないと思う」し、パリを書いた小説は、参考文献を何冊読んでも、「石畳道の感触が分からず、プラタナスの枯葉の転がる音も聞こえなかった」と吐露する。

その一方、他の作家が沖縄を描いた作品にはこう理解を示す。

少年の頃の「遊び場」からしか私は発想できないが、発想の手立てが全くない人の想像は方々に勢いよく飛翔する可能性がある。美味しいと聞かされている食物が目の前にぶら下っているが、手が伸ばせないから想像はどんどん膨らみ、ある日突如、味に対する物凄い想像力が出る。本物の植物と全く違う味が表現される。突拍子もなく、全く新しい、沖縄を舞台にした、或いは沖縄の人を描いた小説が生まれる。

私とは無縁な「新しい遊び場」があるだろうし、文献からも取材からも或いは専ら空想からも小説を作り出すだろう。

沖縄を書いた小説に対するこうした包容力に、又吉さんらしい穏健さが滲み出る。

医療ミステリーの知念実希人さん、アガサ・クリスティー賞を受けたオーガニックゆうきさん、アーティストとしても活躍しながら小説を発表しているミヤギフトシさん。こうした沖縄出身の作家たちは、とくに「沖縄文学」を掲げる様子もなく作品を発表している（ようにわたしには見える）。加えて、新沖縄文学賞、琉球新報短編小説賞などを受賞した新しい書き手たちの作品も続々登場している。はたしてわたしの心配は杞憂なのであろうか。沖縄の文学は、表象は、必ずしも大きな力に絡め取られてはいないのだろうか。

そんなとき、ふと思う。このような状況を大城さんならどう見るのだろう、作家たちをどう評価するのだろうか、と。最晩年、好々爺した雰囲気をかもしだした大城さんではなく、少なくとも「世紀替わり」の頃の、七十代半ばの大城さんなら十分頑なだったかもしれない。

それにしても、とくに文学の中の沖縄語に対して、目を光らせていた大城さんのような「お目付け役」がもうおそらくいないのはやはり寂しい。いるのはやや怪しい「方言指導」者ぐらいなものだ。「世紀替わり」の頃の大城さんは、すでに沖縄文学の「大家」ではあったが、決して安穏としていたわけではなく、前述したように、表現者として引き続きもがき苦しでいたのがほんとうの姿ではなかったのか。同時に、年の離れた後輩作家たちにもめらめらとライバル心を燃やす、まだ熟しきれない文学青年のような、七十代半ばの作家だったようにも思える。

二〇二〇年十月二十七日、大城さんは九五歳で他界された。今、わたしたちは、大城さん不在の沖縄文学が現実となった風景の中にいる。そして二〇二二年、「本土復帰」から半世紀——。

もっともっともがき、苦しみなさい。「世紀替わり」の頃のわたしもそうだった。

パソコンを開くと、そう書かれたメールが大城さんからふと届くような気がしている。

大野隆之先生のこと、中野坂上の「カクテル・パーティー」のこと

伊野波優美

私は大城立裕先生とは面識がない。だいぶ前に「カクテル・パーティー」に関する論文を一つ書いたことがあるだけだ。大城立裕先生個人について書けることがほとんどない。書けることがあるとすれば、二〇一六年に亡くなった大野隆之先生が、大学院の講義で大城立裕先生の話を楽しそうにしていたということぐらいだ。

沖縄国際大学の大学院で私は大野先生の講義を受けていた。受講生は私を含めて二人だった。「大城立裕全集」を出版するときに奔走した話を、身振り手振りを交えて自慢げに楽しそうに話していたのをよく覚えている。大城先生に関する組踊の話や仏教の話もしてくれた。当時、私は山之口貘の研究をしていたので大城立裕先生や「カクテル・パーティー」についてはよく知らなかった。私に大城立裕と

いう作家の存在を教えてくれたのは、その時の大野先生だったのだと今になって思う。

大学院修了後、琉球大学に進学し、「カクテル・パーティー」についても言及した博士論文を書いた。その二年後に大野先生は亡くなった。それからしばらくして、大城貞俊先生から沖縄国際大学で行われる講演会で「沖縄文学」についての発表をしないかというお話をいただいた。何を発表しようか迷った末に、「『カクテル・パーティー』を読み直す」と題した短い発表をした。その会場には、修士時代の恩師が来てくれていて、講演後に挨拶をしに行くと、「大野先生の追悼講演のようだった。多分、後ろの方で聴いていたんじゃないか」と冗談交じりに言ってくれた。それから間も大野先生の遺稿集『「沖縄文学論」大城立裕を読み直す』が上梓され、書評を書かせていただけることになった。文章を書いてお金をもらったのはそれが初めてだった。

その後私は思い立って上京し、五年間ほど中野坂上という場所に住んでいた。家賃六万円の小さなアパートを借りて、生活費を稼ぐためのアルバイトに明け暮れていた。アルバイトの帰り道、近所の公園で漫才の練習をしている芸人の姿に自分を重ねたりしながら、今までの人生で一番楽しいと思える日々を過ごしていた。

中野坂上駅から一駅ほど歩いたところに簡単な役所の手続きができる区民センターがあって、年に一、二回行くことがあった。ある日、何かの用事でそこを訪れたとき、待合室の小さな本棚に私の部屋にあるものと同じ「カクテル・パーティー」の初版本が置いてあるのを見つけた。驚いて役所の方に「ここにある本はどうやって選んでいるのか?」と尋ねると、すべて寄贈本だということだった。東京の片隅にある小さな区民センターに「カクテル・パーティー」の初版本があるなんて、だれが想像するだろうか。研究そっちのけで遊んでいたら「沖縄文学」に追いかけられているような気がして、なんだか少し怖かった。数年後、私はその中野坂上にある小さなアパートの一室で大城立裕先生の訃報を知った。

そして私は今、中国の大学で日本語を教えている。この仕事に就いてから、今まで教えてもらった様々な先生の印象的な場面をよく思い出す。こういう話し方をする先生の授業は面白かった、などと思い出しては勝手に真似をしてみたりするのだが、その時に、大城立裕先生の話をする大野先生のこともよく思い出す。私ともう一人しか学生はいないのに、五十人くらいに話をしているようなその講義が私は大好きだった。先生が楽しそうに話すと学生も楽しいんだなと思って、中国人の学生の前でその時の大野先生を真似してみたりもする。

もし生前の大城立裕先生にお会いする機会があったら、私は大野先生の話をしたと思う。大城立裕先生についてあんなに楽しそうに話す人を私は他に知らない。大野先生はきっと大城立裕研究でやり残したことが沢山あったと思う。そのことを思うと、無念の思いを感じて今でも時々、胸が苦しくなる。

モノレールでの対話《ディアローグ》

西岡敏

大城立裕先生との一番の個人的な思い出は、モノレールの中での対話である。

当時、私にとっては沖縄一番の有名人で、それこそ、おいそれとは近寄りがたく思っていた。お見かけするのは決まって劇場で、同じく芝居を見にきた知り合いの方から、「ほら、大城立裕先生があそこに、」と声をかけられ、そこに目を向けると凜として座っていらっしゃる。演目名を思い出すままに言うと、もう今はない県立郷土劇場（東町会館）での「世替りや世替りや」、パレット市民劇場での「元家《むーとぅやー》ROOTS」（作：玉城満）、あしびなー（沖縄市）での「逼《ひん》ぎれ、結婚《にーびち》」、やはり県立郷土劇場（東町会館）での「人類館」（作：知念正真）などである。

大城先生と「サシ」での会話は、その「人類館」の観劇後にやってきた。夜の帳《とばり》の下りた帰りに、旭橋駅から乗ったモノレールで、本当に偶然、先生と隣り合わせになってしまったのである。思わず声をかけたのは、当然、私からだった。大城先生にとってはどこの馬の骨とも分からない人間であったろうから、まずは私から自己紹介したにちがいない。自分は大和人《やまとうんちゅ》だが、ウチナーグチを勉強していて、首里方言を方言キャスターの伊狩典子《ふみこ》先生に学んでいて、いくつかの方言辞典の手伝いをしていて、そういった話を隣の席でしたように思う。といっても、緊張と興奮が綯い交ぜになっていて、自分の話したことはそれほど覚えていない。覚えているのは、そこで自分の手のひらが汗ばんでいたことと、モノレールの車両には立っている人も含め、たくさんの人が乗っていたのだが、皆、終始無言であるように思われ、大城先生と私との声だけが響いているように感じられたことである。

しかし、初対面の私に、大城先生はなんと気さくであったことか。話されたことは、たったいま見た「人類館」のことであった。この芝居の凄さを大和《やまとぅ》に紹介したのは他ならぬ自分であったこと、こういった思想的な深みをもった芝居がもっと沖縄で作られてほしい、といったことであった。まさに好々爺という雰囲気で優しくお話になっていたのであるが、先生からは沖縄の文化を自らが背負って立つという気概が滲み出ていた。

おそらく、こんな機会はもう二度とあるまいと思いつつも、時はあっという間に過ぎてしまう。先生は首里駅でお降りになると言う。そこでこんなことをおっしゃった。「その駅はねえ、私のために出来たような駅でね」。

先生のお宅は、首里駅のエレベータを降りて、歩いてすぐの場所にあるとのことである。半ばお道化《どけ》るように（テーファムニー？）おっしゃっていたが、先生は鉄道にかなり惹かれるものをお持ちではないかと、のちに「ノロエステ鉄道」にふれたときにも、この対話の体験をふと思い出したのである。

大城立裕の自伝琉歌集『命凌《ぬちしぬ》じ坂《びら》』には、「モノレール」のことを詠んだ歌が五首もある。

194 首里《しゅい》からや那覇《なふぁ》や下《う》り坂《びら》どぅやしが　何《ぬ》がしモノレール「上《のぼ》り」てぃしや

195 市立病院前宮古節《しりつびょういんまえなーくぶし》鳴《な》りば　覚《うび》いじうちゃーちゃさ「ニノヨイサッサイ」

196 安里駅着《あさとえきちゃく》メロとぅ安里屋《あさどや》ユンタとぅ　関係《くゎんけい》や無《ね》らんでぃ言《い》ちゃる可笑《をぅか》しゃ

202 道《みち》ゆ拡《ふぃる》ぎんち頼母《たぬむ》しゃやあしが　モノレール我身《わみ》ん見《んー》だりーがしゅら

288 モノレール乗《ぬ》いぶしゃる眼《みー》ゆしみしぇたん　ありからぬ眺《なが》みうしゃぎぶしゃぬ

このように並べてみてもわかるが、大城立裕の琉歌は、単なる抒情を越え、現代生活を詠むなかで、社会性とユーモアを兼ね備えたものとなっている。そして、私にとって重要なことは、それが新たな琉球語を創ろうとする挑戦でもあることである。

194番《ばぬ》んかいぬ返《けー》し（ウチカキカキ作）

親国《うえぐに》ある　ばしゅん　首里《しゅい》ぬ　出《うん》じ立《た》ちん　那覇《なふぁ》　下《う》りてぃ　後《あとぅ》や　上《ぬぶ》い口説《くどぅち》

『命凌《ぬちしぬ》じ坂《びら》』の「あとがき――現代琉歌を創って」で大城立裕は次のように書く。

こころと家庭と社会と時代をどう織り込むか、ということを、小振りな分量に塗りこめてみた。この絡み合いを載せる言葉の選択が、楽ではない。最大の課題は、日本語の侵入をどれだけ防ぎ得て、琉歌としての純度を保てるかということである。（『命凌《ぬちしぬ》じ坂《びら》』あとがき　一九六頁）

語彙も発音も、琉球語は移りつつある。この作品群は、私のごく私的な解釈、選択によるものである。世に広い実験の渦をおこすきっかけとなるか、よしんばそれが無理だとしても、この時代のこの世代の者のひとつの選択として、認識、批判していただければと思う。（『命凌《ぬちしぬ》じ坂《びら》』あとがき　一九九頁）

「モノレール」という外来語をはじめ、「関係《くわんけい》」というウチナーグチの発音を意識した漢語、「着《ちゃく》メロ」という混種語などを包含しつつも、琉球語として成立する「現代琉歌」の世界を大城立裕は目指していた。その姿勢は「新作組踊」でも同様であった。

大城立裕先生には、モノレールでの会話後、しまくとぅばプロジェクト（当時、沖縄県立博物館美術館「文化の杜」所管）のパネリストとして登壇していただき、また、お亡くなりになる年の二月、「琉球諸語と文化の未来」（名桜大学主催）のシンポジウムでは、先生と同じ場所（琉球新報ホール）に登壇して議論を交わす機会に恵まれた。先生の新作組踊「真珠道《まだまみち》」・「花よ、とこしえに」の解説を『華風』（国立劇場おきなわステージガイド）に書かせていただいたこともあった。そして、私にとってまさに大きかったのは、拙作の新作組踊を第十回おきなわ文学賞伝統舞台（組踊・沖縄芝居）戯曲部門（「太鼓《てーく》の《ぬ》縁《いぃん》」）と第一回新作組踊戯曲大賞（「京《ちょー》阿《あ》波根《ふぁぐん》仁《に》王立《をーだち》」）の際に審査員として評価してくださったことであった。

琉球語が滅びゆくものとして多くのばあい無慈悲に素通りされていくなかで、大城立裕の琉球語による作品群が私をどんなに勇気づけてくれることか。現代琉歌・新作組踊は、大城立裕の広汎な文学的営為の一部であったかもしれないが、私にとっては「対話」のチャンネルとなる最重要の側面であり、それこそ、琉球語の再生へと向けた運動が現場として語られる場所でもある。現代琉歌や新作組踊では、言葉の選択、琉球語の表記（正書法）、漢字と振り仮名・送り仮名、日琉差などといったことに大城立裕は言及しているが、それは琉球語の作品を実際に生み出しているからこそ出てくる意識であったにちがいない。

「実験方言」の銀河系

松下優一

二〇〇五年の夏のこと。大城立裕氏は、那覇国際通りにあったホテルのロビーに鷹揚と姿を現した。作家の方と会うのはもちろんインタビュー自体が初めてだった私は緊張しており、その前後のことはよく覚えていない。ただ、炎天下を歩いて来られたはずの大城先生の涼しげな姿が脳裏に焼きついている。

当時の私は、法政大学の大学院社会学研究科の修士課程三年目、崖っぷちではあったが、修論に向けてもやもやとしていた研究テーマがようやく具体的な問題の形を取ってきていた時期であった。

そのころ私が計画していた修士論文の問いは、大城立裕の代表作のひとつとされる「亀甲墓——実験方言をもつある風土記」について、一九八二年の単行本（理論社刊『カクテル・パーティー』）収録時にみられる改変（とくに登場人物の会話の語尾部分に集中する改変）をめぐるものであった。旧テクストで「〜てさ」といった形を取っていた表現が削減される一方、新たに「〜さあ」といった表現に置きかえられている。それは実質上、実験方言の核心部分に施された改変ということになるのだが、それはいったい何を意味するものなのか。これに対して社会学的と主張できるような説明を与えることが、当時の私の課題であった。そして明治学院大で行われていた沖縄文学の研究会で構想を発表したところ、何はともあれ作家本人に直に話を聞いてみてはどうかという話になり、インタビューをお願いしたのだった。

そもそも、社会学研究科の院生が何故に小説テクストの各バージョンを読み比べていたのかといえば（それはすでに研究用の読み方である）、沖縄文学にさまざまなバリエーションをもってみられる「方言」を書くという試みの系譜について調べていたからである。遠い沖縄の文学やそこでの方言の書かれ方について関心をもった直接のきっかけは、装丁に惹かれて手に取った崎山多美の『ゆらてぃく ゆりてぃく』であり、エッセイ「シマコトバでカチャーシー」（沖縄で日本語の小説を書くという場面において生じる言語的葛藤の問題が言及されている）を読んだことによる。

他方、そうした関心の背景としては、そのころの自分がマーシャル・マクルーハンの『グーテンベルクの銀河系――活字人間の形成』（森常治訳、みすず書房、一九八六年）やウォルター・オングの『声の文化と文字の文化』（桜井直文ほか訳、藤原書店、一九九一年）といった文明史的な射程をもったメディア論に強く惹かれていたことも大きかったように思う。オングの著作の原題は、「Orality and Literacy: The Technologizing of the Word」。副題にあるように、その主要な関心は「ことばの技術化」であり、ことばの媒体（声、手書き文字、印刷、電子メディア）の展開に伴って、人間の思考や意識、さらには社会の組成がどのように変化してきたのか、ということにある。「書くことも印刷もコンピュータもすべて、ことばを技術化するための方法」だとするオングによれば、書くこと（文字による筆記）とは、ことばを、それを発する者の生きた〈いま‐ここ〉と不即不離な声と音の世界から、別の次元へと移し替えるテクノロジーである。書くという技術の最大のポイントは、ことばを、生きた現在から引き離し、いわば文字という身体を付与することであり、時空を超越する可能性を授けることにある。もちろん録音技術を使えば、音声を記録し、繰り返し再生することはできるが、聴こえる音じたいを停止することはできない。音声としてのことばとは、常にその場の時間とともに存在する、時間の経験にほかならない。

オングはまた文学が書けるような文字体系をもつ言語文化はごく少数であると指摘したが、そこには（声→手書きの文字→印刷された文字→電子化された文字というような）ことばの技術化の歴史的展開によって、ことばがふるいにかけられ、話し言葉として存在する（した）ローカルな言語の多様性が縮減されていく過程が垣間見える。印刷・出版されることば＝出版語が共通語として国語化する近代化の過程で、多くの言語は「方言」としてそのかげに隠れていく（その過程には、ベネディクト・アンダーソンが主題的に論じた出版資本主義を契機とする国民国家のナショナリズムという論理が介在していることは言うまでもない）。結果として、もっぱら音声（〜弁）としてのみ存在する方言は、それを日常言語とする話者たちとともに消えていくことになる。じっさい日常生活の中に方言が生きている地域で生まれ育ちながら、私の中で方言は書くという行為とまったく結びつかない。

こうしたメディア文明論的な射程においてみたとき、声としてのことば＝方言を書くということがどのような場面で生じるのかという疑問が浮かび、そのひとつの回路として近現代文学における方言というテーマに関心を抱いたのだった。そして崎山作品に触発されて読み始めた『沖縄文学選』や『沖縄文学全集』といったアンソロジーの収録作に触れ、沖縄の方言を日本語の文字体系において書くために生じた方言表記のさまざまなバリエーションを眺めつつ、表記の多様性それ自体が、異なる存在様態をもつ〈声としてのことば〉と〈文字としてのことば〉あるいは〈印刷・出版されることば〉の界面において生じるさまざまな接触の仕方を表しているように思われたのである。それはまるで銀河系のようではないか、と。

おおよそ以上のような問題関心から私は、大城立裕の実験方言に辿り着いた。すでに多く語られてきたところであるが、その意義は何よりもまず小説の副題に「実験方言をもつある風土記」と掲げたことにあるように思われる。方言を書くことを文学上の「実験」と称したこと。それは、沖縄という場所において開拓すべき文学表現のアリーナを、声としてのことばと文字としてのことばの境界面に見いだし、明示的に指し示したということである。

しかし、資料を集め調べるにつれ、のちに作家自身が自らの実験方言の試みについて否定的な見解を示し、のみならず実験方言を掲げた当の作品に対して自ら書き換えを行っているということを知った。私には、それが不思議でならなかった。だから私は、この作家の「実験方言」をめぐる言動に照準して修論を書くことにし、ご本人にインタビューすることになったのである。

その日、異同表を示しつつ「実験方言」改変の意図をお伺いしたところ、大城先生は次のような内容のことを聞かせて下さった。明治期の先行例にあったように「ナマの方言」ではなく「デフォルメして持ち込もうとした」のが実験方言であったが、「てさ」みたいな「作りすぎ」た表現の「語感」に違和感があり、言語接触のなかで日常的に使われるようになった「ウチナーヤマトグチ」を書けばそれで済むと判断し「さあ」に置き換えたのだ、と。これを受けて、私は、作りすぎた、つまり文学的な表現だからこそ実験方言には意味があったのではないかと論じることにしたのだった。

すでに十五年以上前のこと。不躾な大学院生の取材に大城先生は快く応じてくださった（しかも、滞在先のホテルまで御足労頂いたのである！）。そして、いま思えば、あの日、大城先生から直にお話を聞けたことが、修論の方向性を定める後押しとなり、その後の研究の出発点となっていたように思う。あらためて与えられた恩の大きさを思わざるを得ない。この場を借りて心からお礼を申し上げたい。

譲らない最後の一割

嘉数道彦

沖縄の伝統演劇界において、大城立裕先生の手がけた功績は、沖縄の演劇史を更新し、ひとつの時代を築いたといっても過言ではないだろう。

「思ゆらば」（一九六三年・沖縄テレビ）、「俺は筑登之」（一九六六年・琉球放送）など、テレビドラマの脚本を手がけたのが、沖縄芝居執筆のスタートという。当時、大衆演劇として育まれてきた沖縄芝居も、テレビや映画など娯楽の多様化に伴い、新たな取り組みが求められていた。大城立裕氏、嘉陽安男氏、船越義彰氏などに新作沖縄芝居の執筆を依頼し、舞台化を図っていたようであるが、それは容易なことではなく、大城先生も、自身の作品が観客に受け入れられるまでに、二〇年ほどかかったとお話されていた。名優・真喜志康忠氏から、「立裕さん、あなたは私たちのレベルまで降りてきてください。私は勉強して芝居のレベルをあげる努力をしますから」とお願いされたお話はよく耳にする逸話である。

NHK沖縄放送局が復帰十周年記念として舞台化した喜劇「世替りや世替りや」は、大宜見小太郎氏、真喜志康忠氏という名優二人を中心に、琉球処分に右往左往する沖縄人たちの物語を描き、好評を得た。その後、沖縄芝居実験劇場として、演出家・幸喜良秀氏との練り直しを図り、一九八七年、地域劇団東京演劇祭に参加し、翌年、第二十二回紀伊國屋演劇賞特別賞を受賞している。

その後、本土復帰を描いた喜劇「トートーメー万歳」、組踊誕生をモチーフにした「嵐花～朝薫と朝敏～」をはじめ、「さらば福州琉球館」「伊良部トーガニー――恋の海鳴り」「春の怒濤紅型由来」「首里城物語」「いのちの簪」など、多数の作品で、沖縄芝居の新たな可能性を探り出した。

戯曲の執筆活動と同時に、一九八四年には「玉城朝薫生誕三百周年記念事業会」会長として中心となり、その後は国立劇場おきなわの誘致運動にも積極的に取り組まれた。劇場がまもなく建ち上がるというとき、「伝統を継承するためには、創作が必要だ。この機会に新作が書かれなければ、嘘だ」と感じ、琉球語のネーティブスピーカーとして、組踊の書ける最後の世代ではないかと、一種の使命感に駆られ、新作組踊を書き上げたと、よくお話されていた。

朝薫五番に倣《なら》い、自ら新作五番を創り上げることをマスコミ各社等に公表し、執筆にとりかかった。「沖縄の歴史、さまざまな時代を、できるだけ人口に膾炙《かいしゃ》した物語をあつかいたい」と、「海の天境」（十五世紀）、「真珠道」（十八世紀）、「山原船」（琉球処分の一八七九年）、「花の幻」（沖縄戦一九四五年）「ひんぎれ、結婚」（日本復帰の一九七二年）と、古典作品に存在しない世界観を打ち出した新五番を発表した。

その後は、「サシバの契り」（宮古）、「悲愁トゥバラーマ」（八重山）、「君南風の恋」（久米島）、「いとしや、ケンムン」（奄美）など、風土記シリーズとして各地域を舞台に描いた作品や、「執心鐘入」の後日談を喜劇として描いた「さかさま『執心鐘入』」など、オリジナリティー溢れる作品を次々と発表し続けた。

二〇一三年三月には、歌舞伎の名女形、坂東玉三郎主演の「聞得大君誕生」を、東京、沖縄で初演し、翌年には、京都・南座の舞台にて八日間上演し、独自の新作組踊で多くの観客を魅了した。伝統を突き抜ける力強さと、普遍性を持ち合わせた大城組踊。書き上げた作品は、現在二十五作品にも及ぶという。

宮廷時代に誕生した組踊、大衆芸能として庶民の暮らしの中から誕生した沖縄芝居、そして今日を生きる私たちによって生み出される新たな演劇。現代の観客に響く沖縄の演劇、沖縄芝居、組踊を求め、妥協することなく常に前を向き、沖縄の将来を見据え、創造し続けた作家として、後世まで語り継がれることだろう。

私自身も未熟ながら、数作品、演出を担当させて頂いた。「九割まで譲るが最後の一割は絶対に譲らないというのが、私の流儀。やりたいように、やってごらん」と柔らかくおっしゃっていた笑顔が思い起こされる。譲らない最後の一割とは、一体何なのか。その一割を追い求め、先生の作品に向き合いながら、次世代へつないでいくことができればと思う。原作から変化していく点もある中で、作者の譲らない一割がしっかりと残った古典作品として、生き続けていくことを、切に願う。

沖縄芝居実験劇場の挑戦──『嵐花─朝薫と朝敏─』をめぐって

田場裕規

1

大城立裕『嵐花─朝薫と朝敏─』［注1］（以下『嵐花』）を観たのは、一九八八年十月のことだった。当時、高校一年生だった私は、この芝居に大きな関心を寄せていた。新聞の紹介記事には、沖縄芝居の大スターの名前が並んでいた。しかも、玉城朝薫と平敷屋朝敏が登場する新作と知って心躍った。

当時、那覇東町会館と呼ばれていた劇場には、那覇市内の自宅から自転車に乗って出かけたことを覚えている。上演時間よりも早く着いたため、一階の喫茶室で時間をつぶしていた。

すると、私の席の反対側に大城立裕が座っていらっしゃった。テレビ番組などに出演していた大城の顔を覚えていたので、すぐに気がついた。作者と同じ空間にいることが晴れがましく思われて、お姿を直視できなかった。顔をあげて、まじまじと見つめてしまえば、目が合ってしまいそうな距離感だった。しばらくすると、幾人かの人たちが喫茶室に入ってきた。大城を囲んで、談笑がはじまった。盗み聞きをしていたつもりはないが、沖縄芝居のこと、ウチナーグチのことなどを話していたように思う。あるいは、上演に向けての苦労話だっただろうか。開演の前に作者と接するとは、思いもよらないことであった。これから始まる芝居への期待とともに、初めて「文化人」と接したことへの感動に浸っていた。

私は、幼いころから、沖縄芝居が好きで、関連するテレビ番組は片っ端から録画することを習慣としていた。沖縄芝居の舞台公演がどんどん少なくなる中、「お茶の間郷土劇場」や「沖縄の歌と踊り」は毎週放送があり、私の心を満たしてくれていた。

同世代の若者が、おニャン子クラブなどのアイドルグループに熱狂している中、私はひたすら、真喜志康忠や大宜見小太郎、乙姫劇団に夢中だった。琉球芸能を同好する友人は、ほとんどいなかったので、少しばかり孤独を感じていた。このような性向は、同世代の友人には到底理解できないだろうとあきらめ、普段は「沖縄芝居好き」が知られないように振舞っていた。

友人に誘われてカラオケに行っても、民謡以外の曲には興味がなく、いつも居心地の悪さを感じていたし、友人にアイドルの話をふられても、適当なナマ返事をするばかりだった。しかし、沖縄芝居のことになると、どこか偏執狂的に行動をとってしまうところがあった。そのため今でも沖縄芝居などの芸能の映像収集がやめられないでいる。役者の名前を覚えたり、繰り返しビデオテープで演技を確認したり、セリフの書き抜きをまとめたり、何かに取り憑かれたように熱中していた。私にとってアイドルは、沖縄芝居役者たちであったと言っても過言ではない。

そのような性分であったため、『嵐花』のキャスティングには感激した。座長級、看板役者級の豪華な役者陣でかためられていた。また、劇団の壁を取り払い、役者の個性を重視した配役であった。通常の沖縄芝居ではありえないことだった。異なる劇団の役者たちが舞台の上で、どのような個性の火花を散らすのか、期待に胸をふくらませていた。

一九八〇年代は、沖縄芝居の常設劇場がなくなり、劇団に厳しい風が吹く時代になっていた。舞台公演がほとんどなくなっていた時代であったため、劇団の経営は並々でなかっただろう。役者をやめる者さえ出てきた時代で、沖縄芝居の役者は苦境に立たされていた。そんな中、取り組まれた『嵐花』は、沖縄芝居ファンにとってひとすじの光明であったと思われる。低迷していた沖縄芝居の活路になるのではないかと、期待していた者は多いのではないだろうか。

2

『新沖縄文学』七八号（一九八八年十二月）「特集　沖縄と昭和」のアンケート［注2］に大城立裕は次のように答えている。大城自身のアンケートの回答を次に掲出する。

大城立裕（作家）

①沖縄の昭和史のなかで、あなたにとって印象に残る社会的事件（事象）は、何でしょうか（三つあげてください）。

イ、方言弾圧

ロ、日本から離されての異民族統治。

ハ、沖縄方言芝居の東京公演。

②一項目の答えをもっとくわしく説明してください。

沖縄方言芝居を東京で上演するなど、戦前なら思いもよらなかったことで、これは沖縄人が独自文化に自信をもったことと、それを「日本」人が認めたことを意味する。

③沖縄で戦前と戦後、何が一番変化したと思いますか（具体的に）。

沖縄人が自信をもち、ヤマトを相対化するようになった。戦前にも潜在意識としてはあったが、暗いものであった。それが明るくなった。

④日の丸、君が代、皇室問題に対する意見がありましたら述べてください。

どうでもよいようなものではありませんか。適当につきあって、からめとられないだけの、文化的、思想的な自信をつけておけばよい。

⑤沖縄は今後、どういう方向に進むと思われますか。

限りなく日本化しながら、なかなか完全なものにはならないでしょうな。

⑥あなたにとって「昭和」を一言で表現するとすれば、どういう言葉でしょうか。またどんな色彩になるでしょうか。

三つの昭和。質問①参照。一言でいえないのが、沖縄にとっての昭和。それを「一言で」と要求するのは、沖縄的でない。色彩なら暗いものから明るいものへ。例えば灰色から緑色へ。明るいものといっても、ピンクなどはまだ無理でしょう。

（出身地・中城村、世代・六〇代前半）

『新沖縄文学』の発刊時期から推測すると、このアンケートへの回答は、一九八八年十二月以前である。沖縄芝居実験劇場の発足は、一九八七年六月。同年九月の「世替わりや世替わりや」（改訂版）［注3］が旗揚げ公演となる。同年十月に、東京三百人劇場において『世替わりや世替わりや』が上演されたので、アンケートに「①ハ、沖縄方言芝居の東京公演」と回答したのは、このことが念頭にあったと思われる。あるいは、『嵐花』が一九八八年十一月、前進座劇場で上演されることを前提とした回答だったかもしれない。

沖縄の昭和史のなかで、印象に残る社会的事件を「沖縄方言芝居の東京公演」とする大城の感慨は、県出身者が文学賞を受賞することと同じぐらい大きな意味を持っていたと思われる。文学表現の一つとして、沖縄方言［注4］の可能性を小説の中に見いだすことと違って、演劇は、翻訳や改稿を前提としない。ナマの沖縄方言が表現として確立している。役者の身体を借りて真正面から沖縄方言で表現する世界は、沖縄人を標準語の世界から解放したといってもよいだろう。

このような意味からすると、「沖縄芝居の東京公演」は、ヤマトの標準語世界に、沖縄方言が大挙して乗り込んでいった感があった。大城はヤマトの演劇界に沖縄方言の清々しい風が吹き渡ったように感じていたのではないだろうか。

小説や詩などの文学表現として沖縄方言を用いたものは多くある。しかし、その表現は、「日本語」内の問題であり、日本語による文学表現の一つの可能性として見出したものだった。ゆえに、沖縄方言を文学の中に取り入れようとする表現者は、苦悩してきた。

しかし沖縄方言は沖縄人の生活の中に歴然と存在する。沖縄方言にぴったりと重なり合った言語感覚はわれわれの日常を覆いつくしている。沖縄方言に基づいた感性・感覚は、はっきりと生活の中にあるのである。

役者たちは、沖縄の風土に根ざし、沖縄のリズムにのせた沖縄方言を思う存分使って、生き生きと舞台に取り組んだことだろう。大城の感慨もこのような点にあったのではないだろうか。

一方、大城は、沖縄の昭和史のなかで、印象に残る社会的事件の第一番目に「方言弾圧」をあげている。そして、沖縄の今後について、「限りなく日本化しながら、それがなかなか完全なものにならない」と予見している。「方言弾圧」は、何も外部からの弾圧だけとは限らない。沖縄内部にも弾圧の力が存在することも含みもつ指摘である。内部に対する批判によって、物事を冷静にとらえようとする大城の姿勢を忘れてはならない。その沖縄の内部について、限りなく「日本化」していきながらも、完全に「日本」にはならないと予見するのは、現代にも通じるところがある。沖縄人の拠って立つべき文化的基盤は何かと、方言弾圧という事象から自らに問うているのである。アイデンティティーの問題ととらえることもできるが、単純な話ではない。

その文化的基盤に県民が目を向けることは、文化的、思想的な自信を身に付けることにほかならず、ヤマトを相対化することにつながると考えたのであろう。大城にとって「沖縄方言芝居の東京公演」は、沖縄方言の復権とヤマトを相対化する視座を沖縄人に与えてくれた、象徴的な出来事であったに違いない。

矢野輝雄は、「〝実験〟を越えた沖縄芝居――「嵐花」東京公演の教えるもの」[注5]と題した論考の中で次のように述べている。

かつて沖縄口はヴォキャブラリーの不足から思想を語ることができないといわれ、その将来についても極めて悲観的な観測が行われたものである。しかし、大城戯曲と幸地演出・沖縄芝居の俳優たちとの提携は、こういった制約の多い言葉の問題を逆手に取って、日常語による方言芝居の魅力を打ち出した。いわば、日常の言葉で沖縄の思想を語ったところに意味があるのである。これを沖縄芝居というならば、まさに新しい歴史への一歩であり、新劇だというならば、足元を見直すことから出発した演劇運動の、古い殻からの脱皮に外ならないと言えるであろう。いずれにせよ、いまや沖縄実験劇場（ママ）が沖縄方言の貴重な砦となりつつあることは否定できない。

矢野の指摘において、注目されるのは、「日常の言葉で沖縄の思想を語った」という点と「沖縄方言の貴重な砦」という点である。

「日常の言葉で沖縄の思想」を語るとはどのようなことを指すのだろうか。

例えば、『嵐花』には、平敷屋朝敏が作った仲風（五五八六）の歌について、蔡温と朝薫が会話する場面がある。朝敏が作った「暮らさらん　忍で来ゃる　御門に出じみしょり　思い語ら」について、蔡温からその評価を尋ねられた朝薫は、「恋する者の恐れを知らぬ気持ちがよく現われているものと思います」と答える。それに対して蔡温は「物は言い様だ。恋をするのは良い。しかし、恐れを知らぬのは良くない。この歌は、親の許さない恋をしている者の心ではないか」と反論する。蔡温は「シナサキ」よりも「義理」を強調する。言葉に窮す朝薫は、自分自身の身の上に「シナサキ」と「義理」の対立を重ね、蔡温との関係が不穏なものとなっていく。

この日常会話の中に沖縄の思想を読むためには、「シナサキ」と「義理」の対立を、「個人」と「国家」に変換すると分かりやすい。あるいは、「個人」と「家」と考えても良いだろう。または、「母性」と「父性」の対立とみることもできる。

沖縄方言において「シナサキ」や「義理」の概念を語ることは、多くの言葉を使って説明しても、適切に説明することはできないだろう。「シナサキ」、「義理」の明瞭な輪郭をとらえることは困難をきわめる。しかし、『嵐花』は、ドラマツルギーによって、巧みに思想を紡いでいく。この手法は、今までの沖縄芝居にはない手法であったと言っても過言ではない。

テレビ、映画などに押されて衰退しはじめていた沖縄芝居に活路が見えてきた瞬間であった。それは、「沖縄方言の貴重な砦」として沖縄芝居が存在することを、演者も観客も自覚した瞬間でもあった。沖縄方言で沖縄の思想を語ることによって、自己の文化的基盤を強く自覚することによって、沖縄人としての「自信」を取り戻していったということもできる。

一九八八年『嵐花』公演のパンフレットの中で、大城はヴェテラン女優についてふれている。「出演したヴェテラン女優の一人が、芝居をつづけることに絶望しかけていたが、この仕事でやる気を取り戻した、と言っていたのが作者としては最大の冥利である」と述べた。従来の沖縄芝居にはない、脚本と演出がヴェテラン女優を勇気づけていったのだろう。間好子《はざま》のことではないかと推測される。

ところで、沖縄芝居実験劇場の出演者のほとんどが、座長級、看板役者級であったのは、プロデューサー・システムを採用したことによって実現したと考えられる。役者が役者として舞台に打ち込める環境を整えることによって、役者は自らの表現を磨きあげていった。それぞれの芸はどんどん深化していったといえるだろう。あるいは、演出家と役者の濃密な対話の時間を保障することによって、役者自身の表現に厚みが生まれていったと考えられる。従来、沖縄芝居の座長は、制作、構成、脚本、演出等、多岐にわたる役割を担っていた。しかし、プロデューサー・システムでは、役者は他の業務に関わることなく演技のみに打ち込むことができた。

『嵐花』の中に、印象的な場面がある。それは、朝薫（真喜志康忠）が武樽（兼城道子）に相対しながら、首に両腕を回し、二人が抱擁する場面である。朝薫は、両腕を武樽の首に回しながら、彼女の瞳をみつめ、「おまえの情はそれで良いのだ」と語りかける。恥じらいながらも武樽は朝薫を見つめる。朝薫は、「私でも人間の心と世の中の仕組みとが、折合いをつけ難いことについては、どうしてよいか分からぬことが多い」と言って、武樽を抱き寄せる。目を瞑り、二人は抱き合う。その直後「末吉の寺の鐘」が鳴り、首里の風情とともに朝薫のプライベートな一面を鮮やかに描き出した。このような演出は通常の沖縄芝居では考えられないものだった。役者と演出家との対話によって生まれた、舞台の精華といってよいだろう。

3

高校一年の頃、『嵐花』に続けて『世替わりや世替わりや』を観た。通っていた高校の芸術鑑賞での観劇だった。与儀の那覇市民会館に全校生徒を集め、照明や音響など本格的な機器を使用した芸術鑑賞会だった。

沖縄芝居実験劇場は、一九八七年から八九年にかけて、精力的に学校公演を行っている。当時の「公演の記録」を見ると、県内の中学校・高校十八校が観劇している。そのほとんどが、専門機器を備えたホールでの開催であった。

学校の芸術鑑賞で『世替わりや世替わりや』を観る機会を得たのは、私にとって僥倖であった。しかし、沖縄方言を知らない他の生徒には、退屈な時間となってしまった。上演中、私語が多くなり、舞台への関心は次第に薄すれていった。私は、このことがとても辛く、一人胸を痛めていた。私にとっては、スターが出演している舞台である。心から申し訳ない気持ちになっていた。

終演後、カーテンコールに立った真喜志康忠が、私たち生徒を一喝した。

「沖縄には素晴らしい沖縄口があります。それが、年々無くなっていく現状は、本当に悲しいことです。沖縄口には沖縄のシナサキがあります。その沖縄口が無くなるとそのシナサキもなくなってしまいます。これだけは言っておきます。沖縄口やシナサキがなくなっていくのは、あんたたちが悪い！」

このような内容のことを言ったと記憶する。この発言のあと、会場は騒然となった。私は、「あなたたちが悪い」と一喝した真喜志の心を思うと、泣きたい気持ちだった。

名優・真喜志康忠にあんなことを言わせてしまったことが辛く思われてならなかった。沖縄方言を心から愛し、沖縄芝居に人生をささげた真喜志の悲嘆がひしひしと伝わってきた。千名あまりの高校生に向かって、はっきりと言い切った真喜志の言葉は、一義的には生徒の鑑賞態度の悪さに対するものであったが、その真意は別のところにあったと思われる。「君たち一人一人が沖縄方言の担い手であり、継承の当事者なんだ」ということを強く訴えたかったのだと思う。

4

私の記憶の中で、『嵐花』の記憶がこんなにも鮮明なのは理由がある。それは、奇跡的に『嵐花』のビデオテープを手に入れることができたからである。進学した大学の視聴覚ライブラリーで偶然『嵐花』のビデオテープを見つけたのである。幸いなことに、教官に懇願して借りることができた。そのビデオテープには、「NHK教育・一九八八・十二・四（日）」と記入されていた。このテープをダビングした後は、繰り返し何度も視聴した。そのために私の記憶が鮮明なのである。

沖縄芝居実験劇場が、『世替わりや世替わりや』で紀伊国屋演劇賞特別賞を受賞したのは、一九八八年の一月だった。受賞後、『嵐花』の再演に向けて、稽古は始まっていたと推測される。まさに、役者たちがノリにノっていたといってよいだろう。そして大城立裕と幸喜良秀のコンビネーションも最高潮に達し、いよいよ全盛を誇っていたといっても過言ではない。

受賞は、沖縄芝居史上の大きな画期であった。大城が、昭和の沖縄を振り返って、「沖縄方言芝居の県外公演」を社会的事件としているのは、こうした役者の熱気や幸喜との共同制作に大きな手ごたえを得ていたからだと思う。そして、それは、沖縄方言を次世代につなぐという大きな責任に応えることをも意味していた。

晩年、新作組踊の創作に力を入れていたのも、舞台芸術の中に琉球・沖縄の文化的な基盤となる言語への関心があったからにほかならない。純度の高い、琉球・沖縄に関する文化を、謂わば真空パックにいれて、長期保存していくような仕事だった。先年、芥川賞を受賞した『首里の馬』の中で、歴史資料を地道にデジタル化する場面が思い出される。

しかし、大城の場合は、舞台芸術の力を借りた。デジタル化だけではこぼれ落ちてしまう沖縄方言や風土に根ざした感性を、人から人へ繋いでいくことに大きな意義を見出していたと考えられる。

5

『嵐花』の再演を知ったのは、二〇〇八年のことだった。二度と観ることはできないだろうと諦めていたので、心から嬉しく思った。

再演した『嵐花』は、国立劇場おきなわ開場五周年のプレ企画公演（二〇〇八年九月十三〜十四日）として、若手男性舞踊家を中心にしたものだった。一九八八年の『嵐花』公演から二十年ぶりのことだった。

再演された『嵐花』は、チラシやホームページで「現在組踊で活躍中の若い役者達がその思いに迫ります。」と紹介されていた。この企画には、当時芸術監督を務めていた幸喜良秀の熱い思いが感じられる。同時に、沖縄芝居を通して、琉球・沖縄の芸能世界を人から人に繋いでいくという大城の強い意志も伝わる。原作者大城立裕と演出家幸喜良秀の次世代への期待が如実にあらわれた舞台だった。

一九八八年公演と二〇〇八年公演の出演者を対照させて掲出する。

玉城朝薫――真喜志康忠　大田守邦
平敷屋朝敏――仲嶺伸吾　東江裕吉

友寄安乗――伊良波晃　宇座仁一
蔡温――玉木伸　普久原明
武樽――兼城道子　新垣　悟
チラー（遊女）――玉城千枝子　佐辺良和
ウシ（巫女）――間好子　阿嘉　修
マカテー（抱親）――北島角子　嘉数道彦
蒲太――北村三郎　大湾三瑠
（劇中劇）
中城若松――具志堅朝堅　金城真次
宿の女――赤嶺正一　宮城茂雄

配役を比較した時、最初に思うことは、芸歴の大きな違いである。八八年公演の出演者は、数十年のキャリアをもつ役者ばかりであり、沖縄芝居の舞台経験の差は歴然としていた。〇八年公演の役者は、日頃、組踊を中心に鍛錬を積んでいるとは言え、さまざまな戸惑いがあったのではないだろうか。

阿嘉修は、「すでに名優たちが演じている作品に出演することに、大きなプレッシャーを感じました」と振り返り、次のようなことを語ってくれた［注7］。

「本格的な沖縄芝居に取り組むのは初めてで、あんなに分厚い台本を手にしたのも初めての経験でした」、「高校の芸術鑑賞で観た芝居だったので、嬉しかったのですが、苦しかったです」、「自分の役は、ユタのウシで、間好子先生が演じていたものでした。ちゃーすが、ちゃーすが（どうしよう、どうしよう）って感じで悩んでいました」、「幸喜先生は、間先生のように演じなさいと言うし、本当に難しかったです」、「悩んでいた時、間先生に近しい伊舎堂千恵子先生（元乙姫劇団）から電話がありました。『間先生のようにやろうと思うのは間違いだよ。あちらは何十年のプロなんだから。かなうわけはないでしょう。あんたなりにやりなさい。私はそれでいいと思うよ。誰も間好子の芸は求めてはないよ。あんたは男なんだし、あちらは女よ。あんたなりでいいんだよ。あんたのオバーでいいんだよ』と励ましてくれたんです」、「追い込まれて、追い込まれて、とても苦しい稽古だったのですが、どういう訳か、初日にバシっと役に入ることができました」、「今まで出したことのないような声で泣き叫んで、自分なりの演技ができたとき、役にハマった感じがしました」、「自分でもやっていて楽しく、乗っているという感覚が嬉しかったです」。

『嵐花』の再演に向けての稽古は厳しく、言葉のイントネーション、発音、所作の一つ一つにダメだしがあったという。特に、北村三郎、兼城道子から丁寧な指導があり、熱気に満ちた稽古だったと阿嘉は振り返った。名優たちが演じたものを再演することに対して、プレッシャーを感じたのは、他の出演者も同じだったと思われる。そんな中、伊舎堂千恵子から阿嘉への励ましは、役にはまる契機となったと考えられる。

真喜志康忠の演じた朝薫に挑んだのは、大田守邦（三代目玉城盛義）だった。類稀な体躯と端正な顔立ちは、観客を惹きつけて離さなかった。特に眼光の鋭さは、真喜志に通ずるところがあるが、大田の芸風がいかんなく発揮されたといえる。また、立ち居振る舞いの美しい新垣悟の武樽も忘れられない。明瞭な発音と、気品に満ちたせりふ回しは、兼城道子を彷彿とさせ、私を興奮させた。そのため、若手男性舞踊家を中心にした『嵐花』は、琉球・沖縄の芸能の未来を照らしているように思われた。

○八年公演において、忘れられないシーンがある。大田の演じる朝薫が、幕切れで読む琉歌「節よまた来らば　また咲ちゅらやしが　憎さ無んうちゅみ今日ぬ嵐」（季節が来るならば、また花咲くこともあるだろうが、憎さこの上ないのは、花を散らせた今日の嵐だ）である。このシーンは、さまざまなメタファーを読むことができる。琉球の地に根づくには、幾多の困難が予想される桜の接ぎ木に、反骨をもって生き急ぐ平敷屋朝敏を重ねることができる。あるいは、朝薫以後、政治の風、戦争の風、アメリカの風に翻弄される琉球・沖縄を重ねることもできる。幾多の「嵐」を忍んで、現代に届けられた「花」を観るような思いがして、感動したことが記憶に残る。「嵐」をくぐり抜けてきた「花」は、出演者たちに受け継がれ、いずれ百花繚乱咲きほこる日が到来することを暗示するものだった。

幸喜良秀は、国立劇場おきなわステージガイド『華風』［注6］に次のように述べている。

大城先生と私は絶えずウチナーンチュとは何か、ということを議論しながら、新しい演劇世界を求めてきた。実に多くを教わったが、共通していたのは、沖縄の古典芸能やそれを背景に生み出される演劇は全て世界に通ずる普遍性を持っているという自負である。この世でもあちらの世界でも私たちは、若い皆さんが自ら課題を見つけて拓いていく新たな舞台を刮目して待っている。上演しやすい作品だけでなく大掛かりで大胆な挑戦、冒険を絶やさないでほしい。

まさに、大城立裕、幸喜良秀の芸能実践は、新しい演劇世界の探究であった。それは、沖縄人とは何かという問いへの挑戦だった。この問いは、今後、私たちは何度も問いつづけていくことになるだろう。次の世代に継承されようとしている琉球・沖縄の芸能実践は、沖縄芝居であれ、組踊であれ、琉球・沖縄を問うところから出発するのである。沖縄芝居実験劇場は、その問いへの具体的な実践方法を示してくれている。刮目する二人の願いは、自分たちの作品を真似てほしいということではない。果敢に挑戦していってほしいということだと思う。筆者の目から見ると、その挑戦の機運は、今高まってきているように思う。芸才にたけた嘉数道彦の味わい深い舞台や、沖縄芝居研究会の金城真次・伊良波さゆきらによる積極果敢な取り組みは目を見張るものがある。今後、大城や幸喜が驚くような舞台は必ずあらわれるに違いない。

沖縄芝居実験劇場の挑戦は、形や名称が異なっていても、次の世代に引き継がれていっている。

［注1］『嵐花——朝薫と朝敏——』の初演は一九八五年の秋。玉城朝薫生誕三百年祭記念公演として、沖縄市と那覇市で上

演された。筆者が観たのは、再演である。那覇市、沖縄市、東京（前進座との提携公演）で上演された。この公演のパンフレットに『花の碑』と『嵐花』と題する大城のエッセイがある。両者の執筆について「小説と戯曲を同時に書くことになったが、筋立てを別ものにしたのは、もっぱら沖縄芝居らしさを考えてのこと。コミックや踊りを入れたのはそのためだ。朝薫が那覇港を浚渫した史実が、小説では組踊発想のリアリズムを裏付けるものとして重要であり、戯曲でも初演には入れたが、こんどの再演では芝居の力を強くするために、思いきって省いた。平敷屋朝敏の処刑は史実では朝薫の死より後であるが、ドラマのために逆にした。／幕切れで玉城朝薫が詠む琉歌「節よまた来らばまた咲ちゅらやしが憎さ無んうちゅみ今日の嵐」は、ドラマのこころ——歴史の悲劇と願いをこめた創作で、小説にはない。／戯曲のほうが先にできて題名を「嵐に花咲け組踊由来」としたら、スタッフに冗長をきらわれて「嵐花」となった。小説の仕上がりがおくれ、「嵐花」では小説の題名としては馴染まないので、「花の碑」にした。」と書いている。

［注2］「特集　沖縄と昭和アンケート」、『新沖縄文学』七八号（一九八八年十二月）、四一～四二頁。

［注3］「世替わりや世替わりや」の初演は、一九八二年である。NHK沖縄放送局が企画した復帰十周年記念公演として上演された。

［注4］昨今、さまざまな議論の中で、沖縄方言、琉球語、ウチナーグチ、しまくとぅば、地域語などの呼称が並立しているが、本稿では、大城立裕の言説の文脈に即して沖縄方言をとらえて執筆する。沖縄方言という呼称に、言語学的な厳密さや、思想的な意味を付与していない。

［注5］『〝実験〟を越えた沖縄芝居——「嵐花」東京公演の教えるもの」、『新沖縄文学』七九号、一九八九年三月、一四八頁。

［注6］「心に残るあの舞台」欄、『国立劇場おきなわステージガイド』、二〇二一年三月。

［注7］二〇二一年十一月十五日、浦添市内での聞き取り調査による。

大城立裕の翻訳された作品

スティーブ・ラブソン

私が大城立裕の作品に最初に出合ったのは、一九七二年の秋だった。その年の芥川賞の受賞作は沖縄出身者の東峰夫の「オキナワの少年」だった。私は、上智大学日本語集中講義の翻訳課題として、「オキナワの少年」と大城氏の一九六七年の芥川賞受賞作品「カクテル・パーティー」を選んだ。その一つの理由は、一九六七年七月から一九六八年六月まで、陸軍兵として沖縄に駐留した経験をもとに考えると、両作品は翻訳の必要がある、特にアメリカ人が読むべき作品ではないかと考えたのである。もう一つの理由は、沖縄の自然背景と文化を巧みに扱う二つの作品は、私にとってはとても心惹かれる作品であった。

「カクテル・パーティー」には、二つの革新的な側面がある。まず、米軍占領下の沖縄での米兵による犯罪と、中国占領地域での日本帝国陸軍兵による犯罪を関連づけている点だ。そしてもう一つは、小説の後半で自己批判の行為として一人称を使い、自分自身を「お前」と呼んでいる点である。

作品の沖縄の自然背景の扱い方として、例えば、米兵に暴行された娘と警察による捜査で、犯行現場を調べる次のくだりが印象深い。

「M岬のたたずまいはあまりにも平和だった。（中略）珊瑚礁で突兀《とつこつ》とした崖の下にざざざと打ちよせる波音がものうくきこえるだけだった。そうした風景の中で、この上もなく人間臭い事件の再現が実験されるということは、いかにもふさわしくなかった。」

私は英訳の助言と許可を得るために、一九八四年に初めて大城先生にお目にかかった。先生の首里の自宅をまず訪ね、それから那覇の料理屋で英訳などの話をした。先生は「カクテル・パーティー」の英訳に関する丁寧な助言と翻訳許可を私にくださった。翻訳をしているときに非常に役立ったのは大城先生の英語力で、草稿段階ですべてをチェックして下さった。

お話を伺っていて興味深かったのは、先生がご自分のいちばんの成功作品を「カクテル・パーティー」ではなく、一九六六年の中編小説「亀甲墓」と主張された点だった。

一九八九年にようやく大城氏の「カクテル・パーティー」、東氏の「オキナワの少年」、山之口貘の詩「沖縄よどこへ行く」（一節）の翻訳を終え、歴史背景を説明する「前書き」を含めて、*Okinawa: Two Postwar Novellas*（『沖縄——二つの戦後小説』）というタイトルで、カリフォルニア大学バークレー校東アジア研究所から出版した。それから七年後の一九九六年に同書は再刊された。

二〇〇〇年には、大城氏の「亀甲墓」の英訳を*Southern Exposure: Modern Japanese Literature from Okinawa*（『サザン・イクスポージャー――沖縄からの近代現代文学』）という沖縄文学選集に含め、ハワイ大学出版局から出版した。これは、沖縄戦時中に先祖代々の墓に避難した沖縄の家族を描いた物語で、沖縄の宗教や家族構成について多くの洞察を与える作品だ。

「その屋根の形のために亀甲墓《かめこうばか》と呼ばれる。そのまるい屋根を抱えるようにして左右にながれる墓の線は、正面に大きな石材を使って切り立った壁の両袖のあたりで、一度渦を巻くような姿をつくり、それからずっと庭をだくようにながれ落ちる。世の物識りがこれを女体にたとえて、この形はちょうど女が仰向けに両脚をひらいたところだという。それならば、正面の壁の下辺中央にある、大人ひとりが腰をかがめてはいるほどの、いわゆる『墓の門』は、女陰の形象であり、人は死んでその源へ還るというしるしでもあろうか」

英訳された大城先生の作品は、他には、戯曲版の「カクテル・パーティー」と新作組踊『海の天境」が山里勝己氏とフランク・スチュワート氏による沖縄文学選集*Living Spirit: Literature and Resurgence in Okinawa*（『息づく魂――文学と沖縄の再生）』（ハワイ大学出版局、二〇一一年）に収められている。

「カクテル・パーティー」は他には中国語版もあるようだ。

「沖縄」という窓越しに東アジア人に語りかけてきた大城立裕先生を偲んで

孫知延

二〇二〇年十月二十七日、夜遅く、大城先生の訃報に接した。ご容態について以前から聞き及んでおり、心の準備はできていたはずだが、いざとなるとやはり動揺を禁じ得なかった。大城先生とは作家と研究者という出会い以前に、沖縄文学を通じて韓国と沖縄、そして東アジアに対する共感を語り合い、親交を深めさせて頂いた間柄でもある。ご高齢にもかかわらず、いつもメールでコミュニケーションをお取りになり、また度々国際電話をくださり、メールでは書ききれないお話をお聞かせいただいた。その時々の、沖縄文学と思想を情熱的に説く声が、今でも鮮やかに蘇る。もはや聞くことが叶わないその肉声は、彼が残した文学の中に求めるしかない。

大城立裕の文学世界は、沖縄の屈曲した歴史を非常に鮮明に再現してきた。帝国の一員であると同時に、帝国の抑圧と差別の当事者でもあるということ、第二次世界大戦後、アメリカという新しい帝国秩序が、具体的かつ現実的な抑圧と差別をもって作用した地域であるということ、植民地主義の断絶と連続、同化と異化という自己分裂の中に位置していることなどを、非常に繊細かつ省察的な筆致で描いてきた。「沖縄人とは誰なのか」、そして「日本人とは誰なのか」という根元的な問いを投げかけ、その答えを見つけ出すべく常に努力し、戦後沖縄文学の第一線に立たれてきた。彼の尽力が示唆的なのは、それが単純に沖縄、沖縄の人たちの内部だけの問題なのではなく、私たち韓国を含む東アジアの植民地的状況、中でも直接的な差別と暴力にさらされたマイノリティー問題に直結した事案であることを明確に示しているからだ。

『カクテル・パーティー』を韓国語に翻訳・紹介できたのは、私にとってこの上ない僥倖だった。一九六七年の芥川賞受賞は、長年にわたって本土中心の中央文壇の周縁にとどまっていた沖縄文学が世間の注目を集めたというだけではなく、沖縄内部でも社会全体が動揺するほどの記念碑的な出来事として評価されている。先生自身も当時の雰囲気を振り返りながら、沖縄出身の作家が日本語で作品を書いて中央文壇に認められるのは到底無理だという「伊波普猷の予言を裏切り、言語のハンディキャップを克服」した証であるといい、同作の芥川賞受賞は本土からの「思想的自立を予言」した画期的なこととして位置づけられた。今日の大城文学を築いた出世作であり、さらには戦後の沖縄文学の方向性を示した問題作だということは、いくら強調してもし過ぎることはないだろう。

しかし、『カクテル・パーティー』だけでは、彼の文学世界を完全に理解したとは言えまい。『カクテル・パーティー』が「親善」の裏に隠された米軍の暴力的占領システムに対する鋭い省察力を示したとすれば、翌年に刊行された『神島』は、「アメリカ」という対象を「本土」に置き換え、長きにわたってタブー視されてきた「集団自決」問題を扱った画期的な作品だといえる。間もなくやってくるであろう本土「復帰」の時代を予感し、沖縄戦、中でも「集団自決」の悲劇と正面から向き合う。何よりも、加害と被害の構図が複雑に絡み合った逆説的含意を多様な角度から表している。たとえば、朝鮮出身の「軍夫」と日本軍「慰安婦」の存在や、同じ「日本軍」の中にも「ヤマトンチュ」「ウチナーンチュ」「朝鮮人」が入り混じった「三派葛藤」をもたらした複雑な情況も逃がさず描写している。これをどのように解釈し、省察するかという問題は、韓国をはじめとする東アジア文学を思惟することとも緊密に結びついている。

この小説は、済州4・3小説と共鳴する部分が大きい。例えば、玄基榮の「順伊おばさん」(一九七九)という作品と並べてみると、「集団自決」・「集団虐殺」という禁忌の記憶に注目し、これを暴露している点で非常に類似している。特に、この悲劇的な事態をどのように記憶して定義するのか、加害と被害、抑圧と抵抗、自発と強制のどちらかに二者択一できない情況を念入りに描写している点でよく似ている。しかし、記憶闘争の方向性を提示する方法には、かなりの違いが見られる。両小説の最大の相違点は、結論部分に見られるように、「記憶闘争の方向性」にある。『神島』が、日本軍出身の父の身代わりとなった朋子の死を通じて、本土の加害責任を暴露すると同時に、沖縄内部の省察を促す双方向の開かれた結末である一方、『順伊おばさん』は、被害当事者である順伊おばさんの自殺という設定で国家暴力による良民犠牲を極大化させ、「4・3共産暴動」「済州島＝パルチザンの島」という堅固な枠組みを再確認する閉じられた結末だといえる。言い換えれば、玄基榮が反共イデオロギーに包摂された無差別的な国家暴力に対する真相究明、そして深刻な敗北主義と劣敗感（レッドコンプレックス）からの解放という明確な目標を提示している一方、大城は間もなく訪れる「祖国復帰」を意識したかのように、本土の加害責任と沖縄内部の省察を同時に求める姿勢を示した。このように沖縄文学と済州4・3文学を同時に視野に入れて思惟することは、すなわち冷戦下の東アジアにおける抵抗の可能性と平和的連帯を想像し、実践させることでもある。

済州と関連の深いもう一つの作品として『普天間よ』（二〇一一）が挙げられる。本作は「基地の中の沖縄」を生きる人々の「日常」に注目し、日米両国主導下の基地経済に包摂された沖縄人の内面的抵抗をよく表している。もう一方では、基地経済に包摂されていく沖縄の実情を非常に具体的に把握し得る大城特有の文学的想像力、そして現在の沖縄を見抜く現実感覚が際立つ作品だと言える。済州もまた、開発と近代化という名のもとに加えられる暴力に無防備にさらされ、住民自らがそれを内面化する方法で隠ぺいしたり、逆に転覆させて克服しようとする動きを見せてきた。玄基榮の『最後の牛飼い』（一九九四）は、経済的成長を掲げて済州をイデオロギー的に再編しようとする国家の欲望を鋭く捉えている。

何より、沖縄も済州も、経済復興、あるいは経済成長が、国家という強力な力によって推し進められ、また、アメリカの帝国主義的戦略という巨大な構造を抱える形で遂行された情況を丁寧に描写している点で、この二つの作品は非常に類似している。

大城作品の中で韓国に翻訳・紹介されたものとしては、『カクテル・パーティー』、『神島』、「亀甲墓」（孫知延訳、『大城立裕文学選集』、グルヌリム、二〇一六）及び、「二世」（郭炯徳訳、『沖縄文学選集』、ソミョン出版、二〇二〇）、そして『普天間よ』（孫知延訳、『現代沖縄文学の理解』、ヨクラク、二〇一八）などがある。これらの翻訳書が刊行され、韓国の文学研究者たちにも大城文学研究の道が開かれるようになった。韓国学術研究情報サービス（RISS）に「大城立裕」というキーワードを入れてみると、計三十七件の論文と単行本が検索された。論文の場合、個別作品の分析から沖縄文学作品の比較、済州4・3小説や朝鮮戦争を背景にした小説との比較、また在日朝鮮人文学と比較した論も目につく。今後、東アジア文学の地平の中で、大城文学がどのように解釈され、読まれるか。その可能性を発見することは、大変興味深い。

この追悼文を書くにあたって、これまで先生とやり取りしてきたメールボックスを開いてみた。二〇一四年十二月二十六日に始まったメールから最近まで、思った以上に多くのメールがやり取りされていた。沖縄文学をテーマとした単行本の最終作業を進めるなかで、本の序文が完成した際に、先生に一度お読みいただければと思いメールを送ったが、最後のメールは受信されることなく、永遠に残されることとなった。おそらくその時期は、病院で安静を要していらっしゃったのだろう。そして昨年（二〇二〇年）二月初め、那覇市内の病院で先生にお目にかかったのが最後となった。奇しくも、二〇一五年二月に初めてお目にかかった時と同じ病院の病室であった。その時は私との待ち合わせ場所へ向かう際に、駅の階段で転倒し、骨折されたのであるが、思いがけず大変なご迷惑をかけてしまった私に、先生は「自分は大丈夫だ、病院だがよかったら来るように」という連絡をくださったのである。その折の病室での患者衣姿の先生が、今でも昨日のことのように鮮明に思い出される。そして昨年、同じ患者衣を着たまま、あの明るい笑顔で病室の窓の外に広がる慶良間諸島を指差しながら、新たに構想中だという作品の話に花を咲かせたことも……。二〇一九年に焼けてしまった首里城をテーマとした新作は幻に終わってしまったが、彼が残してくれた数々の作品を改めて読み返そうと思う。その中で、「沖縄」という窓越しに沖縄人に、本土人に、韓国人に、中国人に、そして台湾人に、絶え間なく語りかけてくる先生の生き生きとした声と情熱的な姿に再び出会いたい。

差別と排除、同化と異化から放たれた、米軍基地のない平和な場所で、すべての重荷を下ろし、どうぞ安らかにお眠りください。

大城立裕先生のことなど

波照間永吉

　私が「大城立裕」の名を知ったのは八重山高校二年生の時である。先生の芥川賞受賞のニュースによってである。しかし、当時はそれだけのことで、受賞作の載った『文藝春秋』を手にしたわけでもない。作品にふれたのは大学に入ってからである。それも当時はまだ単行本が次々と出されるという状況ではなく、先生の作品を深い関心をもって読み続けるという状態ではなかった。

　それが大学を卒業して、進学するかどうか悩んでいるとき、教えを受けていた池宮正治先生の手引きで、大城先生が所長を務めていた沖縄県史料編集所にアルバイトに出ることになって、先生が私の日常に入ってきた。史料編集所では当時、『沖縄県史』別巻の『沖縄近代史辞典』に取りかかったところであった。私は、その担当者である高良倉吉さんの下で、その辞典の見出し項目の候補となる沖縄近代史に登場する人名や用語、事件などを抜き出すために、毎日、既刊の『沖縄県史』や大田昌秀先生の著書など沖縄近代史に関わる重要な文献を読み、これをカードに取る作業をしていた。職場の雰囲気は和気藹々として、毎日昼食後には、二人の女子職員も含めて、大城所長以下全員が、三階（当時の県立図書館）ホールに卓球をしに上がっていった。そして、一時の就業時間前には、如何にもいい汗をかいたという感じで、にぎやかに笑い声を響かせながら戻ってくるのが常であった。このようにして職場の雰囲気が醸成されていったのであろうが、これなど、所長の人徳故のことであっただろうと思う。ただ、私自身は見えない進路を求めて鬱屈した気分の中にあって、とても卓球どころではなく、大城先生の卓球の腕前やフォームなどは目にしていない。今にして思えば残念なことだ。

勤務中に話されたことで覚えていることの一つが、「夏炉冬扇」という言葉について先生が所員の皆さんに解説しておられたことである。先生がこの言葉を初めて知ったのは県立二中生の時で、島袋全幸先生から、こういうことだと教わったという話であった。有名な作家が初めての言葉と出会った時の感動を何十年も持ち続けていることが新鮮であり、かつ、大城先生の人間関係の一端を窺った気がして少し近づけた気がした。島袋全幸先生とは毎週のおもろ研究会でご一緒していたから、私は先生と全幸先生の若かりし頃の二中の教室を想像して、ひとり頷いたことである。他にもあるが、これらはまたいずれの機会に譲ろう。その当時の先生の写真が『大城立裕文学アルバム』（二〇〇四年、勉誠出版）に載っている（四三頁参照。右端の男が私である）。

その後、私は大学院進学のために沖縄を離れた。外間守善先生のもとで九年の院生生活を送ったが、その八年目の一九八四年夏、大城先生と再会することになった。外間先生が「NHK市民大学　沖縄の歴史と文化」（一九八四年十月～一九八四年十二月）のために、大城先生との対談を収録することになった時である。沖縄県立博物館館長室での対談であったが、NHKクルーの一員となっていた私はテレビカメラの三脚担ぎであった。大城先生にご挨拶申し上げたら、「君は姿が見えなくなったと思ったら、外間さんの所にいたのか」と言われた。ただそれだけの会話であったが、一人の青年の紆余曲折を思ったという風情が偲ばれ懐かしかった。お二人の話は琉球・沖縄の文化・文学に長く携わり、しかも同世代でもあり、同志相合うという感じで終止和やかであった。しかし、また、沖縄の地で作家として活動する大城先生と、東京で研究者として琉球・沖縄の歴史・文化を考える両者の問題意識は重なりながらも、時には、潜在するライバル意識のようなものが、静かに火花を散らしている如くにも感じられたものである（大城先生の出演は「第一〇回　日本語の中の沖縄語」に収録。一九八四年十二月四日放送）。

私は一九八六年、沖縄県立芸術大学に就職し、琉球文学を中心に沖縄の芸術・文化などについて学ぶ日が続くことになった。しかし、直接的に大城先生と接する場面はほとんどなかった。ただ、先生の作品には一頃よりも多く触れることができるようになった。小説作品よりも沖縄文化・思想をめぐる評論に注意がいった。『同化と異化のはざまで』がよくとりあげられるが、『休息のエネルギー』も私には忘れられない。当時先生は「玉城朝薫生誕三百年記念事業」に取り組んでおられたが、私は何の手伝いもできなかった（メーナイナイするようでおのずと憚られたのだ）。先生の行動は、国立組踊劇場の設置を求める運動と共に、琉球の演劇に取り組む人間としての、玉城朝薫へのリスペクトのあらわれであったと思われる。これらの仕事とその後の組踊の創作とは軌を一にしているだろう。

二〇〇〇年代になって、先生が新作組踊をお書きになるようになったところから本当のお付き合いが始まることになった。それは先生から作品のコピーが送られ、これについて琉球語の用法の見地から問題となるところはないか、という問い合わせが寄せられる、という具合で始まった。私は、畏れ気もなく、先生の質問に率直に答えた。いかにもガクシャグァー（学者小）の意見であったと思われるが、先生は、これを嫌われることなく、また、次の作品について問い合わせる、という具合に続いた。こうして『花の幻』収録の諸作品、「ハブの祝祭」、そして「聞得大君誕生」などにいたる先生の新作組踊をめぐって先生とのやりとりが重ねられることになった。そのやりとりの中身の細々としたことは書けないが、それは例えば、次に示す「聞得大君誕生」の場合、の様であった。
◇Tuesday,April17,2012,12:05AM——大城先生より波照間へ
「今帰仁王子」に説得力をもたせるために、「近く私が今帰仁（北山?）監守になるために」と、一言言わせるべきかと、思案しています。／そこで「監守」をどう表現すべきでしょうか。／この案への意見をそえて、ご意見お願いします。
◇2012年4月17日火曜日 12:20——波照間より大城先生へ
メール拝見しました。お問い合わせの件ですが、尚韶威は今帰仁に派遣されることによって「今帰仁王子」と称することになっています。「監守」を琉球語に訳するとすれば何が適当か、あれこれ調べていますが、見当たりません。「今帰仁の守りのため」（例えば「今帰仁の御格護の為（なちじん

ぬ　うかくぐぬたみ）」）という説明のあとに「今帰仁の王子になる（なちじんぬわうじ　なゆん）」というふうにつないで行くのはどうでしょうか。なお、東恩納寛惇によると「王子」は「わうじ」とは言わず「あんじ」と称した（『東恩納寛惇全集』第六—四五八頁）とのことですが、ここは物語の前の「今帰仁按司」との混同を避けるために「わうじ」と読むのが良いかと思います。尚韶威派遣の記事は『伊波普猷全集』第六巻二一一頁掲載の「具志川家家譜」にあります。伊波普猷全集はお手もとにございますか。もしなければおっしゃってください。ファックスでお送りします。／波照間永吉

これについてはその後も二、三やりとりは続くが、こうして、「今帰仁王子」は尚韶威とされることになったのである。しかし、この「今帰仁王子・尚韶威」の登場は「第十五稿台本（七月二十五日付）」では削除されている。四月から七月にいたる三ヶ月の間の練り直しで消えていっているのである。私のファイルには「二十二稿　台本（三月四日付）」までしかないが、改稿は三十稿近くまで及んだと聞いている。その後の修筆がどのようになされ定稿となったか、大城先生の資料で確認するしかない。先生の組踊作品研究で今後明らかにされることを期待したい。

　ここでもう一つ言うとすれば、八十歳を超えて、パソコンを使って原稿を書き、メールを駆使して情報を集める、先生のこの進取の精神である。そして、修筆に修筆を重ねる作家魂。今後の大城立裕研究は、先生が方々に送ったメールを集め、これを分析するという、大変な仕事抜きには完成しないのではないかということである。研究の醍醐味と言えば言えるだろうが、私などには目眩を覚えるようなことである。ともあれ、データの保管が大切な仕事としてあるが、これを確実に行う必要がある。

また、こういうこともあった。小説「水の盛装」のために宮古島のトライアスロンについて知る必要があるとのことで、私にトライアスロンのこと、バイク（自転車）の操作などをあれこれ質問された。私は汀良の先生のお宅の玄関先にバイクを持ち込んで、ギヤの操作や、バイク競技中の給水・食料補給の方法から、当日の宮古の人々の賑わいなどなどをお話しした。奥様も傍にお立ちになって興味深そうに聞いておられた。そのお姿も今となってはなつかしい一こまである。

先生の作品で唯一書評を書いたのが琉歌集『命凌ぎ坂』である。ひょうひょうとしていながらしぶとい先生のお人柄が表れた琉歌が並んでいる。このような作品を読むと、先生の根本的なところがよく現れているように思う。ユーモアの中に人を射抜くような人間観察があるように思われるのだ。新作組踊の創作は「ウチナーグチを自由に操れる最後の世代である自分の責任」と話しておられた。『命凌ぎ坂』もそうであるが、組踊作品の中の琉歌も、よく人物や場面をとらえていて見事だと思う。作中の人物になりきっているのである。具体的な例も掲げない話で恐縮であるが、これについては前記の書評をご参照願いたい。

先生がつい失敗をしてしまったことがある。その時、例の口元から漏れたのは、「……シネーラン」（……してしまった）の一言であった。とっさの時にはウチナーグチが飛び出るウチナーンチュであったということか、あるいは、照れ隠しに、ここはウチナーグチで言うしかないと考えたのか。あるいは両方であったのだろうか。ウチナーグチの分かる二人だけの場面での話である。

名桜大学の『琉球文学大系』、「シンポジウム琉球語と文化の未来」などでのエピソードもふれたいことであるが、既に紙数は尽きている。拙稿「大城立裕さんと『琉球文学大系』」(『名桜大学図書館報』第三二号　二〇二一年三月)や『琉球語と文化の未来』(岩波書店、二〇二一年三月)をご参照いただきたい。

最後に一つだけ付け足したい。これは拙編『鎌倉芳太郎資料集(ノート篇Ⅳ)』をお届けした後、二〇一五年七月頃にいただいた御礼の電話でお伺いしたことである。鎌倉芳太郎の友人に二中の美術教師の比嘉景常がいた。比嘉の机の上には「琉球美術史」の草稿がうずたかく積まれていたが、比嘉は昭和十六年にチフスで急逝した。当時の二中には名渡山愛順や大嶺政寛などの美術教師がいて、生徒に琉球八社や地方の史蹟、有名建造物などの見取り図の作成や採寸などの調査をするよう教授していたとのことである。比嘉の研究のことや、先生の美術に対する思い、戦前二中における美術教育や琉球文化に対する教育の実際を知るチャンスであったが、これまた、みすみす逃してしまった。まったくふがいないことである。

大城立裕さんと「県外移設」論

知念ウシ

二〇一二年五月一五日（沖縄の「日本復帰」記念日）の午後七時頃、電話が鳴った。携帯の着信画面は大城立裕さんだと告げている。

「ディカチャン（よくやった）」

電話に出るといきなり褒められて驚いた。しかし、何のことだかはピンと来た。「イッペー ニフェーデービル（どうもありがとうございます）」。私は答えた。それはその日の朝日新聞に掲載された対談［注1］のことで、そこで私は沖縄の基地問題の特徴を日本の植民地主義による沖縄への基地の押し付けだと批判し、それを解消する一歩は、在沖基地の県外移設／引き取りであり、基地は日本人が自ら無くしてほしいと話した。そして最後に、私が対談相手の高橋哲哉さん（哲学者、現東京大学名誉教授）に「高橋さんも、基地を持って帰ってくださいね」と呼びかけ、高橋さんが「それが日本人としての責任だと思っています」と応じた。大城さんはその場面のことを言っていたのだ。

私は二〇〇〇年頃から、普天間基地周辺に住み、働く女性たちのグループ「カマドゥー小たちの集い」と一緒に、「在沖基地の県外移設」を提唱してきた。それは、当時の大田昌秀県知事が日本政府にぶつけた「応分の負担」（一九九六年）のあと、宜野湾の女性たちとその「移設先」とされた名護の女性たちが共に立ち上がり、日本（「本土」）の市民へそれを訴えたことに発している。彼女らに学びながら私も発言してきた。しかし、このような主張は従来の基地反対運動のなかでは、なかなか受け入れられなかった。基地や日米安保条約の存在を容認し、「自分が嫌なものを他人に押し付け」、日本人との「連帯」を壊すと思われていたからだ。

二〇〇九年に誕生した鳩山民主党政権の普天間基地の「国外、最低でも県外移設」という公約には、多くの沖縄の人々が期待し、裏切られたときには怒った。にもかかわらず、反基地運動の世界では沖縄の市民が「県外移設」要求をすることにはとまどいや冷淡な反応が多かった。日本人に言うと、スルーされたり（「権力的沈黙」野村浩也）、「沖縄がいやなものは本土もいやだ」と返されたり、「平和を愛する心優しい沖縄人がそんなことを言ってはだめよ」と諭そうとされたり、「日本人を敵に回さないほうがいいよ」と言われたりした。

その日も、つまり、対談の掲載日（五月一五日）にも、私は普天間基地ゲート前での辺野古新基地建設反対集会に参加していた。参加者の間でその新聞が回し読みされているのが見えた。振り返って私の顔を見るひともいた。県外移設に賛成する人々には暖かく迎えられたが、多くの人々との間には、冷たく緊張した空気が流れた。

そんな一日を過ごしてきてのアコークロー（夕暮れ）だったので、携帯電話の明かりが心にしみた。大城さんはこうも言った。

「でも、あれは、演出でしょう？」

「ウーウー、アネーアイビラン。ワンネー　フントー、ウングトゥッシ　イチャビタンドー（いいえ、そんなことありません。本当にそう言ったんですよ）」

「へー」

日本の右派も左派も、特にそのどちらでもないただ無関心な人々も好まない、基地を「沖縄県外（つまり「日本本土」）に移す」ということを沖縄の人間が主張するのは、軍事植民地への抵抗だと私は考えている。「好まない」というのは好みの問題どころではなく、現状に関わる「利害」に直結するため、そのような言論や運動には有形無形の圧がかかる。それへの抗いでもある。日米による沖縄を犠牲にした、日本全体の「安全保障」あるいは「基地反対」という論理を沖縄側が内面化して、軍事植民地化を受け入れてしまうこととの対峙でもある。なので、そんな私に激励の電話をして下さった大城さんは、どのように「県外移設」について考えていたのか、その軌跡を追ってみたい。このことも大城文学を読むときの参考資料になれたらうれしい。そこで、本稿では、二〇〇〇年代から晩年にかけての論考、インタビュー記事などから、大城さんの「県外移設」(「県外移転」、「本土移設」も含める)を肯定する発言をまとめてみることにする。以下、発言に番号を付け、時系列に沿って紹介する。当該箇所は太字にして傍線を付け、( )に発言年を入れる。

「県外移設」を肯定する発言

1、沖縄の「総意」は**沖縄県外への移設**である(二〇〇五)[注3]。

2、県民の本音は**県外移設**だ。稲嶺知事は(略)公約時[注4]から今日までの世論の動きを見定め、前言を翻しても悪くないと思う(二〇〇五)[注5]。

3、「これ[注6]に対する沖縄県民の要求として、私たちは次の三原則を堅持すること」を提案します。(略)(一)普天間基地の県外移転を求めます[注7]。(二〇〇五)[注8]。

4、沖縄の現状と将来を憂慮する沖縄県民として私たちは、去る二月二九日に引き続きその後の情勢を踏まえて、普天間基地の県外移転を再び要求します。/中略/沖縄県民として私たちは、次の三点を要求します。(一)普天間基地を県外へ移転すること[注9]。(二〇〇五)[注10]。

5、とはいえ、右の川柳は総論であって、「**県外への移転**」に「**総論賛成各論反対**」ということもあり得る(二〇〇五)[注11]。

6、**もういいかげん、総論賛成、各論反対はやめてもらいたい**。最も顕著なのは、日米安保への姿勢です。沖縄の基地負担の重さに同情はする、でもわが県に移すのは困る。要するに各論反対で、安保容認のジレンマに立ち止まっている（二〇〇六）［注12］。

7、外務省では米軍基地を**県外に移す**ことに、まず官僚が逡巡して、大臣を抱き込み、アメリカと事を荒立てないようにした。日本人の欧米崇拝という集合的無意識によるものだろう、と私は観ているが、それを可能にしているのは、沖縄差別を当然のようにしている、これも集合的無意識だろう［注13］（二〇一〇）。

8、普天間基地の移設が最大のテーマではあったが、主な候補者はともに県内移設に反対しているのに、政府では県内移設で決定していて、他府県では『**わが県への移設**反対』であるから、本当の勝負は、沖縄県知事対『政府＋他府県』であるべきだろう。（略）政府や他府県では、高みの見物であっただろうか。／おかしな、というか腹の立つことである。（略）**日米安全保障のための基地**なら、**全国で共同責任をもつべき**なのに、なぜ沖縄だけの負担なのか、という単純な素朴な疑問が消えないのである。やはり「琉球処分」かという声が高い。／**沖縄の基地をひきうける**ことを、他府県知事は県民への義理で承諾しまいが、**これを調整する責任**が政府にはあるはずだ。**その動きを引き出す働きへ**、仲井真弘多知事は向かってほしい（二〇一〇）［注14］。

9、本土の人たちが沖縄を犠牲にして高度成長を謳歌した、という自覚があれば、いまの沖縄基地の行き詰まりを、他人ごとにしておれないはずだ。**それは**、**モラルの問題だ**。**本土のどの県でも肩代わりを引き受けたくはないはずで**、**ここは政府が**、**「独立」以来の政府の責任をモラルで意識して**、**本土の県の説得に当たるべきだろう**（二〇一一）［注15］。

10、**日米安保条約が必要なのであれば、基地を本土でも分け持ってほしい**と沖縄は希望している。しかし、もしどこかの県がそれを引き受けたら、その知事は次の選挙で落選するでしょう。だから引き受けない。その状況を誰も疑わず、最終的に誰も責任を負わない。そういう差別にがんじがらめになっているのが、今の沖縄なんです（二〇一四）［注16］。

11、**安保体制のために米軍基地が必要なら、他県に分散移転してほしい**、と求めているが、この要求がまったく無視されている。これは構造的差別による、と考えられる。（略）たとえば、二〇一〇年に沖縄の県知事選挙があり、これについて共同通信から求められて感想を書いた。**私が力を込めて書いたのは、県知事選でも訴えられていた「基地の本土への移転」の願望**である。共同通信が全国の地方紙にひろく載せられることに、私は期待をかけた。ところが、沖縄の新聞のほかに載せてくれたのは、高知新聞と宮崎日日新聞だけであった。さもあろうかと、私は皮肉な意味で納得した。**沖縄の基地負担を全国で分担してほしいと、県民は熱望している**。それを他県の地方紙は敬遠したのに違いない。そういう記事を読者は歓迎しまい、と読んだのであろう［注17］（二〇一五）

12、二〇一〇年の県知事選挙の際、共同通信の原稿依頼で『**県外移設**が大きな争点だった』と書き全国配信された［注18］が、掲載されたのは二地方紙だけだった。**県外移設の論調が喜んで迎えられなかった。これが構造的差別だ**（二〇一五）［注19］。

13、（県外移設要求に応答した高橋哲哉さんの著書［注20］について）「**具体的でいいですね**」と評価し、また、「いきなり結論を求めなくてもいい」とも語り、「『基地はいらないということと日米安保は必要という矛盾をごまかして逃げているのが本土じゃないか。しかし、本土の人にそう言ってしまうと議論が果てしなく続いて、お付き合いが壊れるのを恐れるんでしょうね』と、議論することの難しさに触れた」（二〇一五）[注21]。

14、戦後、米軍犯罪に苦しめられてきた県民は『基地はいらない』と訴えている。だが、日本政府は『辺野古移設が唯一の解決策』と繰り返し、普天間と辺野古の間に**本来あるべき『県外移設』という選択肢**に触れない。**日米安保のために米軍基地が必要なら、他の都道府県にも分散させるべき**だが、沖縄だけに泣いてもらおうとはね、構造的差別です／袋小路に陥った構造的差別を解消するには、ヤマトゥの人々に自己批判を伴う議論こそしてほしい（二〇一六）[注22]

15、**県外・国外に普天間の代替施設**を検討さえしない政府に対し『構造的な沖縄差別がある』と確信を深めている（二〇一九）。

16、**沖縄からすると普天間飛行場の代替施設は本土でもいいと学術的にも裏付けられており、沖縄にある必要はないと主張している**が、政府は沖縄の基地は絶対必要だと思い込んでいる。玉城デニー知事が一番苦しんでいると思う。**知事と政府とのやりとりで、本土に移すか移さないかという議論が出てこないのが気になる**。本土のどこの県も受け入れたがらないということだろうが、国による差別といえば差別だと思う（二〇一九）[注23]。

沖縄差別へのソンパ（NO）と日本同化からの脱却

以上、大城さんの発言をみてきたが、特に重要だと思うことを、四点指摘しておきたい。

第一に、大城さんの「県外移設」を肯定しての発言は沖縄差別への告発、抗議とともに語られている。それへの「ンパ」（NO）の意味が込められているのだ。

発言7では、鳩山政権の公約たる「県外移設」が頓挫した根本原因を「沖縄差別を当然のようにしている」日本人の「集合的無意識」としている。11や12では「県外移設」要求が無視される原因として「構造的差別」という語が用いられている。大城さんが広く読まれることを期待して『基地の本土への移転』の願望」を「力を込めて書いた」論考が日本（本土）各地の地方紙でほとんど採用されなかった。大城さんは「構造的差別」の直撃を受けたのだ〔注24〕。

大城さんが指摘する「構造的差別」とは、日本政府だけではなく、日本社会によるものでもある。それは、「沖縄を犠牲にしてきた自覚」がなく（9）、「県外移設」を受け入れる政治家を選挙で落とすだろう各地の有権者であり、沖縄の「基地本土移転」の願望を読みたくない各地の新聞読者、それを推測する新聞編集者（8、10）、しかし、沖縄での兵士による性暴力の被害者については知りたがる読者と、その欲望を忖度する編集者である。同時に、かれらは「日頃、沖縄と親近して差別をしていないつもりになっている」〔注25〕人々なのである。そして、その状況を誰も疑わず、最終的に誰も責任を負わない」（10）、「個人の見えないところで」存在する「隠然たる差別」である。大城さんは言う。

いま沖縄県民は、日本政府のみならず、ヤマトの国民とも戦っていることになる。日常的な友好親善のかたわらで、である［注26］。

大城さんは「『基地の本土への移転』の願望」が「掲載拒否」された後、書き方を変えたように見える。率直に要求するのではなく、「本土移転」を受け入れない構造的差別を嘆き、批判する、という形で発信するようになった。一時期は「もう疲れたんですよ。いつまでもいつまでも、同じことの繰り返し。いくら言っても変わらない」と、日本（「本土」）の新聞での政治的発言を断っていたこともあったようだ［注27］。しかし、最晩年の沖縄タイムスのインタビューでは、玉城デニー沖縄県知事と日本政府との交渉で「本土移転」が議論されないことを批判している。二〇〇五年の「共同論文」、十五人委員会声明以来現在まで、一貫して「県外移転」を公に提起し続けたのは、そのメンバーのうち大城さんだけではないだろうか。

第二に、大城さんは基地問題に言及するとき、前提として琉球・沖縄の歴史を語る。琉球処分から始まり、戦前の皇民化・日本化教育、沖縄戦、サンフランシスコ条約、米軍支配、日本復帰、その上で、現在の問題へ到達する。なぜなら「今が変わらないから歴史を持ち出すのである」［注28］。つまり「沖縄と本土との歴史、幾度も裏切られて現在に至る歴史の視座が必要だ。辺野古に飛行場移設をつくるという問題も、美しい海を汚していいのかという以上に、ヤマトよ、まだ沖縄に基地を押し付けようというのか、まだ我々を裏切ろうというのか、という思いが根底にある」からである。［注29］

第三に、大城さんが沖縄の歴史認識を語る際には二つの観点がある。前述のような「ヤマトの裏切り」と、沖縄人の意識の変容である。つまり「同化」と「異化」という着眼点である。大城さんは二〇一〇年には次のように書いている。

復帰運動のさなかにも、「祖国」を本能的に、あるいは無条件に求めたのではなく、「ヤマトぎらい」は腹の底にくすぶっていたのだが、それを表に出すことはタブーのようになっていた。これを私は「沖縄の民衆は本土に対する同化志向と異化志向の間で揺れている」と表現した。（中略）／日常的にはなんの問題も起こりそうにない。そこにはやはり、同化状況が生きているということだろう。本土に点在していた米軍基地をつぎつぎ沖縄に移しても、気がつかないような状況が続いたのも、そのせいだろう。同時進行で、ヤマトからの沖縄移住が増えつづけた。沖縄が住みやすいということらしいが、「ヤマトはいいとこ取りをしている」という不満が県内にはある。（中略）／沖縄県民の不満、発言が、堂々とあらわになったことを、日本政府や他府県の人たちは知るべきだろう［注30］。

ここで、「同化（志向）」とはヤマトへの反発や不満を表すことがタブーになることだと言っている。それに対して、沖縄県民が不満を堂々と表現し始めていることを大城さんは感じとっている。

九年後、二〇一九年二月の辺野古新基地建設に伴う埋立ての賛否を問う「県民投票」の直前、大城さんは琉球新報でこう述べた。「かつて日本へ『同化』しようともがいた時期もあった県民が『異化』に意識が変容し『政府に対し県民投票という大げんかを売るまで成長した』」。それを「県民は歴史的な大成長を遂げた」と評価した。その際、「本土に対する劣等感から来る」ものが「同化志向」、「それに対し、独自のアイデンティティーを求める」ことが「異化」だと説明し、「日本政府による構造的差別を前に、辺野古での新基地建設への抵抗運動は『異化の爆発だ』」とした［注31］。沖縄タイムスでも同趣旨を話し、「日本政府に正面切ってNOを突きつけた」「思想の芽生えは八〇年代のウチナーグチ文化の隆盛にあった。次第に政治的な自立志向に育ってきた」と分析した［注32］。

第四に、このような沖縄人の意識の変容への大城さんのコミットメントについて指摘したい。

私が興味深かったのは13で、大城さんが「議論が果てしなく続」く状況を想定していることである。これは以下との比較をすると、その「新しさ」がわかる。まず、先に私は基地反対運動のなかで「県外移設」の主張をした場合に体験したことを述べた。そこでは「本土の人」に沈黙されたり、言い返されたり、説教されたり、脅かされたりして、議論は打ち切られた。では、日本政府、政権与党のなかではどうなのか。翁長雄志さん［注33］（当時那覇市長）が、二〇一三年に証言している。

参議院予算委員会が五月に沖縄を視察した時、「本土でいやだって言っているんだから、沖縄で受け入れるしかないだろう［注34］。不毛な議論はやめよう」と発言した自民党の委員がいた。僕が「先生ね」と、抗議しようとしたら他の会派の先生が止めに入り、その場は収まった。県外を主張していた国場さんらも東京で「お前たちが受けるべきだ、昔からお前たちだろう」と同世代の議員に相当厳しく言われた［注35］。

このように翁長さんも議論を続けられなかった（おそらく「国場さん」も）。しかし、二〇一五年の大城さんがイメージしているのは「黙らない沖縄人」なのである。
大城さんは二〇一四年、沖縄タイムスの一面二面のトップを占めるインタビューで言った。

この際、大事なことは、同化など考えずにアイデンティティー（独立心）を育てることだ［注36］

そして、二〇一六年、東京新聞で語った。

沖縄には、琉球国以来の文化と民族のアイデンティティーが残っています。構造的差別に対して、本土の人たちが理解を示してくれないのなら、沖縄は自らのアイデンティティーを守るために、日本政府だけではなく、ヤマトゥの人とも反目してしまう恐れがある。／「独立論」とか「自己決定権」というような議論が沖縄では日々盛んです。日本への「同化」とは逆の「異化志向」の爆発的高まりですよ。／構造的差別をはね返すそうとする沖縄の抵抗は辺野古の闘いに収れんされた。沖縄は同化志向から脱した。異化志向で強くなった。本当に強くなりました［注37］。

前のインタビューでは大城さんは主張をし、後では報告をしている。沖縄社会の動向を「異化志向」

として積極的に肯定的に取り上げ、語ることで、大城さんはそのベクトルに力を添えている。そうすることで、大城さん自身の「異化志向」も強まったのかもしれない。このように、沖縄の「同化」を脱し「異化」へと向かう「歴史的成長」には、大城さん自身も大いにコミットしていたのである

『カクテル・パーティー』に戻って

最後に大城さんの『カクテル・パーティー』に戻って、以上のことの意義を確認したい。大城さんはその小説のテーマがどのように生まれたかを次のように書いている［注38］。

> 一九五三年に「ペリー来航一〇〇周年記念行事」が「米琉親善委員会」によって行われ、沖縄人とアメリカ人が合同で仮装行列をした。そのことに対して疑問を持った。「ペリーは侵略目的をもって来航したのであって、決して平和的親善とは繋がらなかったはずだ。米軍が音頭をとるのは分かるとしても、沖縄の知識人がそれに乗るのはどうか」。一方「アメリカ人と沖縄人との日常生活の交流には愛すべきものがあり、否定し得ないもの」がある。／ただ、それが一旦体制と矛盾するケースが起きたら、どうなるのか、ということが発想の源である。たちまち崩れるはずの「仮面の論理」が私のなかに形をとりはじめ、やがてそれが米兵によるレイプ事件というフィクションの着想となった。（略）／そこまでのところは誰でも思いつくことであった。たとえば、『琉大文学』なら誰が書いても不思議ではないはずのテーマではある。しかし、私はそれでは飽きたらなかった。その

ように単純素朴な反米思想なら、小説でなくてもよい、という躊躇いがあった。ここで私の中国体験が生きた。かつての中国での罪を、沖縄人も日本人として負わなければならない、と思いいたると、それならば、双方の罪を帳消しにすればよいのかと、思いはめぐった。しかし、それも、「喧嘩両成敗」という言葉があるように、発見がない。そこで、「双方とも恕さない」という新しい発想に発展し、これで小説になる、という自信が生まれたのである。／『自分の罪を恕さないことで、相手の罪を恕さないだけの、堂々たる戦いができる』という論理である。被害者と加害者とが、ここでは同時に止揚されて一つになり普遍的な罪と罰の論理が生まれる［注39］。

多くの人が言うように、大城さんが自らの中国体験を踏まえて、沖縄人の加害者性を指摘したのは重要である。

その上で私は、「中国での罪」のみでなく、日本がなした他のアジアへの侵略や植民地支配、戦争の責任を、「沖縄人も日本人として負わなければならない」ということについて、次のように考える。すなわち、「沖縄人が日本人になる」のではなく、「日本に同化させられた／してしまった琉球人としての責任」として担いたいのである。

琉球国の日本への強制併合後、「亡国の民」として、政治のみならず、経済、社会、教育、文化においても活躍の場を外来日本人に奪われ疎外された琉球人は、日本帝国が植民地にした地域へ活路を見出すべく移動したり、帝国軍の一員として戦争に参加したりした［注40］。

しかし、それは他地域への加害であり、同時に沖縄戦やその後の米軍占領でわかったように「他者の道具」（大田昌秀）として犠牲にされることだった。「日本復帰」を経ても「沖縄返還協定」で実質的な米軍支配は続く。さらに日本自衛隊も押し付けられ、「被害者」となりつつも、その軍事戦略の「共犯者」にさせられ、その攻撃が向かう先の人々にとっては「加害者」となっている。

私たちは、このような国際的な権力秩序の中で押しつぶされている小さな人間集団である。歴史に学び、もう二度と被害者にも加害者にもならないために、大城さんが言う「自分の罪を恕さないことで、相手の罪を恕さないだけの、堂々たる戦い」をしなければならない。そのために、「琉球処分」、すなわち、基地の押し付けという「軍事植民地化」とそれを支える「精神の植民地化」とたたかっていかなければならない。その具体的な実践の一つとして、私にとっては、日本人へ自らの植民地主義を自覚し責任をとるよう呼びかける「県外移設」の主張がある。大城さんの思いも引継ぎ、その意味を深めながら、これからも取り組んでいきたい。

大城さんは「県民は歴史的大成長を遂げた」と言った。それをいかに受け継ぎ、次世代へ渡し、植民地から解放された沖縄・琉球を実現していくか。私たちに託された大きな課題だ。

あらためて大城さんの言葉を引用して、本稿を締めることとする。

ギリシャ神話にシジフォスという男の話がある。山から岩が流れ落ちてくるのを、いくら押し返しても、繰り返し落ちつづける、という話である。この筋書きを逆転させて、いくら転がってきてもくりかえし押し返す、という神話の読み替えもあり得るかと、私は短編小説『普天間よ』(二〇一一)に書いた。沖縄の願い――覚悟である[注41]。

[注1] 高橋哲哉・知念ウシ「沖縄復帰四〇年を考える」『朝日新聞』二〇一二年五月一五日。

[注2] 野村浩也『無意識の植民地主義　日本人の米軍基地と沖縄人』御茶ノ水書房、二〇〇五年。同増補改訂版、松籟社、二〇一九年。

[注3] 宮里政玄、大城立裕、砂川恵伸、山里清、我部政明「軍事基地の負担軽減を求める沖縄の論理」『論座』二〇〇五年九月号、朝日新聞社。

[注4] 一五年使用期限、軍民共用等条件付きの辺野古移設容認。

[注5]『琉球新報』二〇〇五年十月三一日。

[注6] 在日米軍再編に関する日米協議の中間報告。

[注7] 以下、「(二) 新しい基地の建設は認めません。(三) 軍用機の騒音、演習、訓練など住民生活環境への負荷の軽減を求めます」。

[注8] 十五人委員会「沖縄県民への提案」二〇〇五年一一月七日、高文研編『沖縄は基地を拒絶する◆沖縄人三三人のプロテスト』高文研、二〇〇五年、二〇八頁。なお、十五人委員会とは次の人々である(肩書きは当時。五十音順)。東江平

之（前名桜大学学長）、新川明（元沖縄タイムス社長）、新崎盛暉（沖縄大学教授）、大城立裕（作家）、大城光代（弁護士）、我部政明（琉球大学教授）、喜久川宏（前沖縄国際大学教授）、桜井国俊（沖縄大学学長）、砂川恵伸（元琉球大学学長）、仲地博（琉球大学教授）、比嘉幹郎（元沖縄県県副知事）、三木健（琉球新報社副社長）、宮里政玄（委員会代表・沖縄た対外問題研究会代表）、山里清（前日本サンゴ学会会長）、米盛裕二（琉球大学名誉教授）。

［注9］以下（二）（三）の内容は注4と同じ。

［注10］十五人委員会「小泉純一郎内閣総理大臣およびジョージ・W・ブッシュ米国大統領へ」二〇〇五年一一月七日、前掲書、二〇九―二一〇頁。

［注11］大城立裕「国内植民地から」前掲書、七五頁。

［注12］「特集ワールド：この国はどこへ行こうとしているのか　沖縄から　作家・大城立裕さん」『毎日新聞』二〇〇六年七月二八日。

［注13］大城立裕「いまだに続く『琉球処分』――同化と異化のはざま――」『「沖縄問題」とは何か』二〇一一年、藤原書店。これは、前年、同書店から発刊された学芸総合誌・季刊『環』（vol. 四三、二〇一〇年一〇月）の「特集『沖縄問題』とは何か――『琉球処分』から基地問題まで」を単行本化したもの。

［注14］大城立裕「特別識者評論　県知事選を終えて　他府県、高見の見物か『新しい琉球処分』に絶望」『沖縄タイムス』『琉球新報』二〇一〇年一二月一日（共同通信配信記事）。

［注15］大城立裕「琉球人の想いを大和人へ」『月刊日本』二〇一一年八月号、K&Kプレス、四八頁。

［注16］大城立裕「〈六九年目の戦争文学〉下　構造的差別の顕在化　沖縄が映し出す日本社会」『琉球新報』二〇一四年八月一

土地の記憶に対峙する文学の力
又吉栄喜をどう読むか

大城貞俊 著　四六判並製 307 頁 2300 円＋税
23 年 11 月刊　ISBN 978-4-7554-0341-5

又吉栄喜の描く作品世界は、沖縄の混沌とした状況を描きながらも希望を手放さず、再生する命を愛おしむ。広い心の振幅を持ち、比喩とユーモア、寓喩と諧謔をも随所に織り交ぜながら展開する。

琉球をめぐる十九世紀国際関係史
ペリー来航・米琉コンパクト、琉球処分・分島改約交渉

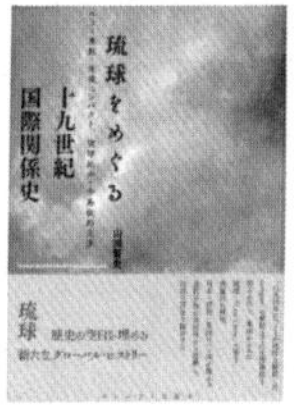

山城智史 著　A5 判上製 351 頁 3000 円＋税
24 年 2 月刊　ISBN 978-4-7554-0344-6

一八五四年にペリーが琉球と締結した compact の締結までの交渉過程を明らかにし、米国からみた琉球＝「Lew Chew」の姿を実証的に解明。日本・清朝・米国の三ヶ国が抱える条約交渉が琉球処分と連動し、琉球の運命を翻弄する。

3・11 後を生き抜く力声を持

増補新版

神田香織 著　四六判上製 311 頁
23 年 11 月刊　ISBN 978-

世の中はあきれ果てるこ
きれ果ててもあきらめな
声を行動に移しまし
くしつっこく。神田
『はだしのゲン』

摂食障害とアル
を孤独・自傷から見

鶴見俊輔と上野博正のこだ

大河原昌夫 著　四六判並製 378 頁 2
23 年 11 月刊　ISBN 978-4-7554-03

摂食障害と薬物・アルコール依存は家族との葛藤をどのように写しているのか。恩師と、いだ二人の哲学者、精神科医の語りを反芻しながら臨床風景を語る。

インパクト出版会
新刊案内 2024 晩秋

113-0033 東京都文京区本郷 2-5-11 服部ビル 2F
☎ 03-3818-7576　FAX03-3818-8676
E-mail：impact@jca.apc.org
HP　https://impact-shuppankai.com/
郵便振替 00110-9-83148
2024 年 11 月 10 日号
全国書店・大学生協書籍部・ウェブ書店よりご注文できます

「いくさ世」の非戦論
ウクライナ×パレスチナ×沖縄が交差する世界

佐藤幸男［編］　A5 判並製 351 頁 2500 円＋税

戦争をしない、させない。人を殺さない、武器をとらない。精神を再考し、歴史の苦悶を「現在」の閉塞状況に接続させながら、戦争に対峙する植民地主義暴力を衝く思想を！

板垣雄三／佐藤幸男／小倉利丸／豊下楢彦／親川裕子／星野英一／松島泰勝／上地聡子／野口真広／小松寛／石珠熙

24 年 10 月刊　ISBN 978-4-7554-0352-1

袴田さん再審判決・死刑廃止へ
年報・死刑廃止 2024

年報・死刑廃止編集委員会［編］　A5 判並製 235 頁 2300 円＋税

9 月 26 日、静岡地裁で袴田事件再審判決公判があり、袴田巖さんは完全無罪判決を勝ち取った。無実を叫びながら 48 年獄に囚われ精神を病み、2014 年に再審開始決定が出て釈放されたが検察の抗告で裁判が始まったのは昨年秋だ。袴田さんは 88 歳。酷すぎるこの国の再審法と死刑制度を考える。

24 年 10 月刊　ISBN 978-4-7554-0353-8

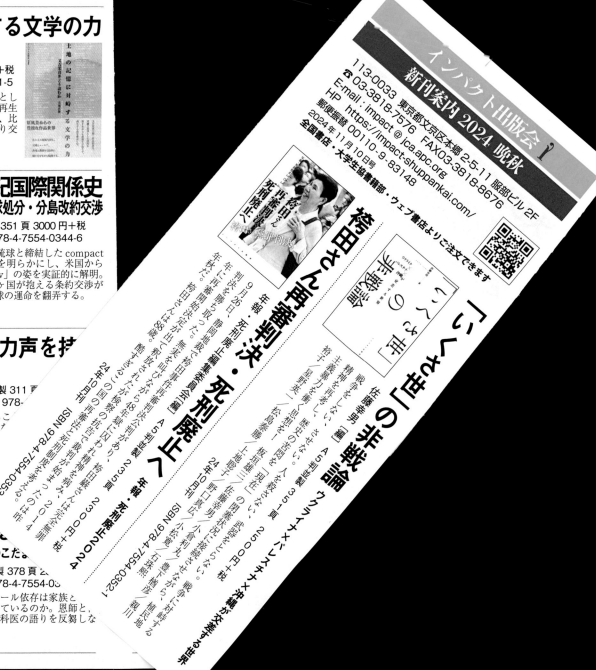

連合赤軍　遺族への手紙

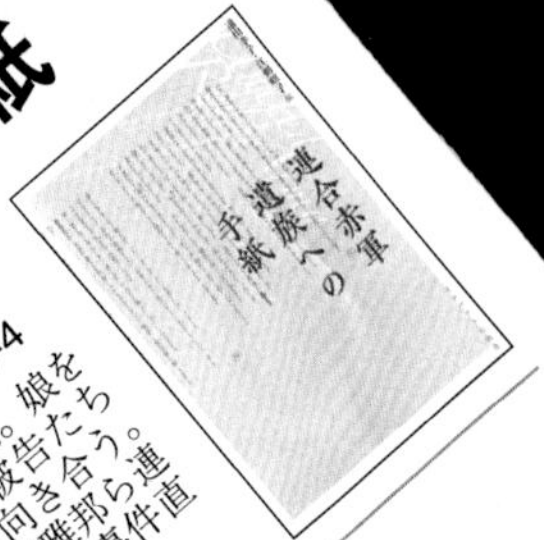

遠山幸子・江刺昭子 編　四六判並製 311 頁
2500 円＋税　ISBN 978-4-7554-0348-4
24 年 8 月刊

半世紀を経て発見された歴史的書簡集。娘を殺された母の激しい怒りに直面し、被告たちは事件を見つめ直し、遺族たちに向き合う。永田洋子、森恒夫、植垣康博、吉野雅邦ら連合赤軍事件の多くの被告たちからの事件直後の肉声。

私だったかもしれない
ある赤軍派女性兵士の 25 年

江刺昭子 著　四六判並製 313 頁　2000 円＋税
22 年 5 月刊　ISBN 978-4-7554-0319-4

1972 年 1 月、極寒の山岳ベースで総括死させられた遠山美枝子。彼女はなぜ非業の死を遂げなければならなかったのか。当時の赤軍派メンバーや、重信房子らを取材し、これまでの遠山美枝子像を書き換える。【好評 2 刷】

亡命市民の日本風景

四六判並製 320 頁 2800 円＋税
ISBN 978-4-7554-0346-0

…にした「琉…マの暗闇体験、…資料館、教科書問…について第一線の沖縄…す書。【好評 2 刷】

第二巻　逆愛
四六判並製 404 頁
逆愛／オサムちゃんと…
樹の声／石焼き芋売りの…
解説・柳井貴士

第三巻　私に…
四六判並製 442 頁
私に似た人／夢の…
いけない／歯を抜…
解説・鈴木智之

第四巻
四六判並製
第Ⅰ部　朗…
七十七年…
椎の川か…
求めて／…
解説・田…

…あいだの都市へ
「…のヒロシマ」連続講座論考集
3000 円＋税
…-0326-2

…せて
…とうたい のえ」の生と死
…500 円＋税
…5-5

…慰安所」
…0 円＋税

サハラの水　正田昭作品集

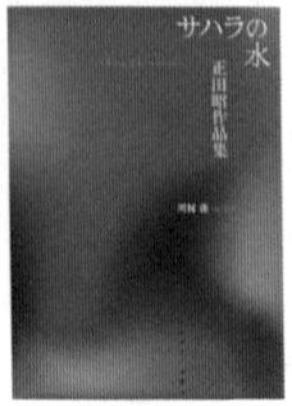

正田昭 著・川村湊 編　A5 判上製 299 頁
3000 円＋税 23 年 8 月刊
ISBN 978-4-7554-0335-4

「死刑囚の表現展」の原点！代表作「サハラの水」と全小説、執行直前の日記「夜の記録」を収載。長らく絶版だった代表作の復刊。推薦＝青木理「独房と砂漠。生と死。両極を往還して紡がれる本作は、安易な先入観を覆す孤高の文学である」。

昭和のフィルムカメラ盛衰記

菅原博 著・こうの史代 カバー絵
B5 判並製 123 頁　2500 円＋税
24 年 3 月刊　ISBN 978-4-7554-0347-7

安いけれどすぐに故障するという日本のカメラの悪評を、精度向上とアフターサービスで克服し、カメラ大国を作り上げた先人たちの努力の一端とフィルムカメラの発展過程を描く。

レッドデータカメラズ

昭和のフィルムカメラ盛衰記

春日十八郎 著 こうの史代 カバー絵
B5 判並製 143 頁　2500 円＋税
22 年 7 月刊　ISBN 978-4-7554-0322-4

デジタルカメラに押されて絶滅危惧種となったフィルムカメラ。3500 台のカメラを収集した著者がタロン、サモカ、岡田光学精機、ローヤル、ビューティ、コーワ（カロ）など今は亡きカメラ会社の全機種をカラーで紹介する。

ペルーから日本へのデカセギ 30 年史
Peruanos en Japón, pasado y presente

ハイメ・タカシ・タカハシ、エドゥアルド・アサト、樋口直人、小波津ホセ、オチャンテ・村井・ロサ・メルセデス、稲葉奈々子、オチャンテ・カルロス 著
A5 判並製 352 頁 3200 円＋税
24 年 2 月刊　ISBN 978-4-7554-0345-3

80 年代日本のバブル期に労働者として呼び寄せられた日系ペルー人。30 年が経過し、栃木、東海 3 県、静岡、沖縄など各地に根づいたペルーコミュニティの中から生まれた初のペルー移民史。スペイン語版も収録。

八日（共同通信配信記事）。

［注17］大城立裕「生きなおす沖縄　くりかえし押し返す――沖縄の覚悟と願い」『世界　臨時増刊868号　沖縄　何が起きているのか』二〇一五年、岩波書店、一四頁。

［注18］［注14］と同じ。

［注19］「［五・一七新基地阻止県民大会］（1）／共同代表インタビュー／大城立裕さん（八九）作家／辺野古　沖縄の運命占う／自己決定権求める心　強い」『沖縄タイムス』二〇一五年五月一二日。

［注20］高橋哲哉『沖縄の米軍基地「県外移設」を考える』集英社、二〇一五年。

［注21］「〈県外移設という問い〉五　県内識者に聞く」『琉球新報』、二〇一五年九月八日。

［注22］大城立裕『『沖縄の思い』語る　芥川賞作家　大城立裕さん　ヤマトゥ（本土）に分かってほしい」『東京新聞』二〇一六年六月八日。

［注23］「大城立裕さん『平成』を語る」『沖縄タイムス』二〇一九年三月三一日。

［注24］実は私にも同じ経験がある。辺野古への土砂投入から一年経ったときに、共同通信からインタビューを受けた。本稿でも既述のような「植民地主義」、「県外移設」の観点から話したが、全国配信のその記事が掲載されたのは、沖縄地元の二紙だけであった。「沖縄の針路38　不平等荷物引き取って　基地問題は植民地支配の表れ　知念ウシさん」『沖縄タイムス』二〇一九年一二月一六日。「沖縄の針路　荷物押しつけず引き取って　県外移設求める　知念ウシさん」『琉球新報』二〇一九年一二月一七日。

［注25］前掲書［注17］二〇頁。

［注26］同右。

［注27］「沖縄の怒り、挫折感描く　作家の大城立裕さん死去」『西日本新聞』二〇二〇年一〇月二八日。

［注28］大城立裕「国内植民地から」『沖縄は基地を拒絶する◆沖縄人三三人のプロテスト』高文研、二〇〇五年、七三頁。

［注29］大城立裕「琉球人の想いを大和人へ」『月刊日本』二〇一一年八月号、K&Kプレス。四八頁。

［注30］大城立裕「いまだに続く『琉球処分』――同化と異化のはざま――」『「沖縄問題」とは何か』二〇一一年、藤原書店、一五一―一七頁。

［注31］「県民投票という大げんか、政府に売るまで成長した　作家の大城立裕氏　結果は『本土意識に影響』」『琉球新報』二〇一九年二月二二日。

［注32］「大城立裕さん『平成』を語る」『沖縄タイムス』二〇一九年三月三一日。

［注33］二〇一四から一八年まで沖縄県知事。「オールジャパンでの基地押し付けにはオール沖縄で抵抗すべき」と呼びかけた。保守の重鎮として辺野古新基地建設に反対し、二〇一八年膵臓癌で死去。

［注34］私が言われた「沖縄がいやなものは本土もいやだ」と相似形をなしているのではないかのように思われる。

［注35］「沖縄を語る　次代への伝言①県外移設再結集を　政府と戦える　沖縄だけ　翁長雄志さん（六三）那覇市長」『沖縄タイムス』二〇一三年一二月八日。沖縄タイムス社編『沖縄を語る　次代への伝言1』沖縄タイムス社、二〇一六年。

［注36］前掲書一二七頁。

［注37］［注22］と同じ。

［注38］大城立裕「光源もとめて」『大城立裕全集一三巻　評論・エッセイⅡ』勉誠出版、二〇〇二年、三〇四頁

［注39］ここには、大城さんが思うところの『琉大文学』への強烈なライバル意識によって、思考が深められていく過程が描かれている。大城さんが『琉大文学』を沖縄文学史上否定的に評価したことには新川明さんから激しい反論が寄せられている（新川明「大城立裕論ノート」『沖縄・統合と反逆』筑摩書房、二〇〇〇年）。しかし、ここの箇所からだけでも、『琉大文学』には大きな存在感があり、大城さんも影響を受けていたことが見える。

［注40］又吉盛清『日露戦争百年——沖縄人と中国の戦場』同時代社、二〇〇五年。『大日本帝国植民地下の琉球沖縄と台湾』同時代社、二〇一八年　等。

［注41］大城立裕、前掲書、二〇頁、［注25］と同じ。

演劇集団「創造」の良い友、大城立裕という先輩

金誾愛（キム・ウネ）

私が大城立裕の名前に最初に出会ったのは、学部の授業で読んだ「カクテル・パーティー」である。まだ沖縄文学に接する機会が乏しかった私にとって、「カクテル・パーティー」はさまざまな想像力を掻き立てるような世界だった。韓国にも米軍基地はあり、米軍という存在や米軍犯罪についても色々と考えてきたので、それほど珍しいテーマではないと思っていた。しかし読めば読むほど、六〇年代の沖縄を描いている文学作品とはいえ、「今」につなげて「今」を考えさせるような作品だった。米軍の犯罪に対して無力になるしかない「沖縄」は韓国の状況と重なり、きれいさっぱり分けられない被害と加害についての問いかけが大変な衝撃だったといまだに覚えている。その上、沖縄の歴史を学び始めていた私にとって歴史書とは異なる想像力を与えてくれた作品だった。その後、「沖縄」を知るために大城作品を

読み続けたが、また別の場所で大城立裕と出会うようになる。それは戦後沖縄の演劇世界である。本稿では、大城立裕が戦後の沖縄文学を牽引してきた存在であったことは言うまでもないが、沖縄の演劇世界においても作者として、評論家として大事な「先輩」であったことをもう少し書き残しておきたい。

大城立裕という名前に対して私の個人的な思い出を引き出そうとすると、最初に思い浮かぶのが、演出家・幸喜良秀からの電話である。二〇一三年に亡くなった知念正真を追悼するため「人類館」が上演されることで、それに合わせて短い文章を琉球新報に書いたが、それを大城立裕が読み、幸喜良秀に電話をしたと言う。私が直接大城立裕から電話をもらったわけではなく、幸喜良秀の声を借りた形ではあったため、勝手な解釈になるかもしれないが、「人類館」に対する大城立裕の気持ちがわかったような気がした。

戯曲「人類館」が演劇雑誌に最初に掲載されたのは、大城立裕の推薦によるものだった。演劇雑誌『テアトロ』(一九七七年二月特別号)の「雑記帳」には「今号の戯曲は、いわば無名の作家の作品をお送りします。もっとも、(中略)知念正真さんは、ながらく沖縄の演劇集団創造の柱になってきて、それぞれの世界では知られている人です。知念さんの『人類館』は、本誌の読者におなじみの作家大城立裕氏の推薦によるものです」と綴られている。そして第二十二回『新劇』岸田戯曲賞の受賞作として掲載された『新劇』(一九七八年三月号)に大城立裕は祝賀の言葉とともに「沖縄人自立の兆」であると「人類館」の意義を述べている。「沖縄人自身にも加害者を見た最初の作品」だといわれた「カクテル・パーティー」に続き、「自分をふくむ沖縄人全体を笑いとばした、最初の喜劇」「人類館」のような作品が生まれたことに喜びを隠していない。今の私たちが「人類館」を通して「沖縄」と少しでも向き合えるようになったのは、このように戯曲「人類館」をいわゆる中央の演劇界に推薦した大城立裕のおかげである、といまさらではあるが感謝の気持ちを述べたい。

単純に「人類館」に限らず、沖縄の演劇社会に対する気持ち、その熱情は誰にも負けないくらいのものだったと思う。その思いは『沖縄演劇の魅力』（一九九〇年、沖縄タイムス社）に綴られている文章から読み取ることができる。「戦後沖縄の演劇については、書かれた資料が非常にすくない。それで私の片々たる雑文のようなものでも、研究の手掛かりになるのではないか」とあとがきに書かれているように、まず沖縄の演劇について勉強するものにとってこの本は基本書であると言ってもいい。またこの本だけでなく、戦後沖縄の演劇世界を理解しながら、それを分析できるさまざまな資料を「研究の手掛かり」として残してくれた。約一〇年前、演劇集団「創造」の活動を歴史社会学的に分析することを博士論文のテーマにしようと決め、とりあえず沖縄県立図書館に向かった。そこで見つけ出したのが、「文庫蒼思子大城立裕」という丸い印が押されていた「創造」のパンフレットである。いや、「創造」だけでなく、琉球大学演劇クラブのパンフレットにも大城立裕の印がきちんと押され、残されていた。それらの資料は「創造」のメンバーのインタビューをとる前に少しでも基礎知識を入れようとした私にとって宝の山だった。このように資料を残す作業は、先輩としての大城立裕の思いやりでもあると考えている。

さらに、「つくづく「沖縄の戦後」というものを噛みしめている。これは演劇論という形をかりて沖縄の戦後史の一端を埋めることになるのではないか、という思いがある」と書き続けているように、歴史書からはあまり見かけられない、しかし戦後／米軍占領下の沖縄社会で闘ってきた人々の歴史が刻まれているといえよう。それはまさに「沖縄の戦後史の一端を埋める」活動をしてきた演劇集団「創造」である。基礎資料を残すだけでもそこから歴史の一端を垣間見ることができるが、リアルタイムで書き続けた演劇批評こそ、当時の沖縄社会を如実にあらわしていると言える。「創造」の劇評は大城立裕の名前で新聞記事となっているものも多い。それを読んで劇場へ足を運んだ人もいただろう。ところで、文化運動を目指す活動に対してその意義だけに注目をすることも可能だったかもしれないが、大城立裕の批評は、技術的な面においても厳しい意見が多く、かなり辛口だったと言えよう。もちろん「創造」の意義についても十分理解した上で書かれたものであると受け止められる。厳しい批判の続きには指摘されたことを克服するために努力してきたことに対する期待が寄せられているのだ。

演劇集団「創造」にかかわる資料を読み込むたびに、その隣には良い友として長年一緒に歩んできた大城立裕先輩の姿が見え、それはずっと沖縄の社会状況に対して批判的な立場を堅持してきた「創造」の活動の力になっていたのではないかと思うのである。

第Ⅲ部

作家論・作品論——沖縄を生きる

幻のインタビュー
大城立裕先生の自恃と作家魂の軌跡

――玉木一兵

現地からの報告

―― 先生が、一九六七年に第五七回芥川賞を「カクテル・パーティー」で受賞された後、出版された「現地からの報告　沖縄」（一九七〇年月刊ペン社）に評論家の中野好夫さんが次のような推薦文（帯文）を寄せています。

〈沖縄問題を扱って実にこれは密度の濃い本である。また沖縄同胞の心の動きにしても、こまかい心理のヒダにまではいりこんで考察が記されている。（省略）実は（著者）は、戦後長くそしてまた現在も実際行政の中にいて（戦後沖縄の）いろんな問題に取り組まされてきた経験者である。その経験がよく生かされており、私自身もずいぶん啓発されるものがあった。〉

〈「まことにむずかしい沖縄だ」と著者はいう。その通りだと思う。また著者は「右にも左にも立場を固定しない姿勢が、あるいはもどかしいと思われるかもしれない」ともいう。たしかに結論の方向において、著者と見解を一つにはしえない読者も多いとは思うが、その簡単に単純化できないのが沖縄問題なのだ。その意味で、誰もまずこうした現地報告を勉強してから、それぞれ自分の態度を決めるようにしてもらいたい。ぜひ一読をすすめたい本である。〉と推奨しています。

大城　そうですね。当時四十代でしたから、ヤマトゥンチュの賢人の好意的な評に良心を感じましたね。勇気づけられましたよ。

――一九四五年「鉄の暴風」が吹き荒れた後の米軍占領下の沖縄については、当時どのような報道がなされていたのでしょうか。

大城　私の手元にあるアメリカ政治社会アカデミー年報所載の「沖縄占領の体験」記事（沖縄タイムス連載『沖縄の証言』）には、次のような「沖縄の独自の復興力」を称賛する内容の、（司令部付の）学者の報告がなされていたようです。

〈社会は分裂し、子供は両親から、夫は妻から、隣人はそのまた隣人から切り離されていた。完全な無秩序に加えて飢餓、負傷、不潔、病気がはびこった。しかし、社会を再生しようとする力が、沖縄住民のつちかわれた習慣や動機の中にひそんでいた。かれらはかれらと、その祖先が何代も生きてきた社会の秩序にもどる用意ができていたのである。このように明確に形づくられた思考形式と行動力は、一大災難といえども、くつがえすことはできなかった。彼らの豊かな復興力は、アメリカ人の（人類学等の人文系の）学者の間に相当な称賛を博した。〉とある。このように沖縄人の（戦後数年のどん底からの）

再生能力というものは、かなり頑固なものになっていたように、私には思われる。これはやはり、（沖縄）文化のエネルギーというもので（あったので）あろう。〉

軍事植民地沖縄

――アメリカは日本の「無条件降伏受諾」後、一九五〇年に、ＧＨＱが沖縄に恒久的な基地建設開始を発表、朝鮮戦争勃発。そして自衛隊の前身の警察予備隊が組織されました。その二年後に琉球政府が発足、日米安保条約が発効しています。日本は沖縄を、アメリカの軍事植民地として手離さざるを得なかったのですね。

大城 その通り。〈アメリカの占領軍は、沖縄の歴史と文化とを、日本のそれと独立した位置において、評価し（てい）た（のです）。そのことは、かれらが沖縄の占領統治を容易なものと考えたことの根拠ともなったが、裏返しにいえば、沖縄の人々が祖国から統治権を分離されても、精神的に自立しうるエネルギーをもっていた、ともいえる。敗戦後の（子供たちの）教育のために教科書を用意しなければならなかったが、米軍当局は、沖縄の歴史がかつて海外に雄飛した体験をもつなどの特色を生かして、民族の誇りを盛り込んだ編纂をするよう示唆した（ようです）〉。

――そのお陰で、琉球政府にも一九五四年には、文化財保護法が制定されたのですね。

大城 その通りです。間もなく〈政府内に文化財保護委員会という機構が設けられ、委員や専門委員がそれぞれ任命されたが、なにしろ本来国家業務であったものをはじめてやることで、いくたの困難はあったが、この困難を克服してまがりなりにもこれを推進してきた原動力は、主としてその民俗文化にたいする誇りの意識であったといえるだろう。〉

――日本国憲法が適用されない沖縄は、大統領行政命令下の高等弁務官の絶大な権限の差配のもとで、日本復帰までの二十七年もの間、幾多の辛酸をなめながらも、先生は〈沖縄の伝統文化は、われわれの祖先が日本の南端に位置する民族の先兵として、大陸や南方との交渉のなかで生みだしたものであるが、その風土の中で日本民族の核の一つが塗りこめられているものとみてよい。沖縄の祖国復帰ということは、この遺産（伝統文化）にとっては、それが（日本）民族全体のなかで価値あるものとして、発展的にうけつがれてゆく契機として、とらえられるべきものであろう、と私は考える。〉と述べています。しかし先生は、日本復帰を先導した「沖縄教職員会」の単線的な純粋無垢の母親の懐に抱き取られる類の「復帰願望」を額面通り享受できない心情が底流していたことを吐露していますね。

大城　その通りです。〈日本において沖縄をどう見るかということは、日本がアジアをどう見るかということと、ほぼ同じ視点に立つ。（省略）文明のパターンの分類において、沖縄は日本よりもむしろ日本を除くアジアに近いからである。この場合もまた沖縄は、自分自身が日本の一部であることによって、独自の目を持つことを強いられる。沖縄は、アジアの目をもって日本を対象化すると同時に、日本の目をもってアジアを見ることができるはずである。そのさい日本の眼とは、（先の大戦の）反省をともなった眼である。〉

――いきなりで恐縮ですが、先生の戦時下の体験をお聞かせ願えませんか。インターネットで検索すると、先生が二中（現那覇高校）卒後、県費留学生として入学し学ばれた、中国上海の東亜同文書院は、軍部と距離を置きながら一貫して「日中の共存共栄」を唱え、それを実現するためのエキスパート人材育成に取り組んだ、海外に設立された高等教育機関のひとつで、一高（現東大）、陸軍士官学校、東京商科大学（現一橋大学）等と並ぶ中学生憧れの大学だったらしいですね。

大城　その通りです。一九四三年春に入学。予科では中国語の他英語と独語を学び密かに学習をかねて「共産党宣言」を翻訳しました。翌年春、学部に進級して間もなく勤労動員され、対中共情報機関に配属になり、中共新聞の翻訳に従事。四五年春入営、そして終戦。その秋、大学閉鎖のため熊本に疎開していた姉の許に引き揚げ、翌四六年秋、灰燼に帰した沖縄に帰郷しました。

――その後四七年、民政府の開拓庁地政課に勤務、嘉手納航空隊に転じ、四八年、野嵩高校に国語教師として勤務（二年間）。五十年春、琉球政府に採用され、貿易庁企画部経済企画課に配属。その後公務員研修所、県立博物館等に勤務。二足の草鞋を履く作家として活躍され、八六年に定年退職するまで、粛々と作家活動を続けられたのですね。先生の作家魂の形成には、日本ヤマトとの関係の親疎あいまった複雑な思い入れがあり、日本人に成りきろうとして成りきれないという「同化と異化のはざま」の胸内のせめぎ合いが、絶えず生じていた真情があるやに思われますが、それが作家魂のダイナミズムにどのような影響を及ぼしていたのか。さらにその騒擾と鎮静にどう対処してきたのか、多少なりとも教示いただければ幸いですが。

大城　〈沖縄と日本の関係は、一七世紀のはじめまではそれほど強くなかった。文化的な影響はあったけれども、優越感や劣等感と（直接）関係がなかった。それぞれの（個別の）文化ということであった。一七世紀のはじめに薩摩が植民地支配をはじめてから、すこしずつ変りはじめた。この変化を境目にして、その前を「古琉球」とよび、後を「近世琉球」とよぶことが歴史学では普通である。近世琉球から近代にかけては、沖縄にとって日本への同化の過程だということができる。〉

同化志向の負の陰画

――一八七二年「琉球藩」設置。七九年「琉球処分」が断行された（廃藩置県）。八〇年「会話伝習所」が設けられ日本ヤマト同化に拍車がかかり、一九二五年首里城が国宝に指定された。奇しくも先生の誕生の年なのですね。（苦笑）

大城　〈（そんな経緯を踏まえて）沖縄のこころや歴史を考えるとき、島津侵攻以後のベースでしかはかれないようになってしまったのは、やむをえないとはいえ、（沖縄にとって）ひとつの大きな不幸である。同時に日本のなかの一部、本土を大にして主なるもの、沖縄を小にして従なるものとする考え方についても、同じことがいえよう。このことは、沖縄人にとってのみならず本土の人にとってもそうであることを、多くの本土人は知らない〉

――同化志向の微妙な力学が沖縄人のこころに滞留していたのですね。それが太平洋戦争の渦に巻き込まれながら、沖縄があの無惨な結末へと、追い遣られていった実態だったのですね。

大城　そういうことだ。〈正直なところ、私はまだ（当時）結論をつけえないでいました。戦中世代らしい迷いがまだありました。日本の国家を教えこまれ、自分を捧げ裏切られた私は、潜在的には（沖縄が）「独立できるものなら、それがよい」と思っていたようです。（しかし）教育については、「ヒューマニズム」のみを教えておけばよい、と主張していました。この考えはいまでもそれほどまちがっているとは思いません。「国家」というものは、社会の秩序をたもつひとつの手段にすぎないのであって、絶対的なものではない。「ヒューマニズム」だけが絶対の価値である。これこそ沖縄の新生のための旗印だ、とそのころから考えるようになりました。〉

――歴史的に同化と異化の煩悶を、先生同様に身を挺して生きざるをえなかった先達がいたのですね。

大城　〈その状況を体現するような知識人が三人あらわれた。太田朝敷、謝花昇、伊波普猷である。太田朝敷と謝花昇はともに一八八二年（明治一五年）に県費で東京に留学したが、卒業後は沖縄で対立の関係にはいった。一八九三年（明治二三年）に太田朝敷は尚順（旧尚泰王の三男）といっしょに琉球新報を創刊したが、その創刊の趣旨は、「あたらしい時代にヤマトゥンチュに負けないようにしよう」ということのほかに、沖縄の支配権を尚家とそれにつながる門閥の手に取り戻そうとする志向を持っていた。謝花昇は農民の出で、県の技師という高官になったが、権力志向の強い県知事奈良原繁と対立して辞職し、自治権闘争にはしって、ついに倒れた。農民運動の色彩を帯びていたが、むしろ農民の出でありながら一般レベルからはねあがった秀才が、それなりに生きることの難しさを体現したようなものであった。悶死したのは、きわめて象徴的である。伊波普猷は那覇の素封家に生まれたが、東京帝国大学で言語学を学びながら、歴史に押しつぶされる故郷・沖縄、日本人と同化しようとして同化しがたい沖縄人の運命を考えることを、生涯の学究の仕事とすることになった。彼らの生きざまは、それぞれに近代沖縄人の矛盾の影のようなものであった（のです）。〉

沖縄臣民の世情と南進論

―― 先生が諄諄と述べられたその、近現代の日本ヤマトとの同化と異化の挟間の「矛盾の影」が、今次大戦の沖縄の悲劇を生み出し、令和時代の現代沖縄にそれが潜在し持続しているのですね。先生は第二次世界大戦末期の青年期に一中で学ばれていますが、「沖縄臣民」一般の世情はどうだったのでしょうか。

大城 〈「バスに乗り遅れるな」ということが、当時の流行語になっ（てい）た。時あたかも国が戦争準備にかかっていたが、それに乗り遅れまいとする努力が、生き甲斐のようになされた。この努力がまた、在来の共同体意識によって容易に推進されたことは、いうまでもない。乗り遅れまいとするのみでなく、むしろ他府県人をリードする位置に立つかもしれない、という幻想を県民にいだかせたのは、「大東亜共栄圏」構想の一環としての「南進論」であったのです。日本帝国の「南方経営」の足掛かりとして沖縄の地理が考えられたとき、沖縄の歴史における「南方発展」があらためて評価されるようになったのです。沖縄人としての誇りを、日本帝国の国家目的に合致した範囲で探ろうとする、ひとつの自己防衛の姿勢であった（のです）。〉

――しかし沖縄は、敗戦後日本の国体の外に追いやられ戦勝国アメリカの軍事植民地に委ねられた。

大城　〈日本は沖縄にとって、恩讐あい半ばする相手であり、諸刃の剣であった。遅れてやってきた文明を同列にならべる協力をしてくれる半面、先導者としての叱咤激励は、ときに非情な侮蔑、差別の響きを帯びた。それが、（日本）復帰後の今日まで、伝統的に続いている。〉〈しかし私は、沖縄のヤマト志向は、「文明の先進者」にたいする憧憬のみからではない、と考えている。それは、戦後のアメリカとのつきあいの気持ちを思いだしてみると分かる。敗戦とともにヤマトの差別から解放されたと思い、ときには独立を夢想し、ときにはアメリカ帰属をひそかに望んだ。にもかかわらず結局は「祖国」への「復帰」を求めた。〉

芥川賞受賞作品執筆の動機

――そのような儘ならない政情の中で先生は「沖縄問題は文化問題である」と明言し、「琉球資料」「沖縄県史」等の編集に携わりながら、多岐にわたるジャンル（小説、戯曲、評論等）の幅広い文学活動を、沖縄のアイデンティティを求めて「ホンネ志向」で持続なさいました。公務員を辞してからも、優に三〇年余にわたって現役であり続けたのです。その営為の成果が二〇〇二年に勉誠出版から刊行された「大城立裕全集」に、集大成され世に出たのでしたね。最後に先生が、広く世に知られる契機になった芥川賞受賞作品「カクテル・パーティー」の執筆の動機や信条について話していただけると有難いです。

大城　その動機は煎じ詰めると、〈過去の中国にたいする自分の罪を赦さないのと同じ理由で、アメリカをも赦すまいという倫理であった。それはどちらをも赦すという責任相殺とは完全に対蹠的な論理である。私はこれを「絶対倫理」と勝手に命名しているが、この論理を理解してくれる人は、発表当時（一九六五年）、沖縄にも本土にもほとんどいなかった（のです）。〉

――先生の今述べられた「罪」とは一九三七年から太平洋戦争の終結までの支那事変での日本軍の加害のことですね。

大城　その通りだ。沖縄住民と同様に被害を被った中国人がいたのだ。〈被害者意識にこだわる姿勢を反省するのは、加害者の側面を自覚しなおすときにこそ、思想として有効なのでは（ないかと思う）。〉

――私の母の弟（叔父）も支那事変に出兵、二十五歳の若さで湖北省で戦死しています。平成十七年頃でしたか所用で上京した折、「靖国神社」に立ち寄り社務所に照会したところ、後日回答書が送られてきました。死没年月日は記載されていましたが場所は「田家鎮附近」とだけありました。本人も死んでいますが、その手から放たれた銃弾に倒れた中国兵もおり、あるいは付近を彷徨っていて流弾にあたって死んだ住民もいたと思われます。「叔父の手に連なる私の手の内に」世代を越えて見えてくる死者の影があります。被害者であり同時に加害者でもあるという長いスパンで捉えた倫理的意志のことですね。

大城　そう考えるのが筋ではないかと思う。戦争の勝ち負けで、平和がおとずれるわけではない。〈加害者意識をもたずして被害者意識に（のみとらわれて）眼を覆うということは、事大主義でしかない。集団志向も事大主義も、個人のたたかいから逃げているもので、皮肉にもこれは（再び）戦争につながるこ

とになりかねない。〉

——国がしかけた戦争であっても相手を殺《あや》めることは、個人の体験としては「反戦平和思想」とは相いれないもの。銃を持つ手に罪をつくるようなもの。たとえそれが勝ち戦《いくさ》であろうが、当人もまた、その罪を免れ得るものではない、という戒めですね。私も叔父の加害責任を負っているということですね

大城　その通りだ。よく嚙み砕いてくれた。

——長々と丁寧なご教示を賜り、誠にありがとうございました。実は先生の追悼論集を企画している刊行委員会から寄稿の依頼がありまして、それに応えるために勝手に、「幻のインタビュー」をしかけてみました。二〇〇五年県主催の「おきなわ文学賞」の発足にご尽力なされた先生と、その小説部門の審査に委員として数回身近で関わらせていただきました。その時、小説作法とその批評について、多くのことを学ばせてもらいました。あらためて感謝申しあげる次第です。

大城　そうでしたね。〈頭の動きがたえず「戦後沖縄」と関わっていた、というのも、職場（沖縄県庁）の恩恵や文学のあり方に由来するところが大きいと思いますので、それが収穫（創作）につながった点については、あらためて感謝の念を覚えます。〉〈「戦後沖縄」のごく一部分を語ったにすぎませんが、私の窓口（作品）から「戦後沖縄」の基礎的な側面が見られる、そして読む人によっては未来に思いをはせる、ということがあるのではないでしょうか。〉

——御同慶の至りです。どうぞ、これからも沖縄の「平和な未来」を眼差す「文学に憑かれた人々」の心に降臨して下さって、幻の問答のお相手をして下さることを願っています。

大城　声をかけてくれたら、いつでも馳せ参じますよ。

――私も未読の本の中で、再び先生とお会いできることを愉しみにしています。合掌！

［注］この作品は、次の三冊の大城立裕の著書に掲載された発言を参照・抜粋し〈　〉に括って引用した。「幻のインタビュー」と冠した所以である。

1　『現地からの報告・沖縄』（月刊ペン社　昭和四十五年）
2　『休息のエネルギー』（農村漁村文化協会　昭和六十二年）
3　『光源を求めて』（沖縄タイムス社　一九九七年）

錯綜に対峙する文学──『神島』の再読に向けて

鈴木智之

はじめに

『神島』という作品について、何かを書かなければならないという思いと、とても自分の手には負えないという思いに挟まれて、長い逡巡の時間を過ごしてきた。大城立裕さんを追悼するこの機会に、一歩でも踏み出すことができないだろうか考えて、テクスト（小説と戯曲）を読み返している［注1］。再読して、『神島』は幾重にも厳しい作品だという印象がさらに強い。

その厳しさは、言うまでもなく、作品が集団自決（強制的集団死）や日本兵による住民殺害の記憶を主題化し、その出来事をめぐる「日本」と「沖縄」との和解しがたい関係、あるいは島の人々の癒されがたい悔恨を背景に置いていることから来る。作中に展開される物語は悲劇的な結末を迎え、登場人物の誰の目に立ってみても、抜け出しきれない苦しみが立ちはだかり、解決の道筋が見えてこない。さらに言えば、語り手も読み手も、容易に正当性を主張できるような立ち位置を獲得することができない。だから、読んでいて非常に苦しい。しかし、その苦しさに目を背けるな、とテクストが呼びかける。私たちが、あるいは私が正視しなければならない何かが、ここには書かれていると感じられるのである。しかし、今私たちは『神島』にいかに対峙することができるだろうか。

1　『神島』の読まれ方

『神島』については、すでにいくつかの重要な批評的考察が示されている。ここでは、四者の論を簡潔に整理してみよう。

鹿野政直は、『戦後沖縄の思想像』（一九八七年）において、小説『カクテル・パーティー』（一九六七年初出）や戯曲『山がひらける頃』（一九六六年）を、「被害者」「犠牲者」としての受動的な沖縄人から、能動的な責任主体としての沖縄人への転換の試み、その意味での「主体性回復の模索」を表現するものとして位置づけ、その達成として大城は「複眼」の視点を獲得したと見る。そして『神島』もまた、その延長線上に読まれていく。鹿野によれば、一九六八年からの大城は、「日本復帰」が「既定のコース」となり、「復帰問題」が現実化していくなかで、「日本」あるいは「本土」との関係の問い直しに取り組んでいた。渡嘉敷島での集団自決は、「日本軍対住民という関係からみた沖縄戦の、もっとも凄惨な位相を示して」おり、「しかもこの島には、戦後、米軍のナイキ基地が置かれた」。『神島』は、「狭義には軍事史的な戦中のこうした事件を、文化史的視角から、しかも戦後に場を設けて描きだした作品」（同三八六頁）である。

鹿野は、「『神島』の主要な展開軸は、本土対沖縄のからみ、より正確にいえば、本土への沖縄からのさまざまに屈折した想いの一進一退にある。戦史の上からいえば、戦闘は、日本軍対米軍という図式を描くが、この作品での作者の関心は、ほとんどもっぱら、追いつめられた状況下での、日本軍の対住民心理と行動の様式に向けられている」（同三八七頁）と言う。作品の主軸は、沖縄と本土の「からみ」にあり、副次的に「沖縄人と朝鮮人」の関係、「沖縄人自身が戦争体験を主体的に受けとめているか」、「宗教意識」において戦争がどんな影を落としたのか、といった問いが重層的に投げかけられている。そして、作品全体に視点を与える「田港真行」については、「二重の故郷喪失の不安から二重の故郷確認への心の旅」をたどっていると位置づけられる。「『別に故郷を捨てたというわけでもないが、疎開先で土地の娘を妻にしたあと、そのまま居ついてしまった』ことが、彼の負い目となっている。そのうえ、集団自決を調べようとする過程で、『半沖縄人』との疎外感をも味わわされる。しかしあっちにぶつかりこっちにぶつかりの体験を重ねるうちに、彼は、本土も島も両方ともみえるとの自信をもつ人間へと変身する」（同三九九頁）。そして、作品の終盤、宮口朋子の死をめぐるやり取りのなかで、田港ははじめて、慰霊祭の場に立ち会っていた人々に、「過去を無視する」のはだめだ、「ヤマトの人たちにも知ってもらったほうがいい」、悲劇的な出来事を「片付けようとする」のではなく、それぞれの「連帯責任」を負うべきだと語る。島民にも本土からの来訪者にも「いうだけのことはいい切ることによって、田港は充足感をもつ」（同四〇〇頁）。そして、島を離れるとき、「おれはいま、帰郷するのだろうか。ここへ来たのは帰郷だったのではなかったのか…」とつぶやくが、「しかしその想いは、沖縄と本土との双方に根をみいだしにくいというデラシネの想いから、どちらにも根をもちえたというゆとりへと、快く融けてゆくものであったろう」（同四〇〇頁）と結ばれる。この、「どちらにも根をもつ」がゆえに「本土も島も見える」存在としての田港の位置づけは、「複眼」の人としての大城に対する評価と重ね見ることができるだろう。

里原昭『琉球弧の文学　大城立裕の世界』（一九九一年）は、沖縄から本土への「集団学童疎開」の経緯と対馬丸の沈没、集団疎開の中止とその直後の慶良間諸島への米軍上陸という歴史的コンテクストを確認した上で、渡嘉敷島での集団自決が「戦後に生き残ったものに、日常的に再生される深い傷痕として、戦争そのものの痛みとなり残っている」（同一七頁）ことを指摘する。「作品『神島』は、近現代の沖縄の歴史、とりわけ渡嘉敷島の集団自決をくぐりぬけ、かろうじて現在に生きている人々の『生死の真実』を、その意識と心情の深いひだを、表現することのなかから、現在のヤマト人をも含み込んだ人類史の意識のなかに再び呼び込まねばならない鬱結した想念の世界を定着している」（同二二頁）のである。

里原は、沖縄戦、とりわけ集団自決を経験したオキナワ人が、その痛苦を思想的な体験として、自らのアイデンティティを再構築し、主体性を回復しようとする、三つの世代それぞれの試みとして、『神島』の物語を読みとっている。

第一の世代は、普天間全秀と浜川ヤエによって表される。二人は、島で戦争を体験し、ともに悔恨を残すふるまいをとってしまった。全秀は、自決を命じた軍に協力してしまった記憶を心のうちに秘めながら、新聞の記事の切り抜きを続けることで、歴史に対する責任を思考しようとしている。ヤエは、祝女として一人で神に相対するべき大嶽に家族を呼び込み、神聖な場所を汚してしまった。「天皇を神の象徴とする軍隊の暴力で、共同体の神が崩壊させられたとの思いを、生の痛覚として、一人で背負い続ける」（同二六頁）ことになる。

田港真行は、第二の世代に位置する。学童を連れて九州に渡ったまま二十三年間を過ごした田港は、「強く沖縄への郷愁」を感じているが、「その郷愁」には「二十代の初期に、全秀のもとで教員の体験をもち、自らの心魂を打ち込んだ神島の、戦中から現在を、そこで集団自決を容易になしえた島民の、その時から現在までの心のうごき、ひだを知りたいという思いが、重く内包されていた」（同三四頁）とされる。

第三の世代は、与那城昭男と渡嘉敷泰男によって体現される。彼ら（特に与那城）は、『神島』の平穏な日常に覆われた内側で生きづき、今でも島民の内面で浸潤している集団自決の記憶と、戦後の米軍支配の苦渋を、ヤマトとの関わりで、意識的に顕在化することで、閉鎖的な沖縄の共同体の問題を確実に把握し、それへの対峙を通して、歴史のなかに存在したオキナワ人の主体性を見出そうとしている」（同三六頁）。

三つの世代は「それぞれの現実認識を葛藤させ、その混沌のなかから、『神島』の閉鎖的な共同体の戦中体験を普遍化し、今日に生きる思想として（…）『心のなかの二十七度線』を自覚的に認識することの必要性を、それぞれの生き方の内奥から喚起している」（同三八頁）。

岡本恵徳は、『神島』を、戦争の悲惨そのものを直接の主題とするのではなく、「集団自決と、それをくぐりぬけて生きた人々のその後の生活によって、はしなくもあらわされてくる『沖縄の人間』の意識と心情のほうに」より強い関心を向けた作品として位置づける。作者は、「戦争の傷あとをふりかえることによって現在の日常の平穏無事が崩壊することを恐れるムラの人々」を挟んで、「亡夫の屍を求めて生き続ける祝女（ヤエ）」や「戦後世代の意識を体現する」若者（与那城）、「ヤマト人（木村芳枝）」や「二十三年ぶりに帰省した教師（田港）」などを配し、「島」の現実を各方面から立体的に掘り下げようとしている、とその方法論的な創意が評価される（『現代沖縄の文学と思想』一四八―一四九頁）。

「この作品で、大城は、戦争とその残した傷あとを探ると同時に、戦後の沖縄の人々がまともにぶつからねばならなかったさまざまな問題、すくなくとも、それをいかに解決するかによって今後の沖縄の人々が生きていく方向が決定されるような、根元にかかわる問題をひとつびとつとりあげるかたちで、沖縄の人間の意識と心情を探るのである」(同一五一頁)。

しかし岡本は、この大城の姿勢に「共感」を示しつつも、この作品における問題の「完結」のしかたに「不満を覚える」という。それは、錯綜した問題を「錯綜」のままに掘り下げていくことで、基底において貫かれているべき作者の視点が失われてしまっていることに向けられる。

「現実に、問題が錯綜して存在し、そういう存在のありかたが、そのまま人間の意識の実態であったとしても、その錯綜を錯綜そのものとして掘り下げることで、人間の意識や心情を総合的に掘り下げて表現することが可能であるかということである。そこには、作者の問題に対する視点が、基底で一本に貫かれていなければ、問題の錯綜は、作品のモティーフの混乱をもたらすのみである。この作品に、そのような根底を貫く視点があるかということになれば、疑問であるといわざるをえない。作者は、あまりにものわかりが良すぎるのではないか。全てに理解がゆきとどきすぎて、作者の視点は所在を失っているのではあるまいか」(同一五二頁)。

岡本にとってこの問題は、現実を認識する主体の立ち位置に関わるものである。大城は、相対立する論理を常に「対」の位置に置き、そのどちらにも与することなく、双方から距離を置くことで、出来事の「連関と構造に客観性をもたせ」ようとするのであるが、まさにその方法こそが、作者の視点の喪失を生むのではないか(同一六五頁)。これが、『神島』に対する否定的な評価の理由である。

武山梅乗『不穏でユーモラスなアイコンたち　大城立裕の文学と〈沖縄〉』(二〇一三年)は、鹿野と岡本の評価を踏まえて、『神島』は、大城の「『複眼』という視点が最も典型的にあらわれている作品」であるとし、大城立裕のアイデンティティの置きどころとして示された「複眼」という視点が、「文学創作上の方法として用いられることでどのような問題が生じるのか」(同九一頁)を問うている。

武山はまず、鹿野の読解を引いて、「本土対沖縄のからみ、より正確にいえば、本土への沖縄からのさまざまに屈折した想いの一進一退」を軸に展開される小説として『神島』を位置づけ、それぞれの登場人物の役どころを確認し、さらに次のように述べる。

「方法論的にみるならば、『神島』という作品は『集団自決』を直接のモチーフとして、沖縄戦あるいはその責任の問題を、沖縄と本土(ヤマト)を軸に、被害と加害、戦争(基地)と平和、愛情と憎悪等々の『葛藤のドラマ』あるいは『対の論理』として認識しようとするものと評価することができるだろう。いわば『複眼』の視点が創作上の方法として十分に活かされた作品が『神島』なのである」(同九五―九六頁)。

このように評価した上で、武山は、「その方法に一つの大きな陥穽が待ち構えていた」と続ける。『神島』は、作家自身からも読者からも高い評価を得なかったことを指摘し、その理由の一つは、この作品で問われた問題があまりにも複雑で「作者の野心的な試みを圧倒してしまった」ことにある。しかしそれ以上に、根本的な問題は、大城の「複眼」という方法そのものがこの作品のなかで破綻していることにあるとして、先に見た岡本の評言(岡本、前出、一五二頁)を引用する。

これを受けて、武山は、『神島』が「錯綜する現実を描いたものであるという点を割り引いたとしても、結果として作品そのものが錯綜している」と評し、その原因は「作者の視点が定まらないこと」にあるという。すなわち、大城は「『複眼』という視点ないしは方法から、対立・矛盾する諸論理を沖縄のもつリアリティとして描き出そうと試みたのであるが、その方法のゆえに逆に視点を喪失してしまうという過ちをおかしてしまった」（武山、前出九八頁）とされるのである。「プロとアマ、オキナワとヤマト、そして『戦前』『戦後』、各々の交叉する位置に大城立裕という作家は奇跡的に立っている」のであるが、その「不安定さ」は『神島』における「視点の喪失という失敗に表象されているのである」（同九九頁）。

2 「リアリズム」の方法をめぐって

鹿野、岡本、里原、武山の『神島』論をたどってくると、その評価が大きく分かれていることが分かる。あえて二分的に整理すれば、鹿野と里原は思想的な課題に対するこの作品の達成を評価しているのに対し、岡本と武山は小説の方法に焦点化し、その破綻や失敗を指摘していると言える。

そして、その評価の分かれ目が、田港真行という登場人物の位置づけ、その言動のもつ意味、あるいは作品内での役割についての理解において最も鮮明に表れている。

田港は、かつてこの「島」の国民学校の教員を務めていたのであるが、上陸戦が行われた前の年に学校の生徒数名を連れて九州に疎開し、戦後になっても戻らず、かの地で結婚し、二十三年ぶりに島の合同慰霊祭に招かれて帰還した人物である。作品は、彼が島に到着したところから始まり、島を離れていく場面で終わる。全体を通して、最も重要な「視点人物」であることは間違いない。そして、物語の終盤、山での不発弾の爆発によって宮口朋子という長崎からやってきた女性が命を落としてしまった後の場面で、慰霊祭の場に居合わせた島民やヤマトからの来訪者に、自分の思いをぶつけるような言葉を吐く。その言動は、作品全体に幕を下ろす役割を担っている。

この田港の達した境地についての、鹿野の評価は先に見たとおりである。沖縄と日本。その双方に根を下ろしえたがゆえの、「複眼」の視点の獲得として田港の物語は読まれる。

また、里原によれば、田港は、結局「集団自決の心理について調べることはできなかった」が、「宮口朋子の爆死事故に対する島民の姿勢に」戦時下の「島民の意識のありようを重ね」、「島の人たちにとって、過去はもはや拭い去れないものになっている。それを拭い去ったつもりでいるのは、いけない」(里原、前出三五―三六頁)と語っている。里原は、この言葉に、田港の『神島』再訪の思想的到達点がしめされた」(同三六頁)と評価している。

これに対して、作品全体を貫く「視点」の不在を問題視する岡本は、「恐らく作者の視点を体現している田港真行の国籍不明の性格づけも、作者の視点の定まらなさからくるものである」と言う。田港の視点は「作者の視点そのもの」でありながら、「重要な場面で」「時々姿をかくしてしまう」。「そのことがこの作品に一種の混乱を与えている」(岡本、前出一五二頁)。「この作品で作者の視点を体現し、差別と被差別、本土と日本等のあらゆる《対》の論理を俯瞰する田港真行が、ほとんどその存在を失っていること」(同一六五頁)に『神島』の最も大きな問題を見るのである。

『神島』においては「複眼」という視点が創作上の技法として援用されたところに、「失敗の原点」(武山、前出九八頁)があったとする武山の評価も、この岡本の論を受けてのものである。

真っ向からぶつかり合うように見えるこの評価のずれをどのように受けとめればよいだろうか。今、『神島』を読み直しながら、私はどちらの意見にもそのままの形では寄り添えないものを感じている。『神島』という作品が、過酷な戦争とその後の米軍支配の状況のなかで、沖縄の人々が加害と被害の重層的関係を引き受け、主体として自立していくという思想的課題を担っていたこと、そして、日本と沖縄の双方に根を下ろし、いずれにも帰属しきれない田港という人物に、その現実を見通し、思想を語る役割が期待されていたことは確かであろう。しかし、『神島』のテクストに即してみる限り、田港は「島の現実」を本当に見通したとは言えない位置にある。岡本が言うように、「問題はすべて田港の外において起こり、田港は何時でもそれによっては傷つかぬ。与那城の焦燥も、普天間全秀の痛みも、浜川ヤエの悲嘆も、所詮は田港と無縁である」（岡本、前出一五三頁）。この、傍観的な位置ゆえに、作品の終盤に語られる彼の思いもまた、さまざまな立場の人々に届くような思想とはなりえていない。田港は混乱を収拾しておらず、人々が「島」の現実を乗り越えていく道筋は示されていない。その限りで、俯瞰的視点の不在を語る岡本の言は的を的を射ていると言わざるをえない。

しかし、それをもってこの作品の「失敗」と呼んでしまうことへの違和感が私にはある。それは、小説による現実認識は「基底」において「一貫する」ような「俯瞰的視点」に依拠すべきであるという岡本の主張が、ひとつの文学的規範を語るものであったとしても、別様の「リアリズム」を排除することはできないと考えるからである。言い換えれば、物語の破綻と視点人物の無力が、すなわち作品の失敗であるわけではないと思うのだ。

問題は、『神島』という作品を成立させている方法論上の選択をどのように受けとめるのかにかかっている。この作品では、何人もの主要な登場人物（普天間全秀、浜川ヤエ、木村芳枝、宮口朋子、与那城昭男、田港真行…）が、それぞれの位置において、それぞれの問題と課題を抱えたまま「島」に会している。そして、それぞれの異なる思惑が不幸な連鎖をたどって、宮口朋子の事故死という悲劇的な結末を迎えるにいたる。そして、作品の語り手は、それぞれの主観に内在し、そのふるまいを否定も肯定もせず、その思いに寄り添いながら作品を進行させている。「島」は複数視点の交錯の上に浮かび上がる形で、読み手の前に現出する。たしかに、田港は「島の人々が黙して語らない心理」を明らかにしようとふるまっており、作品全体の「狂言回し」的な役割を負ってはいるものの、決して現実の全体を「俯瞰」する役割を与えられているわけではない。むしろ彼の目にとってこそ、「島」は不透明な世界として立ちはだかる。だからこそ、彼は状況に対して無力であり、その傍観的な位置からでは正鵠を打つような認識を提示しえない。その「しえない」という事実を浮かび上がらせつつ、「現実」を描こうとする。その背理こそが『神島』というテクストをひときわ厳しいものにしている。それを作品の破綻ではなく、ひとつの達成として受け止めることはできないだろうか。

私には、「錯綜」のなかにしか浮かびあがらせることのできない現実、解きほぐすことのできない困難に人々が打ち負かされていく様を明晰に描ききったこの作品のリアリズム性が、殊更に貴重であると思える。それは単に、人びとにとって「神島」の現実は過酷であるということだけでなく、その現実の全貌を見据えることのできるような「視点」が取れないということを示している。取れないままに、困難は否応もなく現出する。この状況こそ、私たちがテクストのうちに読み取るべき現実なのではないだろうか。

3　島の不透明性と言語の問題

『神島』は、三人称の語り手を配置し、複数の人物の視点を往復しながら、立体的に島の現実を描き出そうとする「リアリズム小説」である。しかし、作中の人物だけでなく、語り手の目にも、「出来事の真相」、「現実の全貌」は明らかにならない。その意味で「現実の不可視性」を浮かび上がらせる作品だと言える。そして、この「島の不透明性」は、観察の視点の取り方から生じているばかりでなく、言語の配置という問題にも深く関わっていると思われる。

大城立裕にとって、「日本語」で「沖縄」を描くということに内在する困難が方法論上の問題として強く意識されていたことはすでに言うまでもない。それは、書き言葉として選ばれた日本語と、描き出された世界（沖縄）で生きられている言語的世界とのあいだに、構造的な乖離がもたらされるからである。その落差を作品においてどのように処理し、位置づけていくのか。ここに、文学表現上避けて通ることのできない課題があった。

この点に関わって、ある機会に大城は、「自分は日本語で書くときには、すべて方言で置き換えられるかどうかを確認している。方言で言えないことは絶対に書かない［注2］」と語ったことがある。それは、実験方言のように島言葉の音韻を日本語のテクストに折り込んでいくというやり方とは別の形で「日本語」に対峙していく方法論を明らかにするものであり、島言葉の自立性を損なうことなく、日本語の表現者であろうとする大城が自らに課していた規律のありかを示しているとも言える。しかし、そうだとすれば、大城が書き記したすべての日本語の文に対応して、うちなーぐちのテクストが（秘かに）存在することになる。それは、大城の日本語文学が一種の翻訳文学であることを意味するのではないだろうか。ただし、原テクストが先行的にあって翻訳が事後に行われるのではなく、(二次)テクストの生産がその裏側で同時に原テクストを生成させるという特異なあり方、いわば「逆立した翻訳文学」としてそれは成立している。

こうした見方は、大城作品がしばしば感じさせる特異な感触を、幾分かなりとも説明してくれる。その端正で明晰な日本語のテクストが、その裏側にもうひとつのテクスト(原テクスト)をもっており、その置換えとして書かれているような印象があるのだ。

それが分かりやすく表れてくるのは、登場人物が島言葉(方言)で話しているはずの場面が、日本語で表記される下りにおいてである。『神島』にも、そのずれが明示されている箇所がある。第二節、浜川の家を訪ねた田港とヤエが、芳枝を前にして会話する場面。「先生、奥さんは?」というヤエの問いかけに、疎開先での結婚したことを田港が告げ、「おばさんはしかし、おひとりでたいへんですね」と語りかけると、ヤエが「せっかく嫁も遠いところからきてくれたのですが、このまままうまくいくとも思われません」と返す(二九二頁)。その「嫁」としてこの場にいる「芳枝」のことが気になって、田港は視線を送るのであるが、「まるっきり方言だけの言葉であったから、芳枝には通じないはずであった」(二九二頁)と書かれる。これによって、ヤエと田港の会話は「ヤマト言葉」ではなく「島の言葉」で交わされていて「ヤマト人」には理解不能のものであったこと、この場面のなかに言語的な断層が走っていて、「通じるもの」と「通じないもの」の混在があったことが示される。

しかしそうなると、これはこの場面だけのことではなく、作品全体にわたって「日本語」で書かれている言葉(特に、会話)のある部分は、「まるっきりの方言」で語られたものであるかもしれず、ある部分は「ヤマト言葉」で交わされているのかもしれない、ということになる。おそらく、田港という人物を視点人物（観察者）の位置に置くことのメリットは、双方の言葉を理解することができる（島言葉を母語とし、長く日本語の圏域で生活してきた）点にある。だが、そうするとこの日本語のテクストは、複数の言語が混在し、理解できたりできなかったりする部分が散在しているような状況を、一人の話者が一律な「日本語」に置き換えて書いていることになる。そこに、「翻訳文学」に通じるテクストの質感が生じている。そして、読み手は、そのテクストが置き換えて提示している元の言葉の世界が、不可視のものとして存在することを意識させられる。

言語的二重性によって生じる「不透明性」と、作品によって主題化されている「島の現実の不透明性」とが、この作品の成り立ちに関わってどのように結び合っているのかを検討してみなければならない。それは、「土着」の現実を「日本語」で語ることの可能性、「語られるべき言語的世界＝原テクスト」の「文学的表現＝二次テクスト」への翻訳可能性を問うことでもある。

問題は、『神島』という作品のなかでも随所に顔をのぞかせている。

例えば、木村芳枝と浜川ヤエの相互理解の不可能性。芳枝はかつて賢信から、「おれのお袋は神様なんだぜ」と聞かされ、「どのように神様であるのか」を問いただそうとしたがまともな答えを得られなかった（二九〇頁）。そして「神様というから、もうすこし神秘的な雰囲気をもっているのかと思ってきたが、案外平凡な百姓女にすぎないのをみて」（二九〇―二九一頁）がっかりする。それでも、十五年にわたって遺骨探しをしているのは「大変な」ことだと思い、同時に自分には「どうしてもついて行けない」と感じて「浜川家と自分をはっきりと別の場所においた」（二九一頁）。ここには、島の土着の生活世界において何者かが「神」として現れること、何物かが「聖なるもの」として存在する論理を、別の言葉に置き換えて理解することの不可能性が示されてはいないだろうか。

島の言語は、ヤマトの言葉に、そもそも翻訳可能なのだろうか。あるいは、その「翻訳のテクスト」がもたらしうる理解とは何なのか。そのことは、島の民俗を研究している大垣という学者が、島の人々の心を全く把握できていないように見えることとも並行的である。

しかし、この次元での「原テクスト（島言葉）」から「二次テクスト（日本語）」への翻訳不可能性の問題は、まだ「島の現実」をいかに言語化しうるのか、言葉を介してそれを理解しうるのか、というより困難な問いに届いていない。『神島』においては、土着の言葉を共有している人のなかに、相互理解を拒む深い言語的亀裂が走っていること、あるいは言語化そのものを拒む「空白」が広がっていることこそが問われるべきである。

それを最も強く感じさせるのは、田港が「強く知りたいと思った」集団自決の心理が、単に「語られない」ものとしてあるのではなく、「語り尽くせない」ものとしてあるという点においてである。

普天間全秀の戦時下における「行動」は、彼の内面的な回想として語られている。しかし、全秀自身、どのような「考え」で軍の命令に従い、住民の招集に加担してしまったのか、「思いだしても正確には判定し得ない」（三三一頁）。「行動」は示されても、「心理」は語られない。それはおそらく、心理学的な意味での防衛機制の問題ではなく、「出来事」を語る言葉の欠落を意味している。日本語への翻訳不可能性以前に、島人自身がそれを語ることができないのである。

この語りえぬものを内包した形で、島は現在の生活を成り立たせている。島外からやってきて、話を聞きだすことによって「真相」を知ろうとする行為そのものがはねのけられる。

日本語のテクストが、秘かな原テクスト（島言葉）の翻訳によって成立しているとして、その元々の言葉のうちに亀裂が走っている。全秀の内言が教えるのは、原テクストの毀損という事実ではなかっただろうか。

こう考えると、「逆立した翻訳文学」という認識だけでは、大城文学の一面しかとらえていないことに思い至る。現れたテクストの向こう側に、そのつど「原テクスト」が構成され、「日本語」に内包される言語的な多重性が、暗示される。それは、「日本語」で「沖縄」を描くという大城の方法論的な選択が、読み手に投げかけるひとつの政治的な問いであり、私（鈴木）がそれを日本語として読むということの言語政治的な立ち位置を教えるものでもある。しかし同時に、テクストは本当にその背後に「確かな原テクスト」を構成しえているのかが問われなければならない。本当の意味で隠されているのは、元々の言語を破損させるような出来事が起こったということではないのか。その疑念を手放さずに、どこまで大城立裕の作品を読むことができるのか。今、私の前に浮上しているのは、その課題である。

4　『神島』論に向けて

これまで私は、大城立裕文学の良き読み手ではなかった。端的に言って、うまく読むことができないという感じをずっと抱いていた。しかし、その不全感こそが、大城文学を読むための鍵なのではないか、と思い始めている。その感触を形にするために、あらためて『神島』論を書こうと思う。ここに述べてきたことは、作品を再読して直観的に感じ取ったことにすぎない。これをテクストに即して検証していく作業は、別稿に委ねたい。

［注1］　小説『神島』からの引用は、『大城立裕全集9　短編Ⅱ』勉誠出版、二〇〇二年による。
［注2］　これは、私が大城立裕氏にお目にかかった数少ない機会（二〇一四年四月）に直接語られた言葉である。ただし、この時、「方言」という言葉を使われたのか「うちなーぐち」と言われたのか、私の記憶が曖昧である。

［文献］

鹿野政直『戦後沖縄の思想像』朝日新聞社、一九八七年
岡本恵徳『現代沖縄の文学と思想（タイムス選書12）』沖縄タイムス社、一九八一年
里原昭『琉球弧の文学　大城立裕の世界』法政大学出版局、一九九一年
武山梅乗『不穏でユーモラスなアイコンたち　大城立裕の文学と〈沖縄〉』晶文社、二〇一三年

鎮まらない焔

――大城立裕の私小説と「普天間よ」「辺野古遠望」――

武山梅乗

一 大城立裕と私小説

川端康成文学賞を受賞した「レールの向こう」（二〇一四年）や「病棟の窓」（二〇一五年）、そして、短編小説としては大城最後の作品となる「あなた」（二〇一八年）は、大城が自ら「私小説」と認めている作品であるが、なぜ、「私小説とは縁のない小説ばかり書いてきた」大城が、その長い作家生活の最後に私小説と呼べるような作品を書かなければならなかったのだろうか？

最初に明らかにしておかなければならないことが二つある。それは、大城のそれらの作品はどのような意味で「私小説」であるのかということと、そして、「私小説」を書くことにはどのような文学的な意義が認められるのかということである。

そもそも〈私小説〉とはどのようなものであって、それがどのように決定されるかについて、万人からコンセンサスがえられるような明確な定義はないという（梅澤・大木、二〇一八）。イルメラ・日地谷＝キルシュネライト（一九九二）は、私小説を、日本の読者の視点から見て想定される、文学作品と実際の現実との関係、いわば「作品は作者が実際現実を直接再現している」との想定である「事実性」と、「一人称の語り手と主人公と作者との単なる連合体以上もの」として定義される「焦点人物」という二点の構造要素を備えた文学ジャンルであるとする。その一方で、鈴木（二〇〇〇）は、私小説に対して、「明確にこれと特定できる記号内容《シニフィエ》をもたない、強力で流動的な記号表現《シニフィアン》であって、『私小説』とは『私小説』についての言説の集積であり、『ジャンル』ではなく『読みのモード』にすぎない」という理解を示している。

しかし、「私小説」について、万人からコンセンサスがえられるような明確な定義がなく、それがいかなるものかについての見解が（時に正反対といえるほど）分かれているにしても、そこに最大公約数的な要素を認めることは可能であろう。私小説か否かを区別する分割線は「明確な実践としてではなく、段階的なグラデーションのように存在する」という見解を示しながらも、梅澤は、（日本の）私小説を、「『小説の主人公＝作者』という形式を持ち、作者自身のことが『ありのまま』に書かれている小説で」、「十九世紀西欧小説の変形として生まれた近代日本独特の小説形式」であるとしている。本来小説とは、「作り話」「虚構」であることを前提として作者の想像力で社会や人間を表現した散文体の文章とされるのだが、私小説は作者が自身の身の回りに起こった本当のこと（「事実」や「真実」）を書くものであり、その点で一般的な小説（本格小説）と異なっているという（梅澤、二〇一七）。大城の「レールの向こう」や「病棟の窓」「あなた」は、小説の主人公「私」＝作者（大城）という等式が成立するし、作者自身のことがありのままに書かれている

〈ように見える〉という点からも、これらの作品を「私小説」と呼んで差し支えないのではないだろうか。

次に大城が作家生活の集大成として、なぜそのような「私小説」を書く必要があったのか、その意義が問われなければならない。ここでも梅澤の議論が参考になる。梅澤は、私小説における「私」の問題に焦点を当てる。「小説の主人公（語り手）＝作者」である私小説とは、私が私を書く文学であり、二重の「私」を基本とする私小説は「虚構」を主とする小説とは違った文学的な問題を抱え込んでいるはずである。私小説では、「書く私」と「書かれる私」という「私」の二重化が宿命とされ、そこに〈多層的な自我〉が構成され、常に「私」の揺らぎが生じている。問題は私小説の書き手たちがその宿命といかに向き合ったかということであり、梅澤はそこに二つの方向性が見られることを指摘している。「明治期や戦後といった個を脅かす大きな価値転換のあった時代」には、私小説は「私」の輪郭化、すなわち一定の明確な姿を語る方向へと動き、また、そうでない時代、比較的安定した時代には、それは「私」そのものへの興味、「私」がいかなるものかを詳細に描きだす方向に向かうという（梅澤、前掲書）。

二　静謐で騒擾な霊《まぶい》たちの宴――大城立裕の私小説――

梅澤のいう、私小説を書く上で生じてくる「私」の二重化、〈多層的な自我〉の問題と、大城はどのように向き合ったのだろうか？　もう少し丁寧に問いを示すなら、大城の私小説は、「私」の輪郭化、すなわち「私」の一定の明確な姿を語る方向へと動いたのか、あるいは、それは「私」そのものへの興味、「私」がいかなるものかを詳細に描きだす方向に流れていったのだろうか。

「レールの向こう」以降の大城の「私小説」を読む限り、大城はそれらの私小説において、中城村の神女殿内の家に生を受け牧歌的な風景の中で逞しく育つ子ども、甲斐性はないが教養ある父親の背中を追い沖縄のエリートとして勉学に励む少年、日本人になろうとしてなれなかった沖縄人、〈沖縄文学〉の主要なプレイヤーでありつつ日本文壇の一員であるという二重の立ち位置にとどまざるをえなかった芥川賞作家、戦後沖縄という難局の中で公務員の職務をまっとうした組織人、そして、長年自身の「二足草鞋」の生活を支えてきてくれた妻に深い感謝を示す優しい夫、少し頼りなくも息子たちに溢れんばかりの愛情を注いできた慈父といったように、「私」なるものを多面的なものとして描き出したのだといえる（武山、二〇二一）。

そして、大城がそのような自己像を描き出すことが可能になるのは、それらの私小説の中に登場する、その多くが今は亡き家族、友人、同僚なのである。既に鬼籍に入っているそのような人々は直接大城に語りかけるわけではない。しかし、それらの人々への追憶は、大城の心の奥底に沈潜していた様々な記憶を引き出してくる。「あなた」では、「私」は認知症になってしまった妻＝「あなた」と普通の会話ができなくなってしまったが、その代わりに「あなた」にまつわる過去の様々な記憶が鮮やかに脳裏に浮かび、「あなた」への思いはますます強いものになっていく。また、「レールの向こう」では、「私」は、「神地祐の名が出たら、そのあたりに真謝志津夫の霊が姿を現し、自分の名を出すことを求めるような気が」し、「レールをはさんで真謝の霊とお前の霊が、私の思いを介して慰めあい、それがお前の快癒を願うことになるのかもしれない」と考える。死者たちは（そして生きている者たちでさえも）霊《まぶい》として大城の現前にあらわれ彼と対話する、騒がしくも静穏のうちに。大城はそれらの霊たちとの対話を通じて、記憶を言葉としてたぐり寄せ、重層的な〈私〉を紡ぎだしていく。

川本三郎は、大城の「あなた」を評して、「『あなた』は夫婦の物語であるが、同時に沖縄の人間の物語でもある。ふつうの生活の暮らしに、沖縄の置かれた状況がところどころあらわれる。それが、小さな、低い言葉だけに心に残ってゆく」と述べている（川本、二〇一八）。『あなた』には、そしてその一つ前の作品集である『レールの向こう』にも、大城がそれまで作品の中ではあまり描かなかった「私」、夫婦や家族の生活、そして働く人の「ふつうの生活の暮らし」が丹念に描かれている。しかし、当たり前のことではあるが、そこには否応なく〈沖縄〉があらわれてくる。久留米の病院に入院しているとき、「私」は、自分が「沖縄」の人間であるということをまざまざと思い知らされる。一九六一年、「私」が胆嚢炎の手術のために久留米大学病院に入院した時、日本に復帰していなかった沖縄ではまだ健康保険がなく、「念のために八百ドルの借金をしてきた」「私」は、病院の婦長に「日本人なのに健康保険がないなんて」と呆れられてしまう。また、家を建てるときに、本来先祖の祀りは長男の任務であるのに、次男の「私」が中城の父から「仏壇を設けろ」と言われる。その成り行きの背後にあるのは、「説明が難しい」沖縄のトートーメーについての慣例や巫女《ゆた》の宣託といった沖縄の民間信仰の問題である。大城は一連の私小説のなかでひたすら私の日常を描いているのであるが、その日常の中に〈沖縄〉が見えてくる。〈私〉から沖縄なるものが零れ落ちてくるのである。

〈私〉から零れ落ちる沖縄なるもの、その最たるものが、「私」の感性、とりわけ死をめぐる、死者に対する沖縄的な感性であろう。与那覇は、この作品を評するのに、「呪術」というキーワードを持ちだしてくる。「モノレールを挟んで妻のいる病院のこちら側と、亡友の住んでいた向こう側への『私』の迷信的ともいえる拘り。死をめぐる『私』の個人的な記憶も、作者が沖縄の地で体験してきたことと重なるようだ。作家『私』の客観性よりも夫『私』の呪術への感受性がより深まっていく」と（与那覇恵子「大城立裕著 レールの向こう」東京新聞二〇一五年十月四日）。また、詩人の蜂飼耳も、「私」が自身の記憶を経巡るこの作品に対し、「死者との距離感を測りかねているような人物の立ち位置は、じつは誰にとっても親しいものではないか」との評価を示している（蜂飼耳「大城立裕〈著〉レールの向こう」朝日新聞二〇一五年十月十一日）。

与那覇のいう「呪術への感性」や蜂飼が指摘する「死者との距離感を測りかねているような人物の立ち位置」は、大城の一連の私小説に度々あらわれる。「レールの向こう」では、「私」は死者である真謝志津夫と繊細な距離を保ちながら対峙する。最初は「真謝という遠景をお前に近づけて、お前への思いを薄めることを」潔しとしなかった「私」であるが、後に「レールをはさんで真謝の霊とお前の霊が、私の思いを介して慰めあい、それがお前の快癒を願うことになるかもしれない」と思い直す。また、真謝の霊は、「ジュゴンの海」という真謝の作品を媒介として「私」を沖縄の神話的な世界へと連れていく。「あなた」では、認知症になって脈絡のある言葉を失い、今では「お位牌となったあなた」へ「私」が語りかける形で物語が進行していく。既に霊となってしまった「あなた」は決して私の問いかけに直接返事をすることはない。しかし、「あなたがここには生きていると思いたい」「私」は「あなた」に向けて語り続ける。そして、記憶をたどる中でふいにあらわれてくる「あなた」の言葉が確かな呪力をもって沖縄の日常を生きてきた「私」の生涯の意味を照らし出すのである（武山、前掲書）。

三 「普天間よ」から「辺野古遠望」へ

このようにみていくと、大城にとって小説創作とは、一貫して「私とは何者であるのか」を問い、その問いに対して答えを発見するためのツールとしてあるのではないだろうか。大城が長年得意としてきた客観的構造をもった小説や近年の「不穏でユーモラスなアイコンたち」という創作作法で書かれた小説では、「沖縄とは何か」が一貫して問われ続けた。また、習作の頃の作品や一連の私小説では「私とは何か」が問われている。大城は自身の歴史小説を中心とする客観的構造をもった作品について、度々「沖縄の私小説」という表現を使って言及しているが、その意味でいえば、大城はその長い作家生活において一貫して「私小説」を書き続けてきたのだといえる。

その〈私〉の描き方が彼の作家生活のある時点から変わってきている。青年期における習作といえる作品では、〈私〉の輪郭化が、客観的構造をもった膨大な小説群では〈沖縄〉の輪郭化が図られているようにみえる。その一方で、私がかつて指摘した「不穏でユーモラスなアイコンたち」という創作作法をもって書かれた「日の果てから」以降の作品群や最晩年の私小説は、〈沖縄〉や〈私〉がいかなるものかを多元的に描き出すことに成功している（武山、二〇一三）。

梅澤の私小説の分析によれば、「大きな価値転換のあった時代」には、私小説は〈私〉の輪郭化、すなわち〈私〉の一定の明確な姿を語る方向へと動くといい、また、比較的安定した時代には、私小説は〈私〉そのものへの興味、〈私〉がいかなるものかを詳細に描きだす方向に向かうことになるということであった（梅澤、前掲書）。この梅澤の議論をあてはめるとすれば、大城の青年期における習作といえる作品や数多くの客観的構造をもった作品は、個を脅かすような「大きな価値転換のあった時代」に書かれ、「日の果てから」以降の作品や最晩年の私小説は「比較的安定した時代」に書かれたものであるということになる。

前者についてはあまり議論の余地がないだろう。大城の習作期の作品や沖縄の歴史や文化をテーマとする客観的構造をもった作品の多くは、大城にとっても、そして〈沖縄〉にとっても、戦争と敗戦、アメリカによる支配、日本への復帰という、アイデンティティが不安定化する激動の時代に書かれたものだからである。

しかし、後者について、「かがやける荒野」以降の作品や最晩年の私小説が「比較的安定した時代」に書かれたものであるというのは、それをそのまま受け入れることが難しいだろう。〈沖縄〉にとって、一九九〇年代から現在に至るまでの時代が「比較的安定した時代」などではないのが明白だからである。多面的な〈私〉を描き出そうとする大城の一連の私小説に安定感が見受けられるのは確かである。自身の日常を感情的に安定した視線をもって描き切っているのが「レールの向こう」や「あなた」などの私小説なのである。それらの作品でも沖縄をめぐる状況が視界に入ってはくるが、それらは「私」=大城にとってあくまで背景であるにすぎない。

しかし、老境に入った大城にとって、沖縄をめぐる状況は背景にすぎなかったと言い切ってしまうことも正確ではない。たとえば『あなた』に収載されている作品のなかで「辺野古遠望」は明らかに異質の作品である。この作品は、「普天間よ」（二〇一一年）と同様に、〈沖縄〉の〈ヤマト〉、そしてアメリカへの向き合い方が再度作品の主要なモチーフとされているからである。沖縄の状況に対して静かに怒れる〈私〉、大城立裕という作家の鎮まらない焔がそこに見えてくる（武山、二〇二一）。

「普天間よ」では、沖縄に生きる人たちの様々な基地への向き合い方が、「かつての農耕地と五つの部落を磨り潰し、住民をことごとく駆逐して」「余所者の兵隊どもが、寸分の疑いもなくタッチアンドゴーの訓練に明け暮れている」普天間飛行場のすぐそばに暮らす一家三世代のそれぞれの基地に対するそれと重ね合わせながら示されている。

「私」は「那覇にある新聞社の社長秘書を務め」る二十五歳で、琉球舞踏の道場を開いている母を師匠として舞踏コンクールでの受賞を目標に日々稽古に精進している。その父は、祖国復帰運動の中で幼少時代を過ごし、高校卒業後は役所に勤めていたが、後に誘われて基地返還運動の事務所に移り、基地返還運動に身を捧げるも、基地がある現実を自分の力で変えきれない無力感・閉塞感に苛まれてついには辺野古へと失踪してしまう。戦後この家に嫁いできて早々に夫を失い、女手一つで父を育ててきた祖母は、普天間飛行場の「爆音に曝されすぎたせいで」耳が遠くなっているが、それでも祖母の目に基地に対する「憎しみの影」を見ることはできない。

「普天間よ」では、大城が好んで使ってきた、そして「かがやける荒野（一九九五年）」以降影をひそめていた「戯曲的方法」が復活しているといえる。岡本恵徳が指摘する大城の「戯曲的方法」とは、「自己を、他者とのかかわり、その位置とずれと距離を綿密に計算し」て「その計量の結果に基づいて自己を確かめる」という創作作法であり（岡本、一九八一）、一貫して他者を外部に屹立させることで「内なる」自己をえぐり取ろうとした作家である大城が、その必要性から好んで多用してきた方法である。ところが、「戦争と文化」三部作の途中から大城はその創作作法をひかえるようになる。例えば、「亀甲墓」のウシのような、沖縄の基層文化を表象するものとして大城が好んで描き続けてきたキャラクターである〈オバァ〉は、〈他者〉と対置されられることを通じて沖縄なるものの輪郭を強調するアイコンとして機能していた。ところが、そのような〈オバァ〉は、大城の「戦争と文化」三部作以降の作品ではあまり姿をみせなくなる。それは沖縄に生きる老女が描かれなくなったということではない。沖縄の老女は描かれるが、それは〈オバァ〉として描かれているのではない。そのことを、かつて私は、〈沖縄〉に大きく寄りかかることなく普遍的なテーマを書き切ることができるという大城の自負だと解釈した（武山、二〇一三）。

しかし、「普天間よ」の祖母は、確かに〈オバァ〉としてそこにいる。「私」の五代前の先祖は、宜野湾間切の地頭からのご褒美として鼈甲の櫛を拝領するが、それは「新城部落でもまず目立つ家」であった「私」の家を象徴するものである。しかし、戦争の時に、その先祖の誉れである鼈甲の櫛を祖母の姑が屋敷近くの拝所であった「殿の山《とぅんぬやま》」に隠し、それ以来所在不明となっている。その「殿の山」も、旧新城部落の屋敷や墓とともに、今は普天間飛行場の中にある。ある日祖母は、「殿の山」に隠したはずの鼈甲の櫛を取り戻す企てを思いつくが、普天間飛行場の中に入るには米軍当局に施設内入域許可を申請して認めてもらわなければならない。その許可申請は難航するのだが、とうとう施設内入域の許可が下り、祖母と私はともに基地のなかに入る。「地面のなかで、声がするはずなんだがねえ」などと言いながら「殿の山」があったと記憶される場所を掘ってみる祖母であったが、とうとう櫛を発見することはできず、残酷にも入域の刻限が訪れてしまう。「お祖母さん、口惜しい」と問う孫の「私」に、祖母は「別に…」「アメリカーとのつきあいは、そんなものだ」と明るく返す。その姿を見て、「私」は「このような図太さが自分にあるだろうか…」と考えてしまう。

この普天間飛行場に入って先祖誉れの鼈甲の櫛を取り戻すという祖母の企ては、大城自身が沖縄人のアイデンティティーの奪還を象徴するものであると説明している。しかし、「普天間よ」では、祖母と「私」

は、基地の中に入りこむことにはなんとか成功するものの、その定められた刻限までに櫛を見つけ出し基地の中から奪還することには失敗する。しかし、祖母は沖縄人のアイデンティティー奪還失敗を暗示するこの成り行きに少しも落胆せず、むしろ納得しているような表情を孫である「私」に見せる。「そんなものだ」と。その祖母の佇まいに、私たちは、大城の〈オバァ〉の原型である「亀甲墓」のウシの姿を重ね合わせてしまう。大城は「亀甲墓」以降、そのような〈オバァ〉を沖縄の基層文化を象徴するものとして、時に沖縄にとって近代を象徴するアメリカーやヤマト、戦争と対置させながら物語に配置してきた。しかし、先述したように、大城はある時期から「戯曲的方法」とともに〈オバァ〉をどこかに置き去りにした。しかし、〈オバァ〉はここに復活した。米須興文のいう沖縄の家庭において「安定感の拠り所」となる「ものに動じない行者の風格すらある」沖縄のおばあさん＝〈オバァ〉の復権である（米須、一九九一）。

　そして、この物語の主人公である「私」は、そのような祖母の姿勢を確かに受け継ぐ。「普天間よ」の最後の場面で、それは大城がこの作品において最も力を注いだであろう場面でもあるだろうが、「私」は普天間飛行場から発せられるヘリコプターの爆音と対峙する。次のコンクールの課題曲であり、「恋の極致を表現した」伊野波節《ぬふあぶし》に合わせて琉球舞踏の稽古をしていたところ、突然ヘリコプターの爆音によってテープレコーダーの歌三線の音がかき消されてしまう。「私」はその爆音が「自分の踊りの情念を消すほどのことはあるまい、と念じて」ひたすら踊り続け、やがて歌があらわれたとき、音曲と「私」の手振りは見事に合っていた。「私」は上空にいるであろうヘリコプターの操縦士に〈あなたに勝ったよ…〉と心の声を投げかける。沖縄の基層文化に根ざした、〈近代〉やその具体的なあらわれである基地問題への対峙の仕方は、確かに祖母から孫娘へ、次の世代へと受け継がれていくのである。

それに対して「普天間よ」に登場する男たちは、それとは異なった基地問題への向き合い方をみせる。祖母の一人息子でもある「私」の父は、基地の返還運動に携わってきたが、基地がある現実に押しつぶされ辺野古へ逃げてしまう。また、「私」の交際相手である平安名《へんな》究《ただし》は、「普天間に基地を上回る権威があることを立証したかった」という動機から、普天間にある洞窟の中への冒険を敢行し、遭難して消防隊の救助をあおぎ、その結果北部支局へと左遷されてしまう。「普天間よ」の男たちは、沖縄のアイデンティティを性急に、直接的に奪還することを試みるが、それに挫折し、失踪したり左遷されたりする運命を与えられているのである。

単行本『あなた』には、「辺野古遠望」（二〇一七年）という作品がおさめてある。「辺野古遠望」は、男たちの基地問題への向き合い方に焦点が当てられているという意味で「普天間よ」の系譜に位置づけられる作品である。

「辺野古遠望」は、普天間基地の辺野古への移設に反対する県民大会の代表の一人に加わるよう依頼された作家の「私」が、二十年以上前に建設会社を経営する今は亡き兄と辺野古の森で迷ったことを回想するところから始まる。当時、「私」はまだその土地が「ヘノコ」だということすら知らず、べた凪の光まぶしい「東の海」を見て池宮城積宝が詠んだ歌を思い浮かべたり、ガス欠になって放置しておいた車を移動させたうえ、「車のキーをもたずにドアを開け、ガソリンを補給」してくれた行軍中の米兵に舌を巻いたりしたことを思い出す。その辺野古に普天間基地が移設されることになって、現在では基地建設は進み、「辺野古の集落――というより、すでに街になっているあたりと基地のフェンスの間に、反対住民の群れが集まるようになった」。兄の建設会社は、兄亡き後甥が跡を継ぎ、「世間並み」に「基地の仕事」、辺野古での仕事も請け負うが、基地建設工事に直接携わるかどうかを甥は逡巡している。老いて満身創痍の私は、アメリカや日本政府が「粛々と進める」普天間基地の辺野古への移設やそれへの反対運動を複雑な気持ちをもって眺めている。

ある日、抵抗運動に参加する人々を、機動隊員を使って追い払うウチナーンチュの沖縄防衛局係長を見て「このままでよいのだろうか」と思った甥は、その思いを電話で私に告げるのだが、私は「そういうものだ。我慢して続ける他はない」と答える。この我慢して続けるものには「ヤマトとのつき合いのすべてのこと」を含めたつもりだったが、私はそれを甥にうまく言い表すことができない。

四　鎮まらない焔——結びにかえて

佐藤優は、大城への追悼記事の中で、大城との往復書簡の計画があったこと、そして、それに関する生前の大城とのメールでのやりとりを明らかにしている。その大城からのメールには、次のように書いてあったという。

最近考えていることがあります。「沖縄問題」を膠着状態から解き放ちたいのです。政府は言うことを聞く気配がないので、そのうち沖縄人がくたびれるのではないかと思います。視野をそろそろ辺野古よりはるか遠くへ放ってみませんか。「同化と異化」と言いだして、同化一辺倒の人たちから嫌われたのが、50年前ですが、こんどは50年あとのことを考えてみたいのです。いきなり「独立」論では説得力に欠けますが、とりあえず「アイデンティティー」を築き、維持すること考えてみませんか。具体的に「言葉」の運動をどう起こすか。伝統芸能の殿堂を、今の国立劇場おきなわの国庫負担から解放するには？　農漁業を国の補助から解放するには……その他いろいろ。…（佐藤優「大城立裕先生からの宿題　我慢し闘う手法考えよう」琉球新報二〇二〇年十月三十一日）

大城のいう「政府は言うことを聞く気配がないので、そのうち沖縄人がくたびれる」「視野を辺野古よりはるか遠くへ放ってみませんか」「とりあえず『アイデンティティー』を築き、維持する」は、「普天間よ」の祖母が孫の私に言った「アメリカーとのつきあいは、そんなものだ」や「辺野古遠望」の「私」が甥の疑問に対して出した答え「そういうものだ。我慢して続ける他はない」に通ずるものがある。そこに私たちが見いだすことができるのは、現在に対して近視眼的な一瞥をくれるのではなく、遥か未来までを視界に収めんとするこの作家の泰然自若とした佇まいと、そしてそれとは裏腹に言葉の端々に垣間見せる状況に対する「怒りのような翳（カクテル・パーティー）」とが同居しているさまである。焔は老境に入った大城のなかで静かに燃えていた。それは決して鎮まることがないのだ。

「同化と異化」「土着から普遍へ」など、大城の文学や沖縄文化論において提示される世界は、鹿野政直（一九八七）がいう「アンビバレンスのままの明晰さ」を特徴としてきた。また、「戦争と文化」三部作以降の大城作品では、私が「不穏でユーモラスなアイコンたち」とよんだ、自身が紡ぐ物語に不穏な空気を醸し、その予定調和的な進行に対して不穏な動きをみせるのだがどこかユーモラスなキャラクターが数多く登場するし（武山、二〇一三）、また、最晩年の一連の私小説では、大城はかしましくも決して自ら語ることのない霊《マブイ》たちの対話によって多面的な〈私〉を紡ぎだしていった（武山、二〇二一）。その意味で、大城立裕とはまた鹿野のいう「アンビバレンスなままの明晰さ」を貫いてきた作家であるともいえよう。そして、晩年の作品群、「レールの向こう」や「あなた」のような私小説と「普天間よ」や「辺野古遠望」などの作品との対比、寛容と憤懣と。これを大城が最後まで〈大城立裕〉であったことの証とみることはできまいか。

［参考文献］

イルメラ・日地谷＝キルシュネライト、一九九二年、『私小説――自己曝露の儀式――』平凡社。

梅澤亜由美、二〇一七年、『私小説の技法――「私」語りの百年史――』勉誠出版。

梅澤亜由美・大木志門、二〇一八年、「〈私小説〉という視座」井原・梅澤他編『「私」から考える文学史』勉誠出版：五―一二頁。

岡本恵徳、一九八一年、『現代沖縄の文学と思想』沖縄タイムス社。

鹿野政直、一九八七年、『戦後沖縄の思想像』朝日新聞社。

川本三郎、二〇一八年、「九十二歳の沖縄の作家が思い出を巡る――大城立裕『あなた』――」『調査情報』五四五号　九二―九五頁。

米須興文、一九九一年、『ピロメラの歌――情報化時代における沖縄のアイデンティティー――』沖縄タイムス社。

鈴木登美、二〇〇〇年、『語られた自己――日本近代の私小説言説――』（大和和子、雲和子訳）岩波書店。

武山梅乗、二〇一三年、『不穏でユーモラスなアイコンたち』晶文社。

武山梅乗、二〇二一年、「静謐で喧々たる霊（マブイ）たちの宴――大城立裕の私小説と〈沖縄〉、輻輳する〈私〉――」『駒澤社会学研究』第57号、五一―七四頁。

〈民族〉への思考
――大城立裕の戦時体験と『朝、上海に立ちつくす』をめぐって

柳井貴士

一　はじめに

沖縄の戦後文学を牽引したのは間違いなく大城立裕（一九二五～二〇二〇年）であった。アジア太平洋戦争の終戦を上海でむかえた大城立裕は、一九四七年に熊本を経由して沖縄へ帰郷した。その当時の手記、メモ書きを見るに、上海での体験は民族という問題に深く接続するかたちでは表出されていないようだ（後述――沖縄県立図書館蔵大城立裕未発表原稿「月の夜がたり」参照）。一方で、コザ地区教育連合会脚本募集（一九四九年）に応じた戯曲「望郷」では、故郷としての沖縄を持つ〈沖縄人〉と、植民地支配下に終戦をむかえた〈朝鮮人〉の葛藤が描かれていた。小説としての出発点となる「老翁記」は、自身が述べるように私小説的であり、後に沖縄の文学環境を背負い立つことになる作家の作品としては物足りなさも感じる。いわば大城立裕は、戦後の沖縄が抱える同時代の政治的状況を鏡としながら、アップ

ロードを繰り返し、作品を作り上げていくことで充実した文学性を確保していったのだ。

一九二五年生れの大城立裕は、一九四三年、沖縄県費派遣生として東亜同文書院大学予科入学のため上海へ渡った。大城は「この学校をえらんだのは、たんに学資が助かるというだけの理由にすぎない」と述べ、また「中国語学習に苦労した」と回想している［注1］。一九四四年春に「軍米収買」に徴用され、七月には盲腸炎手術のため徴兵検査を半年ほど延期することとなった。九月に予科を修了し、学部へ入学するも、すぐに勤労動員のため第一三軍参謀部情報室蘇北機関（揚州）に勤務することとなり、中共資料の翻訳を行った。一九四五年三月二〇日、独立歩兵第一一三大隊に入営し、蘇州、丹陽、鎮江の周辺を移動しながら訓練を行った。一九四五年の年譜をみると、「八月一五日、蘇州師団本部で幹候教育はじまる。午前中教育をうけ、正午に敗戦発表」、「八月二六日、除隊、上海へ帰る」、「九月、軍需品接収のための通訳に、同文書院学生を動員。私は第一三貨物廠に配属、呉淞、馬橋倉庫に勤務、五ヵ月間。この実務体験がとりわけ中国語の勉強になった」と言う。ここに記された経験は、一学徒が戦争へと傾倒していく様子である。

大城は、沖縄をめぐる〈民族〉という問題に向き合う。それは本土／日本との「対話」から生まれた問いと回答だろう。だが、視点を広げアジアという地政から沖縄を見るとき、そこには中国や台湾という諸地域、「〈民族〉とは何か」という普遍的な問題への道筋が示される可能性もある。大城は戦時下における上海での体験をどのように言葉にしてきただろう。本論ではそのことから問うていきたい。

二　東亜同文書院大学、『朝、上海に立ちつくす』と未発表原稿

大城立裕の『朝、上海に立ちつくす──小説東亜同文書院』（以下『朝、上海に立ちつくす』）は、一九八三年五月に刊行された〔注2〕。大城が一九四三年から在学した、上海にある東亜同文書院大学での体験が本作の根底をなす。『恩讐の日本』〔注3〕の刊行準備の頃に執筆が進められ、「十余年間ぼんやり考えつづけたあげく、日本と中国の結びつきかた、さらには他国に学校を作るとはどういうことかと、しだいに普遍的なところへ思い及び」〔注4〕、「今日流に考えれば、日本の大陸侵略の手先を養成したと考えることもでき、そういう考えかたの当否について」〔注5〕執筆したと述べている。

岡本恵徳は「この作品は最初「民族」問題に無自覚であった主人公の知名が、さまざまな体験を経てやがて「民族」問題に自覚的になっていく、その形成過程を描いた」〔注6〕作品だと指摘した。大城は作品発表時点（一九八三年）の認識とは別に、戦時下当時の自分と向き合い、沖縄人であることの意味を、「大東亜」という領域の中から問うている。

ここで注目したいのは、沖縄県立図書館蔵大城立裕未発表原稿「上海物語　月の夜がたり──義豊里の人々」（以下、「月の夜がたり」）である〔注7〕。これはマス目のない用紙に手書きされた、表紙を含めて四四枚、字数にして約二万四八〇〇字の文章である。表紙には、「『河南様御家族に捧ぐ』／上海物語／月の夜がたり──義豊里の人々──／一九四七／立裕」と記されており、書出しの原稿（二枚目）には「幾分少女趣味に近いかも知れないがかうして八月にもなつて、この夕涼みの縁台にゐて、十六夜の月を眺めてゐると、いつでも思ふ」思い出が主に記述されている。

【二枚目】しかしから書出したからといつて私はたゞの暇つぶしの若いオセンチに浸つてゐるのではない。私が過ぎ去つた三年の日に、じりぐ快くも私の胸を抉つたことどもを愛情といつては大袈裟だが、親子の愛でも恋愛でも友情でもなく、それかといつて又、物値で利害関係をつながれた他人の間柄でもない、ある人と私とのほのぐと私の胸にたえず甦つてくる、冬の囲炉裏チロくと消えさうで消えがたい火のやうな印象を、そのまゝ写してみようと思ふのだ。／たゞ、昭和十八（鉛筆で「九」に訂正）年の春からのことだとはおぼえてゐるが、その他のイメーヂははつきりしない。しかし、私は時間、空間の或一瞬の裁断面の数々をそのまゝ無雑作に排列して見て、そのまゝの懐しさにひたればそれでよいのだ。

表紙に記された通り一九四七年に執筆されたのなら、この頃の大城は「戯曲」公募に応じた時期であり、このように散文として思いを連ねる文章は興味深い。

【五枚目】その初対面の日に、ホツトケーキが出たが、それで皆がハシヤイでゐたから、何となく、曰くづきの料理なのであらうとは思つたが、その後川崎からきかされて之を称してアツポ焼きといふとか、また金城さんが士官学校を出て見習士官で上海に来られた時にまた之が出たので「お得意焼か」といつてまたもや皆が活気づいたことなどもあつて、実は「アツポ」といふのは、この家の一人娘温子さんが小さい時からアツポチヤンと呼ばれて、この年一七才だが、本当かどうかは知らないが、その得意の料理だといふほどの意味らしかつた。

このように日常生活の出来事が思いのままに書き連ねられ、学徒出陣した同郷の金城先輩の死や、金城への温子嬢の秘めた思い、書院での生活、「上海南市の三菱造船所に動員」（二六枚目）、戦後の「をばさん」たちの引揚げ、自身の熊本への引揚げと沖縄への帰郷、温子嬢への長文の手紙（映画や短歌について）が順に記されていく。

本作は客観性よりも主観的感情を主として記されている点に特徴がある。『朝、上海に立ちつくす』では友人織田、朝鮮出身の金井、台湾の梁、中国人の范家族との関係、そこから浮上する自己同一性への問いが語られた。だが「月の夜がたり」では、主に自らの〈青春の記録〉が記されているようだ。登場するのも上海に住む日本人ばかりで中国、朝鮮、台湾人は現われない。民族的な葛藤という問題意識の前景化をここに見ることはできないのだ。大城が東亜同文書院在学時に経験したと思われる民族的葛藤や衝突、また軍隊での詳細な体験は省かれ、「少女趣味に近い」感傷的な体験が想起され、記録されているのである。民族問題が未分化のままの記憶が記されている印象の「月の夜がたり」は、大城の執筆の最初期の、あるいは〈小説〉家として飛躍する以前の問題意識を示唆するだろう。

大城は、『朝、上海に立ちつくす』に関して、『『蘇北機関』とよばれた陸軍の情報機関に、勤労動員で沖縄と東京、朝鮮、台湾の出身者がそろったのは、出来すぎのようだが偶然のモデルの実在する事実であり、「私の思想形成に役立っている」と述べる。そして『『お前たちは、朝鮮で日本の官憲がどんなに悪いことをしているか、知っているか』と『金井』は息巻き、絶対に独立してやる、と揚言した」と当時を振り返る［注8］。だが帰郷後の大城にとって、東亜同文書院で出会った〈他民族〉と、独立や分離といった戦後状況への距離はまだ遠く［注9］、文学的立場は未決の状態であったといえるだろう。

松下優一が指摘するように、大城は「一九五〇年代の〈沖縄文学場〉における論争（「琉大文学論争」）において、新川明の批判を受けて彼が主導する社会状況を告発する文学に対し、大城は文学的自律性を目指す立場を取」り、「政治的ラディカルさを要求する「社会主義リアリズム」とは別様な文学を確保する姿勢を示すも、芥川賞受賞により、「距離を置いたはずの政治的メッセージ」へと接続していく［注10］。大城は時代状況と自らの文学観を衝突（論争）させながら、沖縄の「意味」を積極的に見出していったといえる。

一方で、〈上海〉体験を記した「月の夜がたり」（一九四七年）からは、大城の感傷性が積極的に見いだせた。そこから『朝、上海に立ちつくす』が発表された一九八三年までの時間的距離において、基地の島沖縄を根拠としつつ、戦時下の〈民族〉の立場を図式化しながら［注11］、その葛藤を描くにいたった。したがって、「月の夜がたり」から『朝、上海に立ちつくす』との間に見いだせる飛躍、あるいは差異は、〈東京〉を代表する織田や〈台湾〉の梁勝雄と関わり、とりわけ視点人物知名雅行が〈日本人〉という所与性（後述）の問題を考えるきっかけを与えた〈朝鮮〉の金井恒明に見出せるだろう。

「月の夜がたり」において「少女趣味」的に思いのままに記された上海や東亜同文書院の記憶に、「作家的想像力」、文学的立場、アイデンティティーの問題が加味されることで〈小説〉としての『朝、上海に立ちつくす』は成立していくのである。

三 〈民族〉問題の不問化をめぐって

『朝、上海に立ちつくす』ではアイデンティティーの問題が重要となる。それは「月の夜がたり」が不問としたからこそ、大城の文学活動の輪郭と中身を強調するものとして捉え直すことが出来る問題にも思える。

視点人物知名雅行は沖縄出身であることが明示された。では知名の中の沖縄とはいかなるものなのか。「標準語」教育を受けて、日本語を話せる知名も、他者の〈まなざし〉からは自由になれない。例えば、東京出身の後輩根岸に「知名さんは、沖縄出身だから、そんなに支那語がうまいのですか」と尋ねられた際には「慌てずにごまかして」いる（三七頁）。

また中国人の「范徳全は琉球人である知名をなかば同胞だと思いたがる節があり、その点がまもなく日本の兵隊になろうとしている知名には感情的に処理しにくいことではあった〔…〕」（一七九頁）とある。「ごまかし」をし、「億劫」「処理しにくい」と考える知名は、他者が概念化する沖縄とは向き合わない。〈日本人〉である自己を根拠にして、沖縄に対して失語的になっているのだ。

知名と金井の議論の中に以下のようなやり取りがある。

「沖縄県人は独立運動をやっているか」／「僕たちには、その必要はないのだ」／「なぜ?」／「なぜって……」／知名は困った。金井が朝鮮人として沖縄の歴史をどのように理解しているかは知らないが、沖縄県民が独立ということを考えなくなってから、もう百年に近い。それどころか、中国へ来たおかげでというか、同文書院という学校に来て朝鮮人や台湾人とつきあったおかげでというか、そのよう

な話題にめぐりあったことさえ、意外なのだ。（六〇頁）

知名雅行は他者からの〈まなざし〉に敏感である。それは彼が明治大日本帝国に遅れて版図化された沖縄を抱え込みながら、〈同化〉という物語を肯定的にとらえるからである。

だが、〈日本人〉だという知名の自己認識がいかに強固であったとしても、その同一性は他者の言葉をめぐって常に揺らぐ脆弱なものでもある。したがって知名の信じようとする東亜同文書院の理念も、金井や梁という植民地出身者のアイデンティティーとの葛藤から自ずと揺らいでいくのだ。

知名と金井が議論する場面がある。知名は尾崎秀実の『現代支那論』を読んでおり、金井は大川周明『皇国二千六百年史』を読んでいた。ここで読書の理由を「日本人だからね」と述べた金井に、「しかし、僕はまだ読まない」と知名は答える。金井は「日韓併合」（一九一〇年）を経ることで、〈日本人〉であることを付与された。一方で、〈日本人〉であるからこそ大川周明の本を「まだ」読まないと述べる知名は、「琉球処分」（一八七九年）によって付与されたものを、自ずと在るものに代替することで、自分はそもそも〈日本人〉なのであると認識している。しかしここで知名は、金井との関係において〈日本人〉としての自己肯定の試みと揺らぎを体験するのである。

「日本人になりたいというのは平等を望んでいるだけだ……」／金井は知名の顔をまっすぐに見た。「民族が別物だということは、はっきりと意識している。兵隊に行くことは殺しあいに参加することだ。そうなると、朝鮮人と日本人とが殺しあうイメージは浮かんでも、この二つが一緒になって支那人を殺す

ということは考えられない」（六六〜六七頁）

兵役も徴兵延期撤廃も、当然のこととして単純に受けとめている。徴兵忌避などということは、明治時代の沖縄にあったということを昔話のように聞いてはいるが、今では思いもよらないことだ。朝鮮人から沖縄人がどう見えるかは分らないが、すくなくとも知名はそんな難しいことは考えない。（六七頁）

徴兵を〈日本人〉として受け入れる知名は、金井の「日本人だから」、「日本人になる」という被植民者としての考えを知る。「日本人になる」ことが出来なければ不平等を強いられるという被植民者、あるいは〈民族〉の差異を意識しつつも「僕は朝鮮人だ。しかし……」（六五頁）とアイデンティティーの揺らぎをもつ金井に対して、知名は自己の同一性を「難しいことを考えない」という回答とともに単純化する。

それでも知名は金井に対して、「沖縄出身だからそうであるのか、日本人一般にそうであり得るのか、よくは分らないが、なにかひどく連帯感のようなものを感じている自分を発見し」（六七頁）ていく。ここでの「連帯感」への問いは、〈日本人〉というカテゴライズに対する違和感から派生したものだ。

明治政府成立以来、「国民」という物語に参加する／させられることで沖縄人は自らが保持してきた文化・民族性を、付与された〈日本人〉という枠組みに組み替えてきた。

「月の夜がたり」では問われなかった〈日本人〉であることへの疑義は、『朝、上海に立ちつくす』の知名にとっては重要なものである。一九四七年の「月の夜がたり」と一九八三年の『朝、上海に立ちつくす』の差異とは、〈日本人〉に含まれた〈沖縄人〉の在り方への問い立ての有無なのである。その問い立ての出発点が『朝、上海に立ちつくす』には記されていく。大城立裕が企図したのは、上海での原体験から芽生えはじめた民族意識への問い立てなのである。

四　登場人物の考察——金井恒明を中心に

金井は「民族というものについて考えを固めるために中国の地と書院を選んだ」という。そして〈日本人〉である恋人（荻島多恵子）をもつ。荻島多恵子は、「福泰公司」で働く書院の先輩・荻島幾治の娘である。荻島は常に親身になって学生たちに接する兄のような存在であった。

これ以前、金井と織田（東京出身）との間で銃の暴発事件が起こり、憲兵は金井を疑い調査する。その際にも、荻島は金井に援助を試みた。だが金井はその援助を拒否する。それは銃の暴発事件を通して憲兵の眼差し（疑い）は朝鮮人である金井にのみ向けられる場に直面し、〈日本人〉でありながら〈植民地／朝鮮人〉としての自己の、政治的隔絶（差別）を目の当たりにしたからだろう。

金井が、絶望でも後悔でもないが、きびしい拘泥として抱いているものを、知名はよく分るような気がした。ただ、その分りかたをうまく説明できない。金井の恋の、壊れようとして、壊すまいとしながら、いまの瞬間どうなっていくのか、どうしなければならないのか分らない、その気持ちをこそ理解しなければならないような気がして、知名はなにかしら、ひどく追いこまれた。（六三頁）

ここからは植民地表象のズレを見いだせる［注12］。植民者としての〈日本人〉と被植民者としての〈朝鮮人〉、そこに〈植民者・男／被植民者・女〉ではなく〈植民者・女（荻島多恵子）／被植民者・男（金井）〉という性が与えられることで、「安定」した性環境が揺らいでいるのだ。新垣幸子との〈日本人〉同士の恋愛を遂行する知名は、しかし終戦の間際、「ある日本人の男」の誘いを断れないまま、ホモセクシャルな関係を持つことになり、ここでも「安定」した性環境は無化し、〈日本人〉であり、〈男〉という正当性に混乱をきたすことになる。

金井は、多恵子と距離を置き、夏休みには〈朝鮮〉に帰郷するも、戻らないという皆の予想に反して帰ってくる。その後、知名（沖縄）、織田（東京）、金井（朝鮮）、梁（台湾）は同じく「揚州機関」で働くことになる。ここで知名と金井は民族問題について会話を交わす。

> 金井は、考えを纏めるように、あるいは決意を深くするように、わずかの間をおいて、「東亜同文書院という学校は、日本のつくった宿命的な傑作だと思う」／「どういう意味だ?」／「日本と支那の固い結びつきを象徴するものでありながら、その脆さもそこに象徴的にあらわれているという気がする」（一五五頁）

「東亜同文書院」への問い立ては興味深い。知名は「もともと書院生同士に差別がな」（三四頁）く、「かずかずの寮歌にも唱われているように、欧米の侵略から中国を護る、そしてそれは日本と運命を共にするものだ、ということは正しいに違いない」（一七六頁）という考えをもっている。

軍米収買で感じた「贋」という感覚は、書院の「真」と呼応する。だが金井は、本来あるべき〈民族〉の文化や伝統の差異を含む複層性を、書院が偽造された「平等」をもって覆い、侵略に正当性を与えるものとして看破する。すると知名は、「真」が反転する場において、「贋」であり続けなければならない不安定な存在なのである。

したがって知名は、〈沖縄人〉としての自分が不問にしてきた付与的な問題——琉球処分、徴兵制、言語教育に関わらなければならない。その意味で、金井は、知名の同一性を攪乱する存在でもある。金井は知名が不問にしようとした問題を図らずも問いかける存在なのである。

大城は、戦後最初期に発表された「望郷」（舞台は熊本）においても朝鮮人を登場させている。しかし、そこでは祖国を取り戻したにも関わらず帰郷できず同胞同士で争う他者として描かれ、故郷沖縄へ帰ることが可能な「幸福」な沖縄人を対照化した。一方『朝、上海に立ちつくす』では朝鮮人金井を通して〈民族〉の問題が前景化する。

終戦後の短い会話の中「とうとう独立したね、と知名は第一声で挨拶したが、金井はそれに対して、あと一言応じて微笑しただけであった」（二八八頁）のはなぜか。金井が荻島多恵子と別れて姿を消したのはなぜか。

「朝鮮人で書院生で軍隊へ行った。これで彼が混乱しないはずはない」（二一〇頁）と荻島は述べ、「原罪」を口にする。だが「原罪」という言葉は〈日本人〉が持つべきものだったと知名は考える。金井は、朝鮮へ帰ったのか国民党、共産党のいずれかに参加したのか、行方は分からない。

金井も日本人にはなりたかったのか。そして軍隊に行ったのか。いや、軍隊には行きたくないと言っていたはずだ。では、なぜ梁のように敵前逃亡をしなかったのか。その埋めあわせのために、戦後になって逃げたのか。しかし、今更何から逃げたというのか。どこへ逃げたというのか。(二二五頁)

金井恒明がすでにその故国に突っ走って行ったのではないかという幻想が、突如として湧くことがあった。／その運命ははじめから分っていたことである筈なのに、なぜ多恵子さんを愛したか、彼女の愛を受けいれたのか。(二二六頁)

女から逃げたというのでは通俗にすぎる。では、兵隊へ行った罪の償いに女を拒否するというのか。

——知名のなかをこのような想念がはしった。(二三六頁)

知名は不在の金井をめぐって回答を模索する。知名が思考し始めた〈民族〉の問題をめぐっては、彼の抱く〈日本人〉という自明性が、金井という他者を通して疑われるきっかけを示しながら、一方で金井が不在化することで回答は遅延される。したがって、なぜ沖縄が空襲や地上戦を通して無残な戦場となったのかを問う思考は、知名の中に拡充されない。だが、その疑義への答えは知名の中に準備されなければならない。〈沖縄人〉を〈日本人〉だと単純に同定してよいのか。植民地とは何であったのか。それは東亜同文書院という教育機関に象徴的にあらわれる問題でもある。「真」と「贋」とは何が違うのか。戦後になり、范淑英の兄、景光は知名に向かって「東亜同文書院は中国の敵だ」と宣言した。その上で、中国に対する金井や知名の戦後の在り方に期待した。ここには知名にとっての「真」たる書院の否定があり、また〈民族〉性と葛藤した金井と同じ地平に立とうとする知名への期待が示されている。不在の金井の代わりに、その在り方が問われるのである。

大城立裕の作品には、作者自身の明確な答えが示されないことが多い。問い立てを行う中で、多様な言葉、意見が対立しながら止揚されていく。本作もその方法論によって構築されていただろう。

五 おわりに

『朝、上海に立ちつくす』は、金井を通して気づかされる〈民族〉問題を問いながら、不在の金井をめぐる空転に特徴が見いだせた。

本作には「書院生は加害者の立場に立たざるをえなかったとの自覚は読み取れるが、戦争そのものを否定する姿は見られない」[注13]という指摘がある。大城自身は、書院に対して竹内好が述べた「国家が侵略行為に出るとき出先機関がそれから自由であることはできない。しかし、そのために出先機関だけが侵略者よばわりされるのは不当であろう。いわんや東亜同文書院は、国家との一体化を歓迎すべくあまりに複雑な伝統を負っていた」(『日本とアジア』筑摩書房。一九九三・一一)という考えを受け入れている。

上海や東亜同文書院は、大城にとって「苦渋」でありながら「幸福」な場でもあった[注14]。作品執筆において「焙りだされた私の悔いや誇りや甘え」は「日本のそれとあるいは重なっているかも知れない」と自覚する大城にとって[注15]、本作はその加害者性の追及よりも、〈日本人〉として学んだ書院の上海体験を、〈日本人〉という付与性の揺らぎを通して表出したものだった。

作品中、戦後の『改造日報』が実施した在留邦人の意識調査をめぐり、萩島と知名は「書院出身だと思われる人のなかに、自分のこれまで持ってきた思想に反省のない人が多い」／「つまり同文書院は侵略者ではなかったという……」（二三五頁）という会話が交わされる。「侵略者」の末端であったということ、同時に書院の学生であることは「苦渋の幸福」[注16]である。大城がこのような矛盾の同居を思考し続けたことは確かである。

多くの作品で沖縄の現状や歴史を捉えてきた大城の思想。その出発点をなす〈他者〉との出会いの場は留学時代の上海であり、「東亜同文書院」であった。「青春の影絵」として書かれた本作は、一九八三年の時点から、戦中戦後の上海に「いた」大城自身を覗きこむ作品であり、そこには原体験として刻まれた「少女趣味」（「月の夜がたり」）的視点があり、強固な論理、倫理性において〈沖縄〉を腑分けできていない点を批判することは可能だろう。だがここには出発点としての上海、原体験の記録「月の夜がたり」との重なりがあり、その上海という多様な都市をめぐって思考された〈民族〉の問題への発展がある。同時に、明確な回答への到達が簡単ではないからこそ、上海に「立ちつくす」しかないのである。

［注1］　大城立裕「年譜（試案）」（『青い海』一九七八・一月号、一九〇頁）
［注2］　『朝、上海に立ちつくす――小説東亜同文書院』（講談社、一九八三・五）、また中央公論社からの文庫版（一九八八・

六）がある。本論の引用は講談社版を用いる。
［注3］大城立裕『恩讐の日本』（講談社、一九七二・五）
［注4］大城立裕「あとがき」（前掲（2）書、二六一頁）
［注5］大城立裕「中国と私」（『沖縄、晴れた日に』家の光協会、一九七七・八、三九頁、初出『琉球新報』一九七三・一・一）、またここで大城は「『日支提携』のために中国語を習い、中国に関する学問を積んでいった私が、なんとなく裏返しに見る態度を養われたとしても、無理からぬものがあった」と述べている（二二〇頁）。
［注6］岡本恵徳「文学状況の現在――『朝、上海に立ちつくす』をめぐって」（『新沖縄文学』一九八四・三、一〇七―一〇九頁）
［注7］沖縄県立図書館蔵請求記号番号「OK/93/077」
［注8］大城立裕「『他者』ということ」（大城立裕全集編集委員会編『大城立裕全集第七巻』勉誠出版、二〇〇二・六、四〇七頁）
［注9］大城は戦後早い時期に発表された「望郷」（一九四八）について、熊本闇市の「デスペレートになった青年たち」を描きながらそこに登場させた〈朝鮮人〉について、「戦後いちはやく、朝鮮半島では同胞が南北に分かれて対立をはじめていた。それを思うと、われわれ沖縄人はまだ幸せだ、という風に書いた」（大城立裕『同化と異化のはざまで』潮出版社、一九七二・六）と記している。ここに、〈朝鮮〉〈沖縄〉〈日本〉を含めた関係が示されるが問題を深く掘り下げるには至ってはいない。
［注10］松下優一「作家・大城立裕の立場決定――「文学場」の社会学の視点から」（『三田社会学』二〇一一・七、一一三頁）
［注11］鹿野政直は大城が登場人物に価値意識の人格化を割り当てるとし、「そのように演劇的効果への大城の執念は、登場人物をしばしば、作者の理念のあやつり人形然とする域にまで達している」と指摘する（「異化・同化・自立――大城立裕の

文学と思想」『戦後沖縄の思想像』朝日新聞社、一九八七・一〇)。

［注12］大城立裕「沖縄のナショナリズム」(『内なる沖縄』読売新聞社、一九七二・五)

［注13］黄頴「大城立裕『朝、上海にたちつくす』論」(『琉球アジア社会文化研究』二〇〇六・一一、二七頁)

［注14］前掲(8)書、四〇八頁

［注15］前掲(2)書、二六一頁

［注16］前掲(8)書、四〇八頁

「普天間よ」私感

仲程昌徳

1

二〇一一年六月一五日に発刊された『普天間よ』には、一九九三年の「夏草」から二〇一〇年に発表された「幻影のゆくえ」までの六作に、「書下ろし」の表題作を含め都合七編が収録されている。著者の大城立裕は、同書について「久しぶりに短編集を出すことになったが」として、続けて「出してくださる新潮社の意見もあって、雑多な題材を集めるのでなく、たまたま幾つか書いてある『戦争』でまとめることにしたのは、思いつきとはいえ、独自のものになったかと思う」と自負していた。そしてその「独自のもの」という点について「生活、遺骨、記憶にかかわる戦場である」と説明していた。

「夏草」から「幻影のゆくえ」までの六作に関しては、大城が述べている通り、「生活、遺骨、記憶にかかわる戦場」が書かれていたといっていい。しかし、書き下ろされた表題作の「普天間よ」は、少し違うのではないかと思われる。確かに、「普天間よ」にも、戦中、村人が避難した洞窟で起こった出来事が書かれていた。米軍が侵攻してきたとき、村にあった洞窟に避難していたものの中に移民地ハワイで高校を卒業し、引き揚げて来た者がいて、その英語力のおかげで避難していた全員が無事収容所に送られたという話があって、それが「今日の自慢」になっているといったのがそうである。しかしそれは、戦時期の村の動向についての一般的な説明であった。

「記憶にかかわる戦場」ということでいえば、洞窟の話が「今日の自慢」になっているということや、「普天間よ」の書き出しが、戦場と関係する出来事からはじまっているといった点が挙げられるかもしれない。しかしその戦場は、登場人物と直接関わりのあるものではなかった。他の作品が、登場人物の体験した戦争に触発されて書かれていたのとは、明らかに異なるものとなっていた。

大城は、『普天間よ』に収録した作品について、それぞれ簡単な制作動機を記していた。それによると「あれが久米大通りか」は、「生活と戦場との結びつきを考えるうちに、戦場では金銭が無化すると思いつき、それでもなおそれに執着するところはあるに違いない、という発想から」生まれたものであったとした。「首里城下町線」は、「家の近くを走っているバス路線で、これは小説の題名になりそうだと思いつきながら、いかなる物語を乗せるかが問題であったが、ある機縁で戦場の記憶を乗せることになった」としている。「窓」は、死に瀕している沖縄戦の体験者である友人を「見舞ったとき、病室の窓の外は有名な戦場であった」ことに触発されて生まれたといい、「荒磯」は、「ある日の新聞に、遺骨にかかわる名札の写真が出ていたが、これがいかにも親戚の戦死者と関わりそうだ、という疑いから親族による探索が動き、それをモデルにして」生まれたものであるという。「幻影のゆくえ」は、「戦場で幻影を見たそうな、というだけの挿話から」生まれたもので、「夏草」については、刑務所から解放された囚人たちの戦場を描いた『日の果て』からの取材中、「その取材に応じてくれた人の体験の一つ」である、としているように、明らかに、「普天間よ」以外の作品は、沖縄戦で起こった出来事に触発されて書かれたものであったことがわかる。

六作は、作者が語っているような動機になるものであるが、あらためて作品の要点を摘記しておくと、「夏草」と「幻影のゆくえ」は、前者が米軍の進撃をのがれて南下していく夫婦の物語で、後者は家族の物語であるといえた。「あれが久米大通りか」は、逆に、敵中を突破し、摩文仁から那覇に戻ったものたちの感慨を、「窓」は、妻の入院している部屋の窓からながめる風景が、なまなましいまでの戦場体験をよみがえらせたことを書いていた。「荒磯」は、収容所で亡くなった弟の遺骨の収集をめぐるものであり、「首里城下町線」は、「六十二年前の戦場での」体験を書いたものであるといったように、その一つ一つが沖縄戦と関わる出来事を書いた作品であり、沖縄戦が、それこそ眼前によみがえってくるような作品となっていた。

「普天間よ」は、六つの作品に見られた戦場体験と直接かかわるようなものではなく、また沖縄戦を発条にして書かれたものでもなかった。大城はそのことに関して、「書下ろし」の題材を「普天間」にしたのは、出版社の編集スタッフの提案によるものであり、「膨大な問題をかかえた普天間基地を短編に収めるのは冒険であったが、書下ろしでこういう形になった」と述べていた。

大城が「こういう形になった」という「普天間よ」は、では、どういう「形」になっていたのだろうか。

「普天間」といえば、一九九五年、普天間基地所属の米兵による少女暴行事件があって、それを契機に移転計画が発表されるといったことがありながら、その方針をめぐって紛糾し、混迷の度を深めていく。そして二〇〇四年八月には、沖縄国際大学構内へのヘリコプター墜落事故が発生し、再び沖縄戦かといった不安を引き起こしたが、日常的には、戦闘機の離着陸のさい発する爆音に悩まされ、日々の会話さえままならないなかでの暮らしを強いられている、といったことがある。

「普天間よ」は、そのような暴行事件、墜落事件、基地の移設計画の紛糾、そして轟音といったのが作品の重要な背景をなしている。暴行事件、墜落事件、轟音の発生は他でもなく、米軍基地が居坐っているからである。

米軍基地の誕生は、沖縄戦によるものであった。普天間基地も例外ではない。そこは、山林でも荒野でもなく、かつて村落のあったところである。占領軍は、前々から住んでいた村民を追い出して、飛行場を作ったのである。それだけに「普天間」は、暮らしの場を失った「戦争の記憶」を呼び起こす枢要な場所であったし、実際「普天間よ」の書き出しも、そのことを示唆するものとなっていた。

作品は、「戦世を凌いで、今まで生きてきた証を残したい」という祖母の「願い」から始まる。その「証」というのは、先代が、奉公先の地頭から褒美として戴いた「鼈甲の櫛」のことであり、「願い」というのは、米軍が迫ってきて避難していく際、祖母の姑がそれを「殿の山という拝所」に隠したというので、是非とも探し出したい、ということであった。そのためには基地の中に入っていかなければならないが、基地に入るためには幾つかの条件があり、祖母の願いはそのような条件にかなうものではなかった。

作品は、まさしく、出版社のスタッフが提案した「普天間」を前面に出したかたちではじまる。そしてそれは、普天間基地が誕生した経緯を知らないものに、その来歴を教示してもいたが、作品は、基地の外に追い出されて、基地と共生しなければならない一家族三世代——、「戦世を凌いで、今まで生きてきた証を残したい」と考えている祖母、「基地返還促進運動の事務所」に勤めている息子、そして「新聞社の主催する舞踊コンクール」の「優秀賞」受賞を目標に、懸命に踊りの練習に取り組んでいる孫娘、が基地に隣接している場所で一途に生きて行く姿を描いていた。

2

大城は、「普天間」を書いていくうえで、まず、「普天間」における生活空間を三つに分けていた。一つには、祖母の空間、二つには息子の空間、三つには孫の空間である。そして一の空間には、「普天間」の土俗、習俗を取り込み、二の空間には、社会活動、事件史、三の空間では、琉球芸能といった点に焦点をあて、基地がいかに理不尽であり危険であり不条理極まりないものであるかといったことを浮かびあげていく。一の空間は、大城が繰り返し多くの作品で用いて来た形を踏襲している箇所である。すなわち、拝所そしてユタといった、場所及び特殊な能力を有する者を基地と対にしていくといった方法である。そこには近代科学と古代的な心性との落差が生む、アイロニーといった大城の大切な方法の一つが駆使されていた。二は、社会運動、とりわけ基地反対運動における閉塞感を掬い上げ、現在の普天間の状況を照らし出そうとした箇所である。そして三は、普天間基地で起こったヘリコプター墜落事故の衝撃と、基地あるゆえに起こった事件事故、そして県民の怒りをとりあげるとともに、沖縄の持つ独自な底力を示そうとした場である。大城が「普天間よ」でもっとも力をこめたと思える箇所である。

「普天間よ」は、大城がいうとおり「膨大な問題をかかえた普天間基地を短編に収めるのは冒険であった」に違いない。それだけに、大城はその「冒険」として、自身が主張する「政治と文化」の問題を、盛り込もうとしたように見えるが、その試みは、これまでとは大きく異なるものになっていた。

大城が、「普天間」の状況をうまく纏めることができたのは、これまで繰り返し扱ってきた問題と無関係ではなかったし、何よりも、作品の構成を、一家族三世代が、それぞれに向き合っている問題をとりだし描き分けるといった方法をとったことにあるであろう。そして、あと一点、手慣れた文体を用いたことにあった。

大城は、その初期から、大城独自といっていい、表現方法・文体を持っていた。例えば、それは、次のように表されるものである。


1「さて……」

と、巫女が祈りを終えて開き直ると言った。「分かりましたか」

「いいえ」

祖母があっさり答えて、頭を横に振った。

私は驚いた。祖母はじつはわからなくても、錯覚で分かったように信じ込み、深く頷くだろうと、予想していたのだ。

「わからなくてもよいです……」

巫女は、祖母の答えなど相手にするほどのものではないというような反応をした。

2「まあ、そういうことだろう。突破することと忍従することは、紙一重のようなものだからな」
当たっているような、いないような気がして、なにか適当な返事ができないものかと考えをめぐらしたが、それこそこの議論を突破することができなかった。

3　祖母の願いを尤もだと、それを父は右の脳で思いながら、左の脳で否定した。左の脳は今では、日本政府への不信を託《かこ》っている。

「復帰運動も返還運動も一生懸命やっているのに、この願いを断るのか」

と、祖母は解せない顔をするが、

「そうだから、むしろ断る気になるわけさぁ」

1は、祖母と巫女との場面、2は父と娘との場面、3は父と祖母との場面に見られるもので、いずれも「予想」とは異なる事態の発生といったかたちになっている。

ここにひろった例は、作品のごくはじめの方に見られるものである。そのあとをひろっていくと、きりがないといっていいほどだが、この形は、大きくいえば、予想通りことが運ばない、というだけでなく、応答がずれ、問題があとへあとへとのびていくことを示している。そこでは何も完結することがないのである。

祖母は、姑が避難していく際隠匿した「家の誇り」である「鼈甲の櫛」を探し出したいと懸命になる。その執念が、基地へ入ることまでは可能にしたが、「鼈甲の櫛」を見つけることはできない。目的を果たすことができなかったことで、祖母につきあった娘が、「お祖母さん、悔しい?」と聞くと、「別に……」と答えたあとで「アメリカーとのつきあいは、そんなものだ」と、「家の誇り」の問題など吹っ飛んで、まるで無関係な話に転じていくのである。問題が解決しないうちに、別事に移ってしまう。

あれだけ執心していた「鼈甲の櫛」について、キツネが落ちたように、日常にもどっていく祖母の姿は、実にあっけらかんとして、見事だといっていいのだが、父の場合も、似たようなものである。

ある日、父が蒸発する。そして、父が辺野古にいることを娘の恋人である新聞記者が探し当て、二人で、父のところに出かけていく。娘は、父に、なぜ家を出たのかと聞く。父は「自分でもよくわからない」という。父が帰ってきたのを皆は喜ぶ。祖母が、歯医者に行くのに、補聴器を忘れたということで、ひとしきり、その話になっていく。補聴器をつけると、「爆音がとんでもない音で入るという」話が出たところに、「爆音」が飛び込んでくる。そして「爆音が聞こえた。父が一瞬、天井を見た。しかし、それだけであった。これから何千回か何万回か、ひょっとして生涯つきあうことになるかもしれない爆音だ。そのなかに舞い戻ったということが、口惜しいのかほっとしたのか、私は計ってみたかったが……」と、普天間から辺野古へと家出し再び「爆音」の下へと戻って来た父の行動が何をもたらしたか、娘には見当がつかない。そしてそれは、父親自体が、判然としなかったということでもあろう。

普天間から辺野古へという父の「蒸発」は、象徴的であった。「普天間」の返還が、日米両国間で合意をみたのは一九九六年である。しかしそれは、県内への基地移設と引き換えであり、その移転先が辺野古であった、ということは周知のとおりである。

ガバン・マコーマックは普天間について、「一九九六年来、日米双方は一致して普天間は返還されるべきだと認めてきた。米国内の住宅密集地に普天間のような基地があったら、市民にとって危険が大きすぎるため、はるか昔に閉鎖していたにちがいない」（「オール日本対オール沖縄　辺野古、高江、与那国」『世界』二〇一五年）という。それでも普天間は動くことなく、二〇〇四年には、米軍ヘリが、沖縄国際大学の構内に墜落するといった事件が起こるのである。事件をきっかけに「いよいよ普天間基地は動く」(『沖国大がアメリカに占領された日』「はじめに」)と思われたにもかかわらず、移転問題は二転三転し、二〇一〇年には、時の首相の「最低でも県外」という発言があって、普天間はいよいよ混迷を深めていくことになる。「普天間よ」は、そのような移転先をめぐって紛糾するさなかに書き下ろされていた。

父は、「幼少時代」を、「祖国復帰運動」が盛り上がった中で過ごす。それは「あたかも右の耳でアメリカの飛行機の爆音を聞き、左の耳で復帰運動のシュプレヒコールを聞く、という生活で」あった。それだけに『日本』に返還されたら右の耳が解放されるか、という期待もあったが、右の耳の奥の脳では、この爆音がおいそれと引き上げるはずはない、という疑いを抱いていた」のである。父の疑いは、晴れるどころか、「爆音」はますます激しくなっていくだけである。

父は一時普天間をのがれ辺野古に住むが、娘に迎えられて、再度「爆音」の轟くなかに戻ってくるのである。

祖母の「鼈甲の櫛」探索行、父の「家出」そして戻って来るといった出来事があって、一家は、元のような日常をとりもどす。「爆音」は、あいかわらず、続いている。「普天間よ」が他の作品と異なるのは、「戦場」ではなくいわゆる「普天間」問題を取り上げた物語になっているということにあった。

大城は、祖母も、父も、いずれも、基地と向き合いながら、一方は当初の問題を忘れたかのように、一方は、どっちつかずの態度で逡巡している姿を描いていた。そこには、基地撤去と言う積極的な行動に向かっていく姿勢はない。基地問題は一筋縄ではいかない、といったことを浮かびあげた形になっているが、しかし大城は、そこでとどまっていたわけではなかった。

それは、娘の場に出て来る。結末の娘の場は、これまでの大城作品にはあまりみられないものであり、「普天間よ」は、それだけに珍しいものとなっていた。

3

一家族三世代の物語は、「私」を主な語り手として、進行していくが、そのところどころで「爆音」がとどろく。「爆音」は、普天間を語っていくうえで欠かせないもので、「普天間よ」も多用していた。そしてそれはとりわけ大事な場面で轟きわたるように降って来るのである。

(1) 私に一つの案が生まれたので、それを言おうとしたとき、いつもより大きな爆音が私の言葉どころか、アイデアまでも食いちぎって去った。

(2) とたんに轟然たる爆音が岩を抱いた森の上を通過した。巫女の言葉が潰されたかと思われたが、おもいがけなく健康によみがえった。

(3) ゲートを出るまぎわに、また爆音が襲ってきた。今日の作業はその爆音に負けたというべきかも知れないが、祖母の表情は明るかった。まったく負けたとは思っていないようだ。

「爆音」は、アイデアを奪い、言葉をつぶしてしまうのではと思われるものであり、敗北感を生み出してしまいかねないものである。そしてそれは、その場の思考や感情を左右するように襲ってくるのだが、いつなんどき襲ってくるのかわからない。それだけに、前もって対応策を考えることなどできないのであり、その場その場で対応しなければならないが、作品は、その最後に次のような場面を用意していた。

とたんに爆音がテープレコーダーの歌三線を消した。ヘリコプターだ。異常に近く聞える。この上空だ。ただ、いずれ数秒で通り過ぎるから自分の踊りの情念を消すほどのことはあるまい、と念じて踊りつづけた。が、これは数秒どころではなかった。何十秒ともいわず、何分間か。ヘリコプターがこの稽古場の上空のごく近い高度で旋回しているとしか思えない。こんなことは初めてだ。テープレコーダーの回転が徒に見える。母は何の指示も出さない。コンクールの会場では、まさかこのような事故はあるまいと、ひたすら踊りつづける。

「私」が、師匠でもある母の道場で踊っていると、爆音が轟き、テープレコーダーから流れて来る音曲を消してしまう。それでも「私」は「ひたすら踊り続ける」。そして「私」は、「爆音」の中で踊り終わったとき、「音曲と手振りがみごとに合って」いたことを知る。

「よく合っていたねぇ」
母の褒め言葉に思わず涙が出た。
〈聞いたねぇ?……〉
暗い上空へこころの声を投げた。〈あなたに勝ったよ……〉

操縦士の米兵は年が幾つぐらいだろうか。妻か恋人がいるだろう。それを忘れるほど操縦に専念しているあいだに、私は恋人に熱中している女の思いを踊った。途中であなたは私の思いを奪ったかに見えるが、私は奪われなかった。

色々な読みが出来るところだろうが、文意をそのまま受け取れば、「踊り」が「爆音」に打ち勝ったということである。

先に引いた「爆音」に邪魔される用例を見てきたことで、この場面にいたってやっと留飲を下げたといえるような箇所であるが、大城の作品で、これは珍しい終りになっているといえるのではないかと思う。そこには、基地に打ち勝ったという隠喩がこめられていると、読めるからである。

4

大城は、自作について語ることの多い、作家である。それは『普天間よ』に収めた作品についてもそうであった。そこで、「普天間よ」については、雑誌社のスタッフの「提案」になるということが書かれていたが、二〇一五年になって「生きなおす沖縄　くりかえし押し返す――沖縄の覚悟と願い」(『世界』)で、次のように書いていた。

ギリシャ神話にシジフォスという男の話がある。山から岩が流れ落ちてくるのを、いくら押し返しても、くりかえし落ちつづける、という話である。この筋書きを逆転させて、いくら転がってきてもくりかえし押し返す、という神話の読み替えもあり得るかと、私は短編小説『普天間よ』（二〇一一）に書いた。沖縄の願い――覚悟である。

「普天間よ」には、確かに、その場面がある。

「私」の弟は、沖縄国際大学の学生であるが、彼は、教授がカミュの解釈とは逆に「いくら押しとどめても落ちてくるのではなく、落ちても落ちても押し上げる、という解釈を乱暴ながら大切にしたい」と語ったというのである。そのあとで、語り手は「これは、沖縄国際大学のみでなく、沖縄問題のすべてにあてはまりそうであった」と続けていた。

大城は、「普天間よ」で、これまでの通説を、読みかえた教授のいたことを書いていた。大城が、通説を読みかえたことでよく知られているのに「物呉ゆすど吾御主」というのがあった。大城は、その俚諺が、「明治このかた、かなりながいあいだ誤解されてきた」といい、「これを沖縄の事大主義だとしたのである。事大主義という日本語にまとわりついている悪徳のイメージを別にすれば、自分の生活を擁護する為政者をこそ迎えるべきだ、というリアリストの感覚があって、これはむしろよろこぶべきであろう。これを私は民主革命、放伐の精神だろうと解した」というのである。

「物呉ゆすど吾御主」に「事大主義」ではなく「民主革命、放伐の精神」を読んだように、通説を読み替えた教授の話は、物事を、単一にとらえることに疑問をいだくだけでなく、新しい解釈をすることによって、状況を動かすことができる、といった考え方を示そうとしたものであった。

大城は「普天間よ」をシジフォスの神話を読み替えることを通して「沖縄の願い――覚悟」を書いた、といえるのである。

大城の作品は、その多くが「いくら転がってきてもくりかえし押し返す」といったかたちになっていたといえる。目前の課題は、突破しても、さらなる問題があらわれてきて、その解決は先延ばしされていく。「普天間よ」の祖母の行為にしても、父の行為にしてもそうであった。

「普天間よ」は、そのように、大城の得意とする文体で、祖母や父に関する出来事は書かれていて、これまでの作品とほとんど変わることはない結構になっていた。しかし、その主意は、まったく変わったものになっていたのである。

「普天間よ」は、「落ちても落ちても押し上げる」物語ではなく「押し上げてしまった」物語になっているのである。「踊り」が「爆音」に勝った形での終わりは、そのようにしか読めないのだが、大城は、なぜこれまでの方式をかえたのだろうか。

大城が、「復帰」をひかえて混乱する状況のなかで、主張したことの一つに「沖縄問題は文化問題である」というのがあった。大城は『光源を求めて』（一九九七年七月　沖縄タイムス社）で、「沖縄は日本とアメリカとの谷間にあるようなものだ、というイメージがあった。ただ、その谷間になんとかして宝石を見つけたい、と願っていた。その潜在可能性はある、と信じていた。その諸々の情況を私は探っていたといってもよい。／「沖縄問題は文化問題である」／という発言もそこから出ている」と書いていた。

大城は、復帰をめぐって混乱する世情のなかで、「なんとかして宝石を見つけたい」と願ったというが、その「宝石」の一つを琉球舞踊に見つけたのである。

「普天間よ」は、「爆音」に左右されることなく、踊り通したといったことを書いていたが、それは、基地に、沖縄の伝統文化が打ち勝ったということだろう。基地に打ち勝つ物語が、これほどあからさまに、書かれた作品はない。それだけに、貴重なものになっているといえるのだが、大城の作品らしからぬ、結末をもった作品であった。

それもこれも、大城が、沖縄の文化伝統である沖縄の踊りにひとかたならぬ思いを抱いていたということであろう。

琉球処分をめぐる沖縄青年群像
——大城立裕『小説 琉球処分』『恩讐の日本』を中心に

関立丹

一八七二年九月十四日、日本政府は琉球から使節を呼んで、琉球王尚泰（一八四三—一九〇一年）を「琉球藩王」及び「華族」とし、琉球王国を「琉球藩」にすることを宣告した。一八七四年五月に琉球漂流難民の被害問題を解決する名目で、日本は台湾に出兵し、清国に五十万両白銀の賠償金を要求した。一八七五年三月、日本政府は琉球使節に対し、中国との冊封関係を断ち切るよう要求した。一八七九年三月、日本は「琉球処分」をし、それによって「琉球藩」は「沖縄県」となり、尚泰王は首里城を退き、東京に移住させられた。

琉球処分は琉球の長い歴史における大きな出来事であり、琉球王国はこれにより日本の一行政区画である沖縄県になってしまった。「琉球処分」という言葉は処罰の意味が強いので、よく中間的意味の「廃藩置県」や「琉球併合」［注1］と呼ばれる。

日本は琉球処分を実施したが、実際、これは漸進的な過程であり、その具体的な措置は一八七二年に遡ることができ、琉球抵抗勢力が徹底的に弱まったのは、日清戦争の終わった年の一八九五年である。

長編小説『小説　琉球処分』は、大城立裕（一九二五―二〇二〇年）の力作であり、一九五九年九月五日から一九六〇年十月二十五日まで沖縄の代表紙である「琉球新報」に連載（通算四〇二回）され、「首里交城」の前夜まで描かれた。その後、大城自身によって新聞連載小説という様式が変更され、内容も一部加筆のうえ、一九六八年一月に講談社から単行本として出版された。

本作は、日本政府が琉球の支配権を徐々に手に入れ、琉球処分を行っていく一八七二年五月から一八七九年までのこと、また、尚泰が東京に移住させられた後、日本が琉球抵抗勢力をいかに弾圧したかなどについて描いた。また、日本政府の琉球対策の実施及び琉球王国上層部の日本対応における意見の食い違いも描いている。

『小説・琉球処分』について、王府の要人たちの、いかにも沖縄的な対応のしかたを、論評されたことがない。琉球処分の不幸は、政治圧力だけでなく、沖縄内部の性格もあったことを、私はあの描写で書いたつもりだし、そこが最も小説らしいはずなのである。［注2］

この作品で、作者は琉球王国上層部の無力さを描き出している。これとは逆に、立場の異なる三人の琉球人青年を登場させた。与那原良朝は、三司官［注3］与那原親方（生没年不詳）の息子である。亀川盛棟（一八六一―一八九三年）は、元三司官亀川親方（生没年不詳）の孫であるが、亀川親方は清政府に援助を求め、琉球処分に抵抗し続けてきた頑固派（亀川派ともいう）のリーダーである。大湾朝功（生没年不詳）は、百姓の出身で、沖縄のことを裏で調査する探訪人として日本政府に協力する道を選んだ。時代の大きな変動を前に、彼らは、それぞれ違った選択をしたのである。琉球処分された琉球の窮屈さを描くだけでなく、それぞれの青年を描くことによって、大城は未来の可能性に対する考えを書き込んだ。これは本作の大きな特色だと言えよう。

一 与那原良朝――三司官の息子

作品の主人公は与那原親子であり、与那原良朝には自分を投影していると大城立裕は「著者のおぼえがき」で認めた。

主人公に誰をもってくるかが、初歩的な問題であった。高官を与那原親方にしたのは、すんなりといった。ほかに若者をおきたくて、与那原親方の四男をおいたが、この人物は置県後に役所につとめたということだけが、伝えられている。人物像についてはまったく創作であって、その思想について作者が投影していることは、容易に想像がつくだろう。[注4]

琉球王国末期、与那原親方は琉球制度の改革を極力推し進め、百姓の負担を倍加させていた手形入れ、加勢金を廃した。彼は日本語に精通し、琉球藩東京府邸での職務経験も持っている。また、使節として琉球と東京を何回も行き来し、日本側と交渉する主要責任者であった。琉球処分の前後を経験し、琉球処分から強い屈辱を感じた人物である。
良朝は与那原親方の四番目の息子であり、史料には何も記載されていないが、作者は彼に自分の考え方を反映させ、三司官の身近にいる良朝の視点から琉球情勢の変化と各方面の反応を観察した。明治政府内務省出張所の末弘直哉に出張所のために働いてくれないかと頼まれた時、良朝は、立場上、断った。

私の父は三司官です。父の個人としての思想はともあれ、藩内のまとめ役として、微妙な立場にあります。わたしはその子です。ときには父の苦しみの一半を負わねばならない立場にあります。やはりわたし個人の思想のいかんを問わず、です。そのような子が、いまわたしの周囲には、少なくありません。亀川親方の嫡孫盛棟など、そのもっともいたましい例でしょう……〔注5〕

作品の中で、与那原良朝は税収関係の取納座、異国事務を担当する異国方、摂政や三司官が政務を見る評定所、首里王府の裁判所としての平等所など、王府行政機構内において転々と勤務し、様々な角度から王国末期を観察している。彼は琉球処分前後の琉球情勢の変化を捉え、父親の焦燥と心痛を察し、租税による百姓の苦悩を実感した。また、日本の軍艦を見学した時、こっそりと身を隠し軍艦の技術の先進さを航海で体験した。さらに、旧藩王尚泰の第一夫人である松川按司（琉球王国の御印判を携帯する）が首里城を退出した際の護送役として働いた。日本の軍人、警察の乱暴な捜査を拒否し、逞しく職務を遂行した。このために、処分官である松田道之（一八三九―一八八二年）に対しても、公務執行といっても琉球にあまり圧力を加えてはならない、と歯に衣着せず抗議した。

良朝は傍観者の視点から時局を冷静に観察している。例えば、琉球処分後、松田は旧藩王尚泰に早く沖縄を離れ東京に行くように促したが、旧琉球高官は尚泰の病気が心配で、さまざまな形で延期を願っている。しかし、良朝はいつまでも延期という懇願で、民衆をなだめたり、説得したりすることは、具体的な措置ではないので、みんなを不安にさせるだけだ、と判断した。そこで良朝は父親に、まず日本に尚泰上京の日をいつに延期してもらうのかを明確にし、他方、尚泰の憂を減らし、神経症の病状を軽く収めることを考える必要がある、と提案した。また、清国に使節を派遣して請願しようと誰かが言い出した時、良朝の心理活動は以下の通りである。

――だが、かれはそれ以上の説得を試みようとはしなかった。衆の理解のありかたは微妙だと思われた。かれのいう趣旨は、衆のなかでいちおうの理解に達してはいるのである。きわめてよくわかってはいる。ただ、真実をつらぬくには冒険を必要とする。その冒険だけが、かれらにとって恐ろしいことなのだ。三ヵ月を限っての猶予期間に上様の病気をなおす、という覚悟もひとつの冒険には違いないが、これはまだなんとかなる。だが、清国との情誼をたちきることは、この上もなく恐ろしい冒険だ。かれらがそれに耐えられない気もちは、よくわかる。しかし、暴動を覚悟してまで――〔注6〕

琉球処分後、沖縄は清との冊封と進貢の関係が継続できなくなった。しかし、旧琉球藩の高官の中に、反乱を起こしても続けていこうという考えを抱いている人もいる。良朝はそれを彼らが現実を受け入れることを恐れているからだ、と判断し、大きなリスクの伴う現実的ではないやり方だと考えた。良朝は現状を把握したうえでこれからの道を探っているのである。

二　脱清人と探訪人との敵対関係

一方、良朝の親友である亀川盛棟は聡明で学問の素養があり、中国語と日本語を学び、日本のこと、西洋のことを理解しようと努めた。一八七二年に彼は良朝や大湾朝功と勉強会を設けた。そして、開明派の津波古親方に指導してもらった。現職の三司官と祖父は、同じように未来に対して何の計画もない。ただ、三司官は一八七二年に東京に行った慶賀使節のもたらした未来に楽観的な態度を取っているのに対して、亀川親方のほうは琉球の未来に慶賀使節が責任を持つべきだと強調している。日本政府がこれからどのような管理措置を取るかについて、祖父は慶賀使節に回答を求めているが、盛棟はそれが無理だと考えている。〔注7〕

盛棟の目には祖父がしょんぼりと映っている。祖父は三司官をしている頃、事務的な仕事をしさえすればよかったのである。それが祖父の長所でもある。しかし、祖父はリーダーとしての能力がなく、亀川親方の行動による危険性を、盛棟は家族として感じていた。祖父を煽動した人たちは清国の恩に報いるという口実を取っていて、それほど熱心な愛国者ではないと、彼は見ている。〔注8〕例えば、亀川派の高村親雲上は、父親の高村按司の権勢を借りて任官したが、本人は無学である。旧体制を守るために、また自分を守るために頑固党側に入ったのだ。そこで、深夜に亀川親方を訪ねようとした高村親雲上に、盛棟は厳しい言葉をかけて阻止した。

一方、亀川派の隠し持っている武器のことを探訪人に調べられると、盛棟は自分の家にはないとはっきり言っただけで、立場の気まずさを感じている。これに対して、与那原良朝は時代の流れをよく読み取れているが、祖父と同じ船に乗っている盛棟のつらさを、十分に理解している〔注9〕。一八七九年、尚泰が東京に立ってから、盛棟は脱清隊を率いて清国に脱走することにした。

いまのような境涯がおれには耐えられない。上に定見なく、下は互いにおとしめる。巷がいたずらに騒擾すれば、ヤマトの警察と鎮台兵はいよいよ傲る。かといって、いまのおれたちに何ができる。仲吉朝愛さんのように、無表情にヤマト政府に協力するということも、おれにはやれそうにない。死ぬ覚悟の行動を一度だけ、おれもおこしてみたい。きみは敗北だと言うかもしれないが、……大湾さんはいまごろ東京で何をしているのかしらないが、おれは清国まで出かけていって、向こうの胸元まで迫って、なにかをつかんでみたい……〔注10〕

これは、清国まで行って、実情を把握してみたいという、与那原良朝に漏らした盛棟の本音である。琉球処分後、沖縄内部では意見の食い違いが大きかった。探訪人である仲吉朝愛と大湾朝功は現地で日本政府に引き続き協力したり、東京の警察になったりしている。日本側は沖縄の抵抗運動への弾圧を強めた。清国が琉球を助けてくれるかどうか、盛棟は、生命の危険を冒して脱清し、答えを求めることに決めた。中国で、清国政府が西側の対応に追われて沖縄を救助する余裕がなくなったことを知り、盛棟は一八八六年に東京経由で沖縄に帰った。一八九二年に、福州琉球館に滞在している同胞を琉球に呼び戻すために再度脱清したが、一八九三年に福州で客死した。

作品の中では、与那原良朝、亀川盛棟、大湾朝功などの若者がそれぞれの道を歩んでいるが、互いに、極めて率直的に意見交換をし、絶対的な敵対関係ではなかった。時代の激動の中で、それぞれの生き方を模索し続けたのである。

三　未来への期待

大城が、第二世代の若者たちを力をこめて描いたのは、もはや明らかであろう。「小説　琉球処分」が『琉球処分』と大きく袂を分つものになっているのは、その若者群像の躍動にあるが、それを決して対立的な関係でも、同志的関係でもなく、それぞれがそれぞれの生き方を貫いていくというかたちで描いていた。それは他でもなく「琉球処分」を終焉の歴史として見るのではなく、これから新しく始まっていく時代として見ようとしたということだろう。［注11］

琉球処分という結果にとどまらず、いかに苦境を打破するかについて、大城は考えた。彼は青年群像を通して、未来に希望を寄せているのである。

時代の変遷を前にして、どう生きていくべきかは、大城作品の登場人物の課題となっている。組踊の『世替りや世替りや』（一九八二年）と『山原船』（二〇〇一年）を見てみよう。『世替りや世替りや』では、農夫の子供である亀寿は海上で遭難して脱清することができなかった。生き残った彼は、「世替わりとともに、私も生まれ変わったのです」、「日がたてば、御真人《うまんちゅ》（大衆）は誰でも望みを捨てないかぎり、アンナイカンナイして（まぁまぁよろしく）、なっていくさ」［注12］、と楽観的な態度を取っている。また、亀寿は「天は人の上に人を造らず、人の下に人を造らず」という身分差別のない未来に期待を持っている。未来に憧れるべきであり、昔の時代にとどまるべからずという作者の視点が読み取れる。『山原船』は、国王が東京に連れて行かれ、首里は日本の官吏と警察の世界となり、時代が変わったこと、脱清に失敗した阿佐地親雲上は、再び捕まることを避けるために、脱清をやめ、新たな生活様式を見つけようと決心したことなど、時代をどう生きていくべきかを描いたものである。

琉球処分を題材とした作品は、他の作家も書いている。代表的なものは沖縄作家である山里永吉（一九〇二－一九八九年）の琉球処分三部作『首里城明け渡し』（一九三〇年）、『宜湾朝保の死』（一九三二年）、『那覇四町昔気質』（一九三二年）である。他には、沖縄作家である渡久山寛三（一九一四－　）の長編小説『琉球処分　探訪人大湾朝功』（一九九〇年）、北海道出身の作家である水無月恵子（一九六二－　）の短編小説集『海の階調　琉球処分三部作』（二〇〇八年）などがある。

『小説　琉球処分』では、開化党は世界の事情をよく知り、合理的な判断を下しているが、頑固党は清国が琉球を救うことができるという幻想を抱えて考え方が非現実的である。山里永吉の三部作における感傷と絶望の基調とは異なっている。また、渡久山寛三の『琉球処分』に比べ、開化党への賛辞の比重が大きい。

水無月恵子は北海道の出身であるが、父親の沖縄への転勤にともない約二十三年間、沖縄で生活し、新沖縄文学賞の佳作賞を受賞したこともある。大城立裕の『小説　琉球処分』の影響を受け、『海の諧調』という琉球処分三部作を執筆した。「闇のかなたは」と「密告の構図」は、それぞれ一八七六年と一八七九年に琉球に派遣された日本人を中心に描かれている。人との交流が苦手だったり、心の底に傷が残っていたりする日本人二人が、それぞれ辻の芸者や魚売りの女性と恋に落ちることによって心を開き始めるといった内容である。

『小説　琉球処分』の単行本の出版は、明治維新百周年の一九六八年である。司馬遼太郎（一九二三―一九九六）は同年、長編歴史小説『坂の上の雲』（一九六八―一九七二年）を『産経新聞』に連載し始めた。明治維新後の日本の富国強兵の勃興期に、日本によって起こされた日清戦争や日露戦争を描いた作品である。日本の富国強兵、植民地拡張は明治維新後の成り行きである。司馬遼太郎は日本の立場に立っているが、大城立裕は「処分」された琉球の立場に立っている。

四　日本のなかの沖縄

大城立裕の考え方は、時代によって変わっている。『小説　琉球処分』では、青年群像の描写において、琉球の青年が人生の価値や社会の未来を真剣に考え、琉球の後継者としての印象を読者に与えた。大城立裕は本作を書きながら、これを最初の作品とし、「沖縄の運命三部作」を書く計画を立てた。四年後の一九七二年に、三部作の第二部『恩讐の日本』を完成した。この作品では、琉球処分後の沖縄が日本の差別を受けながら、風雨に揺れられるなかにさまよい出るさまを描いている。『小説　琉球処分』は「日本の前

の沖縄」であり、『恩讐の日本』は「日本のなかの沖縄」である。[注13]

『恩讐の日本』では、主に一八九三年から一九〇〇年前後の沖縄に焦点を当て、一九一〇年までのことを描いている。この作品で大城は、先に述べた三人の若者を登場させ、決して楽観視できない状況に置かれたことについて簡潔に触れた。

脱清人の亀川盛棟は、旧暦の一八九三年七月十七日、熱中症により中国の福州で客死した。与那原良朝は、友人のために一か月間喪に服し、首里官署の仕事に行っていない。それで、御真影を迎えることもできなかった。さらに頑固党との接触があることで責められた。日清戦争が始まってから、日本側は中国に依存しようとしている頑固党の行動に非常に敏感になった。当時、沖縄県に所属していた三七〇人の職員のうち沖縄出身者はわずか二十人しかいなかったが、与那原はその中の一人であった。彼の味方をした県庁職員の仲原朝愛も免職になった。

大湾朝功についての描写は比較的多い。彼は一八九三年に沖縄に戻って巡査を務めた。巡査の中で他府県出身者が圧倒的多数を占め、大湾は彼らから差別と侮辱を受けている。差別による衝突の中で、大湾は脱清人のことに同情し始め、追及され辞職し、広運社という会社に就職した。沖縄人に戻ったのだ[注14]。沖縄の利益を守ろうとしたが、会社は利益を得ることを目的としているので、大湾は再び仕事をやめた。

亀川盛棟の脱清について、大城は『小説　琉球処分』の終章で短く書いたが、十年後の作品『さらば福州琉球館』(一九八〇年『別冊文芸春秋』夏・秋号連載、一九九四年単行本出版)の中でより詳細に描いた。この作品は琉球処分後に中国の福州で生活していた琉球人を描いたが、亀川盛棟のことを「北京嘆願が空しいものに思えてならなかった」[注15]と書いている。盛棟は、一八九二年、周りの人に沖縄に帰ろうと、勧め始めた。ところが、みんなの反感を買い、喧嘩で川に突き落とされ溺死した。日清戦争前のことである。

大城の作品の中で、琉球が沖縄県になることは、逆転できないことになっている。似たような作品には、一八九七年の沖縄を描いた山城正忠（一八八四―一九四九年）の『九年母』（一九一一年）と、一八九四年から一八九六年の沖縄を描いた長堂英吉（一九三二―二〇二〇年）の『黄色軍艦』（一九九八年）がある。日清戦争で日本が戦勝国となったことに伴い、頑固党の勢力がなくなったのである。

以上のように、大城の作品には、開化党のものもいれば、頑固党のものも登場する。同じ脱清人としても、目的がさまざまである。王国の存続のためや自分の社会的地位を保つため、または兵役を逃れるためである。

琉球処分後、脱清人と久米村の中国人の後裔は軽蔑され始めた。脱清人については次の研究がある。

琉球国併合への抵抗運動に対する第三者的な本格的研究が進まないまま、取り締まる側だった日本が救国運動に対して与えた負の評価がそのまま定着していた。積極的な理解へ近づく契機となる研究の進展は一九七〇年代からである。沖縄の「日本復帰」が現実的な課題となり、帰属問題の前例である「琉球国併合」に関心が集まるようになり、研究が蓄積されていった。［注16］

琉球処分後の救国運動の本格的な研究が始まったのは一九七〇年代で、当時の歴史上の琉球処分が帰属問題の一例であることとして注目されるようになったと言われている。大城の創作において、頑固党、脱清人へ批判の目線が濃いようである。

『小説　琉球処分』の与那原良朝と同様に、『恩讐の日本』でも、医師である沖縄人の上江洲清紀が、冷徹な目線で沖縄の現状と未来を見つめている。彼には大城立裕の視線が感じられる。「廃藩置県も県民の進歩、発展に確かに寄与したと、いえるだろうか」[注17]と上江洲清紀は伊波普猷（一八七六―一九四七年、沖縄学の父）に問いかけている。

『恩讐の日本』は、百姓出身の青年である仲村渠仁王を主人公に「ヤマト人」になろうとして挫折した軌跡を描く[注18]かたわら、伊波普猷の若き日の成長、大田朝敷（一八六五―一九三八年）の『琉球新報』での活躍、県庁高等官である謝花昇（一八六五―一九〇八年）の民主運動に向かっていく過程を、描いている。仁王は、鹿児島出身の川俣志摩子と愛し合って結婚したが、子供に死なれ離婚してしまう。沖縄と日本とはなかなかうまく溶け合えないことが象徴的に表現されている。一方、仁王からは日本の同化教育、徴兵制が沖縄で強く推し進められたことが読み取れる。

五　歴史と現実のはざまで

『恩讐の日本』の創作動機について、評論家である鹿野政直は、「復帰前夜という時点で、そうした体験の総体を書きこむことによって、沖縄人と本土人の双方に、歴史への記憶を新たにするように呼びかけたのだ」[注19]と分析している。

『小説　琉球処分』の創作及び完成期は、ちょうど沖縄の「復帰運動」の盛んだった時期である。単行本が発売されてから、この作品は注目されるようになった。また一九七二年四月に、新装版『小説　琉球処分』が講談社から出版され、その一か月後に沖縄が復帰した。

連載中に友人のひとりから言われた。「処分とはおだやかでないね」と。この言葉には、沖縄人のおだやかさが見えるが、「祖国復帰」運動がまさに活火山として燃え盛っていた時点で、未来の見えない純情な意見であったといえよう。私も「処分」を潜在意識で自覚していたにすぎない。［注20］

創作しながら、「祖国復帰」に対しては、再度の「琉球処分」であるという不安があったと言えよう。「復帰は『第三の琉球処分』という言葉もありますが、私は、復帰を『琉球処分の完成』とみています。こんどの返還協定およびその成立過程（住民無視）は、沖縄を軍事的植民地としてのみ認める明治以来の大政策を完結させる意図のように思われます」［注21］と大城は手紙に書いている。

復帰に疑問を持ちながら、「やはり日本復帰しなければなるまい、と私が考えるようになったのは、人権問題をめぐってのことからである」［注22］と大城は、復帰を通じ、アメリカ施政によって難題になっている沖縄の人権問題が解決するように願っている。

開化党にたいしても頑固党にたいしても平等に目配りが利くことにしたのには、戦後の「祖国復帰」運動を見てきた作者の目配りが影をおとしている。［注23］

作家の創作は時代と切り離せない。時代の激動の中で、大城立裕は歴史題材の形で『小説　琉球処分』や『恩讐の日本』に立場の異なる若者を登場させ、彼らの境遇を描き出した。まさに琉球処分後の沖縄人の縮図である。大城は作品を通し、傍観者の視点から沖縄の歴史を振り返り、沖縄の現在、未来を見つめている。

［注1］　波平恒男：『近代東アジア史のなかの琉球併合』、東京：岩波書店二〇一五年版。
［注2］　大城立裕：『沖縄、晴れた日に――ある転形期の思想』東京：家の光協会一九七七年版、一五九頁。
［注3］　三司官：琉球王国の官職名。摂政に次ぐ地位で、定員は三名である。合議で国務を務め、行政を指揮した。
［注4］　大城立裕：『大城立裕全集』第一巻　小説　琉球処分。東京：勉誠出版二〇〇二年版、四二七頁。
［注5］　大城立裕：『小説　琉球処分』東京：講談社一九七二年版、四七三―四七四頁。
［注6］　大城立裕：『小説　琉球処分』東京：講談社一九七二年版、五三九頁。
［注7］　大城立裕：『小説　琉球処分』東京：講談社一九七二年版、六八頁。
［注8］　大城立裕：『小説　琉球処分』東京：講談社一九七二年版、二八七―二八八頁。
［注9］　大城立裕：『小説　琉球処分』東京：講談社一九七二年版、五七五頁。
［注10］　大城立裕：『小説　琉球処分』東京：講談社一九七二年版、五九二頁。
［注11］　仲程昌徳：解説、『大城立裕全集』第一巻　小説　琉球処分、東京：勉誠出版二〇〇二年版、四四三頁。
［注12］　大城立裕：『大城立裕全集』第一一巻　戯曲・ノンフィクション、東京：勉誠出版二〇〇二年版、四六頁。

［注13］大城立裕：『小説　琉球処分』後記、東京：講談社一九七二年版、六〇四頁。
［注14］大城立裕：『大城立裕全集』第二巻 恩讐の日本、東京：勉誠出版二〇〇二年版、三二七頁。
［注15］大城立裕：『さらば　福州琉球館』東京：朝日新聞社一九九四年版、一〇一頁。
［注16］後田多敦『琉球救国運動――抗日の思想と行動』那覇：出版舎 Mugen 二〇一〇年版、二六頁。
［注17］大城立裕：『大城立裕全集』第二巻 恩讐の日本、東京：勉誠出版二〇〇二年版、五四五頁。
［注18］武山梅乗：『不穏でユーモラスなアイコンたち――大城立裕の文学と〈沖縄〉』株式会社晶文社二〇一三年版、三四頁。
［注19］鹿野政直：『沖縄の戦後思想を考える』、東京：岩波書店二〇一三年版、六七頁。
［注20］大城立裕：『大城立裕全集』第一巻　小説　琉球処分、東京：勉誠出版二〇〇二年版、四二八頁。
［注21］大城立裕：『同化と異化のはざまで』東京：潮出版社一九七二年版、一九五―一九六頁。
［注22］大城立裕：『同化と異化のはざまで』東京：潮出版社一九七二年版、一八七頁。
［注23］「著者のおぼえがき」，大城立裕：『大城立裕全集』第一巻　小説　琉球処分、東京：勉誠出版二〇〇二年版、四二七頁。

選考委員としての大城立裕
――大城立裕は「文学」に何を求めたか

小嶋洋輔

一

大城立裕に関する研究はこれから始まる。作家の死から一年が経過し、このポジティブな提言から論を開始したい。

論者はこれまで、戦後文壇に登場し、その後長きにわたって文壇の中央に君臨した「第三の新人」らを研究してきた。そして「第三の新人」として括られる作家のなかでも安岡章太郎、吉行淳之介、遠藤周作といった作家は、拡大するメディア空間に対応し、その場その場で「最適の振る舞い」を行ってきた。すなわち、文芸誌や総合誌ではそれに見合った作品・コメントを残し、週刊誌や娯楽誌、そして劇場、映画やテレビ、ラジオでもそれに見合った作品・コメントを残すといったかたちである。とくに遠藤周作などは、発言の場で自作について詳細な「解説」を行うことが多い。おそらく、大城立裕は「沖縄」におけるそのような存在として位置づけることができるのではないだろうか［注1］。

　このような作家たちを研究する際には、作家という存在に収斂して考えるのではなく、相対化してみようという意識が重要である。作家を現象として捉えるといいかえてもよい。大城立裕という存在が戦後日本、戦後沖縄という空間の中でどのような「場」に存在し、どのような「場」を形成したか、そのひとつひとつを解きほぐしてゆくような研究が重要なのである。そうした「場」から各作品は生れるわけで、各作品をそうした「場」に差し戻す必要も感じている。

　そこで本論では、文学賞選考委員としての大城立裕について見てゆきたい。大城立裕は「沖縄文学三賞」と呼ばれる「九州芸術祭文学賞」の「沖縄地区」、「琉球新報短編小説賞」、「新沖縄文学賞」のすべてで、それぞれの第一回から長く選考委員を務めてきた。まずこの事実から沖縄で小説を書こうとすれば、大城立裕が大きな「壁」として存在したということがいえる。極言をおそれずにいえば、大城立裕の存在が「三賞」成立後（一九七〇年代以降）の「沖縄の文学」の形成に影響を与えていたともいえる。また、それぞれの賞は、大城が他の選考委員と議論して選出されるもので、残されている「選評」にはその痕跡をうかがうことができる。そこには、大城が小説を書く際に「軸」としたものが露骨なまでにあらわれている。そうした言説分析の一端の紹介が本論の主眼となる。

　さて「三賞」について、大城貞俊『多様性と再生力――沖縄戦後小説の現在と可能性』（コールサック社二〇二一）の言説を引用することで、あらためて定義し直しておくことにしよう。

　沖縄で注目される文学賞で、長い歴史をもち、かつ中央の文学界で活躍する登竜門としての役割を担ってきた文学賞は三つある。私はこの三賞を「沖縄文学三賞」と名付けているのだが、一つは1970年に開設された九州文化協会主催の「九州芸術祭文学賞」である。他の二つは地元新聞社が主催する賞で、一つは1975年に開設された「新沖縄文学賞」、他の一つは1973年に開設された「琉球新報短編小説賞」である。／大城立裕は、この三賞の選考委員としていずれも発足当初から関わり、約30年続けてきた。（一八五）

大城貞俊がここで指摘するように、大城立裕は「三賞」の創設から関わり、そのすべての選考委員を二〇世紀の間、務めたといえる。その詳細について箇条書きのようになるが、他選考委員の紹介も含め、あげてゆきたいと思う。

○「九州芸術祭文学賞（沖縄地区）」
※大城は第一回から第三〇回まで（一九七〇年度～一九九九年度）選考委員を務める。
※※一、二＝大城立裕・米須興文・宮城聰
三～一〇＝大城立裕・岡本恵徳・宮城聰
一〇～三〇＝大城立裕・岡本恵徳・仲程昌徳

○「琉球新報短編小説賞」
※大城は第一回から第三六回まで（一九七三年度～二〇〇八年度）選考委員を務める。

※※一＝大城立裕・長嶺一郎・安岡章太郎
二＝大城立裕・霜多正次・安岡章太郎
三〜一〇＝大城立裕・霜多正次・永井龍男
一一〜一四＝大城立裕・霜多正次・安岡章太郎
一五＝大城立裕・霜多正次・日野啓三
一六＝大城立裕・日野啓三
一七〜二〇＝大城立裕・立松和平・日野啓三
二一＝大城立裕・日野啓三
二二〜二九＝大城立裕・辻原登・日野啓三
三〇＝大城立裕・辻原登
三一〜三三＝大城立裕・辻原登・又吉栄喜
三四〜三六＝大城立裕・又吉栄喜・湯川豊

○「新沖縄文学賞」選考委員
※大城は第一回から第三四回まで（一九七五年度〜二〇〇八年度）選考委員を務める。
※※一〜一二＝大城立裕・島尾敏雄・牧港篤三
一三〜一七＝大城立裕・河野多恵子・牧港篤三
一八＝大城立裕・三枝和子・牧港篤三

一九〜二六＝大城立裕・岡本恵徳・三枝和子
二七〜三一＝大城立裕・岡本恵徳・中沢けい
三二＝大城立裕・中沢けい
三三〜三四＝大城立裕・中沢けい・山里勝己

一見して明らかなのは、大城が約三十年の長きにわたり、各賞の選考委員の中心として存在していたということである。これは先述したとおり、沖縄の新人作家にとって大城が「壁」であったことを端的に明示している。現在「沖縄の文学」を代表する又吉栄喜、目取真俊、崎山多美なども、新人作家として大城立裕に選考されてきた。目取真は、第二七回「九州芸術祭文学賞」を「水滴」で受賞し、それが第一一七回芥川賞受賞につながるわけだが、その最初の「壁」として沖縄地区選考委員の大城は存在していたということができる。

また、とくに「琉球新報短編小説賞」、「新沖縄文学賞」の選考委員としては、大城がいわゆる「沖縄」を代表するかたちで、「中央」の有名作家と相対しているという構図も見て取れる。「琉球新報短編小説賞」では、安岡章太郎のほか永井龍男、日野啓三とともに選考委員を大城は務めている。この三人の作家は芥川賞の選考を長きにわたって務めた日本を代表する作家である。日野のあとを受けるかたちで選考委員となった辻原登も芥川賞を受賞した作家である。「新沖縄文学賞」でも同様に、中央で高く評価された作家たち、島尾敏雄、河野多恵子、三枝和子、中沢けいとともに選考を行ってきた［注2］。

二

本論では、「三賞」のうちで、とくに「新沖縄文学賞」の選考委員としての大城立裕に焦点を当てて論じてゆきたい。「新沖縄文学賞」は、各選考委員による毎回一五〇〇字を超える詳細な選評が、第一八回まで『新沖縄文学』に掲載され、以降も第三一回までは『沖縄文芸年鑑』に掲載されてきたということが、今回主たる対象とする要因である。また、「新沖縄文学賞」には大城立裕による総括的な評論が区切りのたびに行われてきたということもある［注3］。

「新沖縄文学賞」創設の際に、選考委員となる大城立裕、島尾敏雄、牧港篤三による鼎談が行われた。その様子が「【鼎談】沖縄で何を書くか——「新沖縄文学賞」設定にあたって」として、一九七五年四月発行の『新沖縄文学』第二八号に掲載されている。その翌号、一九七五年七月の第二九号には予選の結果が発表され、同年一一月発行の第三〇号で第一回「新沖縄文学賞」が決定発表された。この鼎談はまさしくその年の夏に行われる選考会のリハーサルとでもいうべきものであり、選考委員たちが何を「規準」に選考するかを多く語ったものとなっている。

なかでもここで大城が述べていることは、その後の選評でも大城が繰り返し語る内容である。そしてその内容は大きく二分できる。すなわち「沖縄の特殊性の問題」、そして作品で用いられる「言葉の問題」である。

「沖縄の特殊性の問題」とは、この鼎談での大城の以下のような発言から、その内容が理解できる。

沖縄の若い書き手たちの書くものが、いずれもその背後に沖縄の重みというものをつまり沖縄に生きることの重みというものをかかえているような感じがしますね。安岡章太郎氏もそのような発言をしていましたけど、いわゆる「沖縄の人たちは書くことが多過ぎて何をどう書いていいのかわからないじゃないか」とね。これは一面の真理を突いていると思いますね。（一一七）

沖縄で沖縄を書こうとする際、「背後に沖縄の重み」、「沖縄に生きることの重み」を抱えすぎてしまい、新人作家たちは苦悩しているのではないか、と大城は語っている。さらに「沖縄の現象的な特殊性にこだわってしまって、その奥底にある人間というものまで〝根〟が及ばなければ、これまでのようにふりまわされてチヤランポランになってしまう、とね」と述べる。これに対し島尾敏雄は、「沖縄の特殊性」「沖縄の重さ」を小説の前に意識し過ぎると「マズイ」と述べているが、ここで大城、島尾の両者が示す理想的な「沖縄の文学」の「像」は、二一世紀の今なお求められているものといえる。

島尾はそれを「ひとつの方法として、沖縄のいろんなそういう現実を確かな目で視つめていて、そして知らんふりして沖縄でもどこでもないといった顔つきで書く、ということがいいんじゃないかと思いますね」と表現している。これは大城の次のような言説と並べることでより理解しやすくなる。

ひとつの考え方としては、考える順序が逆じゃないかという気がする。つまり、沖縄的な物の重みということをまず考えてそこへいくのが一般の流行だけれども、そうではなくて、人間を書こうとしたら、そこへおのずから沖縄の人間が出てくるということが正しい手続きじゃないか、という気がしますね。（一一八）

つまり、「沖縄の特殊性」といったものを先に据えて小説を書くのではなく、沖縄に生きる人間を描きき ろうとすればそこに自ずと「沖縄の特殊性」が描出されているはずだというのである。この両作家の理想を新人作家たちは問い続け、それぞれの答えを出しつつ、「復帰」以降の「沖縄の文学」は書かれてきたように思う。

そして大城は「新沖縄文学賞」の選考においてこの「規準」を毎回確実に意識していた。たとえば、一九七九年一月発刊の『新沖縄文学』第四〇号に掲載された第四回の選評「作品の独自世界を」に次のような言説がある。これは、文学の新人賞の「評価の規準」として「作品世界の完成度」、「作者の才能の個性」、「作者の才能の将来性」をあげた大城が、「作品世界の完成度」について詳述するものである。

作品世界の完成度ということは、例えば特殊性と普遍性ということをも含んでいて、沖縄ローカルの知識によりかからずに独自世界の表現に成功しているかどうか、ということもこれに属する。厳密にいうとその評価は難しいことで、程度問題ということはあるが、こんどの候補作四篇のうち、「逃亡者」「さざめく病葉たちの夏」の二篇は、どうしても私にこの難点を感じさせた。つまり、沖縄の戦後状況という既成の常識にあまりにもよりかかりすぎていて、作品世界をつくる姿勢が安易だという印象を拭いがたい。(二一一)

これもまた先の鼎談の際の言葉を借りれば、「沖縄の人間」が書かれず、類型的な「既成の常識」的な

「沖縄の特殊性」が書かれたのみということになるだろうか。さらに一九八三年一二月発刊の『新沖縄文学』第五八号の第九回選評「テーマ意識をつよく」は、島尾が欠席した会ということもあり、大城に課せられた選評の文字数が多く、この「規準」について詳述しているようにみえる。

小説にはテーマがなければならず、そのテーマとはつまり、前述の総合的、抽象的なイメージ（作家の人生の体験を受けて強く印象づけられたもの――引用者補足）がかたちづくるものなのだが、その創造にはよほどの計算された思考を必要とする。／その思考とは、体験した素材をそのままに書くか、あるいは捨てるか、ほかの素材とあわせて一つの新しい素材を創作するか、それとも、まったく新しい素材を想像で補うか、要するにテーマの表現に適するように、素材を組みなおす作業である。それをへていない作品は、まだ小説以前といってよい。（二〇〇）

ここで大城は、先に述べていた描くべき「人間」の背景にある小説家自身の体験＝「素材」の扱い方を問題にする。「素材」をどのように小説として編集し直すかが「テーマ」にとって重要であり、「テーマ」がなければ小説ではないというのである。先の選評における大城の言説と連接させるならば、「人間」を形成する「素材」をどのように編集し、「沖縄の特殊性」も含んだ「テーマ」を浮び上がらせるか。これが「沖縄の文学」にとって重要だと書いているのである。

そしてこの「素材」、小説家の実体験をただリアルに写すだけでは小説にならないことも大城は指摘している。一九九四年一二月発刊の『沖縄文芸年鑑』に掲載された第二〇回選評「重点と無駄」にある、受賞作「最後の夏」を評した次のような言葉はその好例である。

ほとんど実体験だと思われるが、実体験を小説にする場合に陥りがちな穴から免れている。その穴とは「知っていることをすべて書く。そしてテーマが曖昧になる」ということである。この作者は筆のコントロールが利いていて、省略すべきところと、筆をつくすべきところの区別をわきまえている。（九九）

沖縄に生きた人間の実体験、すなわち「素材」を精緻に写すだけでは小説にならない。その「素材」を組みなおすことで、小説内で「沖縄の人間」は生きた存在となり、「テーマ」が浮び上がる。この理想を大城は自作も含めた「沖縄の文学」に求め続けたということができる。

それは「沖縄の特殊性」のあらわれ方が時代によって移り変わっても、変わることがない。一九九九年、第二五回にかかる選評「二種の「沖縄」小説」（『沖縄文芸年鑑一九九九』一九九九・一〇）で大城が俎上にあげる、「『沖縄』を小説にする場合に、つい安易な表現にのせてしまいがちな」「二種の顕著な題材」への指摘を見ればそれが理解される。その題材のひとつは「沖縄の霊感世界」だと大城は述べる。これは、又吉栄喜「豚の報い」、目取真俊「水滴」の芥川賞受賞が投稿作品に影響を与えた結果であろう。大城は「沖縄の霊感世界」に「安易な姿勢で手をつけると説明に堕してしまう」と述べる。不可思議な現実をリアルなものとして、それを知らない読者に提示することは難しい。「相当にフィクションの操作が要る」とも大城は述べる。そして、もう一つの題材として大城があげるのが、「本土から沖縄を（あるいは沖縄から本土を）見てのカルチャーショック」である。これもまた翌年に「沖縄サミット」を控えた「沖縄の特殊性」が影響を与えた題材といえよう。こうした新しい題材についても大城は、「もっと実体験を濾過して、テーマを昇華させなければ、陳腐な題材にとどまる」と、約四半世紀前に自身が打ち出した「規準」で評価しているのである。

そしてこの「規準」で大城が最も評価した『新沖縄文学賞』受賞作といえるのが、一九八二年第一五回入賞作、徳田友子「新城マツの天使」である。これへの選評「希有の味わい」（『新沖縄文学』第八二号、一九八九・一二）で大城は、「実体験をモデルにするときほど、いっそうフィクショナルな想像力を働かせる必要がある」と最後の一文で強調しており、この「新城マツの天使」がそれに応えた作品であることがわかる。さらに大城は次のような言葉でこの作品を評価している。

沖縄のアンマー（というよりオバー）の生きざまを通じて、変わった沖縄と変わらない沖縄が、渾然とよく融けあったかたちで書かれている。（中略）／全編に流れているのは明るい悲しみである。これは、たとえば深沢七郎にもあるものだが、かれが悲しみを主体にしているのにたいして、これは明るさを主体にしている。これは沖縄だと思う。（一六四）

この激賞といっても差し支えない評価のことばに、解釈は必要ないように思う。本作自体への言及は別稿に譲ることになるが、本作に関しては河野多恵子、牧港篤三の二人もほぼ同種の内容で激賞していることを付言しておきたい。

三

大城立裕が選考の「規準」としたもう一つの問題、それが作品で用いられる「言葉の問題」である。先に見た「【鼎談】沖縄で何を書くか──「新沖縄文学賞」設定にあたって」では、この問題を大城は次のように語っている。

何でもかんでもウチナーグチで書けば文学になり得るんだということでね、ウチナーグチを客観視していないわけですよ。ウチナーグチに〝淫〟してしまって、何というか……ひとつのナルシシズムのひどいものでしてね。（一二一）

この発言の前には「東峰夫の小説から悪く影響を受けたものと思いますけどね」と語っていることから、一九七一年度下半期に東峰夫が「オキナワの少年」で芥川賞を受賞したことで沖縄の新人作家たちのなかに、小説に方言を使用する流行があったことがわかる。その流行を大城は「ウチナーグチを客観視していない」ものだと断じているのである。「ウチナーグチを客観視」するというのは、「東峰夫にしたって私にしたってナマのまま、テープレコーダーをそのまま移したようなウチナーグチをやっていない」、「われわれがウチナーグチで生活するときには、その表現の中にヤマトグチではどうしても翻訳できないものがある」という大城の発言によって、その内実をより理解できるかと思う。これは沖縄という舞台を、日本語で書かれ日本語を母語とする読者に読まれる日本語文学化する場合、共通日本語に「翻訳」せずにウチナーグチを使用すべき場面がある、ということである。そしてそれを見極めること、そして適切に用いることが小説家の仕事だというのである。

この「規準」を用いて、大城が第一回の選考を行ったことは、その選評「ドングリの背くらべ」(『新沖縄文学』第三〇号、一九七五・一二)を見ればすぐにわかる。

私が最も気にいらないのは、その方言である。小説に方言を用いるのは、発想の源に沖縄口があって、どうしてもそれを使わなければ雰囲気が出せないからである。そこでウチナー・ヤマトグチも出る。ところがこの作品(平山しげる「じーふぁ」——引用者補足)に使われた方言は、逆にヤマト・ウチナーグチである。つまり発想の源はヤマトグチであって、方言を書く必要性がない。とくに老婆がヤマト・ウチナー口《ママ》をしゃべると、嘘になってしまって、感興をそぐことはなはだしい。(二二六)

ここで大城は、小説に登場する人物が語るべき言葉で語ることの重要性を指摘している。またいえば「発想の源」すなわち小説の核の部分に方言があるのならば、それを写す際おのずと「方言」が出るはずだが、そうではなくテクニックとして「方言」を用いることは問題であると大城は考えている、ともいえようか。

この「規準」について、指摘の方向性を変えて示したのが、第三回の選評「厳密な方言意識を」(『新沖縄文学』第三七号、一九七七・一二)で、佳作となった庭鴨野「村雨」に与えた評だといえる[注4]。

「村雨」(庭鴨野)は、基地周辺の街のハーニーたちの生活の哀歓を描いたもので、観念をぬきにした生活描写に徹したということで、随一の存在。島尾さんなどは、これを高く評価した。しかし、私はやはりその方言会話をナマのままに書いたところが、気にいらない。このことについては別のところでもたびたび書いているから、くわしい議論を省く。ただ一言、方言会話をナマのままで書くことは、標準語会話以上に厳密な方言意識をもたなければならないことだけを、指摘しておきたい。(二〇一一―二〇二)

つまり大城は、日本語文学においては、方言での会話は逆に浮き上がってみえる箇所になるはずであり、そこでは「標準語会話以上に厳密な方言意識」が必要だというのである[注5]。この言説はこれまでのものと少し異なっている。この言説からわかるのは、小説内の場面にそって正しい「ウチナーグチ」、「方言」があり、そのチェックを大城が行っているということである。その側面においても大城という存在が新人作家たちの「壁」となっていたことを示している。

「言葉の問題」への言及ではないが、大城が「正しい」沖縄を守る「壁」としてあったことを示すのが、第一七回の選評「テーマに見合う技術」(『新沖縄文学』第九〇号、一九九一・一二)で、佳作となったうらしま黎「闇のかなたへ」に対して行った評である。これは先の「沖縄の特殊性の問題」という「規準」とも関わる評といえる。

特記したい欠陥で、都会生活のなかでの望郷の念をあらわす象徴として鈴の音が幻聴になって聞こえるのが気になる。それを伏線として後にも出して盛り上げた計算は窺えるが、「鈴」というのは琉球弧の

民俗にないので、嘘っぽくてしらけるのである。比喩や象徴を出すのは、視点を担っている登場人物の
性格や生活背景に従うべきだ。（一四八）

ここで大城が述べているのは、沖縄を舞台とするならば、それが誤った沖縄であってはならないということかと思う。当然その沖縄には言葉や民俗が含まれ、その正しさを保証するのも、沖縄の小説家の仕事だという認識を大城は持っていたといえる。

さて、この「言葉の問題」という「規準」で大城が最も評価した受賞作は、第二八回「新沖縄文学賞」受賞作、金城真悠「千年蒼茫」といえる。その選評「題名の重み」（『沖縄文芸年鑑二〇二〇』二〇〇三・一）で大城は、本作について次のように評している。

方言のかたちはないが、ヤマトグチ会話にウチナーグチのニュアンスを感じさせる。／〈「アリ。天もいいよ」／ミトは言った。久しぶりに仰ぐ空はどこまでも限りない青さを湛えている。／「上等な日だ」／ミトが呟くと店員も頷いた〉／小説のなかでのウチナーグチ表現が沖縄文学の宿題だが、ここにもひとつの貴重な実験が出された

ヤマカッコの部分は「千年蒼茫」の本文引用であるが、大城が選評のなかで作品本文を引用することはめずらしい。大城の選評の言説を用いてまとめ直すならば、小説において「ウチナーグチ」の表現をどのように行うかではなく、「発想の源」を重視することで、ヤマトグチの会話の描写であってもそこに「ウチナーグ

チのニュアンス」を表現することは可能だということである。またいえば、描くべき「沖縄の人間」が描けていれば、その「人間」が発する言葉には、自然に沖縄の今が刻印されるということであろう。そうした作品を大城は求め続けていたのである。

四

以上、「新沖縄文学賞」を中心に選考委員としての大城立裕について論じてきた。そこにあったのは、一貫した「規準」である。それは「沖縄の特殊性の問題」と「言葉の問題」に二分できたが、この二種の「規準」に通底していたのは、「人間」を描くことを重視する大城の小説観といえる。沖縄に生きる「人間」が描けていれば、その「人間」の背景として特殊な沖縄はリアルに立ちあらわれてくるだろう。また、その「人間」が発する言葉も、「人間」が生きて描けていれば、自ずと確定する。こうした「規準」でもって大城は、一九七〇年代以降の沖縄の文学を志すものたちの「壁」となったのである。

最後に「レールの向こう」について述べ、選考委員としての大城立裕という現象を研究する展望としたい。二〇一四年の『新潮』一二月号に掲載されたこの短篇は、二〇一五年第四一回川端康成賞を受賞した「私小説」である［注6］。沖縄の老作家「私」が、脳梗塞に倒れた妻に「お前」と呼びかけるかたちで、その入院リハビリの様子を淡々と写す小説といえる。その変化した日常のなか、唐突に「私」はさまざまな記憶を思い出してゆく。その記憶のひとつとして描かれるのが、選考委員としての「私」の記憶である。「私」は「真謝志津夫の一連の船舶小説」を選考してきたこと、真謝のヨットに乗せてもらったことを回想する。この真謝との記憶は、その追悼文の依頼が妻の入院と重なったこともあり、本作において重要な位置を占めている。それは巻末の「レールをはさんで真謝の霊とお前の霊が、私の思いを介して慰めあい、それがお前の快癒を願うものになるかもしれない、と期待した」という表現からわかる。

この真謝志津夫のモデルは、真久田正である。「地元新聞社の主催する文学賞」とは「新沖縄文学賞」のことで、真久田の小説は六度候補作となった。その六度目である二〇〇一年、「鱗（ざん）」で第二七回「新沖縄文学賞」を受賞している。この「鱗（ざん）」を「レールの向こう」では「ジュゴンの海」としている。

「私」の真謝に対する回想は、選考委員である「私」を中心にどのような「場」が形成されていたかを推しはかることのできるものとなっている。「私」は「ある出版祝賀会」で真謝を相手にその小説に対する助言を与えている。また真謝の招待でボートに乗った際には、「私」は神話的な西表の漁の様子を語り、それを真謝が題材とし結果受賞につながったと書いている。

虚構の小説世界のなかの選考委員としての大城立裕をどのように読み解くか。本論で明らかにした、選考委員としての大城の「規準」を足がかりにして論じる必要がある。今後の大きな課題である。

[注1] また、「第三の新人」の生年は例えば安岡が一九二〇年、吉行が一九二四年、遠藤が一九二三年ということで、一九二五年生の大城とほぼ同世代＝「戦中派」ということができる。

[注2] 大城立裕「「新沖縄文学賞」の三〇年」（『沖縄文芸年鑑』二〇〇四・一〇）で、島尾敏雄、河野多恵子、三枝和子、中

沢けいとの選考について回想している。島尾との選考では、自身が「土俗的な題材」に厳しく、島尾が「私小説」に厳しい、すなわち「自分に近いものに厳しい」とまとめていることは興味深い。

［注3］注2の「「新沖縄文学賞」の三〇年」や、「新沖縄文学賞と沖縄文学・大城立裕氏に聞く」（『沖縄タイムス』二〇〇九・一二・二、一二・三）などである。また、島尾敏雄追悼号に寄せられた、大城立裕「島尾敏雄への心残り」（『新沖縄文学』第七〇号、一九八六・一二）もそれに類するものといえよう。

［注4］この大城の評に対して、島尾は選評「にじみ出てくる屈折感覚」で、「村雨」の「方言会話の表記」を「そのすべてではないが、或る味わいを示していた」と述べている。ただ、同時に入賞作として推せなかった要因に「文章の荒さ、平板な説明への傾き、用語の曖昧な使用など」をあげていることから、「方言会話の表記」にも大城同様厳密さに欠く何かを感じ取ったのであろう。「そのすべてではないが」という但し書きがそれを示しているように思う。

［注5］大城は注2であげた「「新沖縄文学賞」の三〇年」では、「村雨」の特徴として「巫女の題材」を書いたものとして、「その生態を書いた作品として出色」と評価している。

［注6］大城立裕『レールの向こう』（新潮社、二〇一五・八）の「あとがき」で、大城は「巻頭の二編は私小説である。／私として私小説はめずらしい」と書いている。

私たちは何から解放されたのか

崎浜慎

1 「カクテル・パーティー」の場所

『大城立裕文学アルバム』（勉誠出版）に、小高い丘の上に立ち雑草生い茂る広大な土地の様子を眺めている大城立裕の写真が掲載されている。遠くには高層建築物の骨組みとその上から頭を覗かせているタワークレーンが見え、開けた土地は今後の建築ラッシュの兆候をあちこちにうかがわせる。かつてそこは米軍基地の牧港ハウジングエリアであり、「カクテル・パーティー」の舞台となった場所だった。大城は小説中の語り手「私」が迷い込んだ得体の知れない基地の中に長い歳月を経てあらためて立っていることに感慨深げにも見えるし、着実に開発されていく土地の様子に憮然としているようにも見える。

米軍基地の牧港ハウジングエリアは一九八七年に全面返還され、長期間の土地区画整理によって「新都心」として造成されていった。二〇〇〇年初頭には、いま見るような高層の建物、大型遊興施設、博物館、ショッピングセンターが次々と立ち並んだ。新都心の目をみはるほどの繁栄ぶりに、そこにかつて基地があった痕跡を見出すのはむずかしいだろう。

2　米軍統治下の沖縄における法

垣花豊順は、米軍が沖縄を統治するために実に複雑な法体系を築き上げた実態を明らかにしている。ここではその精緻な論をつまびらかにしないが、その中でサンフランシスコ講和条約（対日平和条約）の第三条によって、米国の統治下におかれた沖縄の曖昧な法的地位についての記述が印象的である。「沖縄は日本の領土でそこの住民は日本国民であるが、日本の法律は適用されず、米国の統治下にあるが、米国の領土ではないし、住民は米国国民でないから米国の法律も当然に適用されず、信託統治地域や租借地でもないから、それらの地域に関する規定も直接には適用されず、そうかといって、沖縄は独立国でもないから琉球政府の立法院で独立した国家主権にもとづく憲法のような基本法を制定することは、できないという奇妙な地位におかれた」のである。（垣花豊順「米国の沖縄統治に関する基本法の変遷とその特質」（宮里政玄編『戦後沖縄の政治と法　一九四五―七二年』東京大学出版会）

このとき沖縄は「法」の権限がおよばない空白地帯におかれたと言ってもいい。「カクテル・パーティー」は、まさに一九六〇年代の米軍統治下の沖縄を舞台にしている。米軍人・軍属による事件・事故の多発は、沖縄のおかれた法的状況が背景にあることも要因であっただろう。語り手の「私」が直面して右往左往するのも法の壁である。

中国語研究グループの仲間が主催するカクテル・パーティーに招かれた「私」は、特権的な身分としてその場にいることに満足をうかがわせ、いささか得意になって文化論をたたかわせるが、「私」が見落としていたのは（あるいは無意識に目を背けていたのは）、その特権は法によって保障されるものであり、それを享受するものは国籍によって峻別されていたという事実である。法的に宙づり状態にあった沖縄の中で、米軍基地は対極的に法を超越した場所であった。

パーティーの途中でゲストのミスター・モーガンの息子が行方知れずになるという事態が勃発し、みなで探しに出かける。基地内の住宅でミスター・モーガンの息子のことを訊ねると丁寧に受けごたえしてくれる住人に接して「私」はこう思う。

「みんな案外親切ですね」私は感にたえて、「こんなふうに、異国でひとつの部落をつくっていると、ひとつの運命共同体みたいな気もちで同情するのでしょうね」

「私」はこの米軍基地という共同体を好意的にとらえるが、ある事件が起こるとその共同体は様相を変え、苦い真実を浮かび上がらせる場として私の前に立ちあらわれてくるだろう。法は「私」と米国籍軍人とを厳然と分かつものとしてある。

3　新たな関係性

しかし、「カクテル・パーティー」を米軍統治下時代の沖縄に加えられた弾圧を告発する物語とだけとらえてしまうと、そこにわずかながら見ることのできた、未知のものへ自己をさらけ出し触れ合う可能性を見逃すことになるのではないか。

たとえば、中国・日本・米国・沖縄の人間が一同に会する基地内の国際親善的な社交パーティーは、上海を舞台にした小説『朝、上海に立ちつくす』を想起させるという点に注目すると別の様相が見え、異なる言語を話す者同士がいかに関係性を結んでいくのかという問題が浮かび上がってくる。

「上海租界とは、一八四二年の南京条約により開港した上海に設定された租界（外国人居留地）を指す。当初、イギリスとアメリカ合衆国、フランスがそれぞれ租界を設定し、後に英米列強と日本の租界を纏めた共同租界と、フランスのフランス租界に再編された。上海租界はこれらの租界の総称である。」（Wikipedia より）と定義される地域は、米軍統治下の沖縄と似た状況もあったのではないかと推測できる。そこには経済の隆盛や最先端の文化の流入が見られ、社会的な活気を呈した場所であった。もちろん、そのことが被占領者の悲惨な人権侵害を正当化するものではないが、他国の占領によって強制的であるにせよ、人と物の交通が生まれたという点に注目したい。

幼年期の日本語とシマクトゥバのバイリンガル的な言語環境に身をおくなど、他者（言語）同士の衝突や融和の中で自己形成してきた大城は、多言語が交錯する事件の場に意識的であり、複数の言語が遭遇することによって生じる葛藤に敏感に反応する。大城にとって上海や米軍基地は他者へと回路をひらく場としてある。

「カクテル・パーティー」の結末、「このさいおたがいに絶対的に不寛容になることが、最も必要ではないでしょうか」という過酷な認識は、他者と関わることを回避してはもたらされるはずもなかったものである。

この「私」の認識は、不寛容を前提として相手に接することから新しい関係をはじめようと模索していると考えることもできる。

そのとき、逆説的であるが無法地帯的な場所に、私たちがよりよき生を追求する契機が生まれるのではないか。

4 どこへ

しかし、今の沖縄の状況を見ると、私たちは「カクテル・パーティー」の場に参加さえできない状況におかれているのではないだろうか。

グローバル化が謳われるなかで、皮肉なことに私たちは他者とつながる門を自発的に閉ざしているように思われる。

それは沖縄だけの話ではなく、ヘイトスピーチなどが跋扈する日本においても状況は同じであろう。他者との分断がますます加速していく社会に私たちは住んでいる。

新都心を歩くたびに、ここはどこだろうと不穏な気持ちがせりあがってくる。人込みの中ですれ違う人は、うすぼんやりとした輪郭をもって歩いている。整備された綺麗な街並みだからか、よけいにこんな寂しい場所もないのではないかという思いも湧き起こってくる。大型ショッピングセンター、コンビニエンスストア、ホテル、遊興施設、公園、博物館、ありとあらゆる物が均質的にここにある。妙に平たく感じられる風景の中に、沖縄が被った暴力の痕跡（そこはシュガーローフの戦いがあった場所でもある）を直視する契機はもはやないのだろうか。

いや、見方を変えたほうがいいのだろう。きらびやかな消費社会を象徴するようなこの地域のありようが沖縄の歴史を抹消し、過去と現在を断絶する別種の「暴力」なのかもしれない。

得体の知れない米軍基地から脱却したはずが、私たちはまたあらたな不可測の場所へと足を踏み入れたのだろうか。沖縄が日本に復帰して今年で五十年になる。私たちは何から解放されたのか、その代償は何だったのか、慎重に考えてみたい。

冒頭に言及した写真で、新都心へと変貌していく土地が着実に開発されていく様子に憮然としているようにも見えた大城立裕は、この土地の未来のありようを憂えているのではないかと憶測したくなるくらい、憂鬱をたたえているようにも見えるのだ。

文学表現をめぐって・大城立裕の挑戦

呉屋美奈子

はじめに

大城立裕は、一九四九年に「老翁記」（『月刊タイムス』（一九四九年一二月沖縄タイムス社刊）で本格的な小説執筆活動に入り、以後沖縄の現代文学を牽引し続けきた。二〇二〇年十月逝去。最期まで文学と向き合い、戦後沖縄文学の確立に大きく寄与した。

一九六七年に沖縄の作家としてはじめて「カクテル・パーティー」で芥川賞を受賞した。以後、沖縄の現実を直視しつつ、日本（ヤマト）との関係の中で沖縄を書きつづけた。大城の活動範囲は非常に広い。はじめは戯曲、のちに小説、更にはそれらを振興させるために地方（沖縄）の文芸選考にもかかわり、沖縄文学を盛り立ててきた。

作品の中には、沖縄のもつ文化的背景、風土・歴史などに対する予備知識なしには読み取る事が困難な作品もある。そのため大城は、「小説」「歴史・評伝」「エッセイ・評論」「戯曲」「琉歌」「組踊」など様々な手法で沖縄の現実を表現してきた。多様な表現方法を持つ大城立裕という作家について、これから少し考えてみたい。

一　大城立裕と私小説

「私は私小説を書きません　沖縄を書くことが私の私小説」と大城は繰り返し述べている。もっとも、最晩年の短編集『レールの向こう』(二〇一五年新潮社刊)に収録された作品以降は、日本の近代文学の伝統に則った「私小説」であったが――。敗戦後、上海から引き揚げた大城は、熊本の親類の元へ身を寄せた後、一九四六年に沖縄へ帰郷。翌一九四七年に沖縄民政府文化部の脚本懸賞募集に戯曲「明雲」を応募したのが作家大城立裕のデビューであり、二年後の一九四九年には、『月刊タイムス』の短編小説懸賞募集に初めての小説を応募している。小説家大城の処女作となった「老翁記」[注1](一九四八)は、父親をモデルにした私小説である。そして作家デビュー作である戯曲「明雲」も原稿は紛失しているが大城によると私を書いた〝私戯曲〟であるという。

大城立裕が本格的に文学に取り組んだのは、一九五〇年代に入ってからのことである。[注2]そのころ書かれた初期作品のうち「夜明けの雨」(一九五一年『遊飛』創刊号)は、楊樹浦(ヤンジッポ)勤めのころの経験をもとにしたもので、大城の中国時代の経験を知ることができる貴重な一作である。

少し後に書かれた「風」(一九五五年『近代』六月号)もまた私小説である。この中には次のような一節がある。

なにしろ若いうちこそ熱をあげて文学をやっても三十をいくつか越せばいつしか何ということもなく遠ざかってしまう人が多い沖縄でこつこつ書きつづけてきたし、いまでも新しいものをたえず忘れない心構えを見せる作品を発表したりするるので、まずその道に心得のある人々のあたりはよく、文学青年もいろいろのタイプが出入りする。（「風」）

ここには紛れもなく若き日の大城自身が投影されている。作品のあらすじは、主人公である作家が創作した歴史小説が、思わぬ形で引用され、実際にあった史実のように扱われ、そのことに戸惑いを覚えるといった内容の掌編である。ここからは、書くことへの責任と決意が見てとれる。この作品が書かれたちょうどその時期、大城は、文学と政治は切り離せないと主張する琉球大学文芸クラブの同人誌『琉大文學』メンバーとの間において「文学と政治」との関係をめぐって論争の最中でもあった。この論争が大城ののちの文学的立場を決定づけたことは過去の拙稿［注3］において、すでに指摘したことがあるので、ここでは詳細には立ち入らないが、その後大城が沖縄と一定の距離をとりつつ、冷静な視点で作品の対象にしたことは事実である。大城は、その後私小説から離れ、沖縄のあらゆる現実や文化を素材とする作品に取り組むことになる。

そして最晩年、先にも記したように最愛の妻の病をきっかけに再び私小説を書くことになる。以下がそれらの私小説群である。

二〇一四年（平成二六年）八九歳
『新潮』五月号に「レールの向こう」
二〇一五年（平成二七年）九〇歳
『新潮』八月号に「病棟の窓」
二〇一七年（平成二七年）九二歳
『新潮』二月号に「辺野古遠望」『新潮』四月号に「B組会始末」
『新潮』七月号に「拈華微笑」『新潮』一二月号に「御嶽の少年」
二〇一八年（平成二八年）九三歳
『新潮』三月号に「消息たち」『新潮』五月号に「あなた」
二〇二〇年（令和二年）九五歳
五月『焼け跡の高校教師』（集英社文庫）を刊行

年齢を考えると、この短い期間にこれだけの作品を書き上げたことにも驚愕するが、テーマも長年連れ添った妻のこと、自身の入院生活、少年のころの思い出、かつての同窓の行方、父親のことなど自身とその周辺を丁寧に書き残した。それまでの多くの作品は、沖縄と少し距離をとりやや離れたところから冷静に「沖縄の現実」を観察して書き上げられたフィクションであったが、私小説では、当時の自身を静かに内省し、自分自身及び家族といった沖縄に住む者の心情や風景をよりリアルに描き出すこととなった。

なかでも二〇一七年発表の「辺野古遠望」はこれまでも大城が論じ続けてきた沖縄と本土の間に横たわ

る構造的な差別の本質を露わにしてみせるものであったが、辺野古問題という、沖縄の新たな課題に自身のかつての思い出を投影しながら、現在も変わらず解決されない問題にストレートな感情を投げつけた点で、これまでの大城作品とは一味違うものとなっている。

甥は、日本政府が相手になると、アメリカを相手にするより難しいというのは、変なものですね、と舌足らずな言い方をして、笑った。時代が変わったと私は思った。兄が盛業であったのは、アメリカだけを相手にした時代であったが、いまは日本政府をあらたな相手として加えなければならなくなった。（『辺野古遠望』）

基地問題は、日本国内の問題であるという大城の訴えは本土の読者にどう映るのであろうか。戦前・戦中・戦後を生きた作家は、政治の前に横たわる沖縄問題に幾度となく突き当り苦い思いをしてきた。これまで小説の中でストレートな政治批判を避けてきた大城が齢九十を超えてこの作品を書かざるを得なかったことを思うと、筆者としても何ともいたたまれない気持ちになる。

それにしても「祖国復帰」に燃えていたころは、まだ希望らしいものがあったな——と書きながら、思いだしたことに、いや、あのころでもあまり歴史に信頼できないという感じは持っていたなと思う。——これだけを書いた上で、今日は眠るか。明日の朝を迎えられるかどうか分からないが……。（『辺野古遠望』）

沖縄と向き合ってきた作家は、最後まで沖縄の将来を憂慮していた。しかし一方で晩年の私小説では「沖縄の問題」と向き合うとともに自身の人生とも対峙し、沖縄に住む一人の人間（作家）の物語を作り出した。一人の日常に潜む個人的な問題を描くことこそが、社会的な問題を抉ることであり、読者に共感が生まれる。大城は歴史を大いに学んでそこから小説の題材を取り、また、人の心情の複雑さは戯曲で鍛えた手法を駆使しながら登場人物のセリフで表現した。最終的には自身の生涯を沖縄に投影し、私小説という形で表現するようになったのである。

二　大城立裕と詩作・琉歌

二〇〇〇年、大城立裕は自らの創作活動に使ったノートや収集した資料、原稿類など、書斎の資料の大部分を沖縄県公文書館に寄託した。寄託という形をとったのは、大城氏には「沖縄県近代文学館構想」があり、いつかは沖縄にも近代文学館の建設をと望んでいたからである。実際に県内研究者とともにその具体構想を考えており、九二年には、沖縄近代文学館（仮称設立準備委員会（代表・岡本恵徳琉球大学教授　故人））のメンバーとして県に要請もするなど意欲的であった［注4］。近代文学館ができた暁には、自らの資料を文学館に寄贈する予定でもあった。しかし、その見通しが立たない状況で、資料を沖縄県立図書館へ寄贈する決心をした［注5］。沖縄県公文書館の保存環境は素晴らしいものであるが、より資料を多くの人の手に取ってもらえる図書館への移管を望んだのである。二〇〇七年、寄贈とともに沖縄県立図書館に大城立裕文庫が設置され、二〇一〇年から公開されている。

筆者は沖縄県公文書館で、大城文庫を整理し、移管の際にも大城氏本人から意向などを聞いた経緯がある。なお、その後、自宅の蔵書が増えたため、県立図書館へ追加の寄贈を行うこととなったが、その中には県立図書館が既に蔵している図書も多く、複本として処分されたり、そうでなくともばらばらにされて一般蔵書と混在化されたりすることを避けるため、「蒼思子」名義での蔵書印を作成し押印した。大城文庫をひとまとまりの資料として保全したかったのである。「大城立裕」名義ではなく、長い間使用していなかった「蒼思子」という号を用いたのは大城氏本人の発案であった。

「蒼思子」とは、大城立裕の初期のペンネームのうちの一つである［注6］。大城立裕文庫には「蒼思子」名義の手書き資料も収められている。一つは「皆さんのための民主主義の話」というもので民主主義の構造について分かり易く且つ論理的に解説したものである。もうひとつが「いさりび」とタイトルのついた創作ノートである。このノートには、いくつかの詩作や、漢詩の訳文などが書かれており、詩人としての大城立裕の顔がみえるものになっている。詩作のノートとしては『新北風（みーにし）』［注7］と名付けられたノートもあるが、こちらは鹿野政直氏による詳細な分析がなされている［注8］ので、今回は「いさりび」を紹介したい。

「いさりび」ノートの最初には

漁火なるかな
あはれわが人生は暗き海のごとく潮騒かすかに

聞えて望まんとしてさだかならず
天なる星たちはおごそかなれども手にとる由もなし
たゞ望む　沖なる漁火　いささかなる光を授くるを
わが人生、かの漁火に届かん時　はた〔注9〕いずれにありや

そして、その次のページにはノートのタイトルにもなっている詩作「漁火」と題された作品が記されている。その添え書きには「一九四九、一、三十一、伊佐兄に伴はれて伊佐に遊ぶ　深更　沖遠く漁火みゆ」と記されている。一九四九年と言えば大城が小説のデビュー作となる「老翁記」を書いたころに重なる。大城自身、文学創作のきっかけを「戦中世代としての挫折」と表現している。〔注10〕

「漁火」は、敗戦後の喪失感や過去への悔恨を経て、自らを労わりつつ、静かに立ち上がる、そんな印象を与える詩である。

漁火

暗き海ひとり望みて
いさり火の遠く光りぬ
悔い多き日々を送りて
いざよへる若きは冴えぬ

あなあはれ静かなる夜に
わが若きいのちはありき
あこがれし酔いのうつつに
忘れ得ぬ影寄り添ひき

今更にたはむれもなく
たゞ望む光したは
夢の跡ひとりまさぐる
何事か偲ぶよすがに

幾年か来にしその奥
誰が為と思ひ切なし
ゆくりなき喜びも去る
なべてみな幕の蔭に

いさり火たゞそゞろ
ほの赤く照るこそよけれ

ひろびろと
暗き海尊く夢む
今われたゞそゞろ
ほのかなる思ひこそあれ
ひたすらに
悔いやりて胸あたゝめむ

大城は戦中、日中の懸け橋となる人材を育成すべく建学された大学・東亜同文書院の県費派遣学生であった。大城は、戦前戦中のジャーナリズムや教育に何の疑いも持たずに、大陸へと渡った。戦局が切迫するにつれ建学の理想とは裏腹に、大城ら学生達も軍の調査に利用され通訳として兵役に赴いたのである。敗戦を中国で迎え、戻ってきた故郷は変わり果てていた。そのころの心境が「漁火」からは読み取れる。

またこの作品には、形式的にも特徴がある。頭韻や脚韻を意識した箇所が見られ、当時の沖縄作家の詩と比べてみても特徴的である。戦中から始まった日本で韻を踏んだ思索活動をするムーブメントであったマチネ・ポエティックの影響を受けていたと推測され、日本（ヤマト）の戦後文学に対し「あこがれ」にも似た気持ちを持っていたように思える。

しかし、その一方で大城は、琉歌にも特別な思いを持ち、文学の中での表現に用いている。代表的なものに神女（ノロ）の世界を描いた『天女死すとも』（一九八七年岩波書店）がある。この作品では、現代詩に

「おもろ形式」を乗せる試みをしている。おもろとは琉球の古謡のことである。すなわち大城はこの作品で、琉球の古謡である「おもろ」から琉歌への変遷過程を小説中の詩で表現しようと試みているのであるが、そこには文学の形式が時代とともに変わることを寛容に受け入れる姿勢が見て取れる。琉歌について、大城はさらに実験的な試みをしている。それが、二〇一三年一〇月に出版した書下ろし琉歌自伝『命凌じ坂』（沖縄タイムス社）で、大城は、琉歌の形式に自分の人生を乗せて歌う「琉歌自伝」を創作した。エッセイと琉歌を融合させる試みであり、沖縄文学の新たな可能性を示唆した。

三　大城立裕と演劇・組踊

大城立裕の創作の始まりは演劇である。「明雲」を一九四七年に執筆し沖縄民政府文化部主催の脚本募集に応募し、二等に当選した。原稿は紛失しているため大城自身も幻の処女作と言っている。［注11］一九五〇年代から六〇年代にかけてはラジオドラマやテレビドラマを数多く手がけている。この時期の沖縄は、土地収用問題や米軍による事件が多発する中、ナイキ基地計画などがあり、政治的にも不安定であった。そのような中で、ラジオドラマやテレビドラマは人々の心を癒し、お茶の間を温かくするものであった。大城の書く演劇はユーモアと人間愛に富む名作が多い。その大城作品の上演に当たって長きにわたり、支えたのが演出家・幸喜良秀である。

幸喜良秀演出の最初の作品は、一九八二年NHK沖縄支局企画、復帰十週年記念公演のために書かれた「世替わりや世替わりや」［注12］であった。この作品は一九八七年に改訂し、東京の三百人劇場でも上演され、第二十二回紀伊国屋演劇賞特別賞を受賞した。大城立裕が戯曲作家として自信をつけた作品でもある。

その後、「それぞれの花風」（一九八六年上演）、「嵐花」（一九八八年上演）、「トートーメー万歳」（一九八九年上演）、「伊良部トーガニー」（一九九七年上演）「ふるさとへ帰ろうよ、あなた」（一九九八年上演）、「喜劇・ウチナーグチ万歳」（二〇〇六年上演）「今帰仁城落城」（二〇一〇年上演）など、多数の戯曲演出を幸喜良秀に任せている。大城は国立劇場おきなわの開館に合わせて七十四歳にして組踊の脚本にも挑戦したが、そのうち以下の作品の演出を幸喜良秀が行っている。

山原船	二〇〇六年六月七日：県立郷土劇場（玉城玉扇会主催）
	二〇〇八年一月一九日：国立劇場おきなわ
	二〇〇八年二月一日：東京・国立劇場小劇場
海の天境	二〇〇六年一〇月二九、三〇日：国立劇場おきなわ（玉城玉扇会主催）
	二〇一〇年九月二五日：国立劇場おきなわ（玉城流扇寿会）
花の幻	二〇一〇年八月二八、二九日：国立劇場おきなわ
	二〇一二年四月一日：世田谷パブリックシアター
歌合戦	二〇〇八年一〇月一八日：国立劇場おきなわ（玉城流扇寿会）
悲愁トゥバラーマ	二〇〇九年四月二六日：国立劇場おきなわ（玉城流翔節会）
今帰仁落城	二〇一〇年九月一一日、一二日：国立劇場おきなわ

海なりの彼方　対馬丸の子ら　二〇一二年一一月一一日：琉球新報ホール
聞得大君誕生　二〇一三年三月八、九、一〇日：国立劇場（東京）
　　　　　　　二〇一三年三月一五、一六、一七日：国立劇場おきなわ
　　　　　　　二〇一四年五月二三日、二三日、二四日、二五日：国立劇場おきなわ
花よ、とこしえに　二〇一九年八月二四日、二五日：国立劇場おきなわ

演出の際に脚本から大きく変更されている点もあるが、大城の幸喜への信頼は厚く、上演された一三作品のうち大城・幸喜のタッグは実に九作品を占める。

二人に共通することは、沖縄文化への強い思いと沖縄方言への拘りである。大城は芝居と言語について次のようなことを述べている。

沖縄芝居の古老から聞いた話だが、昭和十八年に沖縄県の警察部長が沖縄芝居の長老たちをあつめて、組踊を標準語でやれと示唆した。警察部長は県外出身者で、標準語励行、方言撲滅運動の時代にふさわしいことであった。そのことを思いあわせると、いま日本も変ったなという実感がある。（『沖縄演劇の魅力』一九九〇年沖縄タイムス社刊　一二五p）

しかし、大城の演劇脚本は、所々方言交じりではあるが、基本的には標準語で書かれている。そのことについて次のように話している。

はじめから方言で書くということは、私の世代としては難しい、日本語で書き、それを役者か演出が訳する、という手順をふんできた。それを（翻訳しやすいように）独特の文体で書くようになったのは、一九六三年にテレビドラマで書いたときからである。

（「著者の覚え書き」『大城立裕全集』一一巻二〇〇二年）

戯曲の際には、演出に方言訳を任せることのあった大城であるが組踊脚本は、すべて方言で書かれている。現代の沖縄の若者たちは、方言を理解できなくなってきてはいるが、大城は方言での表現をあきらめなかった。伝統に新しい作法を入れることは厭わず、テーマを歴史的なものから民話的なもの、沖縄戦や現代の社会問題などさまざまな舞台にしたが、組踊と方言については、大城の譲れぬこだわりであった。残念ながら、新作組踊のうち風土記シリーズの上演はまだ実現していない。舞台化するにあたっての演出の課題や複雑な地方の状況を普遍的に表現することは困難だからだと思われる。

大城の書く方言や沖縄を心底理解し、演劇に落とし込むにはまさに熟練の思考が必要であり、名コンビと言える幸喜良秀の功績は大きく、幸喜良秀がいなければこれだけたくさんの上演はできなかったことと思われる。「カクテル・パーティー」の戯曲版がハワイで上演された際に幸喜良秀は次のように語っている

大城先生の作品は世界のいろんな人にみて受け入れられることは実証済みだ。作品を舞台化していくことが恩返しだ（『琉球新報』二〇二〇年一〇月二九日）

脚本は舞台化されて初めて作品として成就する。演出家なしに舞台は生まれない。大城の執筆作品がすべて沖縄を思い書かれたものであるから、大城立裕の遺志を継ぎひとつでも多くの作品が上演されることを願ってやまない。

四　『モノレールの走る街で』

大城立裕は二〇〇四年から二〇〇五年にかけて、勉誠出版社が出版した『GYROS』［注13］に小説「モノレールの走る街で」を連載していたが、全十二回の予定のところ掲載十回目にして雑誌が休刊となり、残り二話が未発表になったままになっている。

掲載済みの十話の内容はおおよそ次のとおりである。モノレール終着駅の首里駅前に沖縄そば屋を構える仲原家では、両親が店を切り盛りしている。昔からの店ではなく、モノレール計画に合わせて実家を改造したものである。娘はモノレール線上にある赤嶺駅近くの精神病院勤務、息子はモノレール運営会社に勤めている。

その仲原家へ苦情の電話がかかってくるところから物語が始まる。電話の主は仲原家宛の間違い電話がかかって来て迷惑しているという。一本の電話を発端にして、娘の物語や、モノレールの乗客の物語、モノレールが縁で友人になった勤務先院長の姪など、モノレール周辺で生まれる人々の交流が描かれる。話が進むにつれ、間違い電話をかけているのは娘の病院に通う患者で、逆恨みから娘の交際相手の元妻にわざとかけていることがわかる。次第にすべての人々がつながっているらしいことがわかってくるのだが、それではそもそも何のための「間違い電話」であったのか、種明かしの部分が未掲載となってしまった。

実は、大城は連載開始の時点ですでにすべての物語を書き上げていた。大城立裕は若いころに『流れる銀河』(一九五三年『沖縄タイムス』全一〇一回)『白い季節』(一九五五年『琉球新報』全一六二回)、『小説 琉球処分』(一九五九年『琉球新報』全四〇二回)の新聞小説の連載経験がある。『GYROS』では一回につき原稿用紙五枚分の掲載であった。紙幅が限られる中で、一話ごとに読ませる見せ場と次の話へと繋げる技術は、新聞小説で磨かれていた。小説では、首里の風景やモノレールが生き生きと描写されている。

将平の母が無類の芝居好きで、踊りも好きだから、県立郷土劇場によく通う。その劇場が旭橋の駅から歩いて一分だというのは、出来すぎているくらいである。(第一話『GYROS』第三号)

小説の連載が始まる前年、二〇〇三年十二月二十六日に『琉球新報』のミニコラム「あしゃぎ」に掲載された大城の談話は、作品世界に投影された作者の日常を示唆している。

開業以来足代わりに気軽に利用しているようで外出の機会は以前に比べて増加の一途。「便利だねぇ。自宅から首里駅まで三分、旭橋駅から県立郷土劇場まで一分だからね。モノレールは大城立裕が芝居をみるためにできたようなものだ」

各駅で流れる曲にもすっかり親しんでいるようで曲名と駅名をすらすら挙げて周りを驚かせた。ところが、「演奏時間が短いため漲水のクイチャーのはやし〝ニノヨイサッサイ〟が省略してあって、どうも落ち着かない。気が付いたら、自分ではやしを補っていたりしてね」

首里を愛してやまなかった大城立裕は、晩年に運用開始した沖縄都市モノレールをもまたこよなく愛した。コラムでも紹介された通り、「ティンサグの花」「チンヌクジューシー」「唐船ドーイ」「海のチンボーラー」「ジンジン」「小禄豊見城」「谷茶前」などの沖縄民謡がそれぞれどの駅で流れるのかをすっかり憶えており、それは小説に反映され、また他のエッセイでもたびたび触れている。

さて、物語の結末である。筆者はこの作品が連載中の二〇〇五年時点で大城立裕氏から全原稿を頂いている。送られてきたメールには「仕事に限って使ってよいです」と添え書きがついていた。長い間この作品の始末をどうつけたものか大きな宿題を抱えていたが、大城立裕追悼論集となるここにかいつまんで紹介したいと思う。

娘の病院に通う患者・上江津広美が間違い電話を確信的にかけていた張本人であったのだが、結局は勘違いや一方的な逆恨みで起こったことであった。しかし、電話をかけた本人もかけられた相手も、逆恨みの発端となった仲原家もみんな繋がっていて、それが偶然であるというのもなにか沖縄らしい。電話の正体がばれたところで、恨みは消えないので、上江津広美は電話をかけ続けるのだが、医院長から「きみは幸福を奪われたのではないのだ。きみはその恋人と結婚して不幸になること免れたんだ」という一言に救われる。間違い電話によって間接的に迷惑をかけた仲原家の娘と元恋人にあやまることにした上江津広美は、対面の場所におもろまちを指定した。話の成り行きで、上江津広美も交えた三人で仲原家に結婚のお願いをしに行くことになるのだが、おもろまちから首里までのモノレールの中で、三人のそれぞれの未来が予見的に描かれるというものだ。

仲原家の娘は、勤めている精神病院の患者であった上江津広美にリハビリがてら知人に電話をかけることを勧めたことが発端となり、やがて迷惑電話の被害者となった。上江津広美はといえば、恋人との幸せな未来を邪魔されたという逆恨みで間違い電話をかけるが、その未来が幸せであったという確証はなく、むしろこのことにより不幸を免れたのだという言葉で憑き物が落ちた。息子についてもモノレールの駅で乗客にぞんざいな対応をしていたと思われるエピソードがあったが、未発表の最終話では、駅で息子の対応に感動してそれからおもろまち駅が好きになったという乗客のエピソードが挿入される。すべての事柄は繋がっていて、物事が起こる要因は辿ってみたら自分自身にあるのかもしれないと気づかせてくれるこの作品は、人間を多角的にとらえる大城立裕の面目躍如たる群像劇であり、また、大城立裕の首里やモノレールへの愛情が感じられる作品となっている。

五　さいごに

大城立裕の文学人生は、常に挑戦であった。沖縄の文化や風習に対する理解度が様々に異なる読み手に対しての挑戦、社会的困難を抱えた沖縄を政治的観点ではなく「文学的に」表現することへの挑戦、そして、古典を踏襲しながら新しい表現方法を模索する挑戦であった。一方で、根っからの悪人を描くことを避けた。どの登場人物にも複眼的視点を寄せて多面的に描き、目に見えるものは真実の一面に過ぎないかもしれない、と読者に示唆した。「根っからの悪人を描くことを避けた」という点に関しては、大城立裕の「中途半端さ」や「権力への迎合」といった観点からの批判もないわけではなかったが、いずれにしろその批判を含めて「挑戦」の結果だったと考えられる。

戦後七十六年が過ぎ、沖縄の本土復帰からも四十九年が経った。いまだ基地問題は依然として解決されず、それどころか新しい基地建設の問題まで抱え込んでいる。若い世代の大半は基地がある生活こそが日常となっていて、特に疑問を感じない世代も多い。大城が扱った沖縄にはそういった現状が書かれている。沖縄の日常的なことこそ、大城にとって解決しがたい沖縄の普遍的な問題であった。私たちは文学を通して大城立裕からのメッセージを受け取り、向き合っていかなければならない。そして、沖縄の戦前・戦中・戦後を生きた作家の思想を繋いでいくことが何よりの追悼になるのではないか。

［注1］「老翁記」は『月刊タイムス』一九四九年第一巻一一号に懸賞文芸作品入選として掲載された。

［注2］『光源を求めて』の「はじめに」において「文学を本腰いれて勉強しようとした、一九五〇年代のはじめごろ、山里永吉さんと知り合った」との記述あり。

［注3］「戦後沖縄における「政治と文学」――『琉大文学』と大城立裕の文学論争――」『図書館情報メディア研究四（一）』（二〇〇六年）

［注4］『「大城立裕文庫」設立へ　公文書館に図書など寄託文学館の早期実現も要望』（『琉球新報』（朝刊）二〇〇〇年三月二十三日

［注5］尚、大城立裕の文学館構想は消えたわけではなかった。二〇〇七年六月に発行された『縁の風景』では、県立図書館

の大城立裕文庫の写真のキャプションには「県立沖縄近代文学館が実現することを願っている。」と記されている

［注6］他に城龍吉、城戸裕、寺三次郎名義の作品が確認できる

［注7］沖縄県立図書館所蔵「大城立裕創作ノート三四」資料コード（1005245350）

［注8］「同化・異化・自立――大城立裕の文学と思想」『戦後沖縄の思想像』朝日新聞社一九八七年所収）

［注9］手稿原稿で「はた」と表記されている部分。「旗」の意味で書かれたのではないかと推察される

［注10］私が文学に関わった動機は戦中世代としての挫折からであるが、この挫折には個人としての挫折だけでなく、沖縄が「祖国」から切り離された現実ということが絡んでいる（「占領下の沖縄文学――カクテル・パーティーの作者から」『国際シンポジウム「占領と文学」』日本社会文学会沖縄大会国際シンポジウム「占領と文学」実行委員会事務局一九九一年）

［注11］『沖縄演劇の魅力』大城立裕沖縄タイムス社一九九〇年三六〇p「大城立裕演劇関係年譜」より

［注12］『沖縄演劇の魅力』大城立裕沖縄タイムス社一九九〇年三六〇p「大城立裕演劇関係年譜」にて確認

［注13］『ＧＹＲＯＳ』は勉誠出版社から二〇〇四年に出版された諏訪春雄編集の総合月刊誌。一二号（二〇〇五年三月）まで出版し休刊。「モノレールの走る街で」は第三号より休刊の一二号まで一〇回分掲載

「カクテル・パーティー」の上演はなぜ必要であったか

フランク・スチュワート（山里勝己訳）

1

二〇一一年年十月二十六日、大城立裕とハワイの関係者を乗せた黒いセダンが、ホノルル郊外にある大きな建物の駐車場に到着した。優雅な勾配の赤い瓦屋根の赤瓦は沖縄の人々からの贈り物であった。入り口には一対のシーサーが置かれていた。この夜、ハワイ・オキナワ・センターには多くの人々が詰めかけた。大城が到着すると、彼はすぐに多くの人々に囲まれた。人々は自分の出身地や親戚のことなどを大城氏に話した。初老の女性が、いまは八十歳を越えた大城氏に、その女性が若かった頃、沖縄で大城氏が彼女の先生であったと告げた。彼女は古い写真を取り出した。色あせた着物を着た初々しい少女が写っていた。

この夜、戯曲版「カクテル・パーティー」が世界で初めて上演されたのであった。一九六七年に芥川賞を受賞した同名の小説の戯曲版で、一九九五年には大城はすでにこれを書き上げていたが、日本でもアメリカでも、それまで出版も上演もされたことはなかったのである。しかし、二〇一一年のこの日、真珠湾が見渡せる建物で、この劇が上演されたのである。どのような理由で「カクテル・パーティー」がハワイで初めて上演されたのか。大城の名声と小説に対する高い評価にもかかわらず、戯曲版が上演されるまでになぜこのような長い時間が経過したのであろうか。

最初の疑問はすぐに答えることができる。二〇〇七年に、琉球大学の山里勝己教授と私は、沖縄の文化や歴史や文学を、英語を母語とする読者に紹介する一連のプロジェクトを共同で始めた。二〇〇九年には、私たちは共編で沖縄系アメリカ人作家たちのアンソロジー *Voices from Okinawa*（『沖縄からの声』）をハワイ大学出版局の「マノア・シリーズ」の一巻として出版した。二〇一一年には、私たちは共編で *Living Spirit: Literature and Resurgence in Okinawa*（『息づく魂――文学と沖縄の再生』）をハワイ大学出版局から刊行した。これはオモロから沖縄の現代作家までの作品を収録している。

大城の「カクテル・パーティー」戯曲版は、山里教授によって英訳され、このアンソロジーで初めて出版された。戯曲版をハワイ・オキナワ・センターとハワイ大学で上演するということは、沖縄文学を紹介しようとする私たちの試みの延長であった。ハワイのコミュニティにはとても幸運なことであったが、大城は戯曲の上演に立ち会い、芝居が終わった後は観客の質問にも答えた。

戯曲版「カクテル・パーティー」が出版され、上演されるまでになぜこのような長い時間がかかったかということについては、事情はより複雑だ。戯曲版は小説版と比較するとよりデリケートな倫理と政治の問題がテーマになっている。小説と同様に、戯曲版も米国の沖縄占領に伴う不公正な法制度に焦点を合わせる。一九五一年のサンフランシスコ平和条約により、アメリカ政府は沖縄と沖縄の人々に対する無期限の管轄権を手にした。これと同時に、アメリカは日本では民主主義的な憲法を発布した。しかし、沖縄では法体制は異なるものを施行した。アメリカは、沖縄では米国民政府が沖縄を統治するという体制を取ったが、実質的にはアメリカ陸軍が琉球列島を管轄した。沖縄では、アメリカ兵士が沖縄の法廷で裁かれることはなかったが、沖縄人のアメリカ人に対する犯罪は、アメリカの軍事裁判でアメリカ人の判事によって裁かれることになっていた。

このような制度は沖縄人の生活に大きな影響を与えた。大城の小説の一人称の語り手は、地位協定による人権侵害に直面するが、自らの権利を法廷で争うことにより、家族やコミュニティや国に迷惑をかけるのではないかと内面深く葛藤を経験する。小説と戯曲版が共通して有する力の一つは、両作品ともローカルの問題を扱いながら、場所と状況を超越するということだ。大城の主題は単純に沖縄やアメリカ合衆国を扱っているのではない。小説と戯曲版は両方とも、和解、歴史の記憶、個人と国家の罪、そしてすべての国と個人に関連する普遍的なテーマを扱っているのである。

2

別の書き手であれば、「カクテル・パーティー」は、ローカルで、アメリカ軍の法体系に対する怒りに満ちた、政治的抵抗の小説として完結させていただろう。しかし、大城は、物語の有するより難解で、複雑な側面から眼を逸らすようなことはしなかった。例えば、大城は、沖縄人を含めた日本人全体が、自らの軍事的侵略、残虐行為、戦争犯罪から眼をそむけ、国家の帝国主義化を承認した自らの共犯性をも忘れ、自らを犠牲者と考えるようなメンタリティーを身につけているのではないかという議論を前景化する。

小説が発表されて二十年経ったころ、大城は一人の著名な評論家がエッセイに次のように書いているのを読んだ――「私たちは、広島、長崎の被害のことを訴えているが、かつて私たちも加害者であったことを、いま自覚するべきではないか」

「読んで私は、呆れました。私が二十年前に書いたことを、いまさらのように得意げな顔で書いている、と不満に思ったのです」と大城は書いている。そして、「私の作品を芝居にしてアメリカ人に見せたら、分かってもらえるかも知れない」と考えたのであるが、上演の機会も見込めないので書くことを諦めたという。

十年が過ぎ、一九九五年に、大城が「カクテル・パーティー」戯曲版を再び書きたいと思うような事が起こった。スミソニアン航空宇宙博物館で起きた事件に関する新聞報道で、諦めていたことを思い出したのである。それは同博物館で原爆展を企画し、エノラゲイ（広島に原爆を落としたB29の名前）を展示しようとしたところ、退役軍人会や空軍協会、あるいは空軍のロビイストたちの猛反対で大論争に発展し、ついに展示を取りやめたという記事であった。展示の目的の一つは、原爆投下は正当で必要なものであったか、あるいはそれは人類に対する犯罪であったかという議論をあらためて検討しようということであった。スミソニアンは、民間人に対する原爆投下の結果を鮮烈に示す、多くの写真や遺物を展示する予定であった。

退役軍人たちは、どちらがより大きな被害者であったかということについて、彼らにとっては疑問の余地のない歴史的事実に博物館が疑問を突きつけようとしていると主張して激怒した。また、彼らは、戦争は日本の真珠湾攻撃から始まったのだから、日本人ではなく、アメリカ人が戦争の被害者であると主張した。退役軍人たちは、原爆投下は、戦争を終結させるための日本本土攻撃で失われるであろうアメリカ兵の生命を救うためには、絶対に必要なものであったと信じていたのである。

保守的な政治家たちも展示内容を非難した。結局は、外部からの圧力に耐えきれず、展示計画は破棄され、国立航空宇宙博物館の館長は辞任に追い込まれた。それは、「愛国主義」と「国家の名誉」が、オープンな探求精神に勝利したことを意味した。保守的な政治家の視点に立てば、この出来事はアメリカ合衆国下院議長に選出されていたニュート・ギングリッチ（ジョージア州選出、共和党）の言葉に集約されていた。彼は議会で「ほとんどのアメリカ人は文化エリートに自分の国を恥ずべきだと言われることにうんざりしている」と述べたのである。

大城は、戯曲版を執筆することでこの状況に反応した。戯曲を書き上げると、大城はそれを友人の山里教授に見せた。山里はすぐにそれを英訳し、「いつか将来、上演の機会があるはずです」と大城に言った。十五年後、山里と私は戯曲版の上演に取りかかった。

二〇一一年の上演の前に、大城は「この作品が上演されて、アメリカの観客に観てもらうことに、嬉しさと怖さを覚えます。この怖さの思いは、加害、被害をこえての絶対倫理と永久平和への、作者の切実な願いと不安に基づいています。アメリカの観客が虚心に見てくださることを、期待します」と書いた。

小説の発表からすでに二十年近い歳月が経過し、沖縄では多くの変化があった。沖縄は日本に復帰したが、アメリカの軍事的プレゼンスと地位協定は変わることはなかった。これに加えて、アメリカ兵の沖縄の人々に対する多くの犯罪が起きていた。この中で最もよく知られているのは、一九九五年九月に二人のマリン兵と一人の海軍兵が十二歳の沖縄人の少女をレイプした事件である。沖縄では地位協定の廃止と基地の縮小を求めて八万五千人の人々が県民集会を開催してこれに抗議した。一九九七年には、当時の沖縄県知事太田昌秀がある国際会議で発言し、このような県民集会は単一の事件の結果として開催されたものではないと指摘した。一九七二年から一九九五年まで、沖縄における米兵によるレイプが一一〇件、殺人が二三件、強盗が三四七件、そして窃盗が二四七九件発生したと報告されている。

当時のアメリカ駐日大使ウォルター・モンデールは、起訴されたGIたちを非難した。クリントン大統領と橋本首相はトップレベルの会談を開催し、両者は沖縄の状況に対応することを約束した。基地を移転し縮小するための「基地返還アクションプログラム」が策定されたが、現実には大きな変化は生まれなかった。また、地位協定について、唯一アメリカ側が譲歩した点は、将来において「特に凶悪な犯罪」が発生した場合には、アメリカは被疑者の日本側への引き渡しについて「好意的な考慮」を払うということであった。

このような政治状況の中で、大城は戯曲版ではスミソニアン論争を戯曲の中心においた。このような設定にすることで、大城はアメリカの観衆が第二次世界大戦とその結果についてより柔軟な解釈をし、アメリカの沖縄の人々に対する非民主的な対応について理解を深め、戦争では常に公正さが犠牲になるということを理解することを期待したのであった。

3

小説を戯曲として書き換えるに際して大城がやったことは、レイプされた少女の成長した後の姿を想像することであった。小説では、ヨウコ「訳注…漢字表記は洋子」はまだ十七歳であり、登場人物としての彫り込みがされていない。戯曲版では、冒頭からすでに二十四年が過ぎ去っていることが示され、高校を卒業した洋子が大学で学ぶためにアメリカに渡ったということが明らかになる。そして、彼女が留学中にアメリカ人男性と出会い、結婚したという設定になっているのだ。皮肉なことに、夫のベンは、小説版の主要な登場人物の一人であるミラー氏の息子である。戯曲版の中のヨウコは、沖縄人であり、日本人であり、アメリカ人であり、そして妻であり娘でもあるという、多様な世界が融合したアイデンティティーを有する人物として描かれている。プロットが展開するにつれて、彼女は自らの内面にある忠誠心や責任のバランスを取ろうと葛藤する。実際、この劇では、登場人物の全員が、内面で忠誠心が分裂するというディレンマを抱えているのである。

洋子がアメリカに旅立ったのは、彼女が「無垢」(イノセンス)を喪失した後であった。彼女は米兵にレイプされたのである。洋子が個人としてアメリカに出発した同じ年に、沖縄はアメリカを「離れて」(復帰を選択することで)日本に向かって出発したのであった。このように書くことで、大城は個人が国家と自らを同一視する意味と、一つの民族が(すなわち沖縄人たちが)個人と同様に「無垢」(イノセンス)を失うことがあるということを同時に表現しようとしたのであった。沖縄人たちが、アメリカは沖縄に自由で民主的な社会をもたらすだろうという期待を持ったことと同様に、洋子は米兵ロバート・ハリスが英語を個人教授するという申し出をすることで、「民主主義」の言語としての英語をより深く理解できるだろうと信じたのである。洋子の父親も小説の中で描かれているさまざまな出来事を通して彼の「無垢」(イノセンス)を喪失する。戯曲版の冒頭で、リンカーンの信奉者であった父親は、アメリカが沖縄にとって偉大なる解放者ではなかったことにいまだに不満を持っていることがわかる。

大城の劇には、一九四五年以降の沖縄と同様に、変化をもたらしてくれる外部の民主主義国家を待望する人物たちが登場する。彼らはアメリカの輝かしいイメージを信頼するが、その信頼は裏切られる。そして、そのアメリカに対する信頼が、単純でナイーヴなものであったということを理解するのである。しかし、このような新しい認識に到達したとしても、誰に責任があるのか、どのように物事が異なるかたちで進展することができたか、そしていかにしたらまだ救いが残されているかということについて、だれも答えることはできないのである。

この視点からみると、ベン自身も「無垢」(イノセント)な存在であり、劇の中で変わろうとしている人物なのである。彼は、彼自身は弁護士として中立でいることができる、現在と過去についてニュートラルで彼自身の責任と倫理的責任から距離を保って生きることができると信じて人生を生きてきた人物なのである。

それぞれの登場人物は、それぞれがそれ自身の方法でディレンマを解決しなければならない。絶望感、恥辱、復讐心、心中に燻る怒り……。この戯曲は倫理観に焦点を合わせながらそれぞれが自らを変容させ、和解に向かっていく姿を描いている。そして一人一人の登場人物が比喩的にそれぞれの国を表象しているため、戯曲は同時にどのように国家間の和解が始まるかということも示唆する。

幕が上がるとワシントンD.C.にあるミドルクラスの家の内部が見える。上原は最近娘の洋子を訪ねて沖縄からやってきた。洋子は弁護士のベン・ミラーと出会い結婚し、それ以来一度も沖縄に帰っていない。ベンが弁護士事務所から帰ってくるまで、父と娘は思い出話をする。洋子の婚約者が、上原が一九七一年に沖縄で出会ったミラー氏の息子であることを知った上原夫妻の驚き——。ベンの父親はたびたびカクテル・パーティーを開き、そこで上原と出会い、友人になったが、そのパーティでのある議論をきっかけに二人は疎遠になったのであった。

ベンが帰宅する少し前に、父娘の会話は外からの騒音で中断される。退役した軍人たちとその支援者たちが行進曲「星条旗よ永遠なれ」に合わせてスミソニアンに向けてデモ行進を行っていたのである。上原は、スミソニアン展示に関する論争について新聞で読んでいて、退役軍人たちの要求がどのようなものであるかも知っていた。そしてベンがボランティアで彼らの法律顧問になっていると知って驚く。上原はそれが道義的に正しいことなのかどうか、ベンにみずからの立場を説明するよう鋭く迫る。ベンは、弁護士として、自らは中立の立場だと答える。自分の役割は職業的なもので、顧客に中立的かつ客観的な法律上の助言を与えるのが仕事だと答えるのである。上原はこの説明に納得せず、一九七一年にもベンの父親とこのようなことで議論をし衝突したと言う。過去の不快な出来事を知らず、また上原の非難に混乱して、ベンは説明を要求する。

第二幕は一九七一年に沖縄で起こったことのフラッシュバックである。（事件が一九六〇年代初期に設定された）小説とは違い、戯曲版では一九七二年に事件が起こったことになっている。（ベンの父親の）ミラーとその妻は米軍基地の中にある自宅でカクテル・パーティーを開いている。上原、（日本人の新聞記者の）小川、（沖縄に住む中国人の弁護士）楊（ヤン）も招待されている。彼らは定期的に集まり、中国語で会話をし、親睦を深めている。この日、ミラーはモーガンとリンカーンの二人の隣人も招いてあった。モーガンの、沖縄の日本復帰は意味がないと言わないまでも、あまり大きな変化はもたらさないのではないかという発言で、パーティーが緊張した空気に包まれる。沖縄は日本の一部となるが、現実にはかつての歴史的に劣等な地位に戻るだけではないのかとモーガンは問いかける。そのような議論が展開される中で、モーガンの三歳になる息子が行方不明になっているという知らせが入り、パーティーは中断される。参加者全員が近所で息子を捜すために外出する。この間に、上原の娘洋子は若いGIロバート・ハリスとドライブに行っている。

次のシーンでは、洋子とハリスが真栄田岬で夕日を眺めている。（真栄田岬は沖縄戦に関して大きな意味をもつ場所である）。ハリスは強引に洋子に迫っていくが、拒否されると洋子をレイプする。洋子がハリスを突き放すとハリスは崖から落ちそうになり、洋子はハリスを助ける。ハリスはその際に怪我をする。

次のシーンは、一九七一年のモーガンの息子の捜索の場面に戻る。登場人物たちはそれぞれに分かれて息子を捜して歩きまわるが、その間に上原と楊の会話が挿入される。楊は日本に占領されていた戦時中の重慶で彼の幼い息子が行方不明になった出来事を思い出す。恐怖に駆られて楊は息子を捜すが、息子が日本軍に保護されて無事でいることを知る。日本軍は、楊をスパイ扱いし乱暴な取り調べをするが、結局は、彼と息子は解放される。楊は間接的にいまの状況のアイロニーを上原に語っているのだ。楊は言う――中国人がいま沖縄人（つまり日本人）と一緒に人助けをしている、そしてその人物はかつて中国を占領した日本軍の将校であり、楊とその息子に恐怖感を与えた軍隊の一員だった人物だ。その人物がいまアメリカ人の息子を捜している、そしてアメリカはいま沖縄を占領していて、その国は日本から中国を解放してくれた国だ、と。

楊と上原がミラー家に戻ると、モーガンの息子が無事に発見されたことを知らされる。モーガンの沖縄人メードがモーガンの妻の帰りが遅いので親切心から息子を実家に連れ帰っていたのだが、モーガンは後でそのメードを誘拐の罪で告訴する。パラレルな状況があとで生起する。つまり、レイプの際に洋子に突き放されて受けた傷について、ハリスが洋子を告発するのである。洋子が崖から落ちようとするハリスを助けるという行為もまたやさしさからなされたものであり、犯罪的な行為ではない。

「カクテル・パーティー」戯曲版が、一つ一つの要素が対応していないにしても、あるいは被害者や加害者が入れ替わりそのアイデンティティーが固定されていないにしても、倫理的に類似している状況を構築しようとしていることが段々と明らかになってくる。登場人物たちと同様に観客も、なにが公正で合法的であり、またなにがフェアで道義にかなったことであるのか、つまりだれが被害者でだれが加害者であるのか、判断しながら劇を観ることを要請されるのである。

第三幕で、上原は洋子がレイプされたことを知り、レイピストのハリスが洋子を犯罪行為で告訴していることを知る。人生で初めて、上原は日米地位協定の裁判に関する不平等な取り決めに直面する。加害者である米軍兵士が、法的に自らを被害者であると主張し、それだけでなく、真の被害者である洋子を訴えることができるのである。一方、洋子の側からもハリスをレイプで告発することはできるが、それは沖縄の裁判所でのみ可能なことであり、沖縄側はじつは米兵に対しては司法権を有しないので、ハリスを召喚し、証言させ、反対尋問をすることができない。また、洋子は軍事法廷にハリスを訴えることも可能ではあるが、米軍には洋子の訴えを取り上げる義務はない。

上原は友人のミラーに対して、沖縄の法廷で証言するようハリスを説得することを依頼する。しかしながら、ミラーは（その息子が後年スミソニアン論争で中立を保とうとしたように）上原の依頼を断り、自らはニュートラルな立場を保ちたいと言う。ミラーは米兵によるレイプ事件が沖縄とアメリカの友好的な関係を損ない、同時にこの問題は国家間の問題ではなく、個人の問題であると述べる。上原はミラーの態度に激怒する。上原は次第に自分が個人間の「友情」と国家間の「親善」を取り違えていたことを理解する。これ以降、この誤解は劇中の他の誤解を理解するための鍵となる。

上原は、その後で小川を伴って楊に会いにいき支援を依頼する。その時、楊ははっきりと口に出して状況のアイロニーを説明する。彼から見たら、(一人の日本人として)上原が(中国人の)楊に、レイプされた娘と加害者のアメリカ人に関する事件の救済を求めることの意味を、明確に理解していないように思えたからである。アメリカは日本の占領軍から中国を解放しただけでなく、日本人による中国人女性のレイプを非難した。その上に、上原自身が中国人捕虜を殺害したかも知れないのだ。さらに、楊は、アメリカによる占領から日本に復帰することを選択した沖縄に住む中国人弁護士の微妙な立場に言及する。彼はさらに拒否するための多くの理由を並べ、上原を助ける理由はないと言う。しかし、個人的な友情と正義は、歴史や人種や国家や個人的な復讐心を超越すると言い、ハリスが軽傷で入院している病院に上原と一緒に行く約束をする。

ハリスは米兵としての自らの権利をよく理解していて、中国人と日本人の「同盟」を皮肉り、非アジア人に対して人種的な偏見を有していると病院に来た上原と楊に対して侮蔑的な態度で応じる。この対応に憤激し、沖縄の裁判所はハリスを裁くことはできないし、洋子がハリスの弁護士たちによって尋問され辱めを受けるのを承知の上で、上原はハリスを告訴することを決意する。

ミラーは再度、ここは我慢をしてハリスを告訴することをやめ、洋子を公衆の面前で辱めないよう上原を説得する。ミラーはなによりも沖縄とアメリカの親善を損ねたくないのである。ミラーは「あなたは親善の論理というものを理解していない。二つの国民の親善といったって、結局は個人と個人ではないか」と上原に言う。これは重要なことだが、楊はミラーの発言を支持し、国家が国家を許し、個人としての国民が敵対国の国民を許すためには、記憶や恨みを抑圧し、ただ過去を忘れるしかないと述べる。「我々中国人は、怨恨を忘れて親善に務める」、「われらの敵は日本の軍閥であって、日本の人民大衆ではない」と楊は発言するのである。

　しかし、上原はミラーと楊の説く友情を拒否し、このような論理は過去を癒し将来の敵対を防ぐことができるものではないと主張する。彼は正義を要求することを諦めない。彼は被害者になることやそのように振る舞うことを拒否すると言い、たとえそれが友人や敵を居心地悪くさせようと、たとえそれが個人や国家であろうと、真実をはっきりと見つめるべきであると述べる。真実の全てが語られ、全ての関係者――それが個人であろうとひとつの国家の国民であろうと――と自らの過ちに対する責任を引き受けることによってのみほんとうの和解は始るのだと上原は主張する。

　第四幕は再び二十四年後のワシントンD.C.に戻る。上原が一九七一年に起こったことをベンに話し終えたばかりである。洋子はアメリカに来た動機を民主主義の国アメリカで公正さを見たかったのだと発言する。しかし、洋子は、アメリカで何年過ごしても、アメリカの公正さに対する態度には葛藤を感じているとも語る。父親と同様に、彼女も、法律の文言に従うことだけで、倫理的、法的、政治的（そして家族の）複雑な問題に中立でいることができるとするベンの立場に不安を感じている。ベンは洋子の視点に衝撃を覚える。ベンと上原の意見の不一致と洋子の不安は、一九七一年のミラーと上原の激しい議論が繰り返され、洋子とベンの間にも葛藤が生じかねない状況が生まれる。それぞれの登場人物たちは自らの論理に固執し、個人と国家ははたして正義と不正義の意味について意見の一致を見ることができるのかどうか、自らの犯罪への加担を認めることができるかどうか、他者を責めるだけのことをやめることができるのかどうか。登場人物たちはついには絶望感を抱き始める。

　三人とも、夕食に招いた客たちがやがてやってきて、上原の議論を聞くとすぐに熱っぽい、相容れない議論が始まるだろうと不安を感じ始める。しかしながら、上原がすぐに考えを変える。彼の説明をじっくりと思慮深く聞いてくれたベンに敬意を表して、夕食の席ではスミソニアン論争を（そしてそれに伴う真珠湾や原爆を）話題にすることはしないこと、そしてベンの友人たちの前で怒りを表明しないと述べる。合意ができたように見えた。しかし、ベンもまた考えをあらため、人々の間で難しい議論が回避され続ける限り、本物の永続する和解は訪れないことを理解する。ベンは、上原とは逆に、彼の客たちは上原の議論を聞くべきであると言い、それがどんなに難しいものになろうとも、全員が対話に参加すべきであると述べる。

一九七一年に多くの人間が傷ついたカクテル・パーティに代わって、一九九五年には和解の可能性を示唆するディナー・パーティーが開かれる。必要とされているのは善意の人々――そのような人々は誠実に真実を探求するための会話ができる人々だ。そのためには、どちらの側も過去の行為に責任を負う能力が必要なのだ。

4

しかし、大城はこのような観念的な討論ですべての人間が最終的な善に導かれると結論づけているわけではない。大城は、和解にいたるまでには、多くの複雑な障害が存在することを理解している。例えば、上原がミラーに向かって、彼がハリスを告訴する理由をミラーは決して理解することはないだろうと告げる場面を再度見てみよう。「ミスター・ミラー、あなたは傷ついたことがないから、その論理になんの破綻も覚えない。しかし、一旦傷ついてみると、その傷を憎むことも真実だ」と上原はミラーに告げる。上原の言葉が理解できず、ミラーは彼自身はなにも誤っていないという。上原は、「ミスター・ミラー、琉球列島米国民政府布令第一四四号、刑法並びに訴訟手続き法典第二・二・三条をご存じですか」と問いかける。舞台の奥の壁に大きな活字で書かれた条文が映される。それは地位協定の条項で、沖縄人と占領者であるアメリカ人の間の平等を否定するものだ。このシーンは、地位協定がこの戯曲の核心にあることを明らかにする。舞台では上原がミラーにこのことを強調するが、作者は特大の活字を用いてこの条項を示すことで、アメリカの観客にこの不平等を鋭く示しているのである。

しかしそれでもミラーは上原を理解できないし、残念なことにアメリカの観客の中にもこのことを理解できない人たちがいるだろう。ミラーが上原や洋子の状況から超然としていられるのはまさに彼がアメリカ人だからなのであり、それ故、体験をすることで得られる倫理的、道徳的な想像力を獲得できないのである。揚が上原を支援する根拠は本来はミラーより弱いものだ。しかし、彼がそうするのは、自らの国が凶暴な外国の軍隊に占領され、彼自身が侮辱され諸権利を剥奪されたために、上原の苦しみを想像できるからである。外国に占領された記憶を持たないだけでなく、そのようなことは自分の身には起こらないだろうと考えている人たちは、他者の立場に我が身を置き、すべての人々に適用されるより高い道徳性を想像してみる必要があるだろう。

アメリカ人はアメリカ本国で外国の侵略の被害者になったことはない。それ故、そのようなことが実際に起こるまではアメリカは世界の他の国を理解できないと上原が言っていることは正しいだろう。ミラーは上原の経験した屈辱に対して哀れみを感じることはできるだろうが、彼自身が想像力で上原の立場に我が身を置かない限りはその悲劇を完全に理解することは不可能である。同様に、ミラーがアメリカ合衆国を沖縄の立場に置き換えて想像しない限り、沖縄に哀れみを感じることはできるが、沖縄に感情移入し深く同情することはできないだろう。上原が洋子の尊厳を回復することは、沖縄の尊厳を回復することと同等のものとみなす理由がここにある。彼はこの二つが同じものであることを理解している。だからこそ、軍事的占領者からただ一つ公正さだけを要求することで、上原は彼の娘と沖縄の尊厳の回復、そして慈悲と人間に対するリスペクトを要求しているのである。

二〇〇一年九月十一日の出来事を体験したとき、多くのアメリ人がこれは国家的な「屈辱」であると考えた。このような「屈辱」に対する反応はイラクに対するとてつもなく破壊的で見当違いの戦争となって現実化し、何万人もの生命が奪われた。それは究極的には復讐の行為となり、失われたアメリカ人の生命に比べるときわめて不釣り合いの数の生命が失われたのであった。公式の米国政府の報告書は9・11の攻撃が防げなかった理由を、「想像力の欠如」とした。そのあとに起こったことは、「倫理的想像力」の欠如であった。

もちろん、近代においてアメリカの国土が攻撃された最初の例は真珠湾攻撃であった。それに対する復讐の欲望は破滅的な終焉を迎えた。「カクテル・パーティー」は真珠湾攻撃の屈辱の影の中で演じられる。つまり、真珠湾はアメリカにとってきわめて衝撃的なものだったのであり、そのように感じた者たちは五十年経っても、広島と真珠湾を同等のものと見なしていたのである。戯曲「カクテル・パーティー」がアメリカの観客に示したのはまさにこのことであった。

「カクテル・パーティー」の結末にはかすかな希望がある。善意の人々が対話を続けることはきわめて重要だが、それだけに依存することはできない。劇の示唆するもう一つの道は、個人の心と精神が変容し、倫理的想像力に覚醒しそれを価値あるものにするということだ。これはけっして容易なことではないが、しかしこれを可能にするのは傑出した演劇であり、芸術であり、文学である。そしてまさにこの点において、「カクテル・パーティー」は重要な作品なのである。

「カクテル・パーティー」を超えて

趙正民

一九六七年の大城立裕の芥川賞受賞は戦後沖縄文学において大きな分岐点になった。これを機に「文学の不毛の地」であった沖縄は「文学の肥沃な地」として中央文壇から注目を集め、以後、複数の芥川賞受賞作家を輩出した。

大城の芥川賞受賞がもたらした戦後沖縄文壇のドラスティックな変化は、実は、作家自身の変化を意味するものだったかもしれない。当時の大城の執筆活動に注目し、その背景について分析した鹿野政直によれば、芥川賞受賞後である一九六八年に入ると、大城の執筆活動は旺盛になり、この時期から沖縄が日本復帰する一九七二年にかけて彼が発表した作品は二三〇点にのぼるという。それは小説をはじめ戯曲、エッセイ、座談会、対談、アンケートへの回答、書評、ドキュメンタリー、インタビュー、選評、投書など、ジャンルや文章の性格も多様であり、また、発表の舞台も県内外の新聞や雑誌、単行本、パンフレットなど多岐にわたっている。(『戦後沖縄の思想像』、朝日新聞社、一九八七年)

復帰を控えた沖縄と本土との関係を念頭に置いて考えると、以上のような大城の活躍ぶりは、県内外の言論界や文壇が沖縄初の芥川賞作家の言葉を借りて、両者の関係やそのなかに潜む問題を想像し、また理解しようとしていたことの証左かもしれない。一方、作家自身は沖縄が抱えている諸問題を「当事者」として向こう側に届けたい、あるいは届けなければならないという義務感や責任感から、外部への応答を続けてきたと言える。

大城が沖縄と本土のあいだに立ち、メッセージを発信し続けたのは、沖縄出身の作家として「初めて」の芥川賞受賞者であったことや、受賞作「カクテル・パーティー」が琉米親善の欺瞞を暴き、理不尽な沖縄社会の現実を告発していると評価されていたことと無関係ではなかったはずだ。言い換えれば、大城には「芥川賞作家」という本土からの承認済みの権威や地位が与えられたと同時に、沖縄社会が抱えている矛盾や不条理を暴露する役割が課せられ、沖縄の返還が日本の政治的焦点となっていた時期に、それと呼応するような発言が求められていたのである。

そもそもすべての創作活動は政治的な営みであるといえるが、特に大城の場合はその文筆活動や行動がそのまま政治的なものとして帰結されることが多かった。そのような事情は晩年まで続いたが、例えば、二〇〇五年には米軍普天間飛行場移設に伴う名護市辺野古への新基地建設問題について「第二の琉球処分だ」と批判の声をあげ、二〇一一年にはこの問題をテーマにした短編集『普天間よ』を刊行するに至る。それから二〇一五年五月十七日に開かれた辺野古移設に反対する「沖縄県民大会」では共同代表を務め、当日は体調不良で欠席したが、「県民大会の成功を祈ります」とのメッセージを寄せたものだった。

村松定孝が「『芥川賞』と商業ジャーナリズム」(長谷川泉編、『芥川賞事典』、至文堂、一九七七年)で指摘しているように、「芥川賞を受賞されると文壇及び広く文芸ジャーナリズムの間で評判を呼んだことは、いつわりなきところであり、一九五六年下半期の石原慎太郎の登場からは、文壇をとびこえてマスコミによって作家がつくられていく傾向が顕し」くなっていった。特に「開高健や大江健三郎の社会的発言には従来の作家たちの持ち合わせなかったひろがりも感ぜられる」が、それは大城立裕においても同じことが言える。つまり、「沖縄初の芥川賞作家」大城の社会的・政治的発言は沖縄の現状を代弁するものとして強烈な印象を残すものであったし、またその影響力も広い範囲に及んでいたのであった。

ところで、ここで注意したいのは、大城が文壇や言論界、マスコミの要求に真摯でかつ積極的に取り組んできたことが、そのまま作品の解釈や受容においても大きな影を落としてしまったことである。この問題については松下優一の論文「作家・大城立裕の立場決定――『文学場』の社会学の視点から」(『三田社会学』№.16、二〇一一年)に詳しいが、大城は自分の思想の基底や文学性をすべて政治的な状況のなかに収斂させてしまおうとする本土の言説戦略や欲望を早い段階から察知していたと思われる。芥川賞受賞の直後、大城は大江健三郎との対談「文学と政治」(『文学界』一九六七年十月)のなかで、「本土の一般読者のあいだで、これから先、文学性がいつのまにか抹消されてしまって、政治的な効果の側面からだけ云々されるようになると困るような気がしますね」と発言したが、文学の「政治的な効果」のみに注目する本土の雰囲気に危惧の念を抱いていた大城は、その後もたびたびこれと似たような心情を告白していた。

「『カクテル・パーティー』より『亀甲墓』のほうが文学としての価値がたかいと、私自身もかねてから考えていたし、現地の大方の読者のあいだでもそのようである。本土では思いもよらぬことであるらしい。(中略)私の作品にたいする中央での評価が低いばあいに、ほんとうに技倆の不足によるものであるのか、『亀甲墓』のように、むこうがオキナワを知らないことによるものか、判然としない、ということである」(「沖縄で日本人になること」、谷川健一編、『わが沖縄』第1巻、木耳社、一九七〇年)、「「沖縄」となればどうしてこういう状況論的な作品ばかりを採りあげるのだろう。(中略)私の場合は『カクテル・パーティー』と『小説・琉球処分』ぐらいにとどまる。それがみな、沖縄の被害者としての状況を描いた問題小説というとらえかたになっている。いわゆる問題意識にのらない作品が切りすてられる。」(「通俗状況論のなかで」、『文学界』十二月号、一九七五年)などなど、大城は「中央での評価」が「状況論的な作品」に偏っていることに苛立ちを覚えていたとみえる。また、二〇一五年、韓国の雑誌『地球的世界文学』の編集人である金在湧(円光大学教授・文学評論家)との対談では、「本土では『神島』について誰も注目してくれませんでした。この小説は慶良間の集団自決を命じた日本軍をモチーフにしたものですが、苦心を重ねて書き上げたこの作品の世界が本土の人には理解しにくかったみたいです。(中略)本土をめぐる恩義と恨み、同化と異化のあいだで揺らぐ複雑な心境を描いたものが『神島』です。」(孫知延訳、『神島』、グルヌリム・ソウル、二〇一六年)と述べたが、このような発言からは、本土を強く意識して書いたこの小説がむしろ本土から度外視されてしまった時の困惑した様子がうかがえる。

本土の興味と関心によって作品の評価が左右され、しまいには切りすてられてしまう傾向は現在もなお続いているのではないかと思われる。それは大城立裕の作品や評価に限らず、沖縄文学の受容の在り方の全般について言えるだろう。本土における公認システムや文壇の権力関係をそのまま踏襲したかたちで沖縄文学が流通されているのは否定できないし、それは海外での翻訳事情とも無関係ではない。「カクテル・パーティー」が戯曲や朗読劇、映画など、様々なメディアによって再生産されていることからも分かるように、「カクテル・パーティー」の作家として大城立裕を読むことは、結局彼の文学世界を矮小化してしまいかねない。「カクテル・パーティー」を超えて、もう少し自由に作家と出会う方法を模索すること、それは大城立裕の問題意識をさらに深く共有することにつながると思われる。

短歌への宿題

屋良健一郎

本稿では大城立裕と短歌との関わりを見ていきたい。管見の限り、大城は短歌について積極的に発言してきたというわけではない。だが、戦後沖縄を代表する歌人の呉我春男と親交があるなど、沖縄の短歌史を見る上でも重要な人物と考える。

北谷村（現北谷町）に生まれた呉我春男（一九二四年〜一九五五年）は中学生の頃に短歌を詠み始めたという。昭和十九年（一九四四）に宮崎県へ疎開しており、戦後に戻った沖縄で精力的に活動を展開した。昭和二十五年（一九五〇）に呉我は「文藝サロン」というグループを結成し、やがてそこに大城立裕も加わった。こうして呉我と大城の付き合いが始まり、「呉我の笑顔を絶やさないカリスマ性」に惹かれていた大城は、肺結核を患う呉我が歌集を出したいと言った際には「文藝サロン」の仲間とともに那覇を駆けまわって広告集めに尽力したという［注1］。その結果、昭和二十七年（一九五二）に上梓されたのが呉我春男歌集『九年母』である。発行所として文藝サロン、発行者として大城立裕の名が奥付に載る。大城によって記された歌集の跋文自体は短いものだが、巻末に東陽バス株式会社をはじめとする四十社もの広告が掲載されているのを見ると、この歌集のために大城たちが割いた時間と労力の大きさが思われる。
歌集発行の翌年、昭和二十八年（一九五三）には呉我は九年母短歌会を結成、さらにその翌年には同会の機関誌『九年母』を創刊した。『九年母』第四号（一九五四年七月号）では大城が「六月集抄」を担当している。第三号（一九五四年六月号）からの作品の抄出である。大城自身は九年母短歌会の同人ではなかったが、呉我との付き合いから依頼されたのだろう。「六月集抄」には大城が選んだ作品が掲載されているだけで、選評は記されていない。だが、この第四号の編集後記で松田守夫が「前月抄は大城立裕氏にお願いしました。選はその人の批評です。各自の選と比較されることも面白い」と述べるように、選という行為自体に選者の批評眼が反映されるはずだ。大城が選んだ十二首のうちから三首を引く。

青田にて動力噴霧器使ひ居り勢よくも霧吹くが見ゆ　前川守人
浮浪者らしきが裾ひきてゆく夜の更けの巷に風のむき定まらず　富山晶一
蛍ひとつ風に吹かれて草に落つこの現象を肯べなはむとす　呉我春男

いずれも眼前の光景や感慨をそのまま素直に詠んだ歌で、いわゆる「アララギ調」といわれる類のものである。当時の九年母短歌会の作風を代表するものでもあるが、農作業に従事する人や夜更けの寂し気な浮浪者を詠んだこれらの歌には人間の生活が特に濃く表れている。三首目については、作者の呉我が肺結核を患っていたこと、この時期は退院して自宅で療養していたこと、それらを踏まえて読む方がいいのだろう。風に逆らえずに地上（自宅の庭か）に落ちる蛍の姿が病気の自分自身に重なる。蛍のはかなさを肯《うべな》おうとすることは、病む我が身を労わり、なんとか前向きに捉えようとすることでもある。なお、「六月集抄」を担当した頃、大城自身は胆囊炎を患っていたようだ［注2］。病床の呉我の歌にとりわけ感じ入るものがあったのかもしれない。

大城は『九年母』からの作品抄出にあたって、人間の生活感、人間としての営みが表れた歌を重視したように見える。「功利性を抜きにして、芸術の中にとけこんだ時、人間の生命や生活がほとばしる」ものが文学であり、「私が着実に生活を営み、その眼で何らかの生活を描く事」が文学なのだというこの時期の大城の言葉［注3］を想起させる選である。

大城の「六月集抄」が掲載された二ヶ月後、九年母短歌会を揺るがす出来事が起きる。九年母短歌論争だ。これは一九五四年九月二十七日付『琉球新報』掲載の新川明「短歌に対する疑問（1）九年母短歌会の人達に」をきっかけとして始まった論争である。戦後の日本本土で展開された短歌批判を意識しつつ、沖縄でも同様な問題を提起することで、沖縄における文学の新たな展開を促すというのが新川の狙いだったようだ。五七五七七という短歌形式への疑問に始まり、九年母短歌会の同人たちの短歌や作品評をとりあげ、彼らの作歌・批評の態度に現代を生きる詩人としての自覚が欠如していることを指摘した［注4］。

新川の批判に対して九年母短歌会の同人たちが反論し、同人ではない文化人も持論を携えて参戦したこの論争のなかで、大城立裕は「短歌論争を読んで」上・中・下を一九五五年二月二十五日から二十七日の『琉球新報』に掲載している。大城は論争の経過をまとめながら、論争がうまくかみあっていないという感想を述べるとともに、その理由は「音韻論」を掘り下げないからではないかと指摘している。大城自身も「音韻論」の中身を具体的に述べているわけではないが、短歌で詠まれていることが新しいかどうか、現代的な事柄を詠んでいるかどうかという内容面よりも、五七五七七という定型の問題をもっと議論すべきだ、ということらしい。論争が収束に向かっていた時期ということもあってか、大城のこの提起が新たな展開を生むことはなかったようだが、短歌形式自体の議論をなぜ具体的に深めないのか、という疑問は論争の読者としての素朴かつ核心をついた指摘である。

九年母短歌論争において大城は一読者としての立場であったと言えるが、論争の中でも話題となった、現代社会の問題を自覚的・積極的に詠むべきであるという点についてはどう捉えていたのだろうか。昭和十年（一九三五）生まれの歌人である比嘉美智子の第一歌集『月桃のしろき花びら』（一九七四年）に大城が序文を寄せている。時事詠（社会状況や事件・事故等を題材とした作）に対する大城の考え方が垣間見える文章なので、少し長くなるが引用する。

一九五四年に琉大に入学したということが、彼女にとって幸せであったかどうか。爆発的に政治の季節に突入した時代の影響をもろに受けた。短歌に花鳥風詠を排し時事詠を重んじる風潮のなかで、彼女はひたすら基地に憤る歌を作った。そのころ『沖縄文学』という同人雑誌があって、私や池田和や、もと『琉大文学』をやっていた新川明、岡本恵徳などという諸君がいて、まだ在学中の美智子さんもいた。同人諸君のアイドルのような存在であった彼女が、その頃時事詠をもっぱらにしていたとは信じがたいことである。しかし彼女は実際にそれをしていたのである。そして、さらにおどろいたことに恋愛さえも同時進行していたのである。私はそれを知らなかった。なんという不明！政治を一切拒否したその相聞歌の、なんというやさしさ、そしてすこやかさ！（中略）正直に私の好みをいえば、彼女の時事詠には賛成しかねるが、それは時代の所為でもあったし、彼女の青春の心がやはりすなおに反映しているものには違いない。

「時事詠を重んじる風潮」というのは九年母短歌論争や比嘉自身も作品を発表していた『琉大文学』の傾向を指しての言葉だろう。大城と比嘉の交流は、比嘉が高校生の頃からだという。そのような長年の付き合いということも踏まえて序文を読む必要があるだろうが、大城は比嘉の時事詠よりも相聞歌を評価していたようだ。大城自身は具体的に作品を挙げて論じているわけではないが、参考までに本歌集から二首を引く。

沖縄地図ひろげて記す接収地の朱印大きく憤り増す
月桃の白き花びら口にふくみ感傷ありて君に逆らふ

共に大学生の頃に詠まれた歌で、初期の比嘉美智子の代表作として知られる〔注5〕。一首目は米軍による強制土地接収の状況を知り、接収された土地を地図上で確認している場面。時事詠に分類していい作であろう。一方、二首目は瑞々しい相聞歌である。一首目の初句「沖縄地図」が六音の字余り、二首目初句「月桃の」が五音に収まっているという点は異なるものの、どちらも三句目が六音の字余りである点、句切れが無い点、動詞の終止形で終わっている点が共通しており、歌の構造としてはよく似ている。しかし、一首目は「憤り増す」とまとめたことで、米軍への怒りを述べるだけの説明的な歌となってしまった。一方、二首目は「逆らふ」というやや意味の広い語を用いたことで読者の想像を誘う作となった。たとえば結句が「口ごたへしつ」や「手を払ひたり」など場面を絞るようなものであったなら、一首目同様の説明的な歌となっただろう。上句の純真さを感じさせる描写に加え、結句の「逆らふ」が詩を生んだのだ。

この「月桃の」の歌は歌集のタイトルともなった作だ。大城立裕も歌集を代表する一首と捉えていたようで、比嘉美智子の第三歌集『一天四海』（短歌研究社、二〇〇五年）の出版記念会における祝辞の中で大城はこの歌を引用したという［注6］。「沖縄地図」の歌は大城の序文に言う「基地に憤る歌」であり、「月桃の」の歌は「政治を一切拒否した」相聞歌である。大城は後者にこそ、比嘉美智子という歌人の神髄を見たのだ。序文の最後では「あなたは元来、美しい小川の流れのような心をもった女性なのだ。その初心を再発見してほしい」と比嘉に向けて述べている。「基地に憤る歌」に傾く比嘉に向けて、大城が再発見を促した「初心」とは、時事詠（特に基地に関わる歌）とは対極の花鳥風月や相聞を詠む心ではなかったか。

大城立裕の短歌観については、いくつかの文章から断片的にしか窺えないため、はっきりと知ることは難しい。比嘉美智子歌集『月桃のしろき花びら』への序文からは、時事詠・基地詠よりも花鳥風月や相聞を短歌に求めていたようにも思えるが、歌人一般に対してそうなのか、自身のよく知る比嘉美智子という歌人に対してだからなのかは見分けがたい。大城は沖縄の短歌に対してどのような認識をもっていたのだろうか。『光源を求めて』に次のような記述がある［注7］。

九年母短歌会の同人たちと『琉大文学』同人（といっても、ほとんど新川明一人）とのあいだに、激しい論争も起きたが、そのかたわら時事詠もようやく盛んになった。いまだに時事詠の尾を引いている歌人がいるところを見ると、『琉大文学』の影響は大きかったと言えよう。

大城は新川の批判で始まった九年母短歌論争が歌人たちに時事詠の作歌を促すという新しい展開をもたらしたと認めつつ、この文章執筆の時点（一九九六年）の沖縄の歌人の時事詠をあまり好意的には捉えていないようにも読める。さらに、大城はこの二十年後（二〇一六年）に記した文章の中でも「その（屋良注—九年母短歌論争の）影響が今日さかんな時事詠に残っている、と思われる」と記していた［注8］。

つまり、大城は現代の沖縄短歌界において時事詠がさかんに詠まれており、それが九年母短歌論争の影響によるものだと認識していた。沖縄において、基地の歌を含む時事詠が多く詠まれているというのはその通りであろう［注9］。九年母短歌論争が沖縄の短歌史において画期となったことも確かであろうが、果たして論争の影響が現在の短歌にどれほど残っているかについては慎重な検討が求められよう。なぜなら、現在の沖縄で作歌をしている人たちの中で九年母短歌論争を知っている人は多くないと思われるからである。また、一九九〇年代から現在まで、湾岸戦争、九・一一同時多発テロ、東日本大震災など、大きな事件・災害が起きた際には時事詠が全国的に多く詠まれ、時事と短歌をめぐる議論が中央歌壇でもさかんになされてきた。そういった動きを通して時事詠というジャンルが現代の歌壇で市民権を得たことで、沖縄の作者たちの時事詠も勢いを増したという可能性も考えられなくもない。何より、米軍基地が沖縄の人々に不安や怒りを感じさせ続けているという昔から変わらない状況が作品の傾向に影響している［注11］はずだ。

そのような点から、九年母短歌論争と現代の短歌の状況をストレートに結びつけることには慎重とならざるを得ない。だが、論争をリアルタイムで知っていたと思われる、当時大学生で短歌を詠んでいた比嘉美智子と平山良明が後に沖縄短歌界の指導者となったことを考えると、この両者（の作品）を通しての間接的な影響ということは充分に考えられる。沖縄の短歌の現状に九年母短歌論争の影響を感じ取った大城立裕の認識は、短歌界内部の人間ではなく戦後の短歌の展開を一定の距離をもって客観的に見てきた者の認識であり、沖縄の短歌史を考えていく上で貴重なものである。

さて、話が時事詠から逸れるが、大城が『うらそえ文藝』第二十号（二〇一五年）に寄稿した「短歌を琉歌に―訳の試み」にも触れておきたい。大城が「最近出会って気に入った歌集」である銘苅真弓『琉装の雛』（短歌研究社、二〇〇九年）収録の短歌十六首を琉歌に翻訳したものだ。大城はすでに二〇一三年に自伝琉歌集『命凌《ぬちしぬ》じ坂《びら》』（沖縄タイムス社）を出版していた。そのことからすると琉歌を作ること自体は珍しいことではないが、既存の短歌を琉歌に翻訳するという発想が面白い。

頭上ゆくモノレールの影くろぐろと日傘さす我を轢きて過ぎゆく　銘苅真弓

あきとモノレール我身《わみ》ゆ轢《ふぃ》ち殺《くる》ち　我身や日傘《パラソル》に隠《くわっく》いとしが　大城立裕

地面に映る自分の影とモノレールの影とが重なる光景を詠んだ歌だ。原作の銘苅の歌では「くろぐろと」が一首に不穏さを生むと共に、読者の視線を地面に移し、地に映る影をはっきりと映像としてたちあげる。大城による琉歌には「『あきと』＝『おやまあ』、『…としが』＝『…しているが』」が付されている。この歌では「影」や「くろぐろと」といった語が省かれたことで、場面を映像としてたちあげる力は弱くなっているが、その分、モノレールが「我身」（私）を実際に轢くかのような迫力が生まれている。それと同時に「轢ち殺ち」という荒々しい言葉と、自分は傘の中に隠れていたのにというとぼけた言い回しでユーモラスな作となっている。銘苅作品の静かな世界とは違った、おおらかで迫力ある新たな魅力がこの一首にはある。

「短歌を琉歌に」という大城の試みは、この翻訳に現出しているように、短歌の表現と琉歌の表現との違い、それぞれの特徴やそれぞれが得意とする表現といったものを垣間見せてくれる［注12］。現在の沖縄において、短歌と琉歌の双方を視野に入れることができる人は多くないだろう。大城は琉歌集『命凌じ坂』を編むにあたって、宮柊二の作品を読むなどして短歌形式にも積極的に触れていた［注13］。短歌と琉歌の間の高い垣根を軽やかにユーモアたっぷりに越えてみせた短歌から琉歌への翻訳という作業は、広い視野と丹念な学びによるものであり、大城立裕という作家のすごさを感じさせるものであった。

＊

ところで、私の専門は歴史学だが、短歌を批評・研究する者でもあり、短歌の実作者でもある。ここまでは短歌を批評・研究の対象とする者としての公的な立場（？）から記してきたつもりである。ここからは実作者としての私的な立場から記したい。

初めて大城立裕さんと会話をしたのは、二〇一五年のある会合の場だった。大城さんの周りには常に人がおり、話しかけたいと思いながらも、人見知りな私にはそれができずにいた。そんな中、大城さんがお手洗いに向かうために一人になったところをつかまえて自己紹介をしたのだった。私の名前を聞いた大城さんは「ここに来ればあなたと銘苅さんに会えるかと思って、今日は来たんだよ」と言ってくださった。「銘苅さん」とは前述の銘苅真弓さんで、当時大城さんが注目していた歌人だ。大城さんが私のことを知っていたのは、これ以前に少しやり取りがあったからだ。

ながらみ書房が発行する短歌総合誌『短歌往来』二〇一三年八月号が「歌の力　沖縄の声」という特集を組んだ。私自身も作品を寄せたこの雑誌を同じ職場（名桜大学）の山里勝己さん（当時は副学長）に差し上げたところ、山里さんが私のことを大城さんに伝えてくださった。そのことを受けて大城さんに雑誌をお送りすると、ハガキで感想が届いた。これが初めてのやり取りだった。

『短歌往来』は翌年も沖縄特集を組んだ。前年の特集では（オスプレイ配備が問題になっていた時期の特集ということもあって）基地やオスプレイを詠んだ作が多かったが、この時の特集「沖縄の食と風物」には沖縄の料理・植物・伝統を詠んだ歌が並ぶ。この『短歌往来』二〇一四年八月号を大城さんに送ったところ、感想のハガキ（二〇一四年九月十七日消印）をくださった。大城さんは、沖縄の短歌に時事詠が多いことに不満を抱いていたとのことで、「食と風物」をテーマとした特集への喜びが記されていた。そして、時事詠から解き放たれて沖縄の風物を自由に詠う歌人たちに、大城さんは沖縄短歌界の新たな展開と希望を見たようで、最高の作として伊波瞳さんの「うりずんがさやと来ておりさみどりの糸瓜の味噌煮を夫と食《とう》ぶる」という歌を挙げていた。

大城さんが短歌に基地や政治よりも自然や文化、日常生活を詠むことを期待していたのは、以上のことからも窺える。しかし、時事詠の多さに不満を抱きながらも、時事詠を否定していたわけでもない。大城さん自身、「政治を詩にすることは好きでないが」と「あとがき」に記す琉歌集『命凌じ坂』で基地や政治に関わることを詠んでいた。沖縄に暮らす表現者は「政治」を避けることができないということを、よく知っていたはずだ。ではなぜ大城さんは沖縄の時事詠にあまり好意的な評価をしてこなかった（ように見える）のだろうか。

ある日、大城さんから届いたハガキ（二〇一四年十二月五日消印）には「琉球歌壇」で読んだ銘苅真弓さんの歌が印象的だったと記されていた。歌自体が引用されていたわけではないが、文面からすると、その歌とは二〇一四年九月二十七日付『琉球新報』十七頁に掲載された次の作である。

丘の裾に墓標ひとつが立ちしと言う言伝てはいつか風説となる　　銘苅真弓
丘の辺の埋もれし時を掘り起こす時の彼方に兵士の眠る
葬《はぶ》りたるひとりの死者の行方を土は語らず黒々と闇

事実の説明だけに終わらない銘苅さんのような時事詠に期待したい、という内容がハガキに記されていた。大城さんはそれ以上の評を記してはいないが、なるほど、この銘苅作品は具体的な地名などが出てこず、歌の場面・背景が固定化されないため、物語性を帯びた作となって読者の想像を掻き立てる。沖縄戦と関わる歌かどうかは確定できないが、この時の「琉球歌壇」選者の屋部公子さんはそのような歌と捉えた評をしており、おそらく大城さんもそう読んだのだろう。戦争が遠い過去となっていく様子を、言伝《ことづて》から風説というより不確かなものへと変わっていくと表現したところが詩的だ。大城さんはこのような作品を時事詠として評価していた。すなわち、時事詠そのものを否定していたのではなく、詩として不完全な時事詠が多いことを懸念していたのだ。

大城さんとのやり取りの回数自体は少なかったが、それらを通して、時事・社会を、特に基地に関わる問題をどう詠むのか、ということを今まで以上に意識するようになった。基地の歌を詠む際に「大城さんに評価されるような歌になっているかどうか」と立ち止まることもしばしばであった。

基地の歌を考える上で、大城さんの小説「辺野古遠望」にも刺激を受けた。『新潮』二〇一七年二月号に掲載された作品で、『あなた』（新潮社、二〇一八年）に収録されている。小説としては淡々とした印象で、もちろん大城さんには他にもっと良い作品がいくらでもあるだろうが、「辺野古遠望」が私の心に残っているのは、短歌と小説の違いを感じさせられた作品だからである。小説の主人公である「私」の甥は沖縄の建設会社を経営しており、辺野古の防衛省施設の工事を請け負う。また、辺野古への基地移設を推進する側である防衛省沖縄防衛局の係長を務めるウチナーンチュも登場する。基地移設に与する（与せざるを得ない）側と抵抗・反対する側の姿、そしてそのどち側にもウチナーンチュがいる。「辺野古遠望」が描いた構図は当然と言えば当然のものではあるのだが、これは短歌にはあまり描かれていないものではないか、そう感じたのだ。

作者自身が実際に見たもの、感じたことを表現する「一人称の文学」としての傾向が強く、「作者＝作中主体」であることの多い短歌では、作者が基地反対の立場の場合、その作品からは賛成・容認の側の姿は見えづらい。賛成・容認の人々は批判の対象として詠まれることはあっても、彼らが何をどう考えて行動している（賛成・容認している）のか、あるいは苦悩・葛藤しているのか、そういった主体性までは短歌では描けていないように思う。「辺野古遠望」を読みながら、小説と短歌の違い、短歌の問題点を感じたのだ。「辺野古遠望」と出会った後の私は次のような短歌を詠んでいる。

基地あるがゆえの［　　］夜の雨のけぶれる中をネオン艶めく

①　犯罪　　②　繁栄

『現代短歌』二〇一八年八月号

基地が来れば給与上がるという噂野菜スティックかじりつつ聞く

『現代短歌』二〇一八年十月号

一首目は①か②の言葉を読者が選択して歌を完成させるようになっている。近年の私はこういった作品を詠むことで、基地反対だけではない沖縄を短歌のなかで描こうとしてきた。今になって思うと、「辺野古遠望」を読んだことによる影響があったのかもしれない。

「辺野古遠望」を『新潮』で読んだ二〇一七年一月に私は大城さんにメールをしている。歌人の吉川宏志さんと私とが中心となって企画したシンポジウム「時代の危機に立ち上がる短歌」の開催を前に、当日会場に集う歌人たちへの大城さんからのメッセージをいただきたいとお願いしたのだった。このシンポジウムは、辺野古をめぐる問題が深刻化する中で短歌にはどのような表現が可能なのかを考えるためのものだ。あまりにも不躾なお願いをすることに気が引けたが、戦後沖縄の短歌の出発を告げる呉我春男歌集『九年母』を世に出し、九年母短歌論争から最近の沖縄の短歌までを見てきた大城さんの言葉こそが、今、必要だと思ったのだ。大城さんからいただいたメッセージは当日、会場で読み上げられた。

時事短歌の新時代を迎えたのですね。困難なテーマだと思いますが、それだけに挑戦しがいのあるテーマかと思います。時事が短歌をつぶさないで、むしろ膨らむような技術の振興を望みます。それに成功すれば、それこそ短歌の新時代かと思います。挑戦に成功なさることを祈ります。

大城さんは短歌が時事を詠うのを否定していたわけではなかった。時事を扱うことに耐えられるだけの詩としての、文学作品としての力を短歌に求めていたのだ。一九五四年の大城さんの文章が思い出される。「技術は主題に先行する。勿論、意欲は更に先行する。確実な意欲―確実な技術―確実な主題。これのたしかな把握が文章を文学にする」[注14]。時事につぶされないための技術の振興。それは大城立裕さんから私たち沖縄の歌人に課された宿題である。

[注1] 大城立裕「呉我春男の生涯」『現代短歌』二〇一七年一月号。
[注2] 年譜によると、昭和二十九年（一九五四）七月に胆嚢炎の手術をしている（『大城立裕全集』第十三巻（勉誠出版、二〇〇二年）四四四頁）。
[注3] 大城立裕「文学的思春期に」『琉大文学』創刊号（一九五三年七月）。
[注4] この論争については瀬良垣宏明「戦後沖縄短歌論争（二）　新川明と『九年母』同人との論争を中心として」『興南研究紀要』第二号（一九七三年）に詳しい。
[注5] 一首目の初出は『琉大文学』第十号（一九五五年十二月）で、この歌は昭和三十一年（一九五六）六月二十二日付『朝日新聞』の記事でも紹介された。

［注6］『琉球新報』二〇〇六年二月二日朝刊、十四頁。

［注7］大城立裕『光源を求めて』（沖縄タイムス社、一九九七年）一六〇頁。同書は一九九六年の『沖縄タイムス』紙上での連載をまとめたものである。

［注8］大城立裕「呉我春男の生涯」『現代短歌』二〇一七年一月号。

［注9］たとえば、歌人の玉城洋子は沖縄の短歌の状況を「バリケードのように時事詠が立ち並ぶ」と表現した（「沖縄・内なるもの」『短歌往来』二〇〇三年四月号）。

［注10］仲程昌徳は九年母短歌論争を「沖縄の近代短歌と現代短歌を分かつ分水嶺」と表現している（「沖縄の近代現代の歌」『短歌往来』二〇一三年八月号）。

［注11］仲程昌徳「沖縄の近代現代の歌」『短歌往来』二〇一三年八月号。

［注12］短歌を琉歌に翻訳するにあたって、短歌にある語を琉歌では削らないといけないということがあったようだ。短歌の表現そのままを琉歌で再現できないのは、短歌が五七五七七の五句、琉歌が八八八六の四句という句数の違いによるのではないかと大城は考えており（「短歌を琉歌に―訳の試み」）、興味深い問題だ。

［注13］『毎日新聞』二〇一三年二月二十五日、西部朝刊、十五頁。

［注14］大城立裕「現段階の言葉」『琉大文学』第五号（一九五四年二月）。

◇付録

1　大城立裕年譜

作成・呉屋美奈子

【凡例】

『大城立裕全集』（二〇〇二年）『大城立裕文学アルバム』（二〇〇四年）に収録した「年譜」を基にして構成した。多岐にわたる活動のうち小説作品を中心に構成した。

一九二五年（大正一四年）〇歳
父昌隆、母カメの次男として、沖縄県中頭郡中城村字屋宜一三番地に生まれる。生家は屋宜祝女殿内（のろどんち）。姉夏（九歳上）、兄重信（七歳上）。母は現北中城熱田の生まれ、嫁いで祝女を継ぐ。父は立裕が生まれる六年前からほとんど別居。那覇市に住んでいた。

一九三〇年（昭和五年）五歳
母は兄を父の元に送り（姉はその一、二年前から進学のため父の元へ）立裕をつれて実家（現北中城村熱田）に帰った。

一九三二年（昭和七年）　七歳
中城村（現北中城）喜舎場尋常高等小学校に入学。
一九三三年（昭和八年）　八歳
母は自活するため、首里市に転居。兄を父から引き取り立裕と二人。実父の意見で沖縄県師範学校付属小学校へ転校させる。
一九三六年（昭和一一年）　一一歳
父と母が和解。父の元へ転居。住所は那覇市久米。
一九三七年（昭和一二年）　一二歳
『少年倶楽部』懸賞綴方に「戦地の兵隊さんへ送る手紙」で入選。
一九三八年（昭和一三年）　一三歳
沖縄県立第二中学校へ入学。
一九四〇年（昭和一五年）　一五歳
那覇市上泉町へ転居。
一九四三年（昭和一八年）　一八歳
東亜同文書院大学予科に最後の沖縄県費派遣生として入学。上海へわたる。
一九四四年（昭和一九年）　一九歳
春、「軍米収買」に徴用される。七月、盲腸炎手術のため、徴兵検査を半年ほど延期。九月、予科修了、学部へ入学。まもなく勤労動員で第一三軍参謀部情報室蘇北機関（揚州）に勤務。五か月間。任務は中共資料の翻訳。一〇月一〇日、沖縄に空襲あり。揚州にてその知らせを聞く。秋、姉が子どもたちを連れて熊本に疎開しているということを父から中国に送られたハガキで知る。

一九四五年（昭和二〇年）　二〇歳

三月二〇日、在学のまま入隊。五か月で敗戦。八月二六日、除隊。上海へ帰る。九月、軍需品接収のための通訳にボランティアとして第一三軍貨物廠に配属。

一九四六年（昭和二一年）　二一歳

二月、貨物廠の復員始まり、通訳を依願退職。日本人街に入り揚樹浦（ヤンジッポ）第四保事務所で、在留日本人の自治の事務を務める。四月、民間人として日本へ引き揚げ、熊本にいる姉の元に身を寄せる。五月、マラリアを発病。危機的状況を迎えるが全治。半年間浪人。

六月、兄重信が満州から引き揚げ、合流。兄は栄養失調で、回復にはしばらくかかった。九月、沖縄戦を生き延びた父からハガキがきて無事を知る。一一月、姉、兄とともに熊本を引き揚げる。佐世保の収容所に一週間いたのち郷里の中城村で父母と合流する。一家全員無事。母の実家は全滅。

一九四七年（昭和二二年）　二二歳

二月、琉球列島米穀生産土地開拓庁（通称開拓庁）に就職。「般若心経」にめぐり合い、岡本かの子にひかれる。七月、戦中世代としての挫折感から執筆を思い立ち、戯曲「明雲」を書き始める。沖縄民政府文化部による脚本懸賞に「明雲」で応募し当選する。一一月、英語を勉強しなおすため、開拓庁を退職し、米軍第一航空師団

（嘉手納）に就職。A2（CIC=諜報機関）で翻訳に従事。戯曲「望郷」執筆。

一九四八年（昭和二三年）二三歳
五月、米軍を辞職。野嵩（現・普天間）高校国語教師となる。戯曲「或日の蔡温」が沖縄教育連合会の懸賞募集に当選する。

一九四九年（昭和二四年）二四歳
中今信主宰、沖縄演劇文化研究所（現那覇市）に参加。『月刊タイムス』（沖縄タイムス社刊）の短編小説懸賞募集に「老翁紀」が一等当選する。一二月号に掲載（筆名　城龍吉）。小説のデビュー作となる。

一九五〇年（昭和二五年）二五歳
一月、うるま新報社主催演劇コンクールに学校劇「青い山脈」で参加。一等当選（『うるま春秋』三月号に掲載）。教師を退職する。四月、琉球列島貿易庁に就職。一〇月、『演劇映画』第二巻第四号に「阿呆彦太」（戯曲）。首里に転居、兄宅に寄宿する。『雄飛』創刊号に「夜明けの雨」。『うるま春秋』二巻六号にはじめての随筆「Hさんの家族」を執筆。那覇市内にある呉我春男らの「文芸サロン」同人に加わる。

一九五一年（昭和二六年）二六歳
このころから沖縄の新聞、雑誌等にエッセイ、コラム、劇評、座談会等で参加する。『沖縄ヘラルド』の懸賞募集に城戸裕の筆名で、「馬車物語」を応募。佳作入選。作品は『沖縄ヘラルド』に連載。一九五四年に改稿、「生涯」と改題する。この年、琉球臨時中央政府商工局庶務課勤務。

一九五二年（昭和二七年）二七歳

米軍管理の放送局で初のラジオドラマ「旅の島にて」を発表。川平清らの放送劇に声優として参加。〝那覇ヤマトグチ〟を試みる。七月、病床にある「文芸サロン」の同人呉我春男の歌集『九年母』を出版（協力）。

一九五三年（昭和二八年）　二八歳

商工局貿易課に異動。『沖縄タイムス』のコラム「茶のみ話」レギュラーとなる。初の新聞小説「流れる銀河」を『沖縄タイムス』に連載。

一九五四年（昭和二九年）　二九歳

三月、田里美枝子と結婚。首里市山川町に住む。七月、胆嚢炎手術、不成功。以後七年間発作に苦しむ。経済企画庁室へ転勤『経済振興第一次五ヵ年計画書』の編集にあたる。

一九五五年（昭和三〇年）　三〇歳

「逆光の中で」執筆（一九五六年頃まで）。嘉陽安男作「新説阿麻和利」をラジオドラマに脚色、民営に移管された琉球放送（KSAR）で一三回連続放送。「白い季節」を『琉球新報』に連載。

一九五六年（昭和三一年）　三一歳

太田良博、池田和、新川明らと「沖縄文学の会」を結成。六月機関紙『沖縄文学』を出す。第一号に「孤島王国」（戯曲）を発表。

一九五七年（昭和三二年）　三二歳

琉球新報主催の高校演劇コンクールが始まり、審査員となる。四月、長男達矢誕生。一〇月、琉球大学国文科非常勤講師となり、「日本近代文学史」を担当。

一九五八年（昭和三三年）　三三歳
二月、那覇市首里汀良町三丁目五十九番地に住宅を新築。『新潮』一二月号の全国同人雑誌推薦小説特集に「棒兵隊」が掲載される。
一九五九年（昭和三四年）三四歳
三月、「亀甲墓」執筆。沖縄新人演劇集団に参加。『琉球新報』に「小説　琉球処分」の連載をはじめる。
一九六〇年（昭和三五年）三五歳
六月、次男幹夫誕生。那覇市制四〇周年記念に、沖縄新人演劇集団公演「つばくろの歌」（藤本義一作）を演出。琉球政府文教局刊『琉球史料』経済篇の編集に参加。
一九六一年（昭和三六年）三六歳
八月、ドキュメンタリー『悪石島』（嘉陽安男、船越義彰と共著）を文林書房より刊行。九月、病気のため琉球大学非常勤講師を退く。一一月、久留米大学病院で胆嚢を手術。全治する。
一九六二年（昭和三七年）三七歳
一二月、計画局主任計画官となる。『沖縄経済の現状』（年刊）を企画、創刊。
一九六三年（昭和三八年）　三八歳
二月、琉球政府計画局経済企画課長となる。『沖縄概観』（年刊）を企画、創刊。「山がひらける頃」（戯曲）執筆。初のテレビドラマ「思ゆらば」を執筆し、沖縄テレビで放送される。以後、テレビドラマを多数手がける。

一九六四年（昭和三九年）　三九歳
『琉球史料』（文教局刊）文化篇の編集に参加。

一九六五年（昭和四〇年）　四〇歳
「カクテル・パーティー」執筆。

一九六六年（昭和四一年）　四一歳
三月、通商産業局通商課長となる。四月、『新沖縄文学』第一号に「山がひらける頃」（戯曲）。六月、国際見本市に参加のため、サンフランシスコへ出張。『新沖縄文学』第二号に「亀甲墓」。『新沖縄文学』第三号に「逆光のなかで」。一〇月、経済視察団に加わり韓国へ出張。

一九六七年（昭和四二年）　四二歳
第一回沖縄タイムス芸術選賞奨励賞を受賞。二月、『新沖縄文学』四号に「カクテル・パーティー」。七月、「カクテル・パーティー」により第五七回芥川賞を受賞する。「新沖縄文学」編集委員となる。九月、文芸春秋社より創作集『カクテル・パーティー』を刊行。『文學界』九月号に「ショーリーの脱出」。『沖縄タイムス』のコラム『積乱雲』のレギュラー執筆者となる。

一九六八年（昭和四三年）　四三歳
一月、琉球政府公務員研修所長となる。二月、沖縄タイムス社芸術選賞大賞を受ける。『新潮』五月号に「神島」。七月、沖縄風土記社より『白い季節』（一九七六年、日本放送出版協会から再刊）。一一月、沖縄タイムス社芸術選賞の文学部門の選考委員となる。同月、『月刊ペン』で「現地からの報告・沖縄」の連載はじまる。

一九六九年（昭和四四年）　四四歳
『文學界』一月号に「ぱなりぬすま幻想」（一九七二年三笠書房より単行本、一九七五年一〇月三〇日角川文庫）。二月、「神島」を自ら脚色し、劇団青俳で上演（『テアトロ』第三〇八号に戯曲版「神島」を発表）。六月一五日、『沖縄タイムス』に「一号線」（掌編小説）。
高知市立中央公民館にて「第一九回夏期大学」の講師を務める。演題は「沖縄のこころ」。『文芸春秋』一〇月号に「ニライカナイの街」。一〇月、月刊ペン社よりエッセイ集『現地からの報告・沖縄』刊行。太平出版社より新里金福との共著『沖縄の百年』人物編・同歴史編を刊行。

一九七〇年（昭和四五年）　四五歳
二月、鹿児島で「沖縄復帰の文化的意味」と題し講演。七月、尚真王の「武器撤廃」をめぐって、山里永吉と琉球新報で歴史論争。『太陽』九月号に「八重山のクルス」。九州・沖縄芸術祭（のち「九州芸術祭」と改称）文学賞の地区選考委員となる。この年、劇団俳優小劇場が「琉球処分」を上演（藤田伝脚色）。

一九七一年（昭和四六年）　四六歳
沖縄タイムス社芸術選賞の演劇部門の選考委員となる。三月、沖縄移動大学に参加。ＫＪ法を学び、その方法によって「沖縄の文化的伝統と精神風土」を図解。これを使って同移動大学で講演。講演内容はのちに執筆する『内なる沖縄』の構成となる。四月、当時学生であった立松和平氏の依頼により『早稲田文学』に「沖縄通信」を連載。『文學界』五月号に「やさしい人」。六月、「沖縄文化に関する三つの問い」と題して、沖縄開発シンポジウムで基調報告。『婦人之友』六月号に「弁財天堂」。

九月、琉球政府沖縄史料編集所長となる。年末台湾へ旅行。

一九七二年（昭和四七年）　四七歳

一月、『ぱなりぬすま沖縄』を三笠書房より刊行（一九七五年一〇月、角川文庫版）。三月、移民史料収集のため南米へ出張。五月、琉球放送番組審議委員会委員となる。同月、講談社より書き下ろし長編『恩讐の日本』を刊行。同月、読売新聞社より書き下ろしエッセイ集『内なる沖縄』を刊行。六月、潮出版社よりエッセイ集『同化と異化のはざまで』を刊行。八月、父没す。享年八五歳。一二月、海洋博事業計画委員となる。海洋博県出展「沖縄館」のプロジェクトに参加。『海』一二月号に「骨がやってきた」。ソ連版『日本短編小説集』に「カクテル・パーティー」が訳載される。

一九七三年（昭和四八年）　四八歳

琉球新報短編小説賞選考委員となる。『文學界』二月号に「筏」。一一月、母没す。享年八〇歳。

一九七四年（昭和四九年）　四九歳

一月『東京新聞』の連載コラム「狙撃台」を担当。一月、新里恵二らと季刊総合雑誌『沖縄思潮』をはじめる。十号まで出し、毎号巻頭エッセイ等を書く。三月、『風の御主前』を日本放送出版協会より刊行。七月、日本放送出版協会より『神島』を刊行。九月、友人とヨーロッパを旅行。アイルランド演劇運動への興味から旅程にアイルランドを加える。

一九七五年（昭和五〇年）　五〇歳

一月、『沖縄思潮』に「判じと秋風」。二月、沖縄県教育委員会（沖縄県教育委員会編）出版の『沖縄県史・文化篇』に「総説」を寄せる（三部構成のうちの第一部を担当）。四月、沖縄館計画のため東南アジアへ出張。沖縄タイムス社の新沖縄文学賞選考委員となる。『まぼろしの祖国』執筆（脱稿七七年）。

一九七六年（昭和五一年）　五一歳

一月、日本放送出版協会より『白い季節』を刊行。一二月、平凡社刊の『伊波普猷・人と思想』に「伊波普猷の思想」を寄せる。これを執筆するにあたり、『伊波普猷全集』を読破する。

一九七七年（昭和五二年）　五二歳

琉球大学で前期の非常勤講師として「沖縄文化史序説」を担当する。『朝日ジャーナル』に連載ルポタージュ「連載ルポ・沖縄」を掲載。五月、シンポジウム『沖縄戦後文学の出発』で「文学初心のころ」と題して基調報告する。八月、家の光協会よりエッセイ集『沖縄、晴れた日に』を刊行。

一九七八年（昭和五三年）　五三歳

一月、日教祖研那覇大会で「沖縄の歴史と文化」と題し講演。五月、二度目の移民史料収集のため南米・北米へ出張。ついでにポリネシア諸島を巡る、六〇日間。講談社より『まぼろしの祖国』を刊行。

一九七九年（昭和五四年）　五四歳

七月、日本放送出版協会より書き下ろし長編小説『華々しき宴のあとに』を刊行。

一九八〇年（昭和五五年）　五五歳

二月二三日琉球大学教養部主催のシンポジウム「沖縄戦後精神史の里程標を求めて」に参加。
四月、沖縄県教育庁参事を兼任する。同月、若夏社よりエッセイ集『私の沖縄教育論』を刊行。七月、中国福州へ出張、福州史料調査の交渉をする。上海を再訪。「さらば福州琉球館」を『別冊文藝春秋』夏号・秋号に分載（同一〇月『テアトロ』に戯曲版を発表）。一二月、創元社より書き下ろし単行本『沖縄歴史散歩』（歴史）を刊行。

一九八一年（昭和五六年）　五六歳
『文學界』九月号に「無明のまつり」。一一月、光文社より単行本『般若心経入門』を刊行。

一九八二年（昭和五七年）　五七歳
三月、NHK沖縄の企画で、復帰一〇周年記念に「世替りや世替りや」を上演。八月、理論社より『対馬丸　さようなら沖縄』を刊行。

一九八三年（昭和五八年）　五八歳
四月、沖縄県立博物館館長となる。五月、講談社より『朝、上海に立ちつくす』を刊行。

一九八四年（昭和五九年）　五九歳
一月、玉城朝薫生誕三〇〇周年記念事業会長に就任。『海』二月号に「二十日夜」。『すばる』三月号、四月号に「神女（のろ）」を分載。「対馬丸」が学生向けの読み物として編訳され、『The Tsushima-maru』（編注・尾田長、編訳・フランク・ボールドウィン）として三友社刊行。

一九八五年（昭和六〇年）　六〇歳
一月、沖縄の舞踊家と前進座との合同でミュージカル「マブリー」を上演（前進座劇場、県立郷土劇場）。同月『毎日新聞』（夕刊）の連載コラム「視点」を執筆。『文學界』二月号に「ノロエステ鉄道」。『文學界』七月号に

「ジュキアの霧」。九月、琉球放送主催創作芸術祭審査員となる。『群像』一一月号、一二月号に「花の碑」を分載。「マブリー」（戯曲）を前進座劇場と東町会館で上演。沖縄民話と民謡、新劇とのドッキングを試みる。「嵐花」（演劇）を東町会館で上演。原作は「花の碑」（一九八八年に前進座劇場で上演）

一九八六年（昭和六一年）　六一歳

公務員定年退職。五月、「それぞれの花風」（演出・幸喜良秀、乙姫劇団）を沖縄市民会館と那覇市民会館にて上演。同月、日弁連全国大会にて「復帰一五年の現状と課題」と題し講演。六月、『朝日新聞』の連載コラム「職業欄」に執筆。『群像』一二月号に「厨子甕」。

一九八七年（昭和六二年）　六二歳

『文學界』二月号に「南米ざくら」。三月、農山漁村文化協会より『休息のエネルギー』を刊行。七月、佼成出版社より単行本『私の仏教平和論』を刊行。八月、岩波書店より書き下ろし長編『天女死すとも』刊行。八月七日、石垣市主催「アジア民族芸能祭」企画専門委員長に委嘱される。一二月、徳間書店より松原泰道との共著『最後の般若心経』を刊行。この年、沖縄芝居実験劇場（代表・幸喜良秀）に参加。沖縄方言芝居の保存、発展運動をはじめる。第一作として「世替りや世替りや」を改定し、沖縄市民会館。東町会館、三百人劇場〔文化庁主催芸術祭・第三回地域劇団東京演劇祭参加〕で公演。

一九八八年（昭和六三年）　六三歳

一月二二日、演劇「世替りや世替りや」が第二二回紀伊国屋演劇賞特別賞を受賞。三月一二日、民俗芸能フォーラム「『心』継承し盛んな交流を」にてシンポジウムの司会を務める。『文學界』八月号に「はるかな地上絵」。八

月二〇日の『讀賣新聞』(西部版、夕刊)に「八重干瀬」。一〇月二三日〜二三日「嵐花」(那覇東町会館)、一〇月二六日〜二七日(沖縄市民会館)、十一月一日〜三日(東京前進座劇場)

一九八九年(平成一年)　六四歳

那覇市制七〇周年記念企画調査委員。文化庁文化財保護部伝統文化課発行の『平成元年度　沖縄の伝統芸能に関する調査報告書』に「「だからよ」文化の明暗——沖縄文化の可能性——」を寄せる。『新潮』三月号に「神の魚」。『文学界』七月号に「パドリーノに花束を」。『西日本新聞』に連載コラム「首里城下で」。八月、沖縄芝居「トートーメー万歳」を紀伊国屋ホールで公演。九月、沖縄芝居「嵐花」(原作「花の碑」)を文化庁平成元年度優秀舞台芸術推奨公演(浦添市民会館。那覇市民会館)。一〇月、「カクテル・パーティー」がスティーブ・ラブソンにより『二つの沖縄戦後小説』(カリフォルニア大学出版)に訳載される。一一月、文藝春秋社より創作集『ノロエステ鉄道』を刊行。この年、沖縄タイムス芸術選賞舞踊新人グランプリ部門選考委員となり、四年間続ける。

一九九〇年(平成二年)　六五歳

三月、沖縄の伝統芸能に関する調査委員(文化庁)となる。六月二七日、那覇市制懇話会委員となる。八月、那覇市文化振興基金活用懇話会委員。同月七日、那覇市民劇場緞帳原画選定委員。一〇月、宮城与徳展実行委員。同月一七日、具志川市立図書館建設記念一〇〇〇万円懸賞小説募集相談役となる。同月二五日、那覇市観光映画審査委員会委員。一一月、紫綬褒章を受ける。同月、沖縄タイムス社より『沖縄演劇の魅力』を刊行。

一九九一年(平成三年)　六六歳

一月一六日、那覇市制七〇周年記念祭実行委員会委員となる。同月一七日、沖縄県立郷土劇場運営委員会委員

となる。二月一九日、文化庁芸術祭沖縄公演企画委員会の委員長に委嘱される。四月、九州文化協会理事。『文學界』六月号に「迷路」。七月一日、沖縄の文学演劇の振興発展に尽くした功績で第三五回沖縄タイムス賞文化賞を受賞。八月六日、沖縄県文化振興懇話会座長となる。『群像』八月号に「鳥塚」。九月、「春の怒涛紅型由来」(原作「天女死すとも」)を沖縄ビル管理株式会社創立三十五周年記念として那覇市民会館にて上演。

一九九二年(平成四年)　六七歳

三月、「トートーメー万歳」を横浜教育文化センター・ウィルホールで上演。五月、平和宣言文集作成委員(知事公室長)となる。首里城公園友の会役員となる。『文學界』七月号に「巫道」。七月、沖縄大学理事に就任。八月、沖縄県文化財保護審議会委員となる。同月二六日、国立組踊劇場検討委員会の委員長となる。『新潮』八月号に「日の果てから」。九月、文藝春秋社より『後生からの声』を刊行。一〇月、プレジデント社より単行本『琉球の英傑たち』(評伝)を刊行。一一月、「首里城物語」(原作「花の碑」)文化庁主催で国立劇場にて上演。横浜アジア芸術祭に「トートーメー万歳」を横浜市教育文化センターで上演。

一九九三年(平成五年)　六八歳

『群像』三月号に「紅型」。六月『中央公論文芸特集』夏号に「夏草」。七月、「日の果てから」で第二一回平林たい子文学賞を受賞。八月、読売新聞社よりエッセイ集『琉球の季節に』を刊行。同月二三日、沖縄県立美術館基本構想検討委員会の委員長となる。九月、「ドラマ・沖縄芝居講座」を郷土劇場にて上演。一二月、『中央公論文藝特集』冬号に「荒磯」。

一九九四年(平成六年)　六九歳

『群像』二月号に「祭りの日まで」。『文學界』三月号に「運勢暦」。三月、朝日新聞社より『さらば福州琉球館』刊行。沖縄タイムス芸術選賞「演劇」部門の選考委員を辞任。九月、ニライ社より『ハーフタイム沖縄』を刊行。

一九九五年（平成七年）　七〇歳

一月、「さらば福州琉球館」（沖縄芝居）を福州にて公演。五月、中央公論社より創作集『二十日夜』を刊行。『文學界』六月号に「イペー」。五月、那覇市文化功労者に選ばれる。『新潮』八月号に「ふりむけば荒野」（一九九五年一二月一〇日、『かがやける荒野』と改題して新潮社より単行本）。一二月、「いのちの簪」を石川市民会館、具志川市民芸術劇場、県立郷土劇場にて上演。

一九九六年（平成八年）　七一歳

『沖縄タイムス』に「光源を求めて」（エッセイ）を連載。『群像』一月号に「鮎」。四月、勲四等旭日章をうける。六月、中城村に文学碑が建立される。『文学界』八月号に「芝居の神様」。「伊良部トーガニー・恋の海鳴り」を県立郷土劇場、具志川市民会館にて上演。一二月、沖縄文学フォーラム実行委員会委員長として、一二月一五・一六日沖縄文学フォーラムを開催する。

一九九七年（平成九年）　七二歳

『群像』一月号に「あの遠景」。一月、NHK衛星第二放送『世界わがこころの旅』で「ブンガワンソロ・歌に秘められたメッセージ」のインドネシアロケに出張する。三月、「ふるさとへ帰ろうよ、あなた」を三百人劇場、横浜教育文化センター・ウィルホール、県立郷土劇場にて上演。三月三一日、三一書房より戯曲集『世替りや世替りや　大城立裕戯曲集』を刊行する。五月、国立組踊劇場検討協力者会議副委員長。『新潮』九月号に「恋を売る家」（小説）。七月、沖縄タイムス社より『光源を求めて』を刊行。八月、沖縄研究国際シンポジウムシドニー大会にて「二一世紀へ向かう沖縄文化」と題し講演。一〇月二四日県立郷土劇場にて「伊良部トーガニー　恋の海鳴り」（演出・幸喜良秀）公演（一一月三日佐敷シュガーホールにて公演）一一月、日韓文学シンポジウムで「沖縄近代文学と方言」を発表する。同月、沖縄県、国際交流基金主催の国際シンポジウムで「二一世紀における知的、文化的貢献の可能性」にパネリストとして参加。

一九九八年（平成一〇年）　七三歳

『群像』一月号に「ソロの驟雨」（小説）。第三四回琉球新報賞受賞。二月八日具志川市民劇場にて北島角子の一人芝居「ふるさとへ帰ろうよあなた」（演出・幸喜良秀）四月、国立組踊劇場の準備で韓国の伝統芸能施設運営の調査のため、三和総合研究所の調査団のオブザーバーとして、県の委託で訪韓。同月、「イペー」が韓国語に訳され『東西文学』に掲載される。五月、国立組踊劇場設計プロポーザル査定委員会委員（沖縄開発庁沖縄総合事務局委嘱）に任命される。六月一一～一四日沖縄市民小劇場「あしびなー」にて北島角子の一人芝居「ふるさとへ帰ろうよあなた」（演出・幸喜良秀）。六月二二～二九日、モスクワ日本大使館主催「日本文化祭98'」に参加の琉球舞踊団長として訪ロ。八月、文化庁より国立組踊劇場（仮称）の設立準備会協力者（のち、設立準備調査会委員と改称）に委嘱される。九月、琉球新報賞（文化功労）受賞。一二月、琉球放送番組審議委員会委員長を辞任。南日本新聞社主催の南日本文学賞選考委員に就任。

一九九九年（平成一一年）　七四歳

創作組踊「真珠道」執筆。

二〇〇〇年（平成一二年）　七五歳

四月、所蔵資料数千点を沖縄県公文書館に寄託。八月、朝日新聞社より書き下ろし長編小説『水の盛装』を刊行。一一月、台湾・沖縄文学シンポジウムに参加（台北）。『新潮』別冊一一月号歴史小説特集に「探訪人、何処へ」。一一月三日沖縄県功労賞。

二〇〇一年（平成一三年）　七六歳

二月五日、県教育長より国立組踊劇場（仮称）公演事業等検討委員会委員を委嘱される。八月、琉球新報社より『琉球楽劇集　真珠道』を刊行。『群像』九月号に「クルスと風水井」（小説）。九月、「月夜の人生」沖縄市民会館にて上演。一〇月二九日、沖縄県教育長より国立組踊劇場（仮称）正式名称選定委員を委嘱される。九州芸術祭文学賞選考委員を辞任。

二〇〇二年（平成一四年）　七七歳

五月、沖縄県知事より沖縄県文化振興懇話委員を委嘱される。六月、勉誠出版より全集（全一三巻）を刊行。各巻末に「著者のおぼえがき」を寄せる。六月二二、二三日沖縄県立郷土劇場にて「トートーメー万歳」（演出・幸喜良秀）一二月、『大城立裕全集』により沖縄タイムス出版賞特別賞を受賞。

二〇〇三年（平成一五年）　七八歳

二月、岩波書店『ことばのたくらみ』に「阿兄性伝」（小説）。『群像』十月号に「四十九日のアカバナー」（小説）

二〇〇四年（平成一六年）　七九歳

三月十九、二十、二一日国立劇場おきなわ開場記念公演として『真珠道』上演。同年八月二七日、再演。（演出・大道勇　場所・主催／国立劇場おきなわ）三月、『文化の窓』二六号に特別寄稿「モノレール万歳」。六月、『GYROS』三号（勉誠出版）より連載小説「モノレールのはしる街で」はじまる。※但し『GYROS』は一二号（二〇〇五年三月発行）をもって休刊。『群像』十一月号に「窓」。『季刊文科』十一月号に「エントゥリアム」（小説）

二〇〇五年（平成一七年）八〇歳

一月、『那覇文芸あやもどろ』一一号に創作組踊「さかさま「執心鐘入」」。『新潮』三月号に「まだか」。同月一日から三一日まで『琉球新報』にてインタビュー「沖縄列伝」の連載が掲載される。同月二五日～三一日、ハワイ旅行。四月、『文化の窓』二七号（沖縄市文化協会）に創作組踊「悲愁トゥバラーマ」。一一月二十六日、二十七日、国立劇場おきなわにて創作組踊「遁ぎれ、結婚」上演（演出・玉城満　主催・国立劇場おきなわ）。

二〇〇六年（平成一七年）八一歳

一月六日より『沖縄タイムス』にてコラム「縁の風景」の連載がはじまる。四月、『文学　二〇〇六』（日本文藝家協会）に「まだか」が収録される。六月七日、沖縄県立郷土劇場にて創作組踊「山原船」（演出・幸喜良秀　主催・玉城流扇壽会）上演。七月五日、島袋光裕芸術文化賞を受賞。『新潮』八月号に「天女の幽霊」。九月一七日、〝しまくとぅばの日〟条例制定の記念事業として「喜劇・ウチナーグチ万歳」（演出・幸喜良秀　主催・沖縄テレビ放送）を書き下ろし沖縄県立郷土劇場にて上演。一〇月二九、三〇日、国立劇場おきなわにて創作組踊「海の天境」（演出・幸喜良秀　主催・玉城流扇壽会）上演。一二月一、二日国立劇場おきなわにて創作組踊「山原船」（演出・三隅治雄　主催・エーシーオー）上演。

二〇〇七年（平成十九年）　八二歳

二月、沖縄県公文書館へ寄託していた大城立裕文庫を沖縄県立図書館へ寄贈。六月、沖縄タイムス社よりエッセイ集『縁の風景』刊行。一一月、カモミール社より『花の幻――琉球組踊十番』刊行。

二〇〇八年（平成二〇年）　八三歳

一月十九日、東京・国立劇場小劇場にて玉城流扇壽会の新作組踊・琉球舞踊公演「花玉城」の壮行公演で「山原船」（演出・幸喜良秀）が国立劇場おきなわで上演された。二月一日、東京・国立劇場小劇場にて玉城流扇壽会の新作組踊・琉球舞踊公演「花玉城」で創作組踊「山原船」を上演。『新潮』二月号に「首里城下町線」（小説）。四月一日より『沖縄タイムス』にて「ちゅくとぅば」を連載。九月一三日、一四日、国立劇場おきなわ五周年プレ企画として戯曲「嵐花――朝薫と朝敏――」（演出・幸喜良秀　主催・国立劇場おきなわ）を上演。一〇月一九日、国立劇場おきなわにて創作組踊「歌合戦～吉屋ツルと恩納ナベ」を上演。一二月一三日、国立劇場おきなわにて創作組踊「真珠道」（演出・宮城能鳳　主催・国立劇場おきなわ）を上演。『新潮』一二月号に「あれが久米大通りか」（小説）

二〇〇九年（平成二一年）　八四歳

一月二四日、二五日、国立劇場（東京）で、「沖縄芸能の今、これから」の一環として『真珠道』（演出・宮城能鳳）の上演。二月二四日、「『ありがとう筑紫哲也さん』お別れ会」で実行委員会共同代表を務める。四月二六日国立劇場おきなわにて玉城流翔節会第二一回リサイタル第二部で「悲愁トゥバラーマ」（演出・幸喜良秀）。四月二八日、おきなわおーでぃおぶっくより「大城立裕を読む」シリーズ第三弾として『ノロエステ鉄道』（朗読・久米明）

が朗読CDとなる（冒頭に大城立裕氏による作品コメントを収録）。五月、『豊潤の美を求めて――金城安太郎と高畠華宵』へ「金城安太郎さんが懐かしい」を寄稿。七月一九日、沖縄市民小劇場あしびなーにて戯曲「月夜の人生」（演出・松門正秀　主催・劇団うない）上演。一一月二一日、国立劇場おきなわにて創作組踊「さかさま「執心鐘入」」（演出・嘉数道彦　主催・国立劇場おきなわ）を上演。琉球新報短編小説賞選考委員、新沖縄文学賞選考委員、沖縄タイムス芸術賞選考委員、南日本文学賞選考委員、おきなわ文学賞選考委員辞任

二〇一〇年（平成二二年）　八五歳

一月三一日、二〇〇九年度文化庁国際芸術交流支援事業・北米沖縄県県人会創立一〇〇周年記念として、玉城流扇壽会により創作組踊「海の天境」をロサンゼルスにて上演。七月『せりふの時代』夏号に組踊『「君南風」の恋』。七月二八日　日本演劇協会演劇功労者表彰。『新潮』九月号に「幻影のゆくえ」（小説）。八月二八、二九日国立劇場おきなわにて『花の幻』（演出・幸喜良秀　沖縄芝居実験劇場）。九月十一日、十二日国立劇場おきなわにて組踊『今帰仁城落城』（演出・幸喜良秀）上演。九月二五日国立劇場おきなわにて、玉城流扇寿会寿ぐ公演「琉球芸能の展望」で「海の天境」（演出・幸喜良秀）

二〇一一年（平成二三年）　八六歳

六月「普天間よ」を含む七編を収録した作品集『普天間よ』（新潮社）刊行。六月K&Kプレスより『真北風が吹けば　琉球組踊十番』を刊行。『波』七月号に対談「沖縄の魂を知るために」（対談相手：佐藤優）。七月二四日、国立劇場おきなわにて「首里城物語」上演（演出・嘉数道彦）。九月一七、一八日国立劇場おきなわにて「サシバの契り」（演出・大田守邦）。十月二六、二七日演劇「カクテル・パーティー」をハワイにて上演（英訳・山里勝己

二六日　於・ハワイ沖縄センター、二七日　於・ハワイ大学音楽学科オーヴィスホール）

二〇一二年（平成二四年）　八七歳

一月十二日、沖縄芝居実験劇場により組踊「サシバの契り」上演（演出・玉城盛義　国立劇場おきなわ）。四月一日　沖縄芝居実験劇場により組踊「花の幻」を上演（演出・幸喜良秀　世田谷パブリックシアター）。四月三十日横浜能楽堂にて沖縄本土復帰四十周年記念公演「琉球芸能　本土に咲く華々」内の狂言小舞『江戸上り若衆』を作詞。『民主文学』五月号にインタビュー「文学は思想の象徴――三つの三部作と沖縄の歴史、私の文学」。『うらそえ文藝』五月号に巻頭言「琉球民謡の中の人名」。十一月十一日　組踊「海鳴りの彼方～対馬丸の子ら」上演（演出・幸喜良秀）

二〇一三年（平成二五年）　八八歳

二月二三日～二四日沖縄タイムスホールこけら落とし公演として「世替わりや世替わりや」（全四回公演）（演出・幸喜良秀）。三月　板東玉三郎主演『聞得大君誕生』を上演（演出・織田紘二　東京・国立劇場で三日間　国立劇場沖縄にて三日間）。五月二九日　エッセイ「琉球語の保存について」『琉球新報』。一〇月　沖縄タイムス社より自伝琉歌集『命凌じ坂』刊行。

二〇一四年（平成二六年）　八九歳

一月、国立劇場おきなわにて歌舞劇「今日の誇らしや」上演（演出・嘉数道彦）。『新潮』五月号に「レールの向こう」。

二〇一五年（平成二七年）　九〇歳

転倒し、大腿骨を骨折し二カ月入院。「レールの向こう」で第四一回川端康成文学賞受賞。『琉球・島之宝』創刊号にエッセイ「「文藝サロン」のこと」。六月二〇日、二一日国立劇場おきなわにて「いのちの簪」（演出・幸喜良秀）。『新潮』八月号に「病棟の窓」。八月、新潮社より短編集『レールの向こう』発行（二〇二一年二月集英社より文庫版が出版）。

二〇一六年（平成二六年）　九一歳

四月二三日、映画「カクテル・パーティー」（監督・レジーライフ）沖縄初上映。

二〇一七年（平成二七年）　九二歳

『新潮』二月号に「辺野古遠望」。三月二五日国立劇場おきなわにて「さかさま執心鐘入」（演出・嘉数道彦）。四月、月刊『機』にて「沖縄の声」の連載始める（全一二回）。『新潮』四月号に「B組会始末」。『新潮』七月号に「拈華微笑」。七月、妻逝去。『新潮』十二月号に「御獄の少年」

二〇一八年（平成二八年）　九三歳

『新潮』三月号に「消息たち」。四月一四日～六月二四日国立劇場おきなわにて「大城立裕企画展」。四月一四日『真珠道』上演（演出・宮城能鳳　国立劇場おきなわ）。『新潮』五月号に「あなた」。八月、新潮社より短編集『あなた』刊行。

二〇一九年（令和元年）　九四歳

第三回井上靖記念文化賞。八月二四、二五日国立劇場おきなわにて「花よとこしえに」（演出・幸喜良秀）「花の幻」（演出・嘉数道彦）上演。九月、TBS『調査情報』九―一〇号に「沖縄の戦争を思う」。一二月、『モモト』四一号にスペシャルインタビュー。

二〇二〇年（令和二年）　九五歳

二月二五日、名桜大学主催の国際シンポジウム「琉球諸語と文化の未来」にパネリストとして登壇、沖縄言語には丁寧語の創造が必要だと提言した。五月、集英社より『焼け跡の高校教師』（集英社文庫）を刊行。一〇月二七日、老衰のため入院中であった北中城の屋宜原病院にて逝去（九五歳）

2 執筆者並びにシンポジウム出演者プロフィール（五十音順）

伊野波 優美（いのは ゆうみ）

一九八四年沖縄県那覇市生まれ。ハルピン工業大学外国語学院専任講師。近現代沖縄文学研究。論文に「沖縄文学と芥川賞―大城立裕『カクテル・パーティー』を読みなおす」（『沖縄文化』第50巻2号、二〇一七年）。「山之口貘の詩篇における故郷の名称の変容」（『沖縄文化研究』48号、二〇二一年）など。

大城 貞俊（おおしろ さだとし）

一九四九年沖縄県大宜味村生まれ。元琉球大学教授、詩人・作家。一九九二年「椎の川」で具志川市文学賞、二〇〇五年「アトムたちの空」で文の京文芸賞、その他、沖縄市戯曲大賞、山之口貘賞、さきがけ文学賞などの受賞歴がある。近著に『沖縄の祈り』『風の声・土地の記憶』など。

嘉数 道彦（かかず みちひこ）

一九七九年那覇市生まれ。沖縄県立芸術大学大学院舞台芸術専攻を修了。現在、宮城流能里乃会師範。伝統組踊保存会、琉球舞踊保存会の伝承者。琉球舞踊や組踊、沖縄芝居などの舞台に出演するほか、新作組踊や歌舞劇等の脚本、演出にも取り組んでいる。二〇一三年、国立劇場おきなわ芸術監督に就任。二〇一八年、松尾芸能賞新人賞を受賞。

関 立丹（かん りったん）

一九六七年中国吉林省四平市生まれ。博士（文学）。北京語言大学教授。沖縄文学研究。主な著書：『武士道と日本近現代文学――乃木希典と宮本武蔵を中心に』（二〇〇九年）、『司馬遼太郎研究――東亜歴史題材創作』（二〇二〇年）

金 誾愛（きむ ぅね）

一九七五年、韓国・光州生まれ。沖縄、韓国の文化運動研究。

小嶋　洋輔（こじま　ようすけ）

一九七六年生。日本近現代文学研究。名桜大学国際学群教授。主な著書に『遠藤周作論――「救い」の位置』（双文社出版、二〇一二）、論文に「遠藤周作と中間小説誌の時代――『小説セブン』との関わりを中心に」（『遠藤周作研究』13号、二〇二〇）、「吉行淳之介の『私』――昭和三〇年代の吉行淳之介」（『昭和文学研究』第72集、二〇一六）などがある。

呉屋　美奈子（ごや　みなこ）

恩納村文化情報センター係長、沖縄国際大学非常勤講師。沖縄市出身。『大城立裕全集』の全巻書誌・解題・8巻の解説「沖縄人（ウチナンチュ）の心と日々を描く」を担当。『大城立裕文学アルバム』にも携わる。小論として「大城立裕未発表作品について――沖縄と本土の感覚的相違に着目して――」「戦後沖縄における『政治と文学』・『琉大文学』と大城立裕の文学論争」

崎浜　慎（さきはま　しん）

一九七六年沖縄県沖縄市生まれ。作家。二〇〇七年琉球新報短編小説賞、二〇一〇年新沖縄文学賞、二〇一一年、二〇一六年に九州芸術祭文学賞沖縄地区優秀作、二〇一九年樋口一葉記念やまなし文学賞受賞。著書に『梵字碑にザリガニ』（二〇二〇年）がある。

鈴木　智之（すずき　ともゆき）

一九六二年東京都足立区生まれ。法政大学社会学部教員。著書に『眼の奥に突き立てられた言葉の銛　目取真俊の〈文学〉と沖縄戦の記憶』、『死者の土地における文学　大城貞俊と〈沖縄〉の記憶』、訳書にアーサー・フランク『傷ついた物語の語り手　身体・病い・倫理』など。

スティーブ・ラブソン（Steve Rabson）

一九四三年米国デトロイト市生まれ。ブラウン大学名誉教授。主な著書に *Okinawa: Two Postwar Novellas*（一九八九、第2版一九九六年）、*Righteous Cause or Tragic Folly: Changing Views of War in Modern Japanese Poetry*（一九

九八年）、*Southern Exposure: Modern Japanese Literature from Okinawa*（二〇〇〇年）、*The Okinawan Diaspora in Japan: Crossing the Borders Within*（二〇一一年）、*Islands of Protest: Japanese Literature from Okinawa*（二〇一六年）など。

孫　知延（そん　じよん）

一九七〇年韓国ソウル生まれ。慶熙大学教授・グローバル琉球・沖縄研究所長。主な著書に『戦後沖縄文学を思惟する方法――ジェンダー、エスニック、そしてナショナルアイデンティティ』（二〇二〇年）、翻訳書に『大城立裕文学選集』（二〇一六年）、『眼の奥の森』（二〇一八年）、『日本近現代女性文学選集17　崎山多美』（二〇一九年［共訳］）、『沖縄と朝鮮のはざまで』（二〇一九年）など。

高良　倉吉（たから　くらよし）

一九四七年沖縄県伊是名村生まれ。琉球大学名誉教授。受賞歴「伊波普猷賞」「国際交流奨励賞・日本研究賞」など。主な著書に『琉球の時代』（一九八〇年）、『琉球王国の構造』（一九八七年）、『琉球王国』（一九九三年）など。

武山　梅乗（たけやま　うめのり）

一九六八年宮城県石巻市生まれ。東京福祉大学社会福祉学部（名古屋キャンパス）専任講師。主な著書に『戦後・小説・沖縄』（共著）、『不穏でユーモラスなアイコンたち』、『各駅停車　社会学行』など。

田場　裕規（たば　ゆうき）

一九七二年沖縄県那覇市生まれ。沖縄国際大学総合文化学部教授。沖縄国際大学琉球芸能文学研究会顧問。共著として『沖縄から考える「伝統的な言語文化」の学び論』（二〇一四年）など。主な論文として「組踊『執心鐘入』と演出――研究上演『沖縄の古典芸能を考える』を例に」（『沖縄国際大学日本語日本文学研究』24巻1号、二〇二〇年）、「組踊の身体――身体感覚・身体技法の継承」（『南島文化』35号、二〇一三年）など。

玉木　一兵（たまき　いっぺい）

一九四四年那覇市二中前生まれ（本部町浦崎出身）。上智大文学部哲学科卒。精神保健福祉士。作家（小説、戯曲、詩）。主著『人には人の物語』（エッセイ・論集二〇一七年）、『私の来歴』（短編小説集二〇一九年）、『帰還まで』（詩集二〇二一年）。受賞歴「お墓の喫茶店」（琉球新報短編小説賞一九八〇年）、「母の死化粧」（新沖縄文学賞一九九二年）、「コトリ」（九州芸術祭文学賞佳作二〇〇九年）。

知念 ウシ（ちにん うしー）

一九六六年沖縄県那覇市首里生まれ。むぬかちゃー。大学非常勤講師。著書に『ウシがゆく』（沖縄タイムス社）『シランフーナーの暴力』（未来社）、共著に『あなたは戦争で死ねますか』（NHK出版）、『闘争する境界』、『沖縄、脱植民地への胎動』（共に未來社）、『沖縄詩歌集～琉球・奄美の風～』（コールサック社）。翻訳に、『りゅう子の白い旗』（新川明著、儀間比呂志版画、出版舎MUGEN）等がある。

趙 正民（ちょ じょんみん）

一九七六年韓国釜山生まれ。国立釜慶大学副教授。戦後日本文学・戦後沖縄文学研究。主な著書『占領と記憶――戦後日本はアメリカ被占領をどのように語ってきたか』（サンジニ・韓国釜山、二〇〇九年）、『沖縄を読む――戦後沖縄文学と思想』（ソミョン・韓国ソウル、二〇一七年）

仲程 昌徳（なかほど まさのり）

一九四三年テニアン島カロリナス生まれ。元琉球大学教授・沖縄文学研究。沖縄タイムス出版文化賞。主な著書『沖縄近代詩史研究』（一九八六年）、『新青年たちの文学』（一九九四年）、『沖縄文学の魅力』（二〇二二年）など。

西岡 敏（にしおか さとし）

一九六八年奈良県奈良市生まれ。沖縄国際大学教授・沖縄県立芸術大学芸術文化研究所共同研究員。受賞歴：第十回おきなわ文学賞伝統舞台（組踊・沖縄芝居）戯曲部門一席（沖縄県知事賞）、第一回新作組踊戯曲大賞奨励賞、「沖縄文化協会賞」（金城朝永賞）、「沖縄研究奨励賞」など。共著として『沖縄語の入門――たのしいウチナーグチ』（二〇〇〇年）、新作組踊の戯曲として「太鼓《てーく》の《ぬ》縁《いぃん》」（二〇一五年）、「佐弥波《さやふぁ》の《ぬ》根神《にがみ》」（二〇一七年）、「京《ちょー》阿波根《あふぁぐん》仁王《にをー》立《だち》」（二〇二〇年）など。

波照間　永吉（はてるま　えいきち）

一九五〇年、石垣市生まれ。琉球文学研究。沖縄県立芸術大学名誉教授・名桜大学大学院特任教授。『南島祭祀歌謡の研究』で第一回「日本学賞」（二〇一三年）、『沖縄古語大辞典』で「伊波普猷賞」（共同受賞。一九九五年）『琉球・沖縄芸能誌年表』（二〇一一年）・『竹富方言辞典』（二〇一二年）・『鎌倉芳太郎資料集（ノート篇Ⅰ～Ⅳ）』（二〇一六年完結）で「沖縄タイムス出版文化賞」（三回受賞）など、受賞歴多数。

フランク・スチュアート（Frank Stewart）

一九四六年生まれ。ハワイ大学名誉教授（英米文学）。主な著書に、山里勝己との共編でハワイ大学出版局から刊行された *Voices from Okinawa*（『沖縄からの声』）（二〇〇九年）、*Living Spirit: Literature and Resurgence in Okinawa*（『息づく魂――文学と沖縄の再生』）（二〇一一年）がある。また、詩集五冊、研究書、国際誌等に掲載された多くのエッセイや翻訳がある。ホワイティング文学賞（Whiting Writers' Award、一九八六年）、ハワイ州知事文学賞（The Hawaii Governor's Award for Literature、二〇〇二年）など。

又吉　栄喜（またよし　えいき）

一九四七年沖縄県浦添市生まれ。小説家。一九七六年「カーニバル闘牛大会」で琉球新報短編小説賞、一九七八年「ジョージが射殺した猪」で九州芸術祭文学賞、一九八〇年「ギンネム屋敷」ですばる文学賞、一九九五年「沖縄タイムス芸術選賞大賞（小説）」、一九九六年「豚の報い」で第一一四回芥川賞受賞。近著に『仏陀の小石』『亀岩奇談』などがある。

松下　優一（まつした　ゆういち）

一九八〇年長野県飯田市生まれ。法政大学兼任講師。共訳書にジゼル・サピロ『文学社会学とはなにか』（世界思想社、二〇一七年）、共著論文に「東京郊外における軍事化の果て――『大和（カリフォルニア）』が映す厚木基地と地域の関係」（『中央大学文学部紀要　社会学・社会情報学』第32号、近刊）など。

美里　博子（みさと　ひろこ）
沖縄県那覇市生まれ。高校教諭。二〇一六年より「沖縄可否の会」に入会。三上左京氏に師事し舞台朗読を始める。朗読ライブ、サロン公演等、精力的に活動中。

村上　陽子（むらかみ　ようこ）
一九八一年広島県生まれ。沖縄・日本近現代文学研究。沖縄国際大学准教授。著書に『出来事の残響　原爆文学と沖縄文学』（インパクト出版会、二〇一五年）。論文に「沖縄・海洋博の爪痕——大城立裕『華々しき宴のあとに』をめぐって」（『昭和文学研究』75集、二〇一七年九月）などがある。

本浜　秀彦（もとはま　ひでひこ）
一九六二年生、沖縄・那覇市生まれ。文教大学教授・比較文学・視覚文化論。主な著書 *Writing at the Edge*（Diss. U of Pennsylvania）（二〇〇四年）、『手塚治虫のオキナワ』（二〇一〇年）

柳井　貴士（やない　たかし）
栃木県栃木市。大学教員。沖縄近現代文学・映像。主な著作「大城立裕の文学形成と『琉大文学』の作用——一九五〇年代の〈沖縄〉文学をめぐって」（『沖縄文化研究』二〇一九年三月）、「資料紹介 大城立裕と上海——沖縄県立図書館蔵大城立裕未発表原稿「月の夜がたり」」（『昭和文学研究』二〇一九年九月）、「ゴジラが沖縄をめざすとき——円谷英二を遠く離れて」（『ユリイカ』二〇二一年一〇月）

山里　勝己（やまざと　かつのり）
一九四九年沖縄県本部町生まれ。英米文学研究（カリフォルニア大学、Ph.D.）、名桜大学大学院特任教授、一九七七年「銀のオートバイ」で琉球新報短編小説賞、二〇〇七年沖縄タイムス芸術選賞大賞（文学研究）。主な著書に『場所を生きる——ゲーリー・スナイダーの世界』、『琉大物語』、

Living Spirit: Literature and Resurgence in Okinawa（ハワイ大学出版局、共編）など。戯曲版「カクテル・パーティー」を英訳、ハワイ大学及びハワイ・オキナワ・センターで招聘公演（二〇一一年）。

屋良　健一郎（やら　けんいちろう）
一九八三年沖縄県沖縄市生まれ。日本史・琉球史研究。名桜大学国際学群上級准教授。二〇〇四年に竹柏会「心の花」入会、佐佐木幸綱に師事。二〇一七年より『琉球新報』琉球歌壇選者。論文に「琉球における和歌の受容と展開」（荒木浩編『古典の未来学――Projecting Classicism』文学通信、二〇二〇年）など。

3　刊行並びに編集委員

又吉栄喜　山里勝己　大城貞俊　崎浜慎

大城立裕追悼論集

沖縄を求めて沖縄を生きる

2022年 5月10日 第1刷発行

編　集　又吉栄喜　山里勝己　大城貞俊　崎浜慎
装　幀　宗利　淳一
発行人　川満　昭広
発　行　株式会社インパクト出版会
東京都文京区本郷 2-5-11　服部ビル 2F
Tel03-3818-7576　Fax03-3818-8676
impact@jca.apc.org　http://impact-shuppankai.com/
郵便振替　00110-9-83148

印刷・製本　モリモト印刷